LA CANZONE DI AMANTINE

Barbara Morgan

ISBN 978-1-915077-26-4

Website: http://www.ghostlywhisper.com

Facebook: https://www.facebook.com/ghostlywhisperltd

Instagram: https://www.instagram.com/ghostlywhisperltd

Twitter: https://twitter.com/GW_BooksEtc

Whisper of the Heart

Shall I compare thee to a summer's day?
Thou art more lovely and more temperate.
Rough winds do shake the darling buds of May,
And summer's lease hath all too short a date.
Sometime too hot the eye of heaven shines,
And often is his gold complexion dimmed,
And every fair from fair sometime declines,
By chance or nature's changing course untrimmed;
But thy eternal summer shall not fade,
Nor lose possession of that fair thou owest;
Nor shall Death brag thou wand'rest in his shade,
When in eternal lines to time thou grow'st:
> *So long as men can breathe or eyes can see,*
> *So long lives this and this gives life to thee.*

(William Shakespeare)

PROLOGO

15 Marzo 2014

Sono qui. E quasi non ne comprendo il motivo. Ti osservo in lontananza. Non ha alcun senso la mia presenza. Eppure sono realmente qui, in questa giornata di fine inverno ancora troppo fredda. Di fronte a te che non mi hai causato altro che dolore. Uno dei più grandi della mia vita. Uno di quelli che non si possono perdonare e trascinati negli anni assumono proporzioni esagerate, esasperanti. E forse non ti perdonerò davvero mai. Con questo non cerco di negare le mie colpe, che sono tante e sono gravi. Però tu mi hai tolto tutto. Compreso quello che non credevo di volere con tutte le mie forze.

Ti hanno riempito di fiori. Che ipocrisia. Sono convinta che la maggior parte di coloro che si struggono per te ora, in realtà non ti hanno mai tollerato. Io non sono così. Non ti trasformerò improvvisamente in buono e santo. E non pregherò per la tua anima. Te lo puoi scordare. Già non prego mai, per principio. Crescendo non mi sono ammorbidita. Dicono che con gli anni i difetti caratteriali si amplificano. Io ne sono la prova, sono ancora più arida, più gelida. Tutte le parole che hai avuto da me te le ripeterei, una dopo l'altra. Non sono pentita.

Sono arrabbiata. Mi hai causato un dolore indicibile e sono davvero furiosa. Ma ti ripeto, la colpa è stata anche mia. Mi sono lasciata trascinare, non ho lottato. Sono stata quello che gli altri mi hanno sempre imposto di essere. Ma ora soprattutto sono lucida e mi assumo tutte le mie responsabilità in proposito, sono stata quello che io stessa mi sono impegnata a essere.

Se ne vanno, finalmente. Ti lanciano un'ultima occhiata compassionevole e si allontanano a passi lenti, poi gradualmente più spediti. Scommetto che raggiunta la cancellata in ferro il loro pensiero, le loro emozioni saranno ancora più lontane da te dei loro corpi. Hai perso davvero tutto. Anche il ricordo di chi ti circondava.

Posso uscire dal mio nascondiglio ora, staccarmi dall'albero che mi celava da sguardi indiscreti oscurandomi. Meglio non suscitare dubbi e fraintendimenti. Io sono solo un'ombra senza importanza al tuo cospetto. Osservo attentamente ciò che di te è ancora visibile. Il tuo nome risalta in caratteri dorati. Bene in evidenza, lo avresti apprezzato.

Resto in piedi. Immobile, avvilita. Ora sono rimasta davvero l'unica responsabile. Dovrei allontanarmi. Forse sono venuta fino a qui per assicurarmi di persona che fosse accaduto davvero. Dovevo proprio vedere con i miei occhi. Ora posso andarmene. Provo una rabbia incontenibile, non lo nego. E questa volta non è nelle mie possibilità modificare le circostanze a mio vantaggio. Maledetto!

Sento un fruscio alle spalle. Che qualcuno si stia nascondendo come ho fatto io in attesa che mi decida a togliere il disturbo? No. Percepisco un tocco leggero sulla spalla. Mi sembra di riconoscerlo anche senza voltarmi. Con gli occhi della mente mi raffiguro la sua immagine. Attendo qualche istante prima di girarmi per trovare conferma alle mie sensazioni.

Sì, è davvero lui. Annuisco brevemente e poi sorrido appena. Abbasso lo sguardo. È come se il mio passato, la mia storia mi sfilasse davanti agli occhi. Tutto quanto, senza selezionare il meglio, senza pietà per i momenti bui. I momenti belli intanto mi accarezzano, mi sfiorano. C'è chi dice che la felicità non è mai felicità nel momento in cui la si vive. Lo è davvero solo nel ricordo. E io in questo momento ricordo. E una parte di me riesce ancora a sentirsi felice. È come un brivido, un soffio gentile che sospira dall'anima a scaldare questa giornata così grigia e fredda.

Quella canzone che è stata mia senza che io per anni ne fossi consapevole. Eppure l'avevo canticchiata io stessa e ascoltata ripetutamente. L'avevo voluta, richiesta. Senza immaginare fino a che punto mi appartenesse. Credevo di essere un pretesto, invece sono stata molto di più. Ero la ragione. Anche questo ho celato al mio cuore, anche questo dovrò iniziare a espiare. La canzone dell'amante. *Amantine's Song*. La canzone di Amantine.

Novembre 1991

CAPITOLO 1

Tutto ciò di cui davvero mi importava era costruire il mio mondo. E il mio mondo doveva avere fondamenta ben solide. Avevo una chiara percezione della mia vita e dei miei desideri. Come se conoscessi già a priori il mio destino, il motivo per cui ero nata.

In circa ventisette anni di vita non ero mai stata vittima di tentennamenti e indecisioni. La mia strada mi si dipingeva di fronte ben delineata. Come in quei dipinti in cui si scorge lo sfondo e oltre, oltre, ancora oltre. Avevo pianificato la mia esistenza come una linea dritta, perfetta, incorruttibile. Fino a raggiungere la terza età, oserei dire. La mia storia. Non avrei permesso a nessuno di corromperla e infrangerla. A nessuno, mai. Per nessuna ragione. Per nessuna curiosa sincronicità del destino.

La letteratura era la mia vita. Non ho mai cercato una reale motivazione. Sapevo solo che era così. L'avevo scelta e basta. Che poi la scelta fosse reciproca o meno non mi riguardava, anche se probabilmente avrebbe dovuto. Studio, specializzazione in inglese, dottorato di ricerca. La mia era una sorta di vocazione. Il mio mentore era il professor Hermann Frey. Aspiravo a diventare sua assistente più di ogni cosa al mondo, imparare da lui tutto ciò che sapeva e poi un giorno prendere il suo posto. In un senso puramente platonico era l'uomo della mia vita.

Vivevo in un lussuoso appartamento in zona Notting Hill. Non mio. Mi ero sistemata in casa di amici di famiglia, Doris e Rupert Parker, con l'accordo di occuparmi saltuariamente della loro figlioletta, la piccola Jinny. La verità era un'altra. Permanevo in situazioni non del tutto soddisfacenti per evitarne altre più compromettenti, per non essere costretta a rinunciare alla mia libertà. Non ero ancora pronta e dentro di me sapevo che forse non lo sarei stata mai.

Pretendevo di raggiungere i miei obbiettivi da sola e la mia ostinazione non avrebbe ammesso compromessi. Ero intenzionata a costruire il mio mondo senza dipendere da quello dei miei genitori. Io ero io. Amantine Delamar, del tutto autonoma e indipendente dal resto del mondo. Tutto ciò che avrei ottenuto sarebbe stato solo mio, dal principio e per sempre.

Ciò che accettavo entusiasta dai miei genitori, anche perché non avrei avuto comunque possibilità di respingerlo, era una buona dose di cosmopolitismo che mi avrebbe agevolata ovunque avessi deciso di vivere. Ero un concentrato di culture. Mio padre era un diplomatico anglo francese con un'ascendenza spagnola. Mia madre un'astrofisica italo svizzera. Forse avrebbero dovuto riflettere prima di sposarsi e mettere al mondo dei figli. Io e mio fratello Alain appartenevamo a tanti luoghi e a nessuno. Con tutti i vantaggi e gli svantaggi del caso eravamo senza radici. Nessun legame, nessun attaccamento, nessun dolore. Solo noi stessi.

CAPITOLO 2

La domenica mattina uscivo di casa presto. Ancora prima degli altri giorni. Ero solita trascorrere la giornata con gli amici e con Geoffrey, il mio pseudo fidanzato o meglio… il mio fidanzato abituale.

Stavo meditando già da un po' di tempo di lasciare la casa dei Parker e rendermi completamente indipendente ma questo avrebbe significato andare a vivere con Geoffrey e intensificare il livello della nostra relazione, cosa per cui non mi sentivo ancora pronta e non ero sicura di volere.

Geoffrey Carter, bel ragazzo, serio, motivato, brillante. Mi seguiva e mi capiva perfettamente negli studi. Un destino comune, o quasi. E piaceva ai miei. Suo padre era stato compagno di liceo del mio. In pratica eravamo fatti l'uno per l'altra. Però andare a stare con lui, precorrere i tempi… No, non ero ancora pronta a trasformare la nostra storia in una relazione seria che ci avrebbe molto facilmente indirizzati verso matrimonio, figli e tutto il resto. Avevo bisogno di profondità intellettuale ma di leggerezza emotiva.

Necessitavo ancora di libertà fisica, lottavo per non cadere in trappola come tante altre. Ventisette anni erano troppi o pochi a seconda del punto di vista. Troppi, a detta di qualcuno, per essere ancora sentimentalmente irrisolta, per non avere idea di cosa significasse amare davvero. Pochi, a mio parere, per impegnarsi per la vita. Pochi per un sì, pochi per un per sempre, pochi per una trappola da cui io avrei cercato di liberarmi a ogni costo se per caso o per sbaglio ci fossi finita.

Avevo imparato per esperienza che per me era conveniente uscire presto la domenica mattina. Non dovendo andare all'asilo Jinny aveva il vizio di attaccarsi a me impedendomi di lasciarla sola con i genitori per lo più assenti e un po' distratti nel corso della settimana. Quindi tentavo di defilarmi prima che si svegliasse supplicandomi di inventarle una storia sul momento.

Mi incamminavo a passo spedito verso la stazione della metropolitana di Notting Hill, intenzionata a raggiungere l'appartamento di Geoffrey a Edgware Road. Avevamo avviato una specie di circolo letterario con alcuni amici anche se, arrivati alla domenica dopo una settimana discretamente pesante, il più delle volte finivamo per bere, fumare, parlare delle nostre tragiche e noiose vite di londinesi acquisiti. Le prospettive per discorsi seri e altamente culturali c'erano tutte però. Almeno quelle.

Comunque, in quel giorno particolare ero fermamente decisa a mostrare a Geoff e agli altri i miei appunti sulle lettere di lord Byron. Ne avevo scovate alcune che non avevo mai letto prima e mi sentivo particolarmente entusiasta in proposito. Ciò dimostrava quanto il poeta fosse cinico e anche un po' crudele, soprattutto in amore. Ma forse in fondo non aveva tutti i torti, poteva permetterselo.

Poi non riuscivo a togliermi dalla testa quella disputa sulla non esistenza di Shakespeare. Avevo assistito a un dibattito in cui si affermava che il suo fosse solo un nome fittizio e che in realtà le sue opere erano state scritte da più persone. Mi sembrava inaccettabile come ipotesi.

«No, no, non ci posso nemmeno pensare. È una follia e pazzo chi ci crede!»

Mi fermai davanti alla metropolitana scuotendo la testa decisa. Il freddo era pungente quella mattina. Fin troppo per i miei gusti. E non erano nemmeno le sette. Mi sciolsi i capelli castani, che avevo legato in una coda, in modo tale che mi scaldassero un po' il collo e infilai l'elastico intorno al polso come un braccialetto. Mi strinsi nel cappotto di lana, avevo assoluto bisogno di un caffè caldo. Forse avrei dovuto fermarmi in qualche caffetteria, Geoff non lo beveva quasi mai e dimenticava sempre di comprarlo, per cui c'era poca speranza di trovarne in casa sua.

Non c'era in giro un'anima a quell'ora del mattino la domenica. Certo, non avevano tutti i torti a starsene a letto a poltrire. Girai intorno lo sguardo alla ricerca di un posto che facesse al caso mio e mi accorsi che mi sbagliavo. Un'anima in giro c'era, in effetti. Anzi due. Sostavano all'angolo, tra due vie. Mi voltai per evitare di incrociare lo sguardo ma non abbastanza in fretta. Il più giovane delle due anime guardò dritto nella mia direzione con un'aria di scherno. Aveva un'assoluta e perfetta faccia da schiaffi e uno sguardo che mi fece sentire totalmente inadeguata e fuori luogo, come se avessi il viso sporco di crema o fossi uscita dimenticando il pezzo sotto del mio abbigliamento.

«Ciao, dolcezza. Dove vai di bello a quest'ora?» Con la mano "faccia da schiaffi" mi fece cenno di avvicinarmi. Era in piedi, appoggiato con la schiena al muro. Indossava jeans e giacca sdruciti, un cappellaccio di lana nero e guanti dello stesso colore senza dita. Spostai lo sguardo sull'altro, un vecchio seduto a terra, conciato anche peggio. Due barboni, ovviamente. Contro la mia volontà tornai a fissare il giovane. I suoi occhi verdi mi attraversavano sornioni e irrequieti. Sembrava tranquillo ma allo stesso tempo senza pace. Non riuscivo a comprendere cosa mi attraesse in quello sguardo e nemmeno perché non mi decidessi a scendere le scale della metropolitana e sparire per sempre dalla loro traiettoria.

Dovevo raggiungere i miei amici, presto. Avevamo tanto di cui discutere. Volevo solo fermarmi un attimo per prendere un caffè. Non avevo intenzione di rivoluzionare per sempre la mia vita. Assolutamente no.

CAPITOLO 3

Meglio dimenticare il caffè. E allontanarmi immediatamente da quei due perditempo mattinieri. Metropolitana, direzione Edgware Road. Il caffè potevo prenderlo lì, prima di arrivare da Geoff.

«Non vuoi dirci dove stai andando, mia cara?» Ecco, anche il vecchio si interessava alla mia destinazione. E io restavo inchiodata lì, senza un vero motivo che non fosse curiosità verso quelle particolari, devastate e alquanto tristi forme di umanità. «Mi andresti a prendere un altro caffè, mia cara?» Il vecchio sollevò il bicchiere di cartone verso di me. Mi aveva letto nel pensiero? Era esattamente quello che avrei voluto anche io. «La caffetteria è dall'altra parte della strada, se non ti dispiace.»

La indicò e io mi voltai automaticamente a guardarla. L'avrei raggiunta molto volentieri, ma se l'avessi fatto avrei dovuto prendere il caffè anche per lui. E tornare a consegnarglielo, avvicinarmi... interagire.

«Posso pagarlo, ragazza. Non ti preoccupare di questo, non ti sto chiedendo la carità.» Il vecchio mi puntò addosso i placidi occhi chiari e rovistò nella giacca logora. Estrasse qualche moneta e me la porse.

«Ma no, lasci perdere.» Sospirai indicando la caffetteria con la testa. «Mi chiedo solo perché non ci manda quello sfaticato che le sta accanto. Troppo indaffarato a reggere il muro?»

Lanciai un'occhiata canzonatoria al giovane "faccia da schiaffi". Morivo dalla voglia di farlo, era il mio turno. Non gli diedi il tempo di replicare, mi avviai decisa verso la caffetteria.

Per un attimo mi attraversò il pensiero di prendere il caffè anche per "faccia da schiaffi", poi mi dissi che no, non era il caso. Non ero una cameriera! Si poteva arrangiare. Dopo aver

15

bevuto il mio caffè in caffetteria, tornai all'angolo della strada e li ritrovai dove li avevo lasciati. Porsi il bicchiere di cartone al vecchio accennando un sorriso.

«Grazie, mia cara.» Il vecchio afferrò il bicchiere con un sorriso compiaciuto. «Non potevo mandarci il ragazzo qui... la gente comincia a essere troppo in giro, attirerebbe l'attenzione.»

Sollevai le spalle con noncuranza. Il vecchio parlava per enigmi, ma del resto non era un mio problema. «Va bene, buona giornata.»

Ero pronta a defilarmi, una volta per tutte. Evitai con cura di incrociare di nuovo lo sguardo con "faccia da schiaffi", ne avevo abbastanza di lui e della situazione. Volevo scomparire nella mia metropolitana. Volevo raggiungere la mia destinazione.

«Cosa fai nella vita?» Il vecchio, assaporando il suo caffè con gusto esagerato, mi bloccò nuovamente.

"Cosa fai nella vita?" Ma che razza di domanda era da fare a un'estranea che gli aveva solo offerto un caffè? E comunque non avevo voglia di rispondere. Mi resi conto che non era una domanda che si fa tanto per fare. Certo, indubbiamente per molti lo era. Ma era "la domanda". L'essenza di una persona. Si poteva rispondere con una parola, oppure con mille.

Decisi che in quell'occasione ne sarebbe bastata una. «Letteratura.»

«Letteratura?» Il vecchio mi rivolse un sorriso e annuì con un entusiasmo esagerato. «Anche io, tanta letteratura. I romantici, soprattutto. Keats, Shelley, Wordsworth, Byron, Coleridge... tutta quella banda.»

Gli rivolsi un'occhiata incredula. Lui ricambiò aggrottando la fronte e mostrandomi più rughe di quelle che avevo notato fino a quel momento.

«*"Come hai trascorso questo mese? Con chi hai sorriso? Tu non provi quello che provo io, non sai cosa significa amare, forse un giorno lo saprai, ma non è ancora il tuo momento."*»

Restai perplessa, il vecchio mi aveva spiazzata. Ed era una sensazione che non mi piaceva affatto. Intanto il vecchio continuava imperterrito a recitare.

« *"Fulgida stella, come tu lo sei*
fermo foss'io, però non in solingo
splendore alto sospeso nella notte
con rimosse le palpebre in eterno..."»

«John Keats, mia cara» mi informò, appoggiando la schiena al muro e socchiudendo gli occhi. Sembrava essersi perso in un suo mondo ignoto, recondito, lontano.

Conosceva la poesia. Com'era finito lì? Forse proprio perché conosceva la poesia e non le logiche del mondo. Non avevo nessuna voglia di approfondire. Volevo solo andare via, allontanarmi, dimenticare quegli istanti di vita, prendere la mia metropolitana finalmente e disperdermi per sempre in un'altra parte della città.

Cercai di evitarlo, di resistere. Ma non potei impedirmi di dare un'ultima occhiata a "faccia da schiaffi". Che mi importava del resto? Non l'avrei rivisto mai più! Lui ricambiò lo sguardo ma questa volta non sogghignava. Era serio, sembrava stesse riflettendo. Mi augurai che non incominciasse a poetare pure lui. Sarebbe stato troppo per la mia giornata.

«Comunque... buona giornata. E addio.» Meglio defilarmi immediatamente.

Il vecchio intanto aveva aperto gli occhi chiari e un po' vacui puntandoli nuovamente su di me. Non desideravo essere trattenuta. Scappai via prima che ci provasse, con una scusa qualunque. Soprattutto prima di essere tentata di fermarmi ancora a perdere tempo con quei due individui. Non c'era un istante della mia vita da sprecare. Lo impegnavo sempre in qualche modo. Anche il tempo per dormire lo consideravo sprecato, ma malauguratamente necessario. Detestavo i perditempo. E non mi sarei trasformata in una di loro, nemmeno per qualche minuto in più del dovuto.

CAPITOLO 4

Cercavo di rimuovere quello strano incontro dalla mente scendendo a Edgware Road. Ma anche i passi in direzione dell'appartamento di Geoff si stavano facendo sempre più pesanti.

La verità era che una parte di me anelava alla libertà, sia fisica sia mentale. Fare niente. Pensare a niente. Almeno per un po'. Forse per quel motivo mi ero fermata con quei due. Conducevano uno stile di vita che segretamente avevo voglia di sperimentare. Non l'avrei confessato mai, nemmeno a me stessa. Ma era innegabilmente vero.

Con Geoff e con gli altri avrei dovuto sempre parlare di qualcosa di intelligente, esprimere concetti sensati. E del resto avevano ragione, perché anche io ero così. Avevo costruito un mondo in cui la ragione dominava sull'istinto, anche se si parlava di letteratura, di poesia, di arte. Non potevo più cambiarlo ormai, era troppo tardi. Tutto era gestito in modo serio e professionale. Da addetti ai lavori, non da contemplatori di bellezza.

Su una cosa il vecchio, attraverso le parole di Keats, aveva ragione. Io non sapevo cosa significasse amare. Non amavo Geoffrey Carter. Ammetterlo o cercare di stabilirlo era fuori discussione. Nemmeno me lo chiedevo, non mi interessava. Apparteneva al mio mondo, mi bastava. Era un bel ragazzo, dai capelli biondi e il sorriso dolce. Più che sufficiente. Non mi infastidiva, mi concedeva i miei spazi. Questo lo rendeva ai miei occhi l'uomo ideale. Mi comprendeva e lo conoscevo da talmente tanto tempo da non essere obbligata a spiegarmi o a cercare di rendermi interessante ai suoi occhi. A modo mio però lo amavo. Ma mi sembrava sciocco dirlo, mi sembrava inutile, superfluo. Lui sapeva che non ero un tipo

18

eccessivamente caloroso e gli andava bene così. Non avrebbe preteso di più. Forse anche per questo motivo lo avevo scelto.

Ricambiai il suo bacio senza enfasi appena entrata in casa. Avevo più che altro voglia di togliermi il cappotto e le scarpe e di mettermi comoda sul divano, con le ginocchia raccolte. Qualche minuto e avrei dovuto riprendere coscienza di me stessa e iniziare a parlare di qualcosa di intelligente, di interessante. Delle mie ricerche, di Frey. Mi massaggiai le tempie con la punta delle dita come per rimettere in ordine i pensieri, tutti allineati al loro posto.

«Gli altri sono già arrivati?» In salotto non c'era nessuno a parte me e Geoff, che mi si sedette accanto. Speravo che ci fosse qualcuno in cucina o in bagno. Non avevo voglia di stare sola con lui.

«No…» Mi attirò a sé e io appoggiai la testa sulla sua spalla. Mi ritrassi appena si abbassò per scostarmi i capelli e baciarmi il collo. «Arriveranno più tardi, abbiamo tempo.»

Lo baciai rapidamente sulle labbra e mi scostai, appoggiandomi con il gomito allo schienale del divano. «Non sono dell'umore, scusami.» Corrucciai la fronte in cerca di un appiglio credibile. «Problemi al dipartimento.»

«Solite guerriglie per la conquista di Frey?» Geoff mi accarezzò la guancia con espressione comprensiva. Ormai sapeva tutto di me. Tutto quello che c'era da sapere.

«Sembra irraggiungibile. Qualunque cosa io faccia non è mai abbastanza, si allontana sempre di più.»

Era vero. La competizione per diventare assistente di Hermann Frey probabilmente andava oltre le mie capacità e le mie possibilità. Però non volevo arrendermi, non ancora. L'orgoglio mi tratteneva in quella specie di gabbia di matti pronti a tutto che era il dipartimento di letteratura inglese. L'orgoglio pretendeva di iniziare la carriera accademica con uno dei più grandi letterati del paese, forse del mondo.

«Potrei fare un cenno a mio padre, sai che lui era…»

«Assolutamente no!» Non gli permisi di terminare la frase. Certo che lo sapevo. Frey e il padre di Geoff erano stati compagni di università e ottimi amici. Ma che senso avrebbe avuto ottenere qualcosa grazie al suo intervento? Meglio lasciar perdere piuttosto, abbandonare la sfida. Che merito avrei avuto altrimenti? Incrociai le braccia stizzita staccandomi definitivamente da Geoff. Solo il pensiero mi urtava.

«Non che tu ne abbia bisogno, Amy. Sei comunque bravissima. Ma potresti accettare un aiutino, come fanno tutti gli altri.»

Geoff da sempre era reticente a pronunciare il mio nome per intero. Come se in sé contenesse qualcosa di proibito. Proibito nel senso di troppo sensuale, lussurioso, provocante, che lo imbarazzava. Lo sapevo e mi deliziavo di questo potere che il mio solo nome aveva su di lui.

Rimasi in silenzio di fronte alla sua proposta, immersa nei miei poco casti pensieri. Mi tornò in mente "faccia da schiaffi" infatti. Non compresi come, né perché. Anzi sì, in effetti. Perché alla parola "provocante" avevo collegato lui, la sua espressione, il suo modo quasi irriverente di fissarmi.

«E dovresti trasferirti da me invece di fare la babysitter da quegli amici dei tuoi. Qui saresti più tranquilla…» Geoff ne approfittò per proseguire con le sue proposte indecenti. Ogni tanto tornava alla carica con l'idea di farmi trasferire nel suo appartamento.

Gli accarezzai i capelli biondi e lo attirai a me con lo scopo preciso di distrarlo dal suo intento. Andare a vivere con lui non rientrava assolutamente nei miei piani. Avrebbe significato un impegno vero e per me era troppo. Da quanti anni stavamo insieme io e Geoffrey Carter? Avevo perso il conto. Non era mai stata una relazione seria e profonda. Tanto meno appassionata o romantica. E non dipendeva da lui. Ero io e non avevo mai fatto nulla per nasconderlo. L'amore, quello vero, non faceva parte della mia vita. Vivevo solo amori di carta, di poesia, di letteratura, di parole. E quelli avevano la priorità su qualunque altro essere umano. Ma a Geoff andava bene comunque. Altri forse non lo avrebbero accettato. Per quel motivo Geoff, e non un altro, stava con me da tanti anni.

CAPITOLO 5

Università, ricerca e vita dai Parker. Poco spazio per altro. La verità era che non desideravo essere troppo compromessa con Geoff. Avevo raggiunto un'età facile alla compromissione, ero la prima a rendermene conto. Geoff aveva intenzioni troppo serie per me. Lo avevo capito. Ma del resto cosa potevo fare? Forse lasciarlo sarebbe stata la cosa più sensata e giusta nei suoi confronti. Non potevo andare a vivere con lui. Non ero pronta. E nemmeno sapevo se e quando lo sarei stata.

«Allora Jinny... siamo io e te questo pomeriggio!» La piccola mi puntò addosso gli occhioni scuri e mi rivolse un sorriso sdentato tutto fossette mentre mi inginocchiavo per assicurarla nel passeggino e le sistemavo in testa il cappellino rosa di lana. «E ce ne andiamo a fare un bel giro, così magari Amantine si prende un bel caffè e a te compra un bel biscotto e...»

E niente! Ero una sfrontata e decisamente una poco di buono. Perché sapevo cosa cercavo avviandomi a tutta velocità da Holland Park Avenue verso Notting Hill Gate. Soprattutto fermandomi in quel punto preciso in cui credevo di trovare chi non c'era. Solitamente prendevo la metropolitana a Holland Park, più vicina a casa. Solo quando andavo da Geoff la domenica mattina preferivo raggiungere la stazione di Notting Hill per non dover cambiare linea della metropolitana andando a Edgware Road.

«A noi non ce ne importa nulla se non c'è... non ci sono...» sbuffai imbronciata. «Noi ce ne andiamo a prendere un meraviglioso caffè e un fantastico biscotto!»

«Bi... bicotto!» ripeté Jinny entusiasta battendo le manine. Ogni tanto indicava qualcosa mormorando qualche parolina e io, immersa nei miei pensieri, fingevo di assecondarla.

Facevo quel che potevo ma non brillavo di istinto materno e di conversazione attiva con una bimba così piccola. Forse io non ero mai stata davvero bambina. Non avevo mai preteso le attenzioni di nessuno. Ero nata già anziana, introversa, scontrosa e leggermente isterica.

Presi caffè e biscotti, uno anche per me infischiandomene della linea, ci dirigemmo verso Holland Park. Il parco aveva delle altalene per i bambini e potevamo approfittare della giornata soleggiata e non troppo fredda. Sistemai Jinny sull'altalena e la spinsi debolmente per un po'. Poco dopo riuscì a spingersi da sola agitando le gambette. In effetti era una bimba di poche pretese per mia fortuna. Ne avrebbe avuto per un po', adorava l'altalena.

Andai a sedermi sulla panchina poco distante ed estrassi dalla borsa il libro sulla vita di Byron che stavo leggendo. Lo trattenni sulle ginocchia senza aprirlo. Mi guardai intorno. Non molta gente in giro, solo qualche altro bambino nell'area giochi.

Mi sentivo osservata. O forse mi sentivo persa. Intimorita, spaventata da una vita che non stava andando da nessuna parte. O forse sì, da qualche parte stava andando, ma… era davvero quello che volevo? O solo quello che credevo di volere?

Avevo sempre saputo esattamente cosa fare di me stessa. Tutta la mia vita, una linea ben delineata, senza sbavature. Ma se… mi fossi sbagliata? Se quella non fosse stata davvero la vita adatta a me? Se mi fossi intestardita per raggiungere ed entrare a far parte di un mondo che non era e non sarebbe mai stato davvero il mio?

No. Avevo lottato troppo per quel mondo. Non lo avrei perso. Non lo avrei lasciato andare. Mi apparteneva. Perché oltre a essere nata già anziana, introversa, scontrosa e leggermente isterica ero nata anche schifosamente e irrimediabilmente coerente.

CAPITOLO 6

Mi sentivo presa poco sul serio. Peggio, presa in giro. Ed era orribile. Pensavo addirittura di rinunciare al mio progetto. Era chiaro che Hermann Frey non mi ritenesse abbastanza degna visto che ultimamente prestava tutta la sua attenzione a quello stronzo lecchino di Gregor Jackman. Una parte di me era pronta a lasciare e a cercare miglior fortuna altrove. Quella stessa parte si sentiva quasi sollevata all'idea. Ma la verità era che non avrei saputo che altro fare della mia vita, dove andare. Era quello a trattenermi e a spingermi, o forse costringermi, ad andare avanti.

Speravo solo che il mio essere donna non mi ponesse in condizione di svantaggio. No, il professor Frey non mi sembrava il tipo. In ogni caso mi ero già psicologicamente impegnata a lavorare il doppio o anche il triplo per dimostrargli quanto ero brava. E quanto migliore potevo essere di quel piccolo e squallido opportunista di Gregor.

«A cosa stai lavorando?»

I miei tentativi di evitarlo si stavano dimostrando inutili. E detestavo che si informasse sul mio lavoro. Non ne ero gelosa, anzi. Ne avrei parlato volentieri con chiunque altro. Mi avrebbe fatto comodo sentire qualche opinione disinteressata. Peccato che la sua non lo fosse. Recuperava informazioni per contrattaccare, era palese!

«Nulla di nuovo.» Mi mantenni sul vago. Che poi fosse vero che non avevo trovato molto di entusiasmante ultimamente non era una bugia. Però mi infastidiva che lui lo sapesse. Anche perché le informazioni sul suo di lavoro se le teneva ben riservate.

«Stai sviscerando ancora Byron? Sicura che ci sia ancora qualcosa da scoprire?» Mi riservò un sorriso sardonico, maligno. Ecco un altro che mi ispirava schiaffi. Ma mentre l'espressione provocatoria contribuiva ad accrescere il fascino di "faccia da schiaffi", su Gregor dava più l'idea di un diavoletto beffardo e crudele allo stesso tempo. Uno per cui non avrei dimostrato nessuna pietà e avrei spedito volentieri all'inferno. Poteva anche essere un bell'uomo, volendo. Sempre che piaccia il contrasto tra capelli castano scuro e barba rossa.

Mi tornarono in mente all'improvviso le parole del vecchio. Quei versi della poesia di Keats. Magari avrei potuto avviare una ricerca parallela tenendo tutti all'oscuro. Anche Frey, per il momento. Che continuassero a credere che mi stessi concentrando sul mio caro amato Byron, intanto...

Non ero sicura però, mi sembrava di perdere troppo tempo. Anzi, così ne avrei perso il doppio e tutto il lavoro che avevo già svolto sarebbe stato inutile. Seguire l'istinto o proseguire sulla strada della ragione anche se sempre più insoddisfacente? Non lo sapevo. Sapevo solo che ogni giorno che passava mi sentivo sempre più inutile, demotivata e soprattutto rimpiazzabile.

CAPITOLO 7

Un'altra domenica. Un'altra giornata in cui avrei dovuto inventare scuse e cercare dentro di me un appiglio, un espediente per andare avanti. Avevo preso tempo prima di decidermi ad andare da Geoff, come tutte le domeniche.

Mi ero alzata all'alba, fatta una bella doccia, passata la crema per il corpo con cura esagerata, fatta anche la maschera facciale al cetriolo. Poi truccata con precisione perché risaltassero le pagliuzze verdi dei miei occhi castani. Così mi aveva insegnato una truccatrice amica di mia madre... quante palle! Però per una volta lo avevo fatto o almeno ci avevo provato. Dovevo anche impegnarmi a non mordermi le labbra mangiandomi il rossetto tre minuti dopo averlo steso.

Quasi mi auguravo che Jinny mi trattenesse in modo da avere una scusa. Invece proprio quella mattina Jinny aveva deciso di dormire beatamente. Forse non era destino. O forse lo era.

Una parte di me aveva completamente rimosso l'incontro della domenica precedente. Un'altra parte invece era ben desta e non attendeva altro. C'era in me rifiuto e aspettativa al tempo stesso. Certo, al momento non lo avrei confessato neanche a me stessa sotto tortura. Ma era vero.

Mi avviai verso la metropolitana di Notting Hill a passo spedito, quasi prendendo la rincorsa. Non avevo motivo di correre. Sentivo il cuore rimbalzarmi nel petto. Non osavo confessare i motivi, nemmeno a me stessa. Mi calmai vedendoli apparire già in lontananza. Nessuna delle mie reazioni fisiche a quella vista aveva un senso. Come se non avessi più dovuto preoccuparmi di una perdita, di una mancanza di cui non comprendevo il significato. Forse erano state le parole del vecchio, forse lo sguardo del giovane, anche se non ero ancora in grado di ammetterlo.

Si trovavano esattamente nello stesso punto della strada, davanti alla scala della metropolitana, all'angolo tra due vie. Non avrei voluto ma mi fermai quasi di colpo di fronte a loro. Nonostante la strada fosse quasi deserta non mi avevano notato, presi com'erano a conversare tra loro. Mi sentii una stupida impalata lì a osservarli. E detestavo sentirmi stupida o dare l'impressione di esserlo.

«Buona domenica, dolcezza.»

La voce di "faccia da schiaffi" mi raggiunse appena mi ero decisa a scendere i primi scalini. Voltai leggermente il viso con l'espressione più indifferente che fui in grado di produrre. Potevo ignorarlo e continuare a scendere le scale, raggiungendo la mia destinazione. Ma la verità era un'altra e io lo sapevo. Li avevo cercati per tutta la settimana. La mia vita era tanto noiosa e prevedibile quindi? A tal punto da ricercare un diversivo in due sconosciuti incontrati per la strada una qualunque domenica mattina?

Mentre gli occhi verdi di "faccia da schiaffi" si erano soffermati sul mio viso io rimasi immobile. Del resto anche io lo stavo guardando. Non mi sentivo attratta da lui, non nel modo comune almeno. Eppure c'era qualcosa che mi impediva di staccarmi dal suo viso, dai suoi occhi. Qualcosa che non sapevo identificare, tradurre in parole.

«Avvicinati, mia cara. Perché resti ferma lì?» Il vecchio mi fece cenno con un gesto lento della mano. Se ne stava seduto placidamente a terra, proprio come la domenica precedente.

Ubbidii in silenzio, senza nemmeno trovare una motivazione sensata al mio atteggiamento accondiscendente.

Mi trattenni di fronte a loro, spostando lo sguardo sul vecchio. «Quindi ti piace il mio amico, a quanto vedo.»

Da cosa lo vedeva? Non lo capivo. Perché non c'era proprio modo di vederlo. E non c'era perché non era vero. Non sapevo nemmeno io se dovessi sentirmi offesa e umiliata dalla sua constatazione infondata.

«In realtà mi è del tutto indifferente.» Decisi di mostrarmi fredda, come se le sue parole non mi avessero minimamente sfiorata. Girai gli occhi fugacemente verso "faccia da schiaffi". «Anzi, non è proprio il mio tipo.»

«Perché chi sarebbe il tuo tipo?» si informò "faccia da schiaffi". Ridacchiava noncurante, lui. Con la stessa espressione beffarda e di sfida che sembrava incorporata sul suo viso.

Bella domanda, comunque! Chi era il mio tipo? La risposta più logica sarebbe dovuta essere Geoffrey. Era il mio ragazzo, del resto. Così avrei dovuto rispondere, per metterli a tacere. Ma perché mai discutere la mia vita privata con loro? Che assurdità!

«Non ho voglia di rispondere. Poi è tardi, devo andare!»

«Sono le sette e mezza del mattino, dolcezza. Non può essere tanto tardi.» Sembrava che ogni mia parola suscitasse l'ilarità di "faccia da schiaffi". Aveva un atteggiamento insopportabile. Tanto che mi ritrovai costretta a misurare le parole perché non me le ritorcesse contro.

«Non ho motivo di fermarmi.» Intanto ero ancora impalata lì, come una cretina. «E poi fa freddo!»

Allora perché non mi decidevo a muovermi e a scendere le scale verso la calda e confortante metropolitana che mi avrebbe portato verso il caldo e confortante appartamento del mio ragazzo?

«Se andiamo a casa mia potremmo trovare il modo di scaldarci.» Questa davvero non me l'aspettavo. Mi aveva preso di nuovo in contropiede. Ma una tale sfacciataggine era veramente troppo per me.

Mentre "faccia da schiaffi" mi scrutava serio, il vecchio rideva osservando la scena e la mia espressione inorridita. Probabilmente mi stava uscendo fumo dalle narici e dalle orecchie come nei cartoni animati.

«Ma come ti permetti! Sei un… un…»

«Pensavo a una cioccolata calda o magari a un goccio di liquore.» "Faccia da schiaffi" si strinse nelle spalle e i suoi occhi verdi in un attimo divennero di un'innocenza quasi angelica. «Perché… tu cosa avevi pensato?»

Maledetto. Stronzo. Ignobile bastardo. Lo sapeva bene cosa avevo pensato. Così avevo deciso di odiarlo. E odiavo anche me stessa per averlo pensato e avergli fatto intendere di averlo pensato. E no, in realtà non solo lo avevo pensato. Mi ero visualizzata anche la scena. Ecco!

«Non sono ancora diventata un'alcolizzata per bere liquori la mattina presto. E in ogni caso era chiaro che la tua proposta aveva un doppio senso, non sono certo così stupida da accettare!» Invece sì, lo ero. «E comunque rimane un no, non sono interessata.»

«Tante altre non sarebbero così schizzinose!» Il vecchio fece una smorfia nel vago tentativo di imitarmi, credo. Cercai di ricompormi. «Anzi, tutte le altre direi. Tenendo conto da chi proviene la proposta.»

«E da chi proviene?» Non avrei voluto, ma la domanda mi era uscita spontanea. Sbuffai stringendomi nelle spalle, lanciando un'occhiata quasi furiosa al ragazzo. «Da un ignobile farabutto con la…» Con la "faccia da schiaffi". Mi bloccai prima di dirlo davvero. Ma poi come diavolo stavo parlando? "Ignobile farabutto"? Sicuramente si sarebbe messo a ridere!

Il vecchio infatti scoppiò a ridere ancora più forte, quasi sguaiatamente. Non gli importava di fare buona impressione, questa ormai era una certezza. Nemmeno a "faccia da schiaffi" importava. E a questo punto nemmeno a me.

Mi stavo gradualmente trasformando in un relitto fin troppo umano abbandonato in un angolo di strada, esattamente come loro. Mentre il mondo continuava a girare io me ne stavo lì a discutere di nulla con due sconosciuti, fregandomene di tutto il resto, compresa quella che era la mia vera vita e che aspettava che io tornassi in possesso delle mie facoltà per riprendere ad avere un ruolo, un senso.

«Io sono Jacob.» Disse il vecchio, senza che io glielo avessi chiesto. «Tu come ti chiami, mia cara?»

Perché mai avrei dovuto dire il mio nome? E poi non era di "faccia da schiaffi" che si stava parlando poco prima?

«Amantine.» Ora mi avrebbero detto che era il nome più strano che avessero mai sentito nella loro miserabile e triste esistenza. Lo sapevo. Era ormai un copione noto per me.

«Amantine... bel suono. Mi piace.» Il ragazzo corrugò la fronte pensieroso. Era stranamente rimasto serio, come perso in qualche controversa meditazione. Io già mi stavo preparando a dare le solite spiegazioni sull'origine e la motivazione del mio nome e a maledire segretamente i miei per avermelo affibbiato, ma questa volta non fu necessario. Il vecchio si limitava ad annuire, poi si stirò sbadigliando e si appoggiò al muro con la schiena e la testa.

«Comunque devo andare. Addio.»

Forse era il caso di approfittarne e trascinarmi fuori da quella situazione assurda. In un istante mi ritrovai all'interno della metropolitana. Avevo percorso le scale prima di concedere loro la possibilità di replicare e di trattenermi ancora. Cercavo di allontanare il pensiero ma non riuscivo a ignorare lo sconvolgimento interiore che entrambi provocavano in me, anche se in modo diverso. Come se vivessero senza sentirsi in obbligo di dover dare spiegazioni a qualcuno. Una parte di me li invidiava. Un'altra li respingeva e non voleva averne nulla a che fare. Poi c'era una parte, non riuscivo a comprendere quanto profonda e intima, che ritrovava in loro qualcosa di familiare, di vero, di intrinseco in me.

Mi ero costruita un mondo e lo avevo forzatamente identificato e definito come mio. Ma questo mondo definiva veramente me, chi ero, chi volevo diventare? Non lo sapevo. Iniziavo a chiedermi se lo avrei mai saputo. Iniziavo a sospettare e forse anche a temere il grido di libertà che mi esplodeva dentro al petto da qualche giorno o da sempre. Vivere alla giornata, vivere senza progetti, vivere senza un mondo che avevo pianificato a tavolino per me stessa e in cui cercavo in tutti i modi di comprimermi, di costringermi. Vivere come qualcuno che guardava girare il mondo intorno a sé senza lottare per possederlo, senza tentare di strapparlo ad altri. Vivere d'istinto e di sensazioni, non di mente e di ragione. Accettare la proposta di "faccia da schiaffi", qualunque essa fosse, semplicemente perché ne avevo voglia, senza preoccuparmi delle conseguenze. In poche parole, prendermi una vacanza da me stessa, dal mondo che avevo costruito e chiamato mio.

CAPITOLO 8

Dovevo necessariamente ricompormi e tornare me stessa raggiungendo l'appartamento di Geoff. Forse la mia inquietudine era segnale di qualcosa che stava cambiando in me. Forse avrei seriamente dovuto considerare l'idea di mettere la testa a posto, trasferirmi da Goeff e affrontare tutto quello che ne sarebbe derivato.

Trovare anche Rachel e Trevor quella domenica mi fu di conforto. Non avrei saputo come comportarmi da sola con Geoff. Mi sentivo in colpa e a disagio. Mi sentivo come se lo avessi tradito, anche se solo con il pensiero.

Mentre Geoff stava discutendo con Trevor su una dissertazione a proposito di Hegel e la fenomenologia dello spirito, ne approfittai per uscire sul terrazzo. Rachel prontamente mi raggiunse.

«Fra poco da Hegel passeranno allo sport.» Rachel sospirò scuotendo la testa e lasciando oscillare il caschetto biondo. Trevor era dottorando in filosofia e nella sua materia era ancora più motivato e testardo di me, se possibile.

«Siamo un bel gruppo di intellettuali falliti, insomma.» Mi stirai il collo nel vano tentativo di rilassarmi.

«Non dirlo a me, della carriera accademica non mi importa proprio nulla!» A Rachel, laureata in storia medievale, andava benissimo insegnare al liceo. Non chiedeva di meglio.

Annuii senza eccessiva partecipazione. Forse avrei davvero dovuto smettere di essere così restia ed egoista. Rachel e Trevor vivevano insieme già da due anni. Stavano bene. Forse era arrivato anche per me il momento di cedere e accontentare Geoff. Tanto ormai lo avevo capito che sarebbe stata solo questione di tempo. L'alternativa era lasciarci, una volta per tutte.

«Secondo te dovrei venire a vivere con Geoff?» Solo a esprimere il concetto ad alta voce mi sentivo soffocare dall'ansia.

«So che lui lo vorrebbe, Amy.» Rachel voltò le spalle al panorama, girandosi verso di me e appoggiando le mani alla ringhiera. «Ma deve essere una tua scelta, non dovresti sentirti forzata.»

«Mi lascerà se continuo a rifiutare.» Mi passai le mani sul viso e le trattenni poi ai lati del collo. Non mi andava di trasferirmi da lui. Ma nemmeno mi andava di essere lasciata. Cosa avrei fatto poi, da sola? Avrei obbligato i miei amici a fare una scelta tra me e Geoff. E molto probabilmente non avrebbero scelto me, la responsabile della rottura.

«Io non credo. Del resto se non sei ancora pronta...» Rachel lasciò la frase volutamente in sospeso. Forse credendo che io avrei proseguito. Ma la verità era che io non sapevo proprio come terminare.

Mi decisi a parlare. La vera questione non era se e quando essere pronta oppure no. «E se non lo fossi mai? Se non volessi mai essere pronta?»

«Significherebbe che Geoff non è l'uomo giusto per te, Amantine.» Rachel era come sempre molto logica. Arrivava dritta al punto.

Ma come potevo io ammettere che Geoff non fosse l'uomo giusto per me quando faceva parte della mia vita da sempre? Quando faceva parte del mio mondo, del mondo che mi ero scelta fin dai primi anni di vita? Quella linea dritta e inequivocabile, quel destino che non avrei mai potuto cambiare ormai. Sarebbe stato troppo rischioso. Temevo l'ignoto più di ogni altra cosa. Come potevo approdare in un mondo non mio? Cosa avrei fatto? Cosa ne sarebbe stato di me?

«Ho fatto le mie scelte, ormai. E Geoff in qualche modo fa parte di queste scelte. È il mio mondo, Rachel. Cosa posso fare se perdo il mio mondo?»

La mia vita e quella di Geoffrey Carter erano in qualche modo intrecciate indissolubilmente. Provenivamo dallo stesso ambiente, avevamo gli stessi studi alle spalle, le stesse conoscenze, le stesse aspirazioni. Nessuno avrebbe potuto capirmi quanto lui. Con nessuno avrei potuto confidarmi e confrontarmi allo stesso modo. Tutto il resto era di secondaria importanza. No, non avrei rinunciato al mio mondo. A costo di trasferirmi a vivere da Geoff pur non sentendomi pronta. Non avrei mai permesso che il mio mondo si sgretolasse fino a crollare e a distruggere tutto ciò per cui avevo lavorato tutta la vita.

CAPITOLO 9

Ci sono momenti nella vita in cui sembra che tutto il mondo ci si stia rivoltando contro. Per me era arrivato quel momento. Lo percepivo da un po' ormai. Mi sentivo presa di mira ovunque. Le richieste di Geoff riguardo alla nostra relazione stavano diventando pressanti, la piccola Jinny era ogni giorno inspiegabilmente più viziata e quel lurido viscido di Gregor Jackman scaricava tutte le responsabilità su di me. Quando le cose andavano bene era merito suo. Quando qualcosa andava storto ovviamente era colpa mia.

La cosa andata decisamente storta quel giorno era l'arrivo di un professore americano, grande amico e collega di Hermann Frey, che entrambi avevamo dimenticato all'aeroporto. Io ricordavo perfettamente che Gregor aveva affermato di fronte a Frey, con aria da galletto saccente, che se ne sarebbe occupato lui. Invece poi magicamente si era trasformata in una mia incombenza. Ne avevo abbastanza. Di lui, del dipartimento e anche dell'uomo della mia vita, del mio amore platonico Hermann Frey che non prendeva mai le mie parti!

«Per me potete andare tutti al diavolo...» mugugnai tra me, ovviamente non di fronte a Frey che aveva lasciato me e Gregor a scannarci amabilmente. Stavo raccogliendo i miei appunti e le mie cartellette nella borsa con l'aria di una che parte per un lungo viaggio.

«Dove credi di andare ora?» Gregor mi si era piazzato di fronte con l'espressione da furetto incazzato che comunque non mi impressionava.

«Ti lascio solo con Frey e il nostro ospite, non sei contento?» No, ovviamente non lo era. Perché senza di me avrebbe dovuto fungere anche da servetto tuttofare e non solo da leccaculo professionista. «Non mi sento bene, per oggi ho chiuso.»

Non raccolsi nessuna delle sue ulteriori provocazioni. Abbandonai l'ufficio e poi l'università senza sprecare altro fiato. Forse era davvero la fine. Oppure solo l'inizio della fine.

Dove potevo andare? Non era il mio turno di accudire Jinny quel pomeriggio. Ma del resto non avevo voglia di avere troppa gente intorno. Magari potevo andare a stendermi al parco, oppure… Ma no, me ne sarei tornata a casa comunque! Avevo bisogno di dormire, un bisogno quasi disperato di dormire e non pensare più a nulla per tante ore di seguito. Un lungo e meraviglioso sonno mi avrebbe rigenerato il corpo e la mente.

Telefonare a Geoff e riversare su di lui la mia frustrazione non era conveniente. Non era più un confidente esterno e disinteressato ormai. Era diventato parte del problema.

Per salire nella mia stanza, una volta entrata in casa, dovevo attraversare il salotto. Lì trovai Doris, beatamente seduta sul divano ad assaporare una tazza di tè. La invidiavo ultimamente. Aveva sempre poco da fare, da conquistare, da combattere. Una vita placida e tranquilla, un marito benestante un po' insipido ma senza pretese, una bambina carina da riempire di abitini graziosi, nastrini e mollettine. Ormai in lei tutto era compiuto, poteva rassegnarsi per i giorni a venire oppure compiacersi con le amiche della sua situazione.

«Vuoi un tè? Ne ho preparato tanto.» Doris mi sorrise scostandosi i capelli bruni dalla fronte. «Fammi un po' di compagnia, Jinny si è appena addormentata.»

«Va bene.» Ma sì, parlare un po' di tutto e di niente poteva essermi di aiuto. Deviai verso la cucina per prendere il tè. «Tu ne vuoi un'altra tazza?»

«Sì, grazie.» Doris sospirò con voce annoiata. Tornando verso il salotto con le tazze di tè notai che stava ritmicamente cambiando canale alla televisione. Era frustrante anche non avere nulla da fare. Forse ancora di più che avere troppi impegni.

Mi sedetti accanto a lei. Non sapevo cosa dire, di cosa parlare. Nemmeno conoscevo i reali interessi di Doris Parker oltre la figlia, il marito e le cene organizzate con i di lui colleghi e amici. Forse era davvero una donna senza una vita sua. Ma se a lei stava bene così chi ero io per criticarla?

Sorseggiai il mio tè mentre lei mi spiegava dettagliatamente i programmi per le vacanze natalizie. Se ne sarebbero andati dai suoi genitori a Leeds e poi lei e Rupert si sarebbero concessi una seconda luna di miele alle Hawaii lasciando la piccola dai nonni. Ottimo programma! Io invece non conoscevo il mio destino nemmeno da lì alle prossime ore.

In realtà tra le due ero io la povera frustrata, non mi restava che ammetterlo. Non avevo voglia di raccontarle le mie disavventure accademiche per cui ammisi con riluttanza che andava tutto bene, come al solito. Fissai lo sguardo sullo schermo della televisione, per riuscire a mentire meglio.

No, non poteva essere! Stavo impazzendo. Avevo le allucinazioni. Forse era la stanchezza o lo stato di incazzatura costante. Il tizio che si agitava davanti a un microfono in uno studio televisivo somigliava in modo inquietante a "faccia da schiaffi". Non potevo sentire perché Doris aveva abbassato il volume per dialogare con me. Rimasi con lo sguardo fisso in attesa che qualcosa mi comunicasse che era proprio lui o piuttosto che mi convincesse che non lo era affatto.

«Ti piacciono i Darkest Storm?» Doris, probabilmente accorgendosi del mio stato catartico, alzò il volume. La voce del tizio che somigliava a "faccia da schiaffi" si mescolò a quella di altri e anche a quella di Doris che mi rivolgeva la domanda.

«No, è che...» Darkest Storm? Sì, li conoscevo, li avevo sentiti nominare. Cioè, più che altro ero consapevole della loro esistenza sulla faccia della terra ma non erano assolutamente mai stati di mio interesse. «Uno di quelli lì...» indicai con il dito. «Ecco quello... somiglia a un barbone che ho incontrato a Notting Hill.»

«Ma è proprio dove abita Peter Wiles!» Doris sgranò gli occhi azzurri e increduli su di me e appoggiò la tazza sul tavolino in vetro che avevamo davanti con un colpo tale che per pura fortuna non andò in pezzi. Era impazzita?

Cercavo di non scompormi, almeno io. Mi sembrava impossibile anche se la somiglianza era molto accentuata. Stessi occhi, stessa espressione. Attesi che terminassero di strimpellare. Poi aspettai pazientemente che inquadrassero proprio lui mentre il conduttore li intervistava.

Quegli occhi verdi, quel ghigno un po' sprezzante, la smorfia quando arricciava il naso. Sì, era lui. Decisamente lui. E se non era lui aveva un gemello o una controfigura perfettamente uguale. «Come hai detto che si chiama?»

«Peter Wiles!» Doris si contorse le mani ancora troppo eccitata. «Vuoi dire che davvero tu hai incontrato Peter Wiles?»

«No... guardandolo bene direi proprio di no. Era solo uno che gli somigliava vagamente.» Dall'entusiasmo dimostrato temevo che Doris si sarebbe messa in testa di seguirmi la domenica mattina solo allo scopo di vedere quello che sembrava essere una specie di pop star. Magari avrebbe finalmente dato una scossa alla sua vita di casalinga, moglie e madre perfetta ma non mi sembrava il caso di essere colei che l'avrebbe trascinata sulla via della perdizione. Cercai di cambiare discorso e un espediente per andare a eclissarmi nella mia stanza. «Vado a riposare un po', ho un gran mal di testa oggi.»

Riuscii infine a stendermi sul mio letto. Avevo il suo viso impresso nella mente. No, non il viso di quel Peter Wiles. Non riuscivo a collegare quel nome e quell'uomo apparso in televisione a colui che io identificavo con "faccia da schiaffi". Anche se era indiscutibilmente lui. Ma come poteva essere? Poi le parole del vecchio. Il fatto che non si volesse muovere per andare a prendergli il caffè.

No, non mi stava bene. Non volevo che fosse lui. Lo rendeva meno autentico. Non lo potevo più inquadrare nel personaggio in cui lo avevo delimitato. E, dovevo confessarlo a me stessa, non lo potevo più desiderare come avrei voluto.

Cercai di rimuoverlo dai pensieri, sforzandomi di prendere sonno. Ma la mia mente andava per conto suo in direzioni davvero poco opportune. Nemmeno nascondendo la testa sotto al cuscino riuscivo a tenere a bada i pensieri che non ero propensa ad assecondare.

«Amy... tuo padre al telefono...» La voce di Doris al di là della porta della stanza mi richiamò alla realtà. Peccato, ancora pochi minuti e con un po' di fortuna sarei sprofondata nel sonno. O magari in qualche incubo.

Scesi in soggiorno per prendere la chiamata. Mi sarei inventata che andava tutto bene, anche con lui. Nessun problema, quindi.

«Amantine, ho parlato con il padre di Geoffrey.» La voce baritonale di mio padre non ammetteva repliche questa volta. Dall'introduzione si metteva male. Già prevedevo che non sarei stata d'accordo su nulla. «Potrebbe aiutarti al dipartimento senza problemi.»

«Il vero problema papà è che io non voglio l'aiuto di nessuno. E se Geoffrey o suo padre o chiunque altro ti ha chiesto di chiamarmi per convincermi ha commesso un grosso errore.»

Geoff, non poteva essere stato che lui. Lo sapeva che non ero d'accordo. Ero stata chiara in proposito e più di una volta. Questo non avrebbe dovuto farlo, mettere di mezzo suo padre e anche il mio in una faccenda che riguardava solo me. Non lo avrei perdonato. Forse la nostra relazione era davvero arrivata al capolinea. O forse, ma non osavo ammetterlo nemmeno con me stessa, stavo disperatamente cercando un pretesto per lasciarlo, per mettere fine alla nostra storia e questa volta lo avevo trovato.

CAPITOLO 10

Altra domenica. E nessuna voglia di andare da Geoff. Alla fine avevo proprio evitato di discutere per telefono a proposito della sua interferenza nella mia vita. E mi ero inventata scuse per non vederlo nemmeno la sera. Ero troppo irritata e dovevo calmarmi. Perché le mie parole non avevano nessun significato per lui? Perché non aveva rispettato la mia volontà di non mettere di mezzo suo padre?

Comunque uscii lo stesso. Non sapevo dove sarei andata ma sapevo di non aver voglia di restare chiusa in casa. Magari a congelarmi al parco, magari a visitare la città, magari a fare shopping. Magari... Insomma, detestavo l'idea di essere messa alle strette!

Domenica mattina implicava una sola direzione nonostante tutto. Non potevo mentire a me stessa questa volta. Volevo vedere se c'era ancora, sempre allo stesso posto, per la terza volta. Ma questa sarebbe stata diversa. Sapevo chi era. Detestavo l'idea. Preferivo fosse uno zoticone qualunque, qualcuno di non così definito, così noto. Mi sentivo tradita, presa in giro. Un po' come se avessero rotto il mio giocattolo preferito per poi mostrarmi impietosamente i cocci.

Come se mi avesse letto nei pensieri lui non c'era. Jacob se ne stava seduto al solito posto, ma in solitudine. Rallentai un solo istante, decisa comunque a riprendere il mio cammino verso destinazione ignota. Forse tutto sommato avrei fatto bene ad andare da Geoffrey, come tutte le domeniche, e magari cercare di parlargli, di spiegargli le mie ragioni.

«Buongiorno, mia cara.» La verità nuda e cruda però era che aspettavo soltanto un pretesto per avvicinarmi. Accennai un sorriso di circostanza a Jacob. Magari potevo offrirgli un caffè, tanto per essere gentile.

«Il ragazzo ha avuto uno dei suoi impegni...» Jacob mi precedette prima che io potessi parlare.

«Capisco...» Cosa capivo? Niente, meglio non approfondire il discorso e cambiare decisamente argomento. «Caffè?» Lanciai un'occhiata verso la caffetteria. Non mi era chiaro se volessi davvero offrirgli un caffè oppure cercassi un appiglio per me stessa.

«No, grazie mia cara. Già preso.» Jacob aggrottò la fronte rovistando comunque nella tasca della giacca logora e sgualcita e ignorando la mia presenza. Mi strinsi nelle spalle e decisi che non mi restava altro da fare che scendere in metropolitana. «Aspetta... eccolo, l'ho trovato!»

«Che cos'è?» Lo vedevo bene cos'era. Un foglietto di carta ripiegato che Jacob mi stava porgendo. Il cuore mi fece un curioso e inconsueto balzo nel petto. Un messaggio? Che altro?

«Lo ha lasciato per te.» Non c'era bisogno di specificare il soggetto.

Rimasi ferma di fronte a Jacob che mi porgeva il foglietto che in quel momento non era più un pezzo di carta. Era il mio biglietto da visita per l'inferno. Qualunque cosa fosse scritta lì mi avrebbe condotta verso qualcosa che non faceva parte di me, del mio ambiente, di ciò che ero sempre stata. Ma a cui non sapevo resistere.

«Digli che non sono interessata quando lo vedi.» Vederlo? Vedere la sua espressione mutare alle mie parole, il labbro leggermente piegato all'insù, quell'aria di scherno che mi accendeva i sensi e mi urtava i nervi allo stesso tempo. Avvampai cercando di mantenere il respiro regolare.

«Prendilo e fanne quello che vuoi.» Jacob insistette nel consegnarmi il biglietto. «Io porto a termine sempre i miei incarichi, ragazza.»

Lo afferrai quasi con rabbia, strappandolo dalla mano di Jacob. «Io non...» Aprendolo lessi un indirizzo. Notting Hill, ovvio. Peter Wiles, certo. Lo richiusi. «Io non avevo capito.» Confessai infine, rassegnata. «Non mi interessa Peter Wiles.»

Jacob si strinse nelle spalle e sospirò passandosi una mano sulla testa. Si tolse il cappello di lana grigio quasi quanto le ciocche di capelli che gli cadevano ai lati del viso e poi se lo rimise coprendosi bene le orecchie. «Ognuno è quello che è. Nemmeno tu sei perfetta, mia cara.»

Avevo appena affermato di non essere interessata a Peter Wiles. Perché non lo ero. Però... Strinsi forte il biglietto nella mano, lo tormentai con le unghie come se potessi distruggerlo, annientarlo. Non aveva importanza, ormai avevo memorizzato il nome della via, parallela a quella che stavo percorrendo, e il numero.

«Non mi interessa Peter Wiles.» Ripetei forse più a me stessa che a Jacob. Perché nel frattempo i miei passi, dapprima orientati verso la scala che conduceva alla metropolitana, si stavano invece muovendo proprio in direzione della casa di Peter Wiles.

CAPITOLO 11

Pazza. Pazza, scellerata e senza ritegno. Ma non riuscivo a fermarmi. Non riuscivo a piegare la mia volontà alla ragione. Mi sentivo in quel preciso istante un po' come uno dei personaggi di *I Promessi Sposi* di Manzoni. La monaca di Monza, per l'esattezza. Avevo trovato il romanzo anni fa nella biblioteca di mia madre. Ecco, precisamente la citazione *"La sventurata rispose"* sembrava scritta apposta per me.

Camminavo con gli occhi bassi, come se non volessi nemmeno guardare la strada che mi avrebbe condotta da lui. Li sollevai solo quando mi accorsi di essere giunta proprio davanti al suo cancello. Era quello il numero, quella la casa di Peter Wiles.

Una grande casa bianca a più piani con le persiane azzurre, circondata da un'inferriata scura. Il piano superiore era attraversato da un terrazzo immenso e una grande vetrata. L'abitazione dei Parker impallidiva al confronto. Quindi fare la pop star stonata e strimpellare canzonette rendeva di più di un lavoro da commercialista. Come aspirante accademica non mi conveniva proprio mettermi in competizione, mi avrebbero stracciata.

Restai ferma lì, con le braccia incrociate al petto. Che stupida! Cosa credevo di fare? No, no, non era la situazione adatta a me. Dovevo rimettermi in carreggiata al più presto, andare da Geoffrey, discutere con lui, litigare anche per la storia di suo padre e Frey. Peter Wiles era una distrazione che rischiava di compromettere la mia carriera oltre alla mia vita privata. Mi sarei tenuta la curiosità di cosa sarebbe potuto accadere.

Via, via immediatamente Amantine! Girai le spalle alla grande casa bianca con le persiane azzurre. Non riuscivo a impedirmi di immaginare lui lì dentro. Ma non sarei andata oltre l'immaginazione. E la mia sarebbe stata una scappatella senza seguito, un'avventura su cui avrei esclusivamente fantasticato nei momenti di noia.

«Dove credi di andare, dolcezza?»

Mi sentii trattenere per il polso. Era la prima volta che mi toccava. Senza che mi lasciasse andare me lo ritrovai davanti.

«Ho solo fatto un giro, ora me ne vado.» Mi sentivo bruciare nonostante fossimo in novembre, mentre dal polso lasciava scivolare la mano fino a prendere la mia.

Nella mente c'era una sinfonia ripetuta che mi rammentava che lui era Peter Wiles e non aveva nulla a che fare con me e con il mio mondo, il mio ambiente. Un'altra idea, più spudorata e audace, mi faceva presente che non serviva che lui comprendesse l'intensità e la profondità della mia anima e del mio intelletto per fare quello che avevo una gran voglia di fare con lui, che fosse Peter Wiles o un altro qualunque.

«Cosa vuoi?» inclinò leggermente il viso stringendo gli occhi in modo tale che sembrarono ancora più verdi e animati da una luce che mi apparve intrigante ma un po' perfida.

«Niente. Cioè, voglio solo andare via da qui.» Temevo il suo sguardo su di me. Ancora di più dei suoi gesti, del suo tocco.

«Qualcosa devi volere se sei arrivata fino a qui.» Mi lasciò andare la mano improvvisamente, quasi di scatto e io inaspettatamente ne sentii la mancanza. Eppure non ero mai stata molto predisposta al contatto fisico, tutt'altro.

«Ti sbagli. Ho avuto il biglietto da Jacob e… volevo solo fare una passeggiata questa mattina, quindi…» Non volevo giustificarmi. Volevo solo andarmene, allontanarmi da lui una volta per tutte. «Insomma se pensi che io sia qui per un motivo particolare, ti sbagli!»

«Quindi, vediamo se ho capito bene, Amantine…» Ricordava il mio nome? Sì, lo aveva appena pronunciato. Quindi lo ricordava. Perché non aveva lo stesso suono sulle labbra di altri? Perché sembrava più dolce e allo stesso tempo più intenso detto da lui? «Hai avuto il mio messaggio e hai pensato di passeggiare fino a qui per poi tornare indietro.»

«Si vede che avevo tempo da perdere. Un po' come te che passi la domenica mattina presto all'angolo di una strada fingendo di essere un poveraccio!» Ecco, brava! Mi feci i complimenti da sola. Perché mai dovevo essere sempre e solo io a giustificare le mie azioni?

«Cosa c'è che non va nella tua vita? Perché si vede che stai cercando qualcosa. Probabilmente non sono io quello che cerchi, questo te lo concedo. Però è dalla prima volta che ti ho vista che...»

«La mia vita non sta andando da nessuna parte. E comunque tu non hai il diritto di interpretarla, chiunque tu sia!» Mi dava fastidio. La sua sorta di indagine nei miei confronti mi dava fastidio e mi obbligava a mettermi sulla difensiva. «Magari sarà perfetta la tua di vita! Magari non avrai intralci in quello che fai, nessuno che ti fa sgambetti o ti complica l'esistenza. Nessuno che si aspetta nulla, nessuno che ti tormenta ogni giorno perché tutto sia svolto in un determinato modo, secondo le regole e...»

Cercai di respirare profondamente per placarmi. Avevo voglia di urlare. E di prendermela con lui perché non sapevo con chi altro prendermela. Con i miei? Con i Parker? Con Frey? Con Gregor? Con Geoffrey? No. Non andavano bene. Avrebbero tentato di calmarmi, di farmi ragionare e di ricondurmi sulla mia strada dritta e ben delineata. E io non ne avevo voglia. Io volevo arrabbiarmi. Io volevo provocare, reagire e creare scompiglio!

«Amantine, Amantine...» Mi posò entrambe le mani sulle spalle. Non comprendevo se si rendesse conto o meno delle reazioni fisiche ed emotive che stava scatenando in me. Non poteva essere tanto ingenuo da non accorgersene. Per un attimo mi chiesi se anche per lui fosse lo stesso. Poi lottai per allontanare la domanda dalla mente. Non lo volevo sapere. Ero solo una ragazza di passaggio. Cosa voleva da me?

Sicuramente non molto di più di quello che avevo voluto io da lui fin dal primo momento. Non era Geoffrey. Non dovevo forzarmi per essere la fidanzata brava, buona, bella, dolce e gentile. Era un grande sollievo.

«Peter, Peter…» ripetei imitando un po' il suo tono e un po' la tragedia shakespeariana in cui Giulietta invoca il suo Romeo. «Perché diavolo mi hai lasciato quel biglietto, Peter Wiles?»

«Non mi avevi riconosciuto…» ridacchiò attirandomi a sé per sussurrare al mio orecchio. «Stai proprio fuori dal mondo, Amantine.»

Mi staccai da lui respingendolo indietro. Per farlo dovetti posargli le mani sul petto e notai che la sua camicia di jeans era semiaperta. Non fu un'ottima idea per il mio labile stato emotivo.

«Comunque non cambia nulla. Resti un poveraccio incontrato per strada dal mio punto di vista. E poi diciamo che il tuo mondo non coincide esattamente con il mio. Non mi sento in dovere di riconoscerti.»

«Intendi il tuo mondo di piccola intellettuale snob incredibilmente egocentrica, Amantine?» No, questo era troppo. Io non ero una piccola… Insomma, non lo ero proprio!

«Tu osi dare dell'egocentrica a me?» Sarei già dovuta andarmene da un pezzo. Invece mi trattenevo ancora lì a discutere, come se i suoi occhi e tutto il resto del suo corpo mi avessero inchiodata al terreno di fronte a casa sua.

«Diciamo che la noto una che tende a farmi concorrenza…» Sorrise. Così, all'improvviso. Non lo avevo visto sorridere così prima. Era un sorriso spontaneo, quasi dolce. Seducente. A tal punto che non fui in grado di resistere e ricambiai, anche io gli sorrisi.

Tornò a prendermi la mano e la strinse nella sua. Il contatto con la sua pelle mi provocò un brivido indesiderato, soprattutto perché ero certa che lui se ne fosse accorto. Non disse nulla, ma con un cenno del capo indicò l'ingresso di casa sua. Le mie resistenze ormai erano abbattute, crollate. Non avevo voglia di oppormi. Volevo solo vivere un po'. Volevo solo provare a essere un'altra versione di me stessa. Più libera, più audace. Forse anche più eccentrica, sfrenata, disinibita. Non avevo idea di cosa sarebbe accaduto all'interno dell'abitazione di Peter Wiles. Ma ero pronta a sperimentare con lui qualunque cosa mi avrebbe proposto. Anche ciò che la mia educazione e la mia compostezza mi avevano sempre proibito. Restava comunque una certezza in me, forse errata però innegabile. Avrei raggiunto una completezza insieme a lui, una parte di me che ancora non conoscevo. Ma non mi avrebbe fatto male. Non fisicamente almeno. Di questo ero assolutamente fiduciosa.

CAPITOLO 12

Appena oltrepassata la porta Peter si voltò verso di me. Io dovevo ancora convincermi di essere veramente lì. Posò semplicemente la mano sul mio fianco. La sua espressione divenne seria, quasi compita, mentre mi accarezzava con una delicatezza inaspettata.

Non riuscivo ad afferrarlo. In pochi istanti passava dal sarcasmo, alla durezza, alla dolcezza. E anche la sua espressione mutava dal sogghigno, alla serietà, al sorriso. Non comprendevo da che demone o da che angelo fosse animato. Sapevo solo di esserne irresistibilmente attratta e non solo fisicamente.

Mi aveva lasciata lì sulla porta e si era staccato da me. Lo seguii con lo sguardo mentre attraversava il soggiorno, grande, luminoso ma piuttosto disadorno, per andarsi a sedere sull'immenso divano chiaro. Si tolse le scarpe, incrociò le gambe e si sporse lateralmente per afferrare una chitarra posata di lato. Restai ferma nell'atrio con le braccia sui fianchi mentre Peter strimpellava qualcosa ondeggiando la testa a tempo. Dopo qualche minuto parve ricordarsi della mia presenza.

«Faccio schifo come padrone di casa... vuoi qualcosa da bere?»

Non osai confessargli che mi aspettavo altro da lui. Era in una fase che avrei imparato a definire "innocenza angelica". Attraversava i suoi occhi chiari come se fosse realmente l'essere più innocente e puro che mi fosse mai comparso di fronte.

«Posso fare una telefonata?» Forse dovevo cogliere l'occasione per andarmene. Ma non volevo. Preferivo persistere in quella sorta di incompiutezza che c'era tra noi, tra innocenza e desiderio.

«Certo, se riesci a trovare il telefono in giro è tutto tuo, Amantine.» Sollevò lo sguardo su di me e comparve la smorfia ironica e beffarda.

«Parto per la caccia al tesoro, allora.» Sorrisi mordendomi le labbra. Ero tornata invisibile ai suoi occhi, la chitarra stava vincendo la sua battaglia e a quanto sembrava io non ero una degna rivale.

Trovai il telefono appoggiato su un mobiletto a muro in un angolo del salotto. Il corridoio portava a un'altra stanza. Lanciai un'occhiata ma mi trattenni dal percorrerlo per andare a curiosare. Afferrai la cornetta del telefono e la osservai indecisa. L'avrei fatto davvero? Sì. Ne avevo bisogno. Composi in fretta il numero dell'appartamento di Geoffrey.

«Geoff... ciao sono io...» Chiusi gli occhi sforzandomi di immedesimarmi e di mantenere un tono di voce basso e sofferente. «Purtroppo non mi sento bene oggi. Penso anche di... avere qualche linea di febbre, per cui...»

Per cui ero una stronza. Sentirlo preoccuparsi per me e per la mia salute mi fece male. Mi sentivo cattiva, ingiusta, traditrice. Sicuramente ero una brava bugiarda, Geoffrey mi aveva creduta senza sospettare che gli stessi mentendo.

Quando riagganciai il senso di colpa mi stava divorando. Mi appoggiai alla parete con la schiena. Cosa stavo facendo? E soprattutto, perché? Ma ormai era fatta. Raccolsi la borsa che avevo lasciato a terra mentre telefonavo e andai a sedermi sul divano, accanto a Peter che continuava a sembrare più interessato alla sua chitarra e alle note che si segnava su un quadernetto che teneva in bilico sul ginocchio.

E va bene! Se le cose stavano così... Mi tolsi il cappotto, frugai nella mia borsa e presi le mie cartellette e i miei appunti. Iniziai a rileggere quello che avevo scritto nel corso della settimana.

Ogni tanto sollevavo lo sguardo per osservare Peter, totalmente coinvolto da un mondo che non era il mio. Anche lui occasionalmente si fermava per guardarmi, sentivo i suoi occhi posarsi su di me. Non ci toccavamo ma sentivo la sua vicinanza percorrermi e accarezzarmi. I nostri mondi scorrevano paralleli senza scontrarsi, senza forzarsi, senza infrangersi l'uno nell'altro. E io avevo perso la cognizione del tempo. Era ancora mattina? Non indossavo un orologio e diedi un'occhiata intorno per cercare di scoprire l'ora.

Peter si alzò improvvisamente, appoggiò la chitarra dove l'aveva presa e si stirò sbadigliando.

«Io vado a dormire, non ci sono ancora andato da ieri. Tu fai pure come se fossi a casa tua… a meno che abbia sonno anche tu.»

Certo che così mi stava facendo sentire davvero molto attraente! Ero così orribile allora? Gli ispiravo voglia di andare a letto, sì. Ma per dormire! Lo odiavo. Eppure lo seguii, come una povera disperata. Sì, disperata e frustrata. Se non era interessato a me da quel punto di vista cosa ci facevo lì in casa sua? Salii le scale dietro a lui, percorremmo un corridoio. Peter aprì la porta di una stanza e mi lasciò entrare prima di richiuderla dietro di sé. Era la sua camera da letto, per lo più vuota e spoglia proprio come il soggiorno e con al centro un grande letto rimasto intatto.

Peter si stese a si sistemò il cuscino dietro alla testa. Io raggiunsi l'altro lato, il destro, e mi sedetti togliendomi le scarpe e raccogliendo le ginocchia al petto. Lo osservai scivolare nel sonno.

Mi stesi voltandomi su un fianco, verso di lui. Non mi aveva chiesto niente. Non aveva preteso nulla da me. Nessuna spiegazione, nessuna domanda. Non cercava di fare buona impressione su di me, né con i gesti né con le parole. Mi addormentai. Risvegliandomi non ricordai dove mi trovavo. E nemmeno trovai Peter Wiles steso accanto a me.

Uscii dalla stanza e scesi in soggiorno. Ormai mi era chiaro il concetto che non mi trovava attraente. Avevo dormito nel suo letto e non era accaduto nulla.

«Ho ordinato qualcosa da mangiare» mi informò stiracchiandosi sul divano. «Pizza, patatine, hamburger... le mangi le schifezze ipercaloriche, vero piccola intellettuale egocentrica?»

«Stronzo!» Afferrai un cuscino da una poltroncina e glielo lanciai addosso. «Comunque io poi me ne vado.»

«Certo... altrimenti rischi che ti salga ancora di più la febbre e sarai costretta a trattenerti qui insieme a me.»

Ovviamente aveva origliato la mia telefonata a Geoff. Ma del resto era casa sua. Non replicai. Peter Wiles mi confondeva. La verità era che non me ne volevo andare. Non ero abituata a qualcuno che mi stesse accanto senza pretendere nulla da me. Né le mie parole, né la mia mente, né i miei pensieri. E nemmeno il mio corpo.

«Me ne andrò invece, tranquillo. Però non prima di aver divorato pizza, patatine e hamburger. La piccola intellettuale egocentrica è golosa di schifezze ipercaloriche, Peter Wiles. Molto golosa.»

CAPITOLO 13

Ero tornata a casa e mi ero precipitata nella mia stanza cercando per quanto possibile di evitare i Parker. Avevamo mangiato, poi Peter mi aveva accompagnata alla porta e mi aveva lasciata andare senza eccessivi complimenti. Sicuramente non lo avrei più rivisto. Meglio così! Sarebbe stato più semplice tornare alla mia vita di tutti i giorni. Meglio non avere ricordi troppo intimi di questa mia assurda sbandata. Forse avevo solo avuto bisogno di una giornata di pausa da tutto il resto, da tutti gli altri.

Mi posizionai davanti allo specchio della mia stanza. Avevo l'aria intirizzita e un po' stanca. Era chiaro che non fossi abbastanza carina per lui. Eppure tutti mi avevano sempre trovata carina, fin da ragazzina! Non mi erano mai mancati i corteggiatori, anzi... Invece lui mi aveva trattata con indifferenza. Ma allora perché lasciarmi quel biglietto? L'intenzione mi era sembrata inequivocabile.

Dovevo ammettere che era una sensazione che mi irritava profondamente. Forse soffriva di solitudine. Forse voleva solo un po' di compagnia. Ma non aveva amici o parenti per questo?

Mi passai i polpastrelli sotto gli occhi un po' segnati. Non mi truccavo abbastanza, aveva ragione quell'amica di mia madre. Dovevo valorizzare le pagliuzze verdi degli occhi, magari anche le labbra e gli zigomi. E indossavo abiti decisamente troppo larghi, che non mi evidenziavano sufficientemente le forme. Ma non ci avevo mai pensato seriamente a vestirmi più sexy e provocante. Non ne avevo mai avuto bisogno in realtà.

Sentii bussare alla porta. «Avanti...» risposi stancamente.

Doris aprì la porta guardandomi con un'aria indecifrabile, in bilico tra accusatoria e curiosa.

«Geoffrey ha chiamato un paio di ore fa per sentire come stavi, voleva sapere se avevi ancora la febbre. Gli ho detto che stavi dormendo. Si è raccomandato di non farti lavorare troppo, nemmeno alle tue ricerche. E ha detto di bere una bella spremuta d'arancia, hai bisogno di vitamine.»

«Grazie, Doris.» Sì, grazie Doris. Mi sentivo già da me una persona orribile. Non era il caso di fissarmi come se fossi un'ignobile manipolatrice e una fedifraga impenitente. E poi io non avevo tradito Geoff! Certo, non lo avevo tradito per mancanza di interesse da parte di Peter, però... «Avevo bisogno di stare un po' da sola oggi.» Ecco, il mio solito bisogno di giustificarmi che tornava a presentarsi, come sempre.

«Penso che mi abbia creduto» annuì Doris sollevando le spalle senza scomporsi. «Del resto può capitare a tutti di aver voglia di qualcosa di diverso di tanto in tanto. Hai fatto bene a distrarti un po'.»

Certo, avevo fatto bene. Peccato che invece non mi ero distratta affatto. Non come avrei voluto, almeno.

CAPITOLO 14

Non ero tornata alla mia solita vita il giorno successivo. Non era un lunedì qualunque. E la giornata trascorsa con Peter non aveva spezzato la routine e i soliti pensieri. Anzi, sembrava essere accaduto proprio il contrario. Era la solita vita a spezzare il pensiero persistente che avevo concentrato su di lui dal giorno prima. Cercavo di impegnarmi per non soffermarmi troppo sull'immagine di Peter mentre suonava, scriveva o se ne stava steso a letto ignorandomi.

In università nemmeno la presenza di Gregor Jackman, come sempre scodinzolante dietro a Frey, riusciva a irritarmi. Me ne fregavo di lui e per una volta era una sensazione piacevole infischiarmene di tutti i suoi raggiri, tutti i suoi sgambetti per farmi apparire inutile e sconclusionata. Era divertente vederlo impegnarsi e darsi da fare incessantemente. Forse perché per la prima volta nella mia vita si era insinuato in me il dubbio di non volere veramente quello per cui avevo tanto lottato.

Valeva davvero la pena trasformarmi in una copia di Gregor per compiacere un professore universitario, anche se genio della letteratura contemporanea acclamato a livello internazionale? Non ne ero più convinta. Non avevo intenzione di rinunciare o ritirarmi ma c'erano compromessi a cui non intendevo cedere, non ancora.

Uscendo dall'università la mia mente, che lo volessi o meno, era focalizzata più che mai su Peter Wiles e su pensieri decisamente poco platonici e poco casti nei suoi confronti. Non lo avrei rivisto mai più, questo lo sapevo. Lui non aveva detto nulla in proposito, non mi aveva invitata a tornare e non mi aveva proposto di rivederci. Però io lo avrei cercato comunque. Senza che lui ne venisse a conoscenza, ma lo avrei cercato.

54

Invece di prendere la strada di casa o della biblioteca che frequentavo occasionalmente mi diressi verso il centro. Avevo bisogno di Piccadilly Circus. E arrivata lì avevo bisogno di un negozio di dischi, uno qualunque.

Darkest Storm. Cd in ordine alfabetico. Darkest Storm. Se erano così noti li avrei trovati facilmente. Passai le dita sui cd ben ordinati arrivando alla lettera D. Sì, eccoli. Forse erano davvero piuttosto conosciuti. E non erano nemmeno diverse copie dello stesso album, ce n'erano cinque diversi. Li selezionai in ordine di pubblicazione. Facendo un rapido conto calcolai che erano già in giro da sette anni circa.

Peter doveva essere molto giovane quando avevano iniziato. Nella foto con gli altri sul primo cd lo era davvero. Aveva i capelli un po' più lunghi, un ciuffo che gli ricadeva sulla fronte, l'aria da bambino smarrito ma malizioso, anche se era allo stesso tempo più dolce, più innocente. L'espressione che gli riscoprivo quando smetteva di suonare e sollevava lo sguardo su di me.

Passai in rassegna anche gli altri cd e analizzai le copertine. Più maturo, più serio, più smaliziato, più sensuale. Li posai trattenendo il primo e mi avviai decisa alla cassa. Perché stavo comprando un loro cd? E perché scegliere quello in cui Peter era poco più che un adolescente? Misteri della mente umana, anche della mia. Ma non avevo avuto incertezze sulla scelta. Forse volevo risalire a quando tutto era iniziato, alle origini. Forse faceva parte del mio percorso accademico di ricerca risalire alle prime fonti e proseguire poi in ordine cronologico. Doveva essere così. Nessun mistero, nessuna reconditi spiegazione ancora sepolta in fondo all'anima.

Tornai a casa. Sapevo che i Parker non c'erano e Jinny era andata a fare merenda da un'amichetta quel pomeriggio. La madre della bambina l'avrebbe riaccompagnata a casa la sera. Per cui in teoria ero libera. Strappai via il rivestimento trasparente, aprii il cd e sfogliai le pagine interne. Ancora foto di loro. Peter appariva con un sopracciglio alzato e la linguaccia. Gli altri componenti della band erano ritratti in pose più comuni, carini ma composti.

«Che scemo...» sospirai tra me mentre appoggiavo il cd nello stereo inutilizzato dei Parker. Passai in rassegna i titoli delle canzoni. *Winners for love, Everything for you, Say my name, Love forever, Cry and swear...*

Mi andai a sedere sul divano con l'involucro tra le mani mentre si diffondevano le note della prima canzone. Chiusi gli occhi e mi concentrai per cercare la sua voce che si mescolava a quella degli altri. Eccolo, sì. Lo riconoscevo tra gli altri. Era lui.

Sobbalzai allo squillo del telefono e prima di rispondere corsi a spegnere tutto, come se rischiassi di essere colta in flagrante in un atteggiamento equivoco. Riconobbi la voce di Geoff appena pronunciò il mio nome. Quando mostrò preoccupazione per la mia salute il senso di colpa mi pervase in pochi istanti, nonostante tentassi di scrollarmelo di dosso.

«Sì, sto un po' meglio. Grazie Geoff.»

Rifiutai la sua proposta di passare a trovarmi, adducendo come scusa che presto Jinny sarebbe tornata e mi sarei dovuta occupare di lei. E più tardi avrei lavorato alla mia ricerca e alla mia tesi di dottorato. Poi c'era anche un piccolo incarico che Frey mi aveva affidato ed ero costretta a portare a termine. Non avevo voglia di discutere a proposito dell'interferenza sua o di suo padre nella mia carriera accademica, quindi lasciai cadere la questione. Sarei andata a letto presto, da brava. Avevo bisogno di riposare perché non potevo permettermi ricadute considerato che per fortuna la febbre mi era passata in fretta.

Riagganciai e mi avvicinai alla finestra. No, non lo avevo tradito. Lo avevo solo imbrogliato un po'. Per pura necessità, avevo bisogno di almeno un attimo di pace. Niente domande, niente richieste. Tornai allo stereo, estrassi il cd e lo riposi nella custodia. Salii in camera mia e lo gettai sul letto. Il viso di Peter mi fissava ironico dalla copertina. Mi spogliai con calma, entrai in bagno e poi nella doccia. Era una follia. Sì, stavo pianificando una follia, un colpo di testa.

In camera mia in accappatoio passai in rassegna il mio guardaroba. Non ero stata abbastanza carina. Il cattivo umore mi provocava una morsa alla bocca dello stomaco. Non avevo nessuna voglia di impegnarmi, ma allo stesso tempo volevo sperimentare qualcosa di nuovo. Sfilai dall'armadio un vestitino nero con le balze rosa. No. No, non potevo indossare quella roba. Meglio i miei pantaloni o le gonnellone da intellettuale frustrata. Anzi, i jeans. I jeans erano un "territorio neutro". Ecco, jeans e un golfino qualunque, blu scuro, non troppo largo. Una maglietta bianca sotto. Magari potevo accentuare il trucco. Gli occhi, le labbra, gli zigomi. I capelli castani completamente sciolti, senza mollettone o la coda a trattenerli.

Un giro puramente casuale a Notting Hill. Solo per prendermi un caffè. Una cosa del tutto innocente. Intanto appena raggiunta la scala che conduceva alla metropolitana notai che Jacob non era presente al solito posto. Del resto non erano le sette di domenica mattina. Mi fermai proprio in quel punto, come in attesa di qualcosa. Un'ispirazione, una voce che mi guidasse verso il mio destino.

«Maledizione...» La voce mi stava conducendo verso la via di Peter. Poi verso la casa di Peter. Ma ci sarei passata solo davanti, senza fermarmi. Del resto era una strada come tante altre, non era tutta proprietà privata di Peter Wiles.

Lanciai un'occhiata al campanello sul cancelletto. Il nome non c'era. Forse non funzionava nemmeno. Ci passai sopra il dito e premetti leggermente. Era meglio andarmene. Nessuno comparve. E comunque potevo sempre fingere di aver sbagliato. Lui magari non c'era, magari si trovava in qualche studio a strimpellare, in viaggio, in vacanza. Via insomma.

Alla porta apparve un uomo altissimo, molto magro e un po' curvo. Indossava una giacca nera squadrata che gli raggiungeva le cosce, pantaloni neri e camicia bianca. Le basette brizzolate gli arrivavano quasi alle labbra. Aveva un'inquietante aria da becchino. Rimase immobile a guardarmi e a squadrarmi come fossi un insetto, anzi un batterio dannoso per l'umanità. Meglio filare.

Invece non filai da nessuna parte. Più forte era il desiderio di soddisfare la mia curiosità. «Peter Wiles...» Pronunciai solo il suo nome con una vocina timida e assorta.

«Mi dispiace, signorina. Qui non abita nessun Peter Wiles.»

«Come non detto» sbuffai voltandogli le spalle. «Manichino imbalsamato senza palle... Ci sono stata a letto ieri con Peter Wiles, proprio in quella casa.» A dormire. Ma ci sono stata!

«Dove scappi, piccola intellettuale egocentrica?» Riconobbi la voce ma continuai ad allontanarmi indifferente, fingendo di non aver sentito. «Amantine!» Alzò notevolmente il tono. Girandomi lo vidi sul terrazzo, in jeans e canottiera nera. «La lasci entrare Gordon, è innocua. O almeno lo spero...»

«Ma che...» Sollevai il viso e restai a guardarlo, prima che il tizio chiamato Gordon mi permettesse di entrare con gesto ossequioso e solenne. Gli lanciai un'occhiata perfida. «Non si dicono le bugie, Gordon. Vuole andare all'inferno?»

Gordon rimase serio e imperturbabile alla mia battuta. «Il signor Wiles si trova al piano superiore, signorina.»

Salite le scale che già conoscevo mi ritrovai di fronte alla camera di Peter. Attesi. Poi mi decisi a bussare.

«Insomma, entra. Non sto facendo nulla che ti possa impressionare.»

«E che ne so io...» Aprii la porta e lo cercai con lo sguardo per la stanza. «Potevi essere nudo. Oppure...»

«Sì, certo. Dopo averti vista dal terrazzo mi sono spogliato solo per accogliere te!» Mi scrutò aggrottando la fronte. «Sei diversa oggi. Ti sei impiastricciata la faccia per le grandi occasioni?»

Ecco, come non detto. Odioso. Ci godeva a mettere in imbarazzo me e i miei sforzi. «Ma chi è quel signore allampanato al piano di sotto? Hai pure il maggiordomo?»

«Sì. Solitamente serve a tenere lontane le ragazzine vogliose che scoprono dove abito.»

«Ah, certamente ci riesce bene. Magari quelle a cui lasci biglietti per la strada con il tuo indirizzo scritto sopra…» annuii seria. Non lo avevo capito cosa ci facessi di nuovo lì. Lui mi stava prendendo in giro ancora. E io mi sentivo anche più sciocca e insulsa del giorno prima. Forse era un sadico, un perverso, un maligno. Godeva intrinsecamente nel minare l'autostima delle donne. Con me ci stava riuscendo. «Comunque… io vado. Addio, Peter.»

«Sei passata di qui per dirmi… "Addio, Peter."» Tentò pure di imitare il mio tono di voce risentito, il maledetto!

«Sì, io… credo proprio di sì.» Mi tremava la voce. Ero furiosa. Se fossi stata un lupo lo avrei azzannato alla gola.

«Perché, stai partendo? Dove vai di bello?» Mi puntò addosso quegli occhi verdi ingenui che aveva anche nella sua fotografia di ragazzino sul cd. Mi faceva impazzire. Indipendentemente da chi fosse. Mi faceva impazzire.

«A casa mia. Cioè, non mia…» Dai Parker, insomma. Inutile perdermi in spiegazioni. «Comunque, addio Peter.» Sollevai anche la mano, questa volta, per essere più incisiva.

«Perché non esprimi chiaramente quello che vuoi e il motivo per cui sei qui, Amantine? Il motivo per cui mi hai cercato anche ieri.»

A questo punto, come se non lo avessi odiato già abbastanza per il suo atteggiamento, il mio disprezzo per lui toccò veramente il fondo. Mi voleva proprio umiliare fino all'ultimo. Forse… forse non era nemmeno interessato alle donne, forse…

Restai in silenzio, inclinai il viso. Doveva essere così. Per lui ero solo un gioco e magari non ero nemmeno la prima.

«Cosa stai pensando ora, Amantine? Hai un'espressione davvero buffa.» Qualche passo e mi fu di fronte, strinse gli occhi come nel tentativo di indagarmi, di decifrarmi. Ripeteva continuamente il mio nome. E io mi sentivo elettrizzare e attraversare da un brivido, ogni volta.

«Non ti piacciono le ragazze...» risposi semplicemente, prima di riflettere su come esprimere il concetto in modo più accettabile.

«Mmh...» annuì piegando le labbra in giù. «Quindi dal fatto che io non ti salti addosso strappandoti i vestiti e buttandoti sul letto, deduci che non mi piacciono le ragazze. Non ti ha sfiorato l'idea che il problema potresti essere tu?»

«E va bene!» Pensavo davvero di non poterlo disprezzare di più? Mi illudevo! Gli diedi uno spintone indietro con rabbia, con esasperazione. Stavo per scoppiare a piangere. Nessuno mi aveva mai umiliata così.

Mentre lo spingevo Peter mi afferrò per le braccia e mi trattenne contro il suo petto. Sentii le gambe tremare, come se stessi per cadere a terra. «Che cosa vuoi da me, Amantine? Che ti porti a letto? Perché ti assicuro che non ho alcun problema a farlo e a dimenticarmene domani o anche tra qualche ora quando ti sbatterò fuori di casa...»

«No, io... non sono così. Io...» Non ero così. Non ero mai stata così. In ventisette anni di vita, mai. «Non so perché sono qui. Cioè io pensavo...»

Il suo respiro sul viso mi stava facendo perdere la cognizione del tempo e dello spazio. Non ero io. Non ero in me. Avevo avuto Geoffrey per anni. E qualche flirt alle superiori. Non era mai stato così. Ero io a gestire la situazione, le emozioni. Io a stabilire dove, come, quando. Sempre. Ero io a non perdere mai il controllo.

Socchiusi gli occhi in attesa. Fremevo come un'adolescente sentendo il suo corpo contro al mio, mentre mi accarezzava la schiena scendendo verso i glutei. Sussultai al tocco delle sue labbra, quando finalmente ricevetti quel bacio che sembrava non dover arrivare mai. Schiusi la bocca afferrandolo per la testa, immergendo le dita tra i suoi capelli scuri e corti. Poi mi staccai per guardarlo negli occhi.

«Io sto con qualcuno, Peter.»

«Lo so. Non sono geloso.» Sollevò le spalle e mi strizzò l'occhio. La sua aria canzonatoria comparve all'improvviso. «Ovviamente una come te deve per forza stare con qualcuno.»

Non sapevo cosa intendesse con "una come te". Preferii non indagare. Anzi, preferivo di gran lunga riprendere a baciarlo.

«Anche tu starai con qualcuna, no?» Non so perché gli rivoltai la domanda.

«Ovviamente.» Peter lasciò scivolare le mani lungo le mie braccia, poi le appoggiò sui miei fianchi attirandomi a sé quasi con forza.

«Ovviamente.» Ovviamente questo faceva di noi due stronzi, traditori, insensibili.

Ma avevo voglia di lui e non potevo resistere. No, non avevo voglia di Peter Wiles. Avevo voglia del ragazzo che avevo incontrato una domenica mattina per la strada. Avevo voglia di libertà. Avevo voglia di qualcuno che non mi chiedesse costantemente che cosa intendevo fare della mia vita e delle mie giornate.

«Tu non avrai pretese su di me, vero Peter?» gli sfiorai il viso e le labbra con le dita, guardandolo negli occhi. «Non vorrai sapere tutto, avere tutto. Mi lascerai libera, vero Peter?»

«Ho forse l'aria di un carceriere di piccole intellettuali egocentriche?» Mi sollevò il mento baciandomi con dolcezza le labbra e poi mordendole leggermente.

«Bene, perché noi non abbiamo proprio nulla in comune.» Posai le mani sulle sue braccia. Solo in quel momento mi resi conto che la sua spalla destra era attraversata da un tatuaggio che gli percorreva il braccio fino al gomito. Sembrava un'immagine tribale, antica. Lo avrei osservato con più attenzione se Peter non mi avesse sollevato nella foga di baciarmi con una passione che non fui in grado di trattenere o di respingere. Mi avvinghiai a lui mentre sentivo il suo corpo fremere con il mio.

«Nulla in comune. Nessuna pretesa.» Mi sospirò all'orecchio prima di baciarmi sul collo, sfilandomi il golf con un gesto rapido e sicuro.

Mi lasciò cadere sul letto e io prendendolo per mano lo attirai sopra di me.

«Nulla in comune. Nessuna domanda, nessuna pretesa, Peter. Mai.»

CAPITOLO 15

Svegliarmi e non trovarlo nel letto non era una novità. Anche se questa volta le cose erano andate molto diversamente. Mi morsi le labbra rammentando il suo tocco, i suoi baci, i suoi gesti. Avevo sedotto Peter Wiles. Ma che brava! Probabilmente ora mi avrebbe sbattuta fuori da casa sua, come mi aveva anticipato. A questo punto meglio prepararmi mentalmente e cominciare a rivestirmi. Sempre che avessi recuperato gli abiti che Peter aveva molto artisticamente lanciato in giro per la stanza.

Quando si ripresentò avevo indosso gli indumenti intimi e la maglietta. Avevo avvistato i miei jeans ma il golf era ancora dato per disperso.

«Te ne vai di già?»

«Sì, prima che mi sbatti fuori di casa... è quello che avevi detto!» Mi strinsi nelle spalle cercando di infilarmi i pantaloni e restare in equilibrio.

«Sono le tre di notte, Amantine.» Notai che Peter indossava una maglietta blu e i boxer. Credevo fosse uscito e non volevo che mi trovasse ancora rientrando. Avevo completamente perso la cognizione del tempo. Credevo fosse ancora sera, non notte fonda. «Ho ordinato una pizza. Mi è venuta fame.»

«Pizza alle tre di notte?» Lo guardai come se fosse un pazzo appena scappato dal manicomio. Non avevo mai mangiato fuori orario. «Sarebbe la prima volta nella mia vita.»

«Che vita triste devi avere...» Questa volta fu lui a squadrarmi da capo a piedi come se fossi un marziano. «Comunque se vuoi provare anche questa nuova esperienza dopo quella di essere stata a letto con un dio del sesso, la pizza arriverà tra pochi minuti.»

«Ti consegnano la pizza alle tre di notte?» Incrociai le braccia e non resistetti alla tentazione. «Ma Peter... questa notte tra di noi... voglio dire... è davvero successo qualcosa? Perché io sinceramente non ricordo. Non abbiamo solo dormito come l'altra volta?» Eccoti servito, dio del sesso!

Incrociò le braccia imitando la mia posizione e mi lanciò un'occhiataccia, come se stesse meditando su come farmela pagare adeguatamente. Poi percorse i pochi passi che ci separavano e mi afferrò per i polsi. Simulai una debole resistenza ma lo circondai con le braccia. Proprio in quel momento squillò il campanello.

«Salvata dalla pizza!» Peter mi lasciò andare per scendere al piano inferiore.

Io mi preparai a mangiare pizza alle tre di notte. Qualunque cosa stesse accadendo mi piaceva, mi divertiva, mi stuzzicava. Non mi ero mai sentita così. E sapevo solo che volevo proseguire.

E così mangiammo pizza seminudi sul letto alle tre di notte. Lo guardavo. Ogni istante come se fosse l'ultima volta. Cosciente che da un momento all'altro avrebbe potuto e voluto mandarmi via e non rivedermi mai più. Non che temessi quel momento. Temevo di più la perdita di assoluta libertà e di frenesia che provavo con lui e che mi invadeva le viscere e il sangue.

Peter saltò giù dal letto. Lo vidi fermarsi davanti a uno stereo molto più moderno ed evoluto di quello dei Parker che occupava buona parte di una parete della stanza. Probabilmente voleva ascoltare musica. Magari uno dei suoi cd. Quando la musica attaccò, fin troppo alta per le mie abitudini, mi accorsi che non era lo stesso che io avevo comprato. Anche le voci mi sembravano diverse. Certo, nel mio cd erano giovanissimi. Questa voce però era singola, non alternata. Ed era rude, quasi selvaggia, vibrante. Arrabbiata e dolorosa al tempo stesso.

«Sei… tu…» chiesi già intuendo però la risposta. Ma lui non lo poteva sapere che io avevo acquistato un loro cd e avrei riconosciuto il timbro.

«Non ascolto mai la nostra musica, Amantine. Non sopporto la mia voce registrata.» Sorrise tornando verso di me. «Comunque sono i Nirvana, *Smells Like Teen Spirit*. Non dirmi che non li avevi mai sentiti, ragazzina!»

«Sono una piccola intellettuale egocentrica, come mi chiami tu. Io non ascolto questa musica. Ho suonato la viola per due anni, durante il liceo.» Corrugai la fronte, involontariamente trascinata dalle note così aggressive e da quella voce graffiante.

«La viola? Tu hai suonato la viola?» Dall'espressione non compresi se Peter stava per sentirsi male o ridermi in faccia.

«Sì, la viola. Lo strumento, hai presente? Quello che si suona…» Imitai vagamente il gesto. «Ma non ero molto brava, anzi non lo ero per niente.»

«Ho presente una Viola, sì. E l'ho suonata per bene anche io.» Scoppiò a ridermi in faccia, poi mi attrasse a sé.

«Tu sei un cretino! Lo sai, vero?» Cercai di mantenermi seria, ma risi anche io sulle sue labbra. Ero in ginocchio sul bordo del letto e Peter in piedi davanti a me. Mi prese le mani intrecciando le dita con le mie.

«Sì. E ora tu ballerai con questo cretino…»

Mi costrinse a scendere dal letto. Cominciò a muoversi a ritmo di musica cercando di farmi volteggiare tra le sue braccia. Inutilmente. Ero troppo rigida, un pezzo di legno. Non avevo mai ballato quel tipo di musica prima. Peter invece sembrava nato per muovere il corpo seguendo quelle note. Era come se ne diventasse parte, come se lo animassero di una linfa vitale e di un vigore quasi ultraterreno. Seguivo i suoi movimenti come incantata, stregata.

«Io non…» cercavo di spiegare il mio imbarazzo mentre lui si impegnava per guidarmi. «Io non so ballare, Peter. Ho studiato solo danza classica, insieme alla viola. Ma un solo anno prima che i miei si rendessero conto che non ero assolutamente portata per la danza. Tu invece sei…»

«Sono stato un ballerino all'inizio. Non è complicato, devi solo muovere il culo e ancheggiare, piccola snob. Ecco così, prova, non è difficile…» Senza troppi complimenti mi diede una pacca sul sedere. «Segui me.»

Seguivo lui, in qualche modo. Senza riuscirci. Mi sentivo imbarazzatissima e completamente fuori tempo. Capivo di essere un disastro. Mi sentivo una scimmia che tentava inutilmente di uscire da una gabbia troppo stretta. E quella gabbia era il mio corpo assolutamente disabituato e forse inadatto a quei movimenti liberi, sensuali e un po' selvaggi.

«Vieni qui, Amantine.» Peter mi attrasse a sé stringendomi per la vita e facendomi aderire a lui si mosse a ritmo costringendo il mio corpo a seguire i suoi movimenti. «Ecco, lo senti ora il ritmo?»

«Per la verità sento altro…» scoppiai a ridere appoggiando la fronte alla sua.

«Piccola puttanella viziosa!» Mi lasciò andare, poi mi riprese stringendomi ancora più forte.

Forse era il ballo, era la musica, erano quelle canzoni. Ma l'unica certezza in quel momento era che con Peter io ero una Amantine tutta nuova, completamente sconosciuta ed estranea a quella con cui avevo convissuto tutta la vita.

Ricademmo sul letto stremati e lui fu più dolce ma anche più intenso, più appassionato. Ancora non mi aveva sbattuta fuori da casa sua e io in ogni caso ero sempre meno intenzionata ad andarmene. Mi alzai e andai a rovistare tra i suoi cd. Guardai anche quelli dei Darkest Storm ma ricordai che a Peter non piaceva ascoltare la propria voce. Quindi cercai altro.

«Quello di prima… Nirvana hai detto? Ha una gran voce… anche se la trovo dolorosa, sofferente.»

«È Kurt Cobain, sciocchina. Nirvana è il nome del gruppo. Sì, comunque in effetti hai ragione.» Corrugò la fronte diventando improvvisamente serio, riflessivo. «Uno dei pochi contemporanei che reputo geniale. Ammetto di invidiarlo anche se normalmente non sono il tipo, è anche più giovane di me di qualche anno... farà una carriera strepitosa, ben oltre il normale successo.»

«Mmh... vediamo un po'...» Non conoscevo nessuno di quei cantanti e di quelle band. Ero proprio fuori dal mondo. Dal mondo di Peter per lo meno.

Poi mi apparve sulla copertina il viso e il corpo di una ragazza con un abito bianco, il seno in bella mostra. Mi chiesi come mi sarebbe stato addosso un vestito così. Lessi il nome: Madonna. Certo, la conoscevo Madonna! L'avevo già sentita nominare almeno! Estrassi il cd dei Nirvana e inserii il cd di Madonna. Voltandomi vidi Peter che mi osservava incuriosito come se fossi un animaletto di cui studiare i movimenti per un esperimento.

«Questa la conosco!» Esclamai entusiasta mentre attaccavano le note della prima canzone, *Material Girl*.

«Certo Madonna, ovvio. Chi non conosce Madonna...» annuì sospirando e regalandomi la sua abituale smorfia condiscendente. Sollevò gli occhi al cielo. «Però ti dirò, mi stupisce quasi che tu sappia che questa è una cantante e non quella che si prega in chiesa.»

«Prima o poi ti farò un esame di letteratura inglese, Peter Wiles.» Iniziai a dimenarmi a tempo. Mi sembrava di acquisire più scioltezza nei movimenti e anche più energia. «E tu farai una figuraccia pessima. Io ti umilierò a tal punto che te ne ricorderai per sempre! Così la mia vendetta sarà compiuta!»

«Davvero minacciosa...» steso a letto, appoggiato su un fianco mi fissava attento. Non provavo più imbarazzo, mi piaceva essere guardata da lui. E mi sentivo più sicura nel ballo. «Vieni qui, *Material Girl*.»

Lo raggiunsi saltellando. «Sono migliorata, vero? Sto diventando proprio brava come ballerina!»

«Diciamo che sei un po' meno orribile di prima.» Puntò gli occhi verdi nei miei. Le sue parole non mi offesero questa volta e nemmeno ebbi voglia di replicare con un'altra battuta alla sua.

Posai le mani sulle sue spalle nude, percorsi con il dito il suo tatuaggio e lo accarezzai piano mentre lui stringendomi appoggiava la testa sul mio petto. Era diverso da prima. Ancora una volta mi ritrovai sorpresa, confusa dal suo atteggiamento. In quel momento il nostro sembrò essersi trasformato in un rapporto più umano, più vivo. E io compresi che dovevo andarmene subito se non volevo perdermi.

«Che ore sono, Peter?»

Si allungò per controllare l'orologio che aveva lasciato sul comodino. «Quasi le sette.»

«Cosa?» Avevo chiesto tanto per dire qualcosa. Non mi aspettavo che fosse già così tardi. «No accidenti... io devo andare! Subito devo andare!» Mi agitai per la stanza cercando di mettere insieme indumenti, borsa, giacca, scarpe. Poi mi bloccai. Che giorno era? «Domenica... lunedì...»

«Martedì, dolcezza. Ma dove vuoi scappare?»

«All'università, Peter. Lavoro. Studio. Ricerche. Io sono una ricercatrice universitaria, ricordi? Non una pop star che scambia la notte per il giorno e...»

Mi misi le mani tra i capelli. Avrei anche avuto bisogno di una doccia e di rendermi presentabile. Mi ci sarebbe voluta almeno mezz'ora per raggiungere Russell Square e poi l'università. O forse mi conveniva cambiare per Euston... No, non avevo tempo, neanche per pensare.

«Sono finita! Rovinata! Devo essere lì prima delle otto. Frey mi ucciderà. C'è anche l'americano, dobbiamo portarlo a colazione prima di presentarlo alla conferenza. E poi Gregor, il leccaculo malefico... ne approfitterà una volta per tutte per distruggermi, annientarmi... farmi fuori!»

«Non puoi chiamarli tutti e dire che hai la febbre come hai fatto domenica?» Peter non si scompose davanti alla mia agitazione. Anzi, mi mostrò un'assoluta e totale indifferenza. Per lui era tutto facilmente risolvibile con una telefonata.

«Non capisci, Peter. Qui si tratta della mia vita! Del mio futuro…» Domenica invece si trattava solo del mio fidanzato. Il pensiero mi attraversò la mente fulmineo. Questo rendeva l'idea di quanto fossi orribile, come essere umano.

«Calmati, ragazzina. Tu cerca di sistemarti, io scendo e ti preparo la colazione. O chiedo a Gordon di prepararla se è già in servizio.» Non mi aspettavo che Peter si offrisse di aiutarmi. Anche se prepararmi la colazione non era un grande aiuto. Non ne avrei neanche avuto il tempo.

«No, no… non ho tempo!» Mi infilai un indumento dopo l'altro con furia frenetica. Corsi nel bagno adiacente alla stanza. Ero in uno stato orribile. Sembrava che avessi folleggiato tutta la notte senza tregua. In effetti. Per fortuna non avevamo bevuto alcolici! Mi mancava solo di essere anche ubriaca.

Scesi le scale di corsa dopo essermi resa almeno vagamente presentabile. Peter mi mise in mano una tazza di caffè e un muffin al cioccolato. Sorseggiai appena il caffè, corposo e amarissimo, e mi trattenni dall'istinto di risputarlo nella tazza.

«Forte. Serve a svegliarti, Amantine.» Peter mi obbligò quasi ad addentare il muffin. «E tieni questo. Si chiama walkman, dentro c'è una cassetta con musica rock e pop. Almeno ti darà un po' di carica e non ti addormenterai per strada. Le cuffiette le devi mettere nelle orecchie.»

Annuivo automaticamente a ogni sua parola. Mi diedi una rapida occhiata. Sì, avevo tutto o almeno mi sembrava. «Grazie! Addio Peter Wiles.» Corsi alla porta e la spalancai pronta ad uscire per precipitarmi nuovamente nel mio mondo.

Fu questione di un attimo. Un attimo in cui l'istinto ebbe il sopravvento sulla ragione. E in quell'attimo richiusi la porta, tornai da Peter e lo baciai sulle labbra. Un bacio appassionato ma dolce, lento. Come se avessimo tutto il tempo del mondo. E soprattutto come se non avessi la minima intenzione di andarmene.

«Buona fortuna, piccola intellettuale.» Ricambiò il bacio accarezzandomi il collo con entrambi i pollici. «Ora vai, muovi il culo. E distruggi quei brontosauri impettiti.»

CAPITOLO 16

Peter aveva avuto ragione. La musica mi aveva tenuta sveglia impedendomi di cascare dal sonno per la strada. Sveglia a tal punto che dovetti trattenermi per non ancheggiare in metropolitana come mi aveva insegnato, per non muovere il culo come diceva lui.

Ero arrivata all'università miracolosamente in anticipo, ancora prima di Gregor e di Frey. E anche lì dovetti trattenermi per non ballare nei corridoi. Non mi chiedevo cosa mi stava accadendo. Accadeva e basta. Riuscivo a essere brillante e attiva. Prima o poi sarei crollata dal sonno e dalla stanchezza, lo sapevo. Ma per il momento reggevo perfettamente. Reggevo anche il confronto con quel miserabile di Gregor. Non avevo idea da dove fosse scaturita in me quell'energia, quella vitalità.

Lasciai l'università nel primo pomeriggio senza sapere dove andare e cosa fare per il resto della giornata. Non avevo voglia di immergermi nello studio e nella ricerca. Sapevo che non potevo buttare il mio tempo, ma avevo bisogno di un po' di tregua, di un po' di pace soprattutto mentale.

Presi un autobus per il centro, mi ritrovai in Oxford Street sempre con il mio walkman e le mie cuffiette. Non proprio miei... di Peter. Canticchiando *You can't hurry love* entrai decisa in un negozio di musica. Avevo letto i nomi sulla cassetta e tentavo di memorizzarli.

Acquistai il cd dei Nirvana, uguale a quello che aveva Peter. Puntai su Phil Collins, gli Wham!, i Culture Club e i Queen. Erano nella compilation che mi aveva prestato. Poi decisi di seguire l'istinto, magari qualche voce femminile. E magari anche qualcosa di più alternativo. Avrei stupito Peter, volevo proprio vedere la sua espressione quando glieli avrei mostrati!

71

Mi bloccai sconcertata davanti alla cassa. Questo implicava il fatto che avrei dovuto rivederlo... Ma certo, per forza. Dovevo restituirgli il walkman e la sua cassetta. Poi i miei cd li avrei potuti ascoltare dai Parker e... I Parker! La sera avrei dovuto occuparmi di Jinny probabilmente. Non che ne avessi voglia. E comunque ci avrei pensato dopo. Magari potevo inventarmi una scusa.

Mi ritrovai nell'unico posto dove volevo essere in quel momento. Davanti alla casa di Peter. Suonai il campanello e mi apparve quasi subito la faccia arcigna e sospettosa del signor becchino. Gordon, il maggiordomo. Invece di mandarmi al diavolo, questa volta mi accolse con qualcosa che poteva molto vagamente somigliare a un sorriso e mi fece cenno di entrare.

«Grazie, signor Gordon.» Lo oltrepassai con una vocina melliflua e canzonatoria. «Non me lo dica, già lo so. Il signor Peter Wiles è nella sua stanza, al piano superiore.»

«No, signorina. Il signor Wiles è uscito. Ma mi ha incaricato di dirle che lei lo può aspettare nella sua stanza. E nel caso lei abbia fame il signor Wiles...»

«No, lasci perdere. Aspetto Peter nella sua stanza.» Non avevo fame. Avevo voglia di ballare e di saltare nella camera da letto di Peter. E di scatenarmi con lui al suo arrivo.

Tolta la giacca e i jeans mi sistemai sul suo letto. Mi guardai intorno in cerca di qualcosa di lui. Non avevo una chiara percezione di cosa cercassi. Ma volevo trovarlo, anche in quella stanza quasi spoglia. Letto, armadio, comodino, stereo, cd. Nient'altro. Non aveva libri. Io ero abituata a scorgere la personalità della gente dai libri che leggeva e conservava. Ma non c'era modo di trovare Peter lì, di scoprire qualcosa di più. Avevo visto i suoi cd, avevo conosciuto il suo letto, avrei potuto dare un'occhiata ai suoi abiti. Ma la verità era che quella stanza mi appariva un deserto di solitudine senza lui.

Sospirai e mi sollevai dal letto con un balzo. Cercai nel sacchetto del negozio i cd che avevo acquistato. Mi ero data da fare, ne avevo comprati dieci. Scartai quello di Blondie e lo inserii nello stereo. Ondeggiai la testa e iniziai a muovermi a tempo. Una canzone mi piaceva in particolare e tornai indietro per ascoltarla più volte. *Call me*. C'erano anche strofe in italiano e in francese. Al terzo ascolto oltre a ballarla la conoscevo a memoria, a tal punto da essere in grado di cantarla a squarciagola.

«*"Ohoh, he speaks the languages of love.*

Ohoh, amore, chiamami… chiamami.

Ohoh, appelle-moi, mon cheri… appelle-moi.

Anytime, anyplace, anywhere, anyway!

Anytime, anyplace, anywhere, any day!

Call me… call me, my love."»

Non mi accorsi di lui. Non sapevo da quanto tempo, appoggiato con la spalla allo stipite della porta, mi stesse osservando. Quando voltandomi lo notai mi bloccai imbarazzata, posandomi una mano sulla bocca.

«Così vuoi farmi concorrenza, stronzetta!» Si avventò su di me, circondandomi con le braccia. Il suo bacio mi spezzò quasi il fiato. Si staccò un attimo guardandomi corrucciato negli occhi. «Vuoi cantare anche tu? Portarmi via il posto?»

«Scherzi, non sono mica una perditempo io! Io faccio un lavoro intellettualmente elevato…» Lo attirai a me per baciarlo ancora.

Cosa stavo combinando? Avevo un'infinità di compiti da portare a termine. Frey mi aveva affidato anche degli elaborati dei suoi studenti da correggere entro la settimana e io perdevo tempo con Peter Wiles.

«Capisco…» annuì Peter arricciando il naso. «E io non sono all'altezza. Quindi tu sei qui per…» Lasciò la frase volutamente in sospeso.

"Perché non so resistere." Lo pensai soltanto. «Per restituirti il tuo walkman, non per altro.» Sollevai le spalle. Peter intanto notò il sacchetto del negozio sul letto. «Ah… ho comprato qualche cd a caso, ho fatto un po' di shopping oggi.»

«Tu hai comprato qualche cd a caso? Qualche concerto di viola, violino e violoncello?» Mi scrutò sospettoso sollevando un sopracciglio.

«No, no... musica pop, rock e hard.» Incrociai le braccia e lo fissai orgogliosa di me stessa. «Non ti credere tanto speciale, pop star. Anche io ci capisco di musica!»

«Sei di una presunzione e di un'arroganza sconvolgente, Amantine! Perché la verità è che sei solo una saccente gallinella...» Si buttò sul letto attirando a sé i miei nuovi cd. «Phil Collins... Blondie... Nirvana, Wham!, Culture Club, Queen... Iron Maiden? Ci vai pesante ragazza, ti butti addirittura sull'heavy metal... Alice Cooper...»

«Sì, volevo qualche voce femminile... Madonna già la conosco, così ho preso Blondie e Alice Cooper. Ecco, giusto per non dare troppa importanza e prevalenza a voi maschiacci.» Mi appoggiai sul gomito di fronte a lui. Lo fissai socchiudendo appena gli occhi con atteggiamento sensuale e provocante. Imparavo in fretta, io. Anche la sua musica.

Peter mi guardò serio, poi si morse le labbra. Si stese completamente ridendo in modo sguaiato e passandosi le mani sul viso e sugli occhi. «Oddio, mi farai impazzire piccola snob! Alice Cooper è un uomo...»

«Mi stai prendendo in giro, vero? Si chiama Alice...» Gli saltai sopra, infuriata. Lo stronzo si stava divertendo a confondermi e a smorzare i miei entusiasmi!

«Ascolta pure il cd se non mi credi...» Continuò a ridere afferrandomi per i fianchi. «Così sentirai la sua dolce e suadente voce da soprano.»

Si sollevò e io mi avvinghiai a lui. «Comunque resta il fatto che tu sei uno stronzo, Peter Wiles.» Inclinai il viso per baciarlo sul collo. «Ho capito... un po' come George Sand, George Eliot e le sorelle Brontë... loro hanno usato pseudonimi maschili per pubblicare ma erano donne. Però non capisco la necessità per un uomo di darsi un nome femminile ai nostri tempi...»

«Ma mia cara Amantine… *"Che cos'è un nome? Quella che chiamiamo "rosa" anche con un altro nome avrebbe il suo profumo."* Non lo pensi anche tu?» Sorrise e mi baciò le labbra con dolcezza. Mi allontanai da lui irritata rotolando su un fianco.

Come poteva conoscere Shakespeare al punto da citarlo a memoria? Questo non era giusto, non era leale. Stava impunemente invadendo il mio campo.

«Ho avuto la parte di Romeo in una recita scolastica…» sorrise cercando di recuperarmi e di infilarmi una mano sotto la maglietta.

«Quella è una battuta di Giulietta!» replicai io divincolandomi per respingerlo.

«Lo so… ma c'era questa ragazza che faceva la parte di Giulietta e mi guardava sempre con gli occhi luccicosi, così…» sbatté le ciglia un paio di volte imitando un vezzo femminile. «E mentre recitava voleva dire "prendimi, prendimi"… E io ho preso e ho memorizzato la battuta!»

«Sì, immagino. Diceva qualcosa come: *"Rinuncia al tuo nome, Romeo. E per quel nome che non è parte di te prendi tutta me stessa."* Ma sono certa che intendesse Romeo… non Peter!»

«Tu non puoi saperlo cosa intendeva, non c'eri!» Mi afferrò le mani bloccandomi le braccia indietro e stendendomi sul letto. Mi aveva immobilizzata. «Dillo…»

«Dire cosa?» mossi i fianchi lottando per liberarmi. O forse no, ma volevo dargli quell'impressione.

«Quella cosa che dice Giulietta… prendi tutta me stessa…» Avvicinò la fronte alla mia cercando le mie labbra. «Mi piace come lo dici…»

«Scordatelo, Peter Wiles. Non ci penso proprio!»

«Mmh… sai Amantine, io mi chiedevo… chissà se soffri il solletico qui…» passò il mento sull'incavo tra il mio collo e la spalla. Cercai di resistere ma il suo filo di barba appena accennata mi provocò il solletico fino alle lacrime. «Sì, decisamente lo soffri.»

«Prendi tutto quello che vuoi...» Mi mancava quasi il fiato. «Ma smettila... smettila o giuro che ti soffocherò nel sonno...» Ancora non cedeva, anzi insisteva sempre più sadicamente. «E va bene prendi tutta me stessa, maledetto! Prendi tutta me stessa, Peter...»

Riuscii a stringere le gambe intorno alle sue e spostando il viso trovai le sue labbra, impegnandolo in un bacio appassionato. Non riuscivo a dare tregua alla passione che provavo per lui. E nemmeno riuscivo a trattenerla o a negarla. Ero intenzionata a passare per restituirgli il walkman e mostrargli i miei cd. Per poi riprendere la mia solita vita. Ora improvvisamente la mia vita stava diventando un intralcio all'espressione del mio desiderio per lui. Non sapevo se Peter Wiles ne fosse consapevole. Io iniziavo a esserlo, fin troppo. Ma non mi importava. Il mio grido di libertà era più forte di tutto, anche della mia volontà, anche della ragione e della logica che da sempre avevano dominato e condotto la mia esistenza. Forse Peter Wiles aveva già preso tutta me stessa, senza aspettare che io glielo chiedessi o glielo consentissi.

CAPITOLO 17

Mi sembrava di condurre una doppia vita. Anzi, conducevo una doppia vita. Vivevo ancora dai Parker, cercavo di destreggiarmi all'università senza inciampare nei continui sgambetti di Gregor Jackman e restavo ufficialmente la ragazza di Geoffrey.

Mi rifugiavo appena potevo a casa di Peter. Del resto io avevo qualcuno e anche lui a quanto avevo capito aveva una relazione. Non so dove la tenesse nascosta, ma c'era. E comunque eravamo stati d'accordo fin dall'inizio. Nessuna domanda, nessuna pretesa.

Il telefono di casa sua intanto conosceva tutte le mie sporche menzogne. Da lì chiamavo per giustificare tutte le mie assenze e i miei ritardi. Usavo tutti, uno contro l'altro, per nascondere la mia storia con Peter. Lui era l'unico a sapere tutto. Nessuna domanda, nessuna pretesa ma Peter Wiles era l'unico a non ricevere le mie continue menzogne, i miei sotterfugi.

Avevo mentito anche ai miei genitori e a mio fratello quando non mi avevano trovata al telefono dai Parker. Ero sempre troppo impegnata nelle mie ricerche per il dipartimento, aiutavo Frey nelle tesi dei suoi studenti, oppure trascorrevo la serata da Geoffrey. Sarei andata all'inferno, nel girone dei bugiardi e magari anche in quello dei lussuriosi. Ma già bruciavo ogni volta che Peter mi sfiorava. Avrebbe fatto poca differenza.

Prima o poi sarebbe finita. Di questo ne ero consapevole. Prima o poi a uno dei due sarebbe passata e avremmo ripreso separati la nostra vita. Lui da pop star e io da ricercatrice universitaria che non aveva intenzione di cedere a compromessi nella carriera.

Magari sarei anche andata a vivere con Geoffrey con tutte le conseguenze del caso. Come conveniva a una brava fidanzata.

Convivenza che preannunciava matrimonio, figli, famiglia. Era quello il mio destino. Peter Wiles poteva essere solo una parentesi musicale e un intrattenimento temporaneo. I nostri mondi sarebbero tornati a scorrere su binari paralleli per non incontrarsi mai più. Intanto però andava avanti da quasi due mesi.

Quando era possibile per entrambi trascorrevo la notte con lui, nella sua casa, nel suo letto. Io volevo solo vivere l'attimo, lasciarmi avvolgere, avvincere, cullare tra le sue braccia fino a confondere il suo respiro con il mio. Mi svegliavo spesso, lo guardavo dormire, lo sentivo vicino. Più vicino di chiunque altro, come se tra noi ci fosse un legame, una sorta di familiarità, di intimità che agli altri era preclusa. Eppure lo conoscevo da molto meno tempo di Geoffrey. Geoff era stato il primo per me, avrebbe dovuto significare molto di più probabilmente. Ma con Peter era tutto diverso, quasi più vivo, più vero. Come se con lui il mio corpo e anche i miei pensieri riuscissero ad assumere una dimensione e una consistenza.

Mi avvicinai a lui, appoggiai la testa nell'incavo della sua spalla facendo però attenzione a non svegliarlo. Volevo restare così, in perfetto silenzio. Sarei rimasta così per sempre, ogni giorno della mia vita. Eppure non sapevo ciò che provavo, non sapevo identificarlo o non volevo dargli un nome. Chiusi gli occhi, respirando piano sfiorai il suo petto con le dita. Lo sentivo mio. Mio nella sua totalità. Sì, Peter era mio. Almeno in quel preciso momento.

Sentii il suo tocco improvviso. Un bacio sulla tempia e la sua mano che contemporaneamente mi sfiorava i capelli. Un gesto automatico, compiuto forse mentre era ancora avvolto nel sonno. Non volevo aprire gli occhi e scoprire se era sveglio. Non era importante.

«Amantine...» sussurrò appena baciandomi ancora la fronte e poi scendendo verso lo zigomo. «Lo so che sei sveglia, Amantine. Non fingere con me. Sento il tuo cervellino in elaborazione.»

«Paradossalmente sei l'unico con cui non fingo, Peter...» sospirai seguendo le linee del suo tatuaggio tribale dalla spalla all'avambraccio. Avevo scoperto che ne aveva altri cinque, più o meno nascosti. Con il tempo avevo imparato a conoscerli tutti, ma quello restava il mio preferito.

«Ti smaschererei in un secondo, Amantine. Sono troppo furbo per te.» Mi sistemò una ciocca di capelli dietro all'orecchio. Mi sollevai su un gomito per guardarlo negli occhi.

«Sarebbe troppo stancante mentire anche con te, Peter. Ma se volessi ti ingannerei senza problemi. Non sei così furbo e non puoi competere con la mia intelligenza altamente al di sopra della media.» Espressi il concetto convinta, senza esitare.

«Se mi volessi ingannare ci resterei male, Amantine. Davvero...» Si morse le labbra nel modo in cui faceva solitamente quando qualcosa lo turbava e lo infastidiva. «Perché... io credevo... mi ero illuso di essere qualcosa per te, diverso da tutti gli altri a cui menti abitualmente...»

Non me l'aspettavo. Le sue parole mi confusero a tal punto che non seppi cosa rispondere. «Peter, io...»

Peter si alzò dal letto con espressione assorta e contrita. Con lo sguardo basso si avviò verso la porta del bagno.

«Peter, io... Davvero ci resteresti male se io...»

«Sei incorreggibile, piccola snob egocentrica.» Si voltò verso di me con le labbra serrate e inclinò il viso. I suoi occhi verdi splendevano ironici, divertiti. «Ci hai creduto! Te l'ho detto che sono più furbo di te. Cosa vuoi che mi importi se tu ti impegnassi a mentire anche a me? Come avevamo detto? Nessuna domanda, nessuna pretesa. Quindi non pretendo certo che tu, bugiarda professionista, mi dica sempre la verità!»

«Stronzo! Verme! Ignobile bastardo...» Mi aveva colta in contropiede e non avevo avuto abbastanza tempo per preparare una buona scorta di insulti ad effetto.

«Se ti preparo un bel bagno caldo e ti faccio un massaggio afrodisiaco dei miei mi perdoni, regina degli inganni?» Mi rivolse il suo sguardo da cucciolo indifeso. Non sapevo resistergli. Non potevo. E dovevo stare in guardia perché se non era più furbo di me era comunque un degno rivale.

Peter era la mia valvola di sfogo, in ogni senso. In università la situazione era sconfortante nella sua ostinata stabilità. Non capivo più cosa speravo di ottenere da Frey. Avevo nuovamente pregato Geoffrey di non intervenire, non ne valeva la pena. O forse giorno dopo giorno mi interessava sempre meno il ruolo di assistente tuttofare del grande professore. Ero sempre più tentata di abbandonare il campo e di arrendermi senza combattere. Se non valevo abbastanza perché dovevo pretendere qualcosa che non mi spettava? No, era assurdo per me. Se le mie forze, le mie capacità non erano sufficienti, probabilmente mi ero sopravvalutata. Mi seccava ammetterlo, ma non avevo alternative.

E quando non avevo alternative alla vita che mi ero programmata fin dall'infanzia c'era solo un rifugio per me. Peter Wiles. Mi ascoltava senza interferire, mi offriva la sua opinione senza imporsi. Mi stringeva a sé, mi consolava con il suo corpo, i suoi baci. Proprio lui che faceva parte di un ambiente che non aveva nulla a che fare con quello a cui io appartenevo, mi aiutava a vivere e a persistere nel mio mondo. E io finalmente tornavo a respirare.

CAPITOLO 18

La casa di Peter fungeva anche da biblioteca. Che lui ci fosse o meno prendevo i miei libri, le mie ricerche e andavo a studiare da lui. Gordon, il maggiordomo impeccabile, lo sapeva e mi lasciava passare. Mi preparava anche il tè con deliziosi muffin oppure fette di torta per la merenda. Mi chiedevo quante donne avesse visto passare in quella casa. E come mi chiamasse tra sé. Probabilmente "l'amante golosa di Peter Wiles."

In università non avevo voglia di trattenermi oltre il dovuto, avrei rischiato di prendere a calci nelle palle Gregor e altri lecchini del suo calibro. Dai Parker non avrei avuto pace con la piccola Jinny che il più delle volte mi preferiva a sua madre e si attaccava a me come una medusa; non sapevo come né perché, ero sempre stata scorbutica, scostante e arcigna con i bambini, anche quando ero io stessa una bambina. Nella biblioteca del centro spesso avevo difficoltà a trovare posto e la gente chiacchierava senza eccessivo rispetto per la quiete altrui.

Non era una scusa. La casa di Peter era il luogo più tranquillo e comodo per me. Avevo escluso l'appartamento di Geoffrey dalle mie opzioni appunto perché era di Geoffrey. Ciò implicava che mi avrebbe fatto pressione perché agissi a modo suo. Quindi per lui ufficialmente io restavo da brava a studiare in università tra lo sgabuzzino che fungeva da studio riservato agli assistenti del dipartimento di inglese e la biblioteca di anglistica che con il suo dipartimento di sociologia aveva poco a che fare. Se sapevo che sarebbe passato a salutarmi facevo in modo di farmi trovare dove lui si aspettava che fossi, poi mi defilavo di soppiatto.

Quando Peter era in casa ci impegnavamo a comportarci da bravi ragazzi. Ben distaccati, compiti e concentrati un po' come quando ero stata da lui la prima volta e non mi aveva neanche

81

sfiorata. Io immersa nei miei fogli, lui nelle sue note. Mi chiedevo se mi avrebbe mai fatto ascoltare quello che scriveva. Il più delle volte dovevo voltargli le spalle per non cedere alla tentazione. Vederlo così assorto e concentrato scatenava in me delle pulsioni e un'attrazione quasi più forte e irresistibile del normale.

«Amantine...» sentivo i suoi occhi puntati sulla mia schiena.

«Mmh...» Avevo preso a indagare attivamente John Keats. Mi ero riproposta di chiedere a Peter notizie a proposito di Jacob ma per un motivo o per l'altro non l'avevo ancora fatto.

«Stavo pensando...»

«Sarebbe una novità, capisco...» ridacchiai giocherellando con la penna tra le dita. Sapevo cosa aspettarmi da lui. Mi avrebbe afferrata da dietro e saremmo rotolati insieme sul divano o sul pavimento. Mi morsi le labbra quasi impaziente.

«Perché non vieni davvero a vivere qui da me invece di continuare a inventare balle con tutti? Sarebbe anche più comodo.»

Rimasi in attesa. Quando sarebbe arrivata la parte in cui si prendeva gioco di me per esserci cascata? Ma Peter era rimasto in silenzio.

Mi voltai verso di lui. «Allora? La battutaccia perfida quando arriva?»

Peter si strinse nelle spalle e si passò una mano tra i capelli, trattenendola. «Non c'è. L'idea di vivere qui con me contiene già in sé la sua perfidia per lo stress emotivo e fisico a cui ti sottoporrei quotidianamente...»

«Sto con qualcuno, l'hai dimenticato?» Faceva schifo come risposta. Anzi, facevo schifo io come persona. Smaniavo per rotolarmi nel letto di Peter giorno e notte ma "stavo con qualcuno". Lo sapevo. Ma andavo avanti comunque.

Geoffrey non meritava i miei tradimenti. Però allo stesso tempo io meritavo la mia libertà e il mio divertimento. Mi giustificavo ripetendomi che non ero una traditrice seriale. Infatti non l'avevo mai tradito prima. Mai, nemmeno una volta.

Nemmeno con il pensiero per quel che mi potevo ricordare. Con Peter era un'altra cosa. Non era tradimento, era libera espressione di me stessa, senza inibizioni né implicazioni emotive o sentimentali. Peter era Peter.

«Ah sì, infatti che tu stia con qualcuno fa una grande differenza. Sei sempre qui comunque...» Peter posò la chitarra sul divano e incrociò le braccia.

«Se ti do fastidio posso anche evitare di...» Posai le mie carte e lo fissai corrucciata.

«Certo. E perché mi dai fastidio ti propongo di venire a stare qui da me. Devo avere proprio una mente contorta.» Aveva alzato un po' il tono di voce. Stavamo litigando? No. Però non mi piaceva che si comportasse così con me. Non mi piaceva affatto. E il fatto che per un istante mi avesse sfiorata e tentata l'idea di trasferirmi davvero da lui mi piaceva ancora meno.

«Scusami... è che...» abbassai il viso. Avrei preferito che mi prendesse in giro. Avrei preferito il solito Peter che mi scherniva per poi sollevarmi di peso e trascinarmi a letto.

«Amantine... era solo un'idea per aiutarti anche con quelle tue noiosissime scartoffie. Non prenderla come una tragedia o una proposta di matrimonio.» Peter si allungò verso di me e mi scompigliò i capelli con la mano.

«Saresti l'ultimo uomo al mondo che sposerei, Peter. Quasi preferirei sposare Gregor Jackman.» Gli diedi un bacio fugace e scoppiai a ridere.

«Che sarebbe... il leccaculo irriducibile, vero? Non il professore brontosauro?» Peter mi attirò a sé e intensificò il bacio.

«No, il professore brontosauro è Hermann Frey. E non chiamarlo così... Frey è il vero uomo della mia vita, il mio grande amore platonico!» Lo avevo sempre definito così. Frey era una delle mie più grandi passioni letterarie, per lo meno l'unico o quasi a essere ancora in vita.

«Poveraccio… si perde tutte le doti che tieni nascoste dalla vita in giù…» Peter mi percorse con lo sguardo arricciando le labbra.

«Ma quanto sei volgare!» Mi scagliai contro di lui costringendolo a gettarsi all'indietro con la schiena sul divano per afferrarmi.

«Ecco… appunto, quello che stavo dicendo!» Mi prese per la vita facendomi sedere sopra di lui. «Ma sei sicura che non sia proprio questo che vuole l'orrido vecchiaccio…»

«No, non credo proprio. Frey non mi ricambia neanche platonicamente, figurati.» Mi aggrappai a lui circondandogli il collo con le braccia. L'idea di Peter mi sembrava assurda. Frey non era proprio il tipo.

«Magari non sei il suo genere. Magari preferisce… altro…» suggerì Peter premendo entrambe le mani sui miei glutei e destreggiandosi per sganciarmi i pantaloni con i denti. «Magari ci dà dentro con il lecchino…»

«No! No! No!» scoppiai a ridere e scossi la testa ripetutamente. L'immagine suggerita da Peter era alquanto imbarazzante e io la stavo visualizzando indipendentemente dalla mia volontà. «Non farmi venire in mente certe cose, Peter!»

«Potrebbe anche essere, dolcezza…»

«Lo so. Ma Frey… No, non lo farebbe con un suo allievo. E poi è sposato da anni!» sospirai sdegnata. Non ci avrei creduto nemmeno se lo avessi visto con i miei occhi. «Frey è un uomo integerrimo, non lo farebbe mai! Non è il tipo…»

«Anche tu non sembri il tipo che tradisce il fidanzato invece ti fai i ragazzi che becchi in giro per strada!»

Il tono di Peter era scherzoso. Ma io mi sentii ferita. Come se mi avesse sbattuto in faccia la mia condotta immorale. Ero una poco di buono. Anche peggio. E non solo io lo sapevo. Lo sapeva anche lui. E aveva ragione. Ero una viscida e lurida puttana. Non aveva usato proprio quelle parole ma il senso era quello.

Mi scostai da lui in silenzio e mi sollevai. Tornai a sedermi e con lo sguardo basso raccolsi le mie cose, riposi tutti i miei quaderni, i miei libri e i miei appunti nella borsa. Indossai le scarpe e mi alzai. Mi avviai verso l'ingresso dove recuperai la mia giacca che avevo appoggiato su una poltroncina.

«Amantine...» Peter mi fu subito alle spalle, mi afferrò per le braccia e mi ritrovai con la schiena premuta contro al suo petto. «Non l'hai presa seriamente, vero? Dimmi che non l'hai presa seriamente e ora ti girerai e mi riderai in faccia per avermi fregato tu questa volta...»

Il suo tono era diverso da quello a cui ero stata abituata nel corso dei due mesi di frequentazione. Peter lo modificava spesso in base all'occasione. Aveva varie sfumature tra ironico, scherzoso, beffardo. Poi c'era quello serio, quello un po' incazzato ma mai troppo, quello annoiato. In alcuni momenti il suo tono di voce era stato anche tendente al dolce, al tenero. Ma questa sfumatura dolorosa non l'avevo mai percepita in lui. Aveva compreso di avermi offesa. E se ne stava pentendo. Però il vero problema era che aveva davvero ragione.

«Meglio che vada, Peter...» Non mi girai. Non potevo. Anzi, lottai per staccarmi completamente da lui in modo tale da non avere più alcun contatto con il suo corpo. «Meglio che proseguiamo con la nostra vita. Finiamo così. Sono stati bei momenti, mi hai fatta sentire bene...»

«Non è vero. Non te ne andresti.» Sospirò alle mie spalle, amareggiato. «Siamo un po' tesi entrambi, anche per il lavoro. Perché non ci rilassiamo... ho un cd da farti ascoltare, Amantine. I Simple Minds. Non li hai mai ascoltati, vero? Ti piaceranno.»

Dovevo rompere con lui. Era il momento. Non volevo che diventasse più difficile. La nostra era una squallida tresca, assurda e senza senso. Dovevo prendere la decisione più giusta. Impegnarmi seriamente con Geoff come lui avrebbe voluto, come i miei genitori avrebbero auspicato. Come gli amici mi suggerivano da tempo. Come anche io suggerivo a me stessa.

Me ne andai e basta. Non dissi "Addio Peter" come avevo fatto tante volte in precedenza ma senza alcun desiderio di andarmene davvero, di sparire dalla sua vita. Questa volta me ne andai in silenzio e richiusi la grande porta d'ingresso dietro di me. Lui non fece e non disse più nulla per trattenermi. Ancora ferma davanti alla sua porta mi raggiunsero le note di *Don't you (forget about me)* dei Simple Minds.

CAPITOLO 19

Impegnarmi seriamente con Geoff. Concentrarmi sul mio futuro. Per due mesi avevo perso completamente la testa e con essa le mie prospettive. Anche la mia carriera universitaria ne aveva risentito. Era rimasta bloccata lì, in attesa che io tornassi a occuparmene. Addirittura ormai pensavo quasi più alla musica che alla letteratura.

Il mondo di Peter aveva invaso il mio ed ero stata io a permetterglielo. Quindi dovevo tornare me stessa al più presto possibile. Non potevo abbandonare l'ambiente in cui ero cresciuta e avevo sempre vissuto. La festa era finita. La vita reale mi attendeva. Era la scelta più giusta e più saggia per me.

Con Geoff mi stavo sforzando di essere serena e tranquilla. Le giornate scorrevano, una uguale all'altra. L'approssimarsi della primavera invece di infondermi serenità mi riempiva di ansia, di frustrazione e di nervosismo. Ero diventata intrattabile e non era solo colpa di Gregor Jackman o della situazione con il professor Frey. Evitavo Notting Hill come la peste. E non era facile perché i Parker abitavano in zona. La tentazione di passare casualmente di fronte a casa di Peter era irresistibile, mi corrodeva quasi. Ma resistevo.

Fu un altro il mio cedimento. Quello di entrare in un negozio di musica del centro per passarmi tra le mani i cd dei Darkest Storm, per incontrare i suoi occhi, il suo sguardo imbronciato, ironico, seducente. Non li volevo comprare, ma solo guardarli per poi allontanarmi. Uscii però dal negozio con il cd dei Simple Minds che conteneva l'ultima canzone che avevo sentito sulla porta di Peter prima di andarmene per sempre. No, non avrei dimenticato.

Forse per il senso di colpa o a causa della pressione a cui mi sentivo sottoposta ogni volta che stavamo insieme, il rapporto con Geoff si stava deteriorando giorno dopo giorno. Non osavo incolparlo, me ne assumevo la completa responsabilità. La situazione migliorava quando avevamo amici intorno, ma da soli sentivo un vuoto incolmabile. Più sola di quando ero veramente sola.

«Geoff, forse noi dovremmo concederci un attimo di...»

Una domenica a casa sua mi ero decisa a prendere in mano la situazione e parlargli. Ero stata con Geoffrey per tanti anni. Poi c'era stato Peter. Forse avrei dovuto stare sola, davvero sola per un po' per riuscire a capire. Per tentare di conoscere un po' meglio me stessa.

«Vuoi lasciarmi per tornare da quello con cui mi tradivi ogni giorno negli ultimi mesi?» Mi interruppe bruscamente. Mi sentii avvampare per la vergogna. Lo sapeva. Lui lo sapeva e non mi aveva detto niente!

Sembrava che gli occhi azzurri di Geoff lanciassero saette contro di me. Non seppi come replicare. Non potevo negare l'evidenza e un semplice "mi dispiace" non sarebbe stato sufficiente. Era vero, l'avevo tradito. Perché lo avevo fatto? Geoff era bello, gentile, intelligente. La mia condotta era stata inqualificabile.

«No, Geoff. Io non tornerò mai più con...» Non osai pronunciare il suo nome. Anche perché la sua immagine comparve dinnanzi a me fulminea. Peter che sorrideva, Peter che mi prendeva in giro, Peter che mi stringeva a sé insegnandomi a ballare. I suoi baci, il suo corpo, la sua pelle. Incredibilmente riuscii a percepire anche il suo profumo. «Ma è comunque meglio che ci prendiamo un po' di tempo... Non pretendo che mi perdoni.»

«No, Amy. Io non intendo perderti.» La risposta di Geoff mi sorprese e in parte mi sconvolse. Non c'era comunque risentimento nella sua voce. «Io so che il mio futuro è con te. Lo so da sempre, dal primo momento in cui ti ho vista. E so che lui... lui non è adatto a te. Lui non ti darà mai ciò di cui hai davvero bisogno. Quello che fa non ha nulla a che fare con noi. E poi ha talmente tante donne che...»

Cosa poteva saperne Geoff? Aveva indagato? Su di me, su Peter. Come? Da quanto? Non volevo chiedere, non volevo conoscere i dettagli. Lo aveva fatto, era una certezza. Allora perché non mi aveva detto niente prima? Come aveva potuto resistere senza parlarmene? Senza aggredirmi o insultarmi?

«Non voglio parlarne, Geoff. Non voglio sentire o sapere niente.» L'appartamento di Geoff era improvvisamente diventato stretto, opprimente. Anzi, in realtà opprimente era discutere con lui a proposito di Peter. Il problema era tra noi. Peter ormai faceva parte del passato. Anzi, il vero problema ero io, solo io. Ero io a non essere pronta per una relazione seria, io a essere sbagliata.

«Va bene, va bene... Ti concederò del tempo se è di questo che hai bisogno. Ma promettimi di non tornare da lui...» La voce di Geoff si incrinò. Lo stavo facendo soffrire. Mi sentivo un mostro. E allo stesso tempo mi sentivo in trappola. Un mostro intrappolato nella propria crudeltà. Un mostro senza sentimenti. Geoff mi amava da sempre. E anche io lo amavo, certo che lo amavo.

«Non tornerò con lui... Lui non è mai stato un'opzione per me. Non è stato nulla di importante.» E qualunque cosa Peter fosse stato era inutile spiegarlo a Geoff. Gli avrei fatto ancora più male. E probabilmente non avrebbe capito comunque.

In trappola. Nonostante Geoff mi avesse concesso del tempo io mi sentivo ancora in trappola. Come se avessi avuto un cappio intorno al collo che si stringeva sempre di più, sempre di più fino a strangolarmi.

Con Peter mi sentivo leggera. Forse solo per il fatto che non c'erano mai state pretese tra noi né tantomeno promesse. Ero libera, con una sorta di entusiasmo per la vita che non avevo mai sperimentato prima, nemmeno da ragazzina.

«Grazie, Geoff.» Non mi aveva insultata, né condannata. Non meritavo un uomo così buono, ne ero consapevole. «Ho solo bisogno di un po' di tempo per riprendermi. Poi andrà tutto bene, te lo prometto.»

«Siamo insieme da tanto tempo.» I suoi occhi erano tornati dolci, sereni. Mi accarezzò il viso e io posai la mano sulla sua. Forse era vero. Aveva ragione lui. Socchiusi gli occhi per ricevere il suo bacio sulle labbra. «Dobbiamo solo ritrovarci Amy, è stata solo un po' di stanchezza. Non ho intenzione di lasciarti andare. Io ti amo, non posso perderti.»

CAPITOLO 20

Era stato giusto interrompere la tresca con Peter. Giusto per me, giusto per Geoff, giusto per tutti. Su questo non avevo dubbi. E ormai mi sentivo più tranquilla, Geoff sapeva tutto e mi aveva perdonata. Non avevo più segreti, almeno in apparenza.

Il senso di noia e di irritabilità però non se ne andava, anzi. Persisteva e mi dominava. Oltretutto ero stanca di restare a casa di Doris e Rupert Parker, mi sentivo vincolata ai loro orari, ai loro spazi. Ma lasciarla avrebbe significato automaticamente trasferirmi a casa di Geoff e non me la sentivo ancora.

«Lo so che può sembrare assurdo… ma non mi sento pronta.» Decisi di confidarmi con Rachel, che avevo incontrato durante la pausa pranzo. Almeno volevo tentare di spiegarle quello che provavo. Era l'amica con cui riuscivo di più ad affrontare discorsi riguardanti i miei problemi personali. «E Geoff mi ha anche concesso un po' di tempo quando gliel'ho chiesto, quindi la colpa è tutta mia.»

Temevo che raccontasse tutto a Trevor, che oltre a essere il suo ragazzo era anche uno dei migliori amici di Geoff. E Trevor ovviamente non se ne sarebbe rimasto buono e zitto.

«Non ti puoi forzare se non te la senti.» Rachel posò la forchetta sul bordo del piatto e si appoggiò con la schiena alla sedia scrutandomi attentamente. «Anzi, la mia opinione è che sarebbe ancora più sbagliato nei confronti di Geoff. E anche nei tuoi, Amy. I sentimenti non si possono imporre, nemmeno a se stessi. Ci sono oppure no. Non nascono a comando.»

«Ma io ho sentimenti per Geoff! Li ho sempre avuti…» Tentai di deviare l'argomento verso l'ambito professionale. Non volevo che Rachel rivelasse la nostra conversazione a Trevor, soprattutto i dettagli riguardanti me e Geoff. Decisi che come confidente lei non andava bene, non era adatta. Era troppo legata a entrambi. «Un po' è anche l'università. Mi sembra di continuare a lavorare a vuoto, per la gloria…»

«Non è che c'entra per caso l'altro uomo?» Compresi immediatamente chi intendesse Rachel. Ma decisi di fare la finta tonta. A volte ero davvero molto brava a cascare dalle nuvole.

«Gregor Jackman, sì è un gran rompiscatole…»

«Amy… lo hai capito benissimo che non intendevo lui…»

«Quindi a quanto pare è di dominio pubblico il fatto che io sia una…» Avevo alzato troppo la voce, due ragazzi dal tavolo accanto al nostro si voltarono verso di noi. Strinsi i pugni. Con chi dovevo prendermela? Forse solo con me stessa. Che gli altri lo sapessero non cambiava ciò che ero.

«Non è di dominio pubblico. Geoff per confidarsi lo ha detto a Trevor e Trevor lo ha detto a me. Tutto qui. Un errore o una sbandata può capitare a tutti.» Rachel chiuse per un attimo gli occhi chiari e sospirò piano. «Anche tra me e Trevor… ci sono stati dei momenti difficili, diciamo. Ma poi ci siamo ripresi e non è più successo. Ora stiamo bene. L'importante è che sia stata davvero solo una sbandata e non altro.»

Altro? No, non era altro. «Ecco Rachel, non so come spiegare… Era come se… come se in sua presenza tutte le mie preoccupazioni, tutte le mie ansie svanissero, così per magia. Era come vivere sospesa in un limbo, in un mondo irreale. Libertà allo stato puro, in ogni momento, ogni attimo diventava più intenso, più vivo, più vibrante. Da ogni punto di vista io mi sentivo libera di esprimermi, spontanea, senza barriere e senza limiti. Come se potessi manifestare ogni sensazione, anche la più nascosta, anche la più folle e irrazionale, senza pudore, senza vergogna. Senza timore di essere continuamente giudicata.»

Ora Rachel sapeva veramente. E a questo punto non mi importava, che raccontasse pure tutto a Trevor. Io avevo tentato di tradurre in parole quella che era stata la mia avventura con

Peter. Ne avevo bisogno. Del resto era l'unica amica con cui io potessi confidarmi in proposito. Sapevo già da me di aver sbagliato, di aver ferito Geoff. Avrei compreso se Rachel mi avesse giudicata cattiva e indegna e preferito così interrompere i rapporti con me. Ma almeno ero riuscita a esprimere a qualcuno le mie sensazioni, che erano state autentiche, reali. Non potevo negarle o nasconderle, fingere che non fossero mai esistite.

«Amantine... Sei davvero così ingenua?» Lo sguardo che Rachel posò su di me non era astioso o sdegnato, come mi sarei immaginata. Era più che altro teso, preoccupato. «Com'è possibile che tu non te ne sia accorta? Quello che provi per quel ragazzo è decisamente altro!»

CAPITOLO 21

Non ne volevo sapere e non intendevo proseguire il discorso. Altro? Tra me e Peter. No. La sola idea mi era inaccettabile. Rachel non aveva capito proprio nulla di quello che avevo tentato di spiegarle. Forse perché non era presente in quei momenti quindi le risultava impossibile comprendere il rapporto che si era instaurato tra me e Peter. Eravamo stati d'accordo fin dal principio: nessuna domanda, nessuna pretesa. Su questo si basava la nostra storia. Certamente non su "altro".

Non avevo voluto risponderle. Mi ero alzata con la scusa di una riunione in università. Del resto avevamo anche finito di pranzare da un po'. Mi resi conto che non avrei dovuto soccombere all'esigenza di raccontare a qualcuno le mie vicende personali. In effetti nessuno era mai riuscito davvero a capirmi in tutta la mia misera esistenza.

Mi rintanai nella biblioteca dell'università. Se possibile per il resto della giornata avrei preferito evitare di interagire con il resto dell'umanità. Non avevo più la casa di Peter dove rifugiarmi, potevo solo sperare di non essere disturbata. Intanto proseguire con le mie ricerche, per quanto la mia instabilità emotiva me lo consentisse.

I miei amati poeti forse avrebbero placato il mio animo turbato e afflitto. Ma anche loro mi stavano abbandonando e in parte deludendo. Era come se qualcosa mi sfuggisse sempre. Come se davvero io non fossi abbastanza brava da recepire misteri, segreti, interpretazioni più originali. Come se mi mantenessi sempre nei limiti imposti e non fossi abbastanza intraprendente da osare di più.

Questo erano i grandi geni: intraprendenti, ostinati, attivi, perspicaci, brillanti e con un'ottima dose di anticonformismo e audacia. Così si ottenevano risultati degni di nota. Poi c'erano i leccaculo come Gregor Jackman che i risultati li ottenevano in modo diverso: bazzicando da anni per il dipartimento, offrendo prestazioni e servizi a ogni professore capitasse a tiro per ingraziarsene i favori. Non aveva limiti, non aveva neanche un minimo di decenza. Ma così aveva ottenuto un numero consistente di lettere di raccomandazione che gli avrebbero assicurato il posto in facoltà.

Mi sentivo una fallita in confronto. Evidentemente non potevo contare sulla mia genialità come letterata e non ero neanche brava come lecchina. Una causa persa, insomma.

«Ah, sei qui...» Eccolo, si parlava del diavolo. Gregor mi affiancò e rimase in piedi al mio fianco. Sentivo il suo fiato sul collo, come quello di uno spirito malefico pronto ad attaccare.

«Sto lavorando, Gregor. Hai qualcosa da dirmi?» Mi sforzai di mantenere la calma, il controllo dei nervi. Se dovevo essere onesta la responsabilità non era nemmeno tutta sua. Era il mio stato emotivo generale molto vicino al crollo. Gregor Jackman poteva solo essere la goccia che avrebbe fatto traboccare un vaso già stracolmo.

«Sì, ho qualcosa da dirti.» Evidentemente ci prendeva gusto a tenermi sulle spine. E ultimamente si stava comportando come se fosse lui il mio diretto superiore, non Frey. Lui si sentiva il tramite, l'unico che potesse intercedere per me e per altri poveri sottoposti con la divinità assoluta, Hermann Frey. Lo detestavo.

«Datti una mossa allora.» Non dovevo essere sgarbata e lo sapevo per esperienza. Ci avrebbe preso ancora più gusto a tormentarmi. Era un sadico, un perfido e un vendicativo.

«Dovresti sistemare gli interventi di Frey per il ciclo di conferenze che si terrà la settimana prossima...» Si era chinato appoggiando il gomito sul tavolo della biblioteca. In modo da poter scorgere ancora più da vicino la mia reazione. Io invece meditai sul fatto che si trovava nella posizione perfetta per poter ricevere una gomitata nelle palle.

«Ma scusa... non li aveva affidati a te?» Già il fatto che Frey affidasse a Gregor i suoi interventi da correggere mi aveva fatto cadere un mito. Ma potevo comprendere... Aveva una marea di impegni e di lavoro da portare avanti e magari gli sarebbe potuto sfuggire qualche dettaglio.

«Frey ha dato solo delle linee guida sugli argomenti che tratterà... Andrebbero proprio scritti. Sono conferenze divulgative, aperte al pubblico di profani, non destinate al mondo accademico. Quindi potresti fare tu...»

Certo, essendo interventi destinati al volgo, alla massa di plebei illetterati, potevo occuparmene io, la povera cretina di turno!

La rabbia mi aveva bloccato anche la parola. Una morsa mi opprimeva, mi stringeva alla bocca dello stomaco. Attesi qualche istante prima di essere in grado di rispondere. Mi concentrai sul libro e sugli appunti che avevo davanti.

«No» dissi semplicemente. Solo no. Senza aggiungere altro.

«L'ordine viene direttamente da Frey. Io non posso occuparmene. A me ha affidato una nuova ricerca su John Keats, quindi...»

John Keats? No, questo era troppo!

«John Keats...» sussurrai appena. Intanto strinsi forte la penna tra le mani. Talmente forte che avrei potuto spezzarla e schizzare inchiostro blu ovunque.

«Sì, gli ho mostrato qualche appunto e Frey è stato enormemente interessato ed entusiasta...»

Da quando Gregor aveva iniziato a lavorare su Keats? Sollevai gli occhi. Se avessi potuto lo avrei ucciso sul colpo con lo sguardo. No, non poteva averlo fatto davvero. E io non potevo essere stata così imbecille!

«I propri piccoli segreti si dovrebbero tenere ben nascosti, dottoressa Amantine Delamar. Non dimenticati ovunque. Si sa che viviamo in un mondo di ladri e di opportunisti...» Gregor si passò la mano su quella malefica barba rossa. Bastardo!

Maledetto bastardo! Ed era stata tutta colpa mia. «Disseminare appunti e note qua e là non è mai una buona cosa…»

«John Keats è mio…» mugugnai, più rivolta a me stessa che a lui.

«E da quando ne avresti stabilito il possesso esclusivo?» La sua risatina idiota stimolò ancora di più il mio istinto violento. Non sapevo come trattenermi.

Potevo solo andare da Frey e gridare la mia verità. Ero stata io ad avviare la ricerca su John Keats. E come un'ingenua principiante avevo disseminato tracce e appunti ovunque permettendo che il bastardo se ne approfittasse. Non mi avrebbe creduta. Sarei stata sconfitta in partenza. E attaccarlo fisicamente era fuori questione.

Cercai di respirare regolarmente, quel minimo che mi consentisse di alzarmi da lì e di sparire senza danno a cose e persone. Anzi, a cose e viscido verme che mi stava di fianco.

Riuscii a raggiungere il bagno e mi ci rinchiusi. Maledetto! E Frey incoraggiava pure la sua meschinità e il suo servilismo con la benevolenza che gli dimostrava. Era un vecchio brontosauro senza carattere che si lasciava adulare dal più squallido e manipolatore dei lecchini. Aveva ragione Peter. Gregor non se la faceva con Frey fisicamente, però sicuramente se la faceva con il suo ego smisurato!

Ma John Keats era mio, maledizione! E quel bastardo me lo stava portando via! Era mio John Keats, solo mio! Pestai un piede a terra, con furia, poi crollai lungo la parete del bagno scoppiando in singhiozzi, senza nemmeno impegnarmi per asciugare le lacrime. Non ricordavo neppure quale fosse stata l'ultima volta che avevo pianto.

CAPITOLO 22

Non potevo restare chiusa in bagno per sempre. L'avrei anche fatto, magari mi sarei lasciata risucchiare dallo scarico, tanto era proprio così che mi sentivo. Invece ero costretta a ricompormi e uscire. Sperando che lo sciacallo non fosse ancora appollaiato in biblioteca in attesa di scagliarsi nuovamente sulla preda.

Per fortuna non c'era. Mi mancava l'aria, mi sentivo soffocare. Volevo solo raccogliere le mie cose e sparire almeno per il resto della giornata se non proprio della vita. Andare a soffrire in qualche luogo ignoto e recondito, da sola e in silenzio.

Non c'era nulla che potessi fare. Soltanto soccombere e ubbidire. Oppure cercare consolazione in Geoff. Ma immaginavo già come avrebbe reagito. Non avrebbe tollerato di vedermi trattata ingiustamente e sarebbe riemersa l'idea di mettere di mezzo suo padre. Questo avrebbe fatto di me un essere spregevole che si costruiva una carriera tramite conoscenze e amicizie influenti. Quindi non sarei stata molto diversa da Gregor. Altri mezzi ma identico fine. Fare carriera senza merito.

Presi la metropolitana scendendo a Hyde Park Corner. Avevo bisogno di stare sola e tranquilla per quanto possibile. Perché? Perché nulla nella mia vita andava bene? Era come se i miei progetti fossero destinati a crollare uno dopo l'altro. Eppure avevo pianificato tutto con tanta cura e meticolosità. Però evidentemente erano castelli costruiti sulla sabbia, senza fondamenta.

Mi stesi nel prato del parco e chiusi gli occhi. Mi apparve davvero la rappresentazione mentale di uno splendido castello sulla sabbia, costruito su una splendida riva. Lo vidi crollare senza lasciarne più traccia alcuna, solo qualche granello che nel vento si disperdeva fino a svanire completamente. La mia vita non stava andando secondo i miei piani e io mi sentivo sconvolta e disperata per il senso di impotenza e per l'ingiustizia che non ero in grado di combattere.

Mi coprii il viso con le mani. No, non avrei pianto di nuovo. Avevo assoluto bisogno di distrarmi in qualche modo. Forse mi sarebbe stato utile un walkman, come quello che mi aveva prestato Peter. Un po' di musica, un po' di ballo. Potevo sempre andare a comprarne uno in centro. Oppure potevo…

Potevo non seguire la ragione. Fu così che mi ritrovai di fronte a casa sua. La guardavo dall'altra parte della strada come se fosse stata un monumento o un'opera d'arte da ammirare ma a cui non avvicinarsi. Non osavo attraversare per suonare il campanello e non mi resi conto di quanto tempo fosse trascorso. Finché inaspettatamente la porta si aprì e Gordon, il maggiordomo superefficiente, apparve rigido e tutto impettito. Puntò lo sguardo direttamente su di me, come se avesse già notato la mia presenza da un po'. Probabilmente mi aveva vista dall'interno della casa, da una delle finestre.

Restammo a fissarci. Io al di là della strada e lui sulla porta. Fui io la prima a cedere. Sollevai appena la mano per salutarlo. Gordon annuì impassibilmente e visto che non mostravo segno di volermi muovere si voltò pronto a richiudere la porta.

«Peter!» Solo in quel momento attraversai la strada di corsa, senza nemmeno guardare se arrivassero macchine. Oltrepassai il cancello e salii i pochi scalini. Gordon si scansò dalla porta per lasciarmi passare. Raggiunsi il salotto e mi guardai intorno. D'istinto mi stavo già avviando verso la scala che portava al piano superiore.

«Il signor Wiles non è in casa, signorina Amantine.» Gordon richiuse con cura la porta d'ingresso e si voltò a guardarmi con la sua abituale compostezza.

«Ho capito, ho capito. Non vuole vedermi...» corrucciai la fronte abbassando il viso. Dentro mi sentivo in fermento. Avevo bisogno di lui. Da ogni punto di vista avevo bisogno di lui. «Del resto ha ragione... Anche io non mi vorrei vedere.»

«No, signorina Amantine. Il signor Wiles davvero non è in casa.» Sottolineò "davvero" con il tono di voce. Certo questo non significava che Peter non fosse arrabbiato con me. «È fuori città, impegnato nella promozione del nuovo singolo, starà via per alcuni giorni credo.»

«Mmh...»

Sentii come se mi fosse crollato l'intero mondo addosso. Non solo un castello di sabbia. Ma Gordon non stava mentendo, di questo ero certa. Ormai lo conoscevo abbastanza e quando nascondeva la verità o si tratteneva dall'esprimere un'opinione scrutava impassibilmente nel vuoto. Ora invece mi stava guardando negli occhi. Non capivo perché aveva aperto la porta vedendomi ferma dall'altra parte della strada.

«Può lasciare un messaggio, se vuole. Farò in modo che il signor Wiles lo riceva appena torna.» Il tono del maggiordomo perfetto era più amichevole del solito. Dovevo approfittarne? In realtà il vero problema era che non sapevo che messaggio lasciare a Peter dopo il modo in cui me n'ero andata. «Magari lasciare un recapito...» suggerì Gordon. Da una delle tasche della sua giacca comparve un quadernetto e una penna. Superefficiente davvero!

«Sì, un recapito...» Ma quale recapito? Casa dei Parker o il loro numero di telefono? No, meglio di no. Casa di Geoff? Nemmeno a parlarne! Da Rachel, forse... ma no! Perfetto, io non avevo un recapito. Non un recapito dove Peter Wiles potesse contattarmi. «Gli dica che mi può trovare alla biblioteca dell'università ogni mattina dal lunedì al venerdì tra le nove e mezzogiorno, dipartimento di anglistica. Sempre che non faccia fuori il bastardo che mi ha fregato John Keats. In quel caso mi troverà in carcere.»

Gordon stava ancora scrivendo quando finii di parlare. Si stava davvero segnando tutto ciò che avevo detto? Lasciai la casa di Peter più afflitta di quando ero arrivata. Avevo sbagliato ancora, non avrei dovuto cercarlo. Rischiavo di complicare ancora di più la mia situazione. E poi magari, indipendentemente dal suo essere fuori città, non avrebbe comunque voluto vedermi al suo ritorno.

CAPITOLO 23

Lasciare la casa dei Parker avrebbe significato automaticamente finire da Geoff. Ancora una volta, tanto per cambiare, ero in trappola. Forse non ne ero mai uscita. Eppure amavo Geoff. Però non volevo affliggerlo con tutti i miei drammi, non se lo meritava. Già la nostra situazione era complicata e instabile, non riuscivo a sciogliermi completamente con lui, avevo sempre difficoltà a lasciarmi andare, a esprimere me stessa.

La telefonata di mio fratello Alain dalla Francia mi diede la speranza di una via d'uscita.

«Quindi hai davvero intenzione di trasferirti a Londra? E quando esattamente?» La sua idea di prendere la specializzazione in medicina in Inghilterra mi sembrava fantastica. Soprattutto per me. Lasciare la casa dei Parker e andare a stare con Alain per aiutarlo a sistemare la casa o l'appartamento sarebbe stata un'ottima scusa. «Io penso che dovresti arrivare qui il prima possibile. Intanto posso iniziare a cercare io…»

«Calma, principessa. Capisco che ti manco, ma c'è ancora tempo.» Alain rise al mio entusiasmo, forse eccessivo. «Il corso inizierà a settembre. Mi trasferirò a Londra solo in estate, prima che inizi. Qui a Parigi ho ancora da fare per il momento.»

Estate. Eravamo solo agli inizi di aprile. Maledizione! Decisi di non insistere oltre per non farlo insospettire. Se gli avessi chiesto di anticipare l'arrivo si sarebbe incuriosito. E magari avrebbe coinvolto anche i miei. Così il disastro sarebbe stato proprio totale.

Non mi aspettavo e non pretendevo nulla, solo di trascinarmi avanti in qualche modo. Avevo scritto io tutti gli interventi di Frey per il ciclo di conferenze e non ero stata nemmeno invitata a partecipare tra gli accademici. Ovviamente il seguito era composto dal leccaculo e da pochi altri eletti.

In biblioteca mi ero anche stancata di lavorare alle mie ricerche. Stavo per lo più con gli occhi sbarrati a fissare la stessa pagina per interminabili minuti e ore. Finché le parole iniziavano a ondeggiarmi davanti e mi si appannava tutto. Mi avevano consigliato degli occhiali riposa vista perché forse leggevo e scrivevo troppo. In realtà non era questione di riposare la vista, ma di limitare la rabbia e la tensione che mi prendevano costantemente. Perché dovevo impegnarmi tanto se il frutto dei miei sforzi mi veniva sottratto?

Sistemai meglio gli occhiali sul naso. Mi sentivo ridicola con quella montatura celeste. Mi davano l'aria di una snob intellettuale. Ma forse era davvero quello che ero. Lui mi chiamava così.

Morsi nervosamente un'unghia alternando lo sguardo dal libro a quello che avevo appena scritto sul mio quaderno. Non aveva molto a che fare con le ricerche accademiche. Mi stavo inventando una storia romanzata della vita di John Keats. Tanto per sfogare un po' il nervosismo.

Qualcuno intanto si era seduto di fronte a me. Ne avevo percepito soltanto l'ombra, ma non avevo voglia di controllare se fosse uno dei miei colleghi o uno studente. Finché non mi disturbava non c'erano problemi.

Il tizio si schiarì la voce. Sollevai appena lo sguardo e notai una lunga barba scura, un cappellaccio azzurro sformato e un libro che teneva sollevato e di cui non lessi il titolo. Doveva essere uno studente, quindi. Di quelli un po' ribelli e alternativi, anticonformisti. Tamburellai le dita sul tavolo, poi rilassai la mano mentre con gli occhi ripercorrevo le ultime righe che avevo scritto.

Sobbalzai sentendo un dito sfiorarmi il dorso della mano.

«Dolcezza… sei incredibilmente sexy con quegli occhiali da intellettuale stronza e isterica. Potrei anche perdere il controllo proprio qui e ora.»

Oltre la lunga barba scura, il cappello azzurro che gli copriva anche la fronte, la smorfia era la sua. E tra le mani teneva una copia di *Romeo e Giulietta*.

«Peter…» sospirai riconoscendo i suoi occhi verdi e ridenti. Voltai la mano per afferrare la sua. «Sei qui…»

«Temevo di non trovarti in realtà…» Sollevò le spalle accarezzandosi ripetutamente la lunga barba. «Temevo che fosse troppo tardi e che tu avessi già commesso un gesto inconsulto, conoscendoti.»

«Cosa…» Lo fissai perplessa. Mi aggrappai alla sua mano come a un'ancora di salvezza.

«Aspetta, com'era il messaggio… sempre che non faccia fuori il bastardo…»

Allora Gordon, il supermaggiordomo, si era segnato proprio tutto.

Mi posai la mano sulla fronte e mi morsi le labbra. «Mi dispiace.»

«L'omicidio non è affatto una buona idea, Amantine. Ci sono altri modi per sfogare i bollenti spiriti.»

Stavamo attirando l'attenzione. Gli feci cenno di fare silenzio e abbassai lo sguardo. Detestavo ammetterlo, ma mi era mancato. Ora che lo avevo davanti era come se la vitalità in me fosse riemersa e una nuova corrente di energia fosse tornata a scorrermi nelle vene.

«C'è un posto dove possiamo stare soli, dolcezza?»

Richiusi il mio quaderno di appunti e il libro. Li sistemai nella borsa e mi alzai. Con un'occhiata gli feci cenno di seguirmi. No, non c'era un posto adatto in realtà. L'unico era l'ufficio del professor Frey di cui avevo una copia delle chiavi. Frey e Gregor erano alla conferenza. Una volta raggiunto le cercai nella borsa.

Peter mi fu subito alle spalle e con un braccio da dietro mi afferrò per la vita. In qualche modo riuscii ad aprire ed entrammo. Peter mi rigirò contro la porta, si strappò via la barba finta e mi baciò con furia.

«Peter...» Mi aggrappai a lui con tutte le mie forze, cercando le sue labbra disperatamente.

Mi sollevò di peso premendomi contro la porta mentre mi avvinghiavo a lui. Non dovevo. Era sbagliato. Ma non riuscivo a fermarmi né a ragionare lucidamente. La passione mise a tacere la piccola e flebile voce della coscienza.

«A quanto vedo almeno un pochino ti sono mancato...» Peter infilò una mano nella mia camicetta scendendo a baciarmi il collo.

«Oddio Peter...» Fremevo d'impazienza, esattamente come lui. Però... «Peter, siamo nell'ufficio di Frey... non possiamo...»

«Chiudi a chiave!» Suggerì lui armeggiando per sollevarmi la gonna lunga, una di quelle che indossavo abitualmente in università in alternativa ai pantaloni scuri. «Ma che è sta roba Amantine, sembri una suora...»

«Non farti venire pensieri osceni, Peter! Io non posso...» Intanto chiusi a chiave. Dovevo calmarmi. Non era per quello che lo avevo chiamato. «E poi tu eri via, ti sei fatto i tuoi comodi...»

«Io ero via per lavoro. Non segui i nostri spostamenti, Amantine?» Si staccò da me incrociando le braccia, corrugò la fronte.

«Sinceramente no. Cosa vuoi che mi importi degli spostamenti di un gruppo di pop star!» Sospirai cercando di controllarmi. Non potevo lasciarmi trascinare con lui in quel vortice a cui non sapevo mai resistere. «E poi lo chiami lavoro, quello?»

«Ah certo... per te lavoro è solo quello intellettuale, immagino.» Ecco, si stava arrabbiando. Io non volevo ma non potevo permettere che tra noi tornasse come prima. Lo avevo cercato sì, però... «Ma sai qual è il vero lavoro, Amantine? Un lavoro davvero estenuante e senza grandi guadagni... Avere a che fare con una stronza come te!»

«Perché sei qui, allora? Io sono passata davanti a casa tua, è vero.» Mi morsi leggermente le labbra e lo fissai negli occhi decisa. «Ma tu… ti sei conciato così, per non farti riconoscere suppongo, sei venuto in università, hai cercato il mio dipartimento, poi la biblioteca…»

«Con il rischio di farmi scoprire, esatto. Perché forse tu non lo sai, ma capita spesso che mi riconoscano. Non le intellettuali snob che vivono fuori dal mondo, ma la gente comune invece sì, mi riconosce.» Annuì serio. «C'è poi da mettere in conto anche il fatto che mi sono svegliato la mattina presto per essere qui appena possibile ed ero rientrato alle quattro del mattino quando ho ricevuto il messaggio di Gordon. In realtà non ho quasi dormito.»

«Grazie…» Non ero del tutto sicura che fosse la verità. Conoscendolo avrei anche potuto scoprire che mi stava prendendo in giro. Era furbo ed era bravo a raccontare balle.

«Quindi, cosa mi merito?» In un attimo ricomparve il suo sorriso malizioso. Mi strinse per la vita sollevandomi di peso. Io lo lasciai fare e gli circondai le spalle con le braccia. Intanto, tenendomi stretta, si muoveva rapidamente all'indietro.

«No, no Peter!» esclamai appena le sue intenzioni mi furono chiare. «No, non sulla scrivania di Frey…»

Peter scansò con un braccio libri e carteggi posati sul pesante e massiccio mobile in legno. Parte dei volumi scivolò a terra. «Non l'ho mai fatto sulla scrivania di un professore universitario… Vorresti negarmi anche questo? Non so quando e se mi ricapiterà l'occasione…»

«Ma non… non…» Tentavo di frenarmi, ma il mio corpo non ascoltava ragioni. Seguivo i suoi movimenti e completamente stregata mi avvinghiavo a lui. «Non è… etico…»

Scoppiò a ridere sulle mie labbra stendendomi completamente e attirandomi contro di sé. La mia camicetta bianca intanto era volata sulla poltrona nera di Frey. Risi anche io afferrando la cintura dei suoi jeans. Irrefrenabilmente, avvinta da una frenesia e da una smania che non sapevo e non volevo più contrastare. Poi incontrai i suoi occhi e mi sentii completamente perduta. Perduta e pronta a ricominciare.

CAPITOLO 24

Questa volta ne ero consapevole. Dovevo agire onestamente. E liberare Geoff dal vincolo della nostra relazione. Non ero la donna adatta a lui. Ero meschina, irriconoscente e traditrice. Indegna del suo amore. La verità, che mi piacesse o meno, era che non riuscivo a trattenermi con Peter Wiles, nonostante i tentativi. Ero un essere umano con le sue debolezze e fui costretta ad ammetterlo. Non ne andavo fiera, ma Peter era la mia debolezza.

«Devo lasciare Geoff...» Voltandomi su un fianco attesi la risposta di Peter. Sapevo che non stava dormendo anche se aveva gli occhi chiusi.

La storia con lui era ripresa da tre giorni a pieno ritmo. Dal suo ritorno per me erano ricominciati i sotterfugi e le macchinazioni. Ma era il momento di mettervi fine per sempre!

«Questo significa che non starai più con quel famoso "qualcuno". Credo che mi mancherà, era come farlo a tre a volte...» Peter aprì gli occhi per un istante, mi lanciò un'occhiata cupa, poi li richiuse. Le sue labbra contemporaneamente si piegarono in una smorfia divertita.

«Non fare lo stronzo insensibile, Peter. Non è divertente! Anzi, è una situazione molto triste e dolorosa...» Triste per me e dolorosa per Geoff. Come potevo lasciarlo così? Come potevo fargli tanto male, ancora?

«Ho capito. Non ti va di sentirti in colpa da sola, allora cerchi un po' di compagnia e coinvolgi anche me.» Aprì di nuovo gli occhi e si voltò sul fianco imitando la mia posizione.

«Non posso più tradirlo. Lui non è come...» Indicai lui con un cenno della mano. «Nel nostro mondo normale, mio e di Geoff, solitamente non si fanno queste cose. Non si va a letto con chi capita e di norma non si tradiscono i fidanzati...»

«Succede anche nel vostro mondo normale, tranquilla. Come non è detto che succeda sempre nel mio mondo… che per te è anormale, deduco. Non sono nato pop star, Amantine. Sono nato anche io nel mondo che tu chiami "normale". Non è il mio lavoro che mi definisce. Forse ho solo più occasioni di tutti gli altri comuni mortali, ma potrei anche decidere di non coglierle.»

Era stranamente serio. Forse il suo discorso aveva un senso. Io ne ero la prova tangibile. Avevo tradito Geoff ripetutamente e per mesi avevo portato avanti una doppia vita. Non era necessario essere una pop star o far parte del mondo dello spettacolo per essere una poco di buono.

Sospirai e mi stesi sulla schiena, fissando il soffitto. «Sono un'immensa delusione per tutti. Anche per me stessa.»

«Sarai così patetica ancora a lungo? Perché se è così ti butterò immediatamente fuori di casa, così non dovrai preoccuparti di dover mollare il tuo "qualcuno" perché ti mancherà la materia prima con cui renderlo cornuto…» Si voltò anche lui mettendosi ancora una volta nella mia stessa posizione.

«Lo sai quanto sei stronzo, Peter? Io sono solo un gioco per te, un divertimento…» Era diverso sapere una cosa e sentirsela sbattere palesemente in faccia. Peter non ci andava mai troppo per il sottile quando doveva dire qualcosa.

«Anche io lo sono per te. Non era questo il punto? Niente domande, niente pretese. Quindi perché dovrei tenerti qui e sopportarti se non sei più tanto divertente per me?» Il suo discorso non faceva una piega, anzi. Aveva ragione.

Rimasi però in silenzio. Non sapevo cosa dire. Che non gli avrei più parlato di Geoff e del mio senso di colpa nei suoi confronti? Che mi sarei messa d'impegno per farlo divertire? In quel momento non sapevo nemmeno io se avrei voluto o meno restare lì. Non ero in vena di divertirmi. La mia relazione con Geoff era giunta al termine a causa mia, in università mi sfruttavano senza ritegno per poi prendersi tutti i meriti. No, non c'era nulla di divertente nella mia vita al momento. Chiusi gli occhi. Avrei voluto dormire. Magari per qualche mese o qualche anno. Cento anni come la Bella Addormentata, per poi risvegliarmi in un mondo diverso e più giusto.

Riaprii gli occhi sentendomi sfiorare la fronte. Peter tratteneva ancora le sue labbra, quando si staccò rimase a guardarmi a poca distanza. Gli accarezzai la nuca con dolcezza. Restammo in silenzio. E i suoi silenzi su di me avevano un effetto più dirompente delle parole.

«Cercherò di essere divertente…» sospirai e percorsi il suo petto con le dita.

«Non sei dell'umore per essere divertente, Amantine.» Peter si scansò da me mettendosi seduto. «Non ti sta passando per la testa di metterti con me, vero? Perché se tu non lo hai più, io continuo ad avere quel famoso "qualcuno". Anche se non ho mai rotto le palle come te continuando a parlarne…»

«Non ho la minima intenzione di mettermi con te, cretino!» Mi sollevai anche io e incrociai le braccia, irritata. «Solo che il mio "qualcuno" si aspettava qualcosa da me e io per ora non posso…»

«Potresti anche non potere mai… Potresti anche volerti rotolare tra le mie lenzuola per l'eternità. Quindi il tuo povero "qualcuno", chiunque sia o sarà, resterebbe eternamente cornuto» ribadì Peter ridacchiando.

«Stai per caso sottolineando il fatto che io resterò una donnaccia in eterno?» Mi misi a gattoni, cercando di colpirgli il petto con il ginocchio. «Ti vorrei ricordare che io non sono mai, mai, mai stata così prima di incontrare te!»

«Mai, mai, mai…» rise forte imitando la mia voce. «Mi fai sentire il diavolo tentatore di un'anima casta e innocente, Amantine. Quando sei arrivata qui la prima volta sapevi esattamente cosa volevi da me. Eccome se lo sapevi!»

«Tutta colpa tua! Io ero destinata a essere una brava ragazza dalla condotta integerrima!» sbuffai contrariata. «Ero decisa a seguire certi schemi, per me stessa, la mia famiglia… Io avevo progettato tutto per bene e invece…»

«Parlami un po' della tua famiglia. Vorrei sapere un po' di più dell'ambiente che ha generato questa piccola snob con manie di grandezza e dalla condotta integerrima, visto che a quanto pare sono stato io a corromperti.» Credevo scherzasse, ma l'espressione era seria.

Sollevai le spalle indifferente. «Mio padre è un diplomatico, mia madre un'astrofisica. Non saprei nemmeno definire la mia nazionalità, perché sono un mix di culture, parlo cinque lingue anche se non tutte correntemente. L'infanzia e la prima adolescenza l'ho trascorsa a Parigi, le estati in Italia e in Svizzera. Ho viaggiato molto, visitato molti paesi. Conosco l'arte, la letteratura internazionale…»

«Va bene, va bene… Mi stai davvero mettendo soggezione ora. Amantine…» Mi attirò a sé cingendomi con le braccia. «Quanto adoro il suono del tuo nome, è incredibilmente sensuale…»

Aggrottai la fronte. Proprio quello che turbava Geoff. «Lui, il "qualcuno" insomma, mi chiama Amy… proprio perché lo ritiene… non che me l'abbia mai detto, ma io lo capivo. Lo capisco…» Parlavo di lui già al passato, anche se in realtà non era ancora finita tra noi, non lo avevo ancora lasciato. Decisi di cambiare discorso. «Mia madre ha voluto chiamarmi Amantine perché era appassionata di George Sand da ragazzina. Ti avevo già parlato di George Sand? Del resto mio fratello è stato chiamato Alain in onore di Alain-Fournier. Però se mai avrò dei figli io darò loro i nomi solo perché mi suonano carini.»

Peter mi baciò la spalla cingendomi più forte a sé. «E questo George Sand si faceva un'Amantine?»

«No Peter, George Sand era Amantine. Il suo vero nome era Amantine Aurore Lucile Dupin. George Sand era il suo pseudonimo, un nome maschile per combattere i pregiudizi contro un'autrice donna. Non credevano che una donna potesse essere altrettanto brava come uno scrittore uomo. Ma lei era anticonformista e indipendente, lottava contro i pregiudizi dell'epoca e… mmh… ebbe molte relazioni sentimentali…» Ecco, me l'ero cercata. Mi aspettavo la battuta sarcastica e un po' volgare da parte di Peter, che inevitabilmente sarebbe giunta a prendermi in giro.

«Tu invece hai solo me, vero?» Baciò nuovamente la mia spalla, trattenendovi le labbra. «Oltre il "qualcuno" di cui ti libererai presto…»

«E chi lo sa… magari ci prenderò gusto con le pop star in generale…» Voltai il viso baciandogli la tempia. «Ora raccontami tu qualcosa di te, io non seguo la tua vita scandalosa sui giornali…»

«Mmh… Periferia sud est di Londra, madre casalinga, padre insegnante… Ho un fratello maggiore, Harry, bravo ragazzo a differenza di me. Mio padre è morto quando avevo diciassette anni. Credo sia tutto. Che sono un grande genio della musica già lo sai… sono il più figo e il più dotato della band e creo problemi di autostima a tutti gli altri.»

Gli accarezzai il braccio con dolcezza. «Peter, mi dispiace… non sapevo di tuo padre…» Mi rigirai stringendolo e accarezzandolo piano.

«Non potevi sapere. Però ora non mi diventare sentimentale, dolcezza…»

Appoggiò la fronte alla mia. Stavo bene. Tra le sue braccia stavo bene. E non si trattava solo di passione e di sesso, non comprendevo cosa mi stesse accadendo. Sapevo solo di stare finalmente bene e di sentirmi libera, anche più di prima. Anche se ora non ci stavamo divertendo, ma solo parlando di noi. Ma forse era solo stanchezza, solo bisogno di un po' di pace, di tranquillità.

«Possiamo fare un sonnellino? E restare così, solo per un po'…» Non osai confessargli che avrei voluto restare abbracciata a lui anche mentre dormivo. Non osai confessarlo neppure a me stessa. Ma quando riaprii gli occhi scoprii che

Peter durante il sonno mi stringeva ancora tra le braccia, non mi aveva lasciata andare.

CAPITOLO 25

«Allora, gli parlerai?» Peter mi osservava mentre in cucina mi stavo impegnando nella preparazione di biscotti al cioccolato. Seguivo scrupolosamente la ricetta lasciata da Gordon a tempo della musica di Cyndi Lauper che cantava *Girls just want to have fun.*

«Sto cercando di divertirmi, Peter.» Mi sistemai il grembiulino ricamato sui fianchi. «Perché vuoi interrompere il mio divertimento? Per poi rinfacciarmi di non essere divertente e buttarmi fuori? Mi dispiace per te, ma non funzionerà!»

L'argomento di discussione era Geoff. E le bugie che avevo ripreso a raccontare dal telefono di casa di Peter. Ma avevo bisogno ancora di qualche giorno per riuscire a rendere la cosa più accettabile per lui. Dovevo riprendermi dallo stress e raccogliere le idee.

«No, al contrario. Volevo chiederti di trasferirti qui da me. Se impari a cucinare sarebbe anche meglio, così posso concedere a Gordon un po' di vacanza ogni tanto.» Si avvicinò e mi attirò a sé pizzicandomi il sedere.

«Mmh…» Era difficile resistergli. La verità era che una volta lasciato Geoff io non sapevo cosa ne sarebbe stato di me, di noi. Peter avrebbe continuato ad avere la sua ragazza ufficiale. Non mi importava sapere chi e dove fosse. Ma c'era e Peter me lo aveva fatto presente solo qualche giorno prima. Finché io restavo con Geoff potevamo essere sullo stesso piano.

«Mmh sì?» Peter mi baciò sulle labbra, prima lentamente poi con più intensità.

«Non eri tu a temere che volessi mettermi insieme a te?» Gli accarezzai i fianchi infilando le mani sotto la sua maglietta. Ero fortemente tentata di accettare ma non volevo dargli l'impressione di cedere così facilmente.

«Ho assoluto bisogno di una servetta che mi cucini biscotti, Amantine. E visto che tu sei già qui...» Mi prese il viso tra le mani e mi accarezzò le guance con entrambi i pollici. «Poi sei sexy con il grembiulino... risvegli le mie fantasie perverse ancora di più di quando ti vesti con la gonna lunga da suora...»

«Guarda che potrei anche accettare, Peter Wiles. Giusto per ripicca, per fartela pagare!» Sorrisi e avvicinai le labbra alle sue, mordendolo con tenerezza. «E ti rovinerei l'esistenza, ogni giorno e ogni notte. Sono una rompipalle per eccellenza quando mi ci metto d'impegno.»

Così, giusto o sbagliato che fosse, andai a vivere con Peter. Ciò implicò abbandonare poco alla volta la casa dei Parker. Prima qualche indumento, poi i miei libri, poi gli accessori e tutto il resto.

E infine mi toccò la cosa più difficile, parlare con Geoffrey. Prendermi tutta la responsabilità della situazione e accettare gli insulti che avrebbe potuto scatenarmi addosso. Ne aveva tutte le ragioni. Mi insultavo anche io, di tanto in tanto, riflettendo sulla mia condotta degli ultimi mesi.

Questo però non cambiava la situazione. Ero egoista, cattiva e insensibile. Forse stavo bene con Peter perché anche lui era egoista, cattivo e insensibile quanto me. Meglio così del resto. Se Geoff mi avesse considerata una squallida e volgare puttana mi avrebbe dimenticata più in fretta e senza rimpianti. Avrebbe potuto iniziare una nuova vita con una ragazza più onesta e più degna di quanto lo fossi io.

Dal suo sguardo assorto e avvilito compresi che già sapeva. Di nuovo. Come lo aveva capito l'altra volta. Lo avevo raggiunto una sera a casa sua. Questa volta sarebbe stata davvero la fine per noi. Poi probabilmente mi sarei fatta ospitare dai Parker per l'ultima notte. Non mi sembrava corretto e opportuno correre immediatamente a rifugiarmi tra le braccia di Peter dopo aver ferito nuovamente Geoff.

«Certo, come immaginavo.» La reazione di Geoff fu più tranquilla e pacata di quanto mi aspettassi. I suoi occhi azzurri mi fissavano imperscrutabili. Temevo che potesse essere la quiete che precede la tempesta. Geoff non era mai stato un tipo violento, non aveva mai alzato la voce in tutto il tempo che lo conoscevo. E non era nemmeno mai stato sarcastico o rabbioso. Ma questa sua calma mi destabilizzava, sembrava innaturale anche per un tipo come lui. Non sapevo cosa aspettarmi e mi sentivo intimorita.

«Mi dispiace davvero, Geoff. Ma cerca di capire...» No, cosa c'era da capire? Che mi piaceva stare sempre incollata a Peter e lo desideravo costantemente? Non erano le parole più adatte da usare durante una rottura. Perché, inutile tergiversare, la causa era Peter. Un altro uomo. E la mia voglia irrefrenabile di provare libertà e passione con un altro uomo.

«Non posso capire!» Geoff si alzò di scatto dal divano del soggiorno dove eravamo seduti. Lui con la testa tra le mani e io sul bordo, come se mi sentissi un po' in bilico e un po' in pericolo.

Si diresse nella sua stanza e pensai che volesse restare solo. Invece tornò immediatamente e lanciò qualcosa sul divano, a poca distanza da me, in modo tale che potessi vedere. Una rivista aperta da cui ammiccavano sorridenti e avvinghiati Peter Wiles e una ragazza molto giovane e molto bionda.

«E non ti disturbare a controllare la data sulla copertina... è di questa settimana!»

«Geoff io...» Mi allungai per dare un'altra occhiata alla fotografia e all'articolo. Non mi sembrava il caso e il momento di mettermi a leggerlo spudoratamente, ma scoprii che la ragazza era una modella e si chiamava Lolita. Lolita? Peter stava insieme a una Lolita? Tornai a guardare Geoff. Mi sentivo orribilmente perfida. La strega cattiva delle favole. «Io lo sapevo...»

«Tu lo sapevi? E stai comunque...» Lo sguardo di Geoff su di me si trasformò da stupefatto a inorridito. «Ma... Come è possibile che tu accetti una situazione del genere, Amy? Lui sta con te, sta con lei... Ti inganna e tu lo sai. E ti sta bene. Non hai dignità? Non hai amor proprio? Sei così innamorata di lui da aver perso completamente la ragione?»

Innamorata di lui? Di Peter? Ma di che cosa stava parlando? «Mi dispiace...» Non era in cerca di dignità che ero andata da Peter. E nemmeno di amore. E non era né dignità né amore che ricevevo da lui. Ma non potevo rivelare la verità a Geoff. Era già abbastanza difficile così. Gli stavo già facendo abbastanza male senza dover scendere nei dettagli. «Meglio che io vada.»

Mi alzai e istintivamente raccolsi la rivista. Geoff non mi parlò, non mi guardò. Uscii dal suo appartamento in silenzio assoluto. Lo avevo ferito e avevo ferito anche me stessa. I miei sentimenti per lui esistevano ancora, erano sempre esistiti. Non era colpa sua se io non ero felice. Non era colpa sua se solo con Peter Wiles io riuscivo a sentirmi viva.

CAPITOLO 26

Il mio lancio stizzoso della rivista addosso a Peter mi ricordò lo stesso gesto di Geoff nei miei confronti. Ma ormai era fatta. Peter ignorò la rivista ma sollevò lo sguardo su di me.

«Non avevi detto che saresti andata dai tuoi amici questa sera per dare l'addio definitivo?» Posò la chitarra di fianco e appoggiò la schiena allo schienale del divano, stirandosi e portandosi le mani dietro alla testa. «Con "qualcuno" com'è andata? Non dirmi che ti ha fatto cambiare idea e adesso ti stai preparando a ripetere la stessa scena patetica per me...»

«Stai insieme a una che si chiama Lolita?» Ignorai le sue domande e accennai alla rivista con un'occhiata. Avevo totalmente scordato la decisione di trascorrere la notte dai Parker e invece di proseguire verso casa loro mi ero fermata da Peter.

Peter si stiracchiò ancora e con uno sbadiglio prese tra le mani la rivista, giusto il tempo di vedere la fotografia. «Ah sì... questa foto. Non mi rende del tutto giustizia ma non è male...»

«Lolita...» sospirai io restando in piedi, immobile nella stessa posizione.

«Sì, è proprio lei. La mia "qualcuno"» annuì Peter riprendendo la chitarra. «Hai deciso cosa farai stanotte oltre a restare lì in piedi?»

«Così io sarei l'altra donna di un tizio che sta con una Lolita!» Non mi decidevo né a sedermi né ad andarmene. Forse la rottura con Geoff e tutto lo stress accumulato stava influendo sul mio sistema nervoso.

Peter sollevò la mano come per chiedere il permesso di parlare. «Una delle altre donne...» specificò senza particolare interesse riguardo a quello che avevo da dire. «E poi non si chiama davvero Lolita... è un nome d'arte.»

«E come si chiama allora?» Mi decisi a sedermi su un angolo del divano, come se rifiutassi inconsciamente di mettermi comoda e rilassarmi.

«Non lo so. Io la chiamo Lolita. Tutto il mondo la chiama Lolita.» Mi rispose distrattamente. Oltre alla chitarra aveva ripreso anche il suo blocco di appunti.

«Ma tu stai insieme a lei... Non è normale che tu non conosca il nome della tua ragazza!» Incrociai le braccia. Ma che m'importava del resto? Fatti suoi! Ero tesa. Forse sarebbe stato meglio andare dai Parker.

«Non parliamo molto solitamente. Facciamo altro... Lei sa fare certe cose con la bocca che...» mi lanciò un'occhiata divertita.

«Peter!» Non lo volevo più sentire. Ma in effetti ero stata io a chiedere. «E poi comunque è troppo alta per te...»

«Deve essere alta per fare il suo lavoro, è una top model internazionale. Supera il metro e ottanta ma non è più alta di me.» Peter riappoggiò nuovamente la chitarra e il blocco degli appunti, si girò verso di me e inclinò il viso corrugando la fronte. «Fammi capire, Amantine. Mi stai facendo una scenata di gelosia?»

Scattai in piedi irritata. «Cosa? Ma te lo sogni proprio... sto solo chiedendo, così tanto per sapere...»

«Perché ne ho avute alcune nel corso della mia esistenza e ricordo che erano vagamente simili. Ma se tu dici che non è così ti credo...» sollevò le spalle.

«No... è che...» Tornai a sedermi, più vicina a lui e alla rivista. «Volevo solo dire che non mi sembra molto adatta a te. Non mi sembra il tuo tipo, ecco. È troppo alta. Troppo magra, insomma...»

«Ti passerò un elenco dettagliato con foto e misure, così la prossima la sceglierai tu per me. Va bene? Per ora dovrai accettare Lolita» sorrise e mi pizzicò il naso. «Com'è andata con "qualcuno"?»

«Non bene... ho avuto quasi paura...» Mi massaggiai la fronte con le dita. Non volevo ripensare alla conversazione con Geoff, non volevo riviverla, nemmeno per raccontare a Peter.

«Non ti ha fatto del male, vero?» Lo sguardo di Peter si fece cupo, quasi preoccupato.

«No... cioè non male...» chiusi gli occhi. Non male fisico, certo. Ma io mi sentivo comunque a pezzi, emotivamente. «Già immaginava, del resto lo sapeva anche prima. La rivista l'ho avuta da lui. Non riesce a capire come mi possa stare bene questa situazione... non riesce a capire perché io... Insomma pensa che io sia una povera donnetta senza dignità che smania per le attenzioni di un personaggio famoso. Ecco, non ha usato proprio queste parole ma in sintesi il concetto è questo. Crede che tu mi stia usando e manipolando... e che io nemmeno me ne accorga...»

«Se sapesse che invece sei tu a usare e manipolare me, poveraccio...» sospirò sollevando gli occhi al cielo. «Mi vuoi addirittura scegliere la prossima Lolita!»

«Mmh... non così alta magari...» Mi sforzai di sorridere. Cercavo di allontanare dalla mente le parole di Geoff. Lui non poteva capire cosa mi legasse a Peter. In realtà non lo capivo nemmeno io. Capivo soltanto come mi sentivo. E mi sentivo bene. Anche se c'era quella modella altissima di nome Lolita. Anche se c'erano altre donne.

Io con Peter vivevo e non dovevo fingere. Aveva distrutto l'universo che mi ero meticolosamente costruita, ma non potevo e non volevo più farne a meno. In cambio avevo conquistato me stessa, la mia libertà.

«E possibilmente non rompipalle quanto te, Amantine. Ti assicuro che rompi più tu di tre modelle da un metro e novanta messe insieme...» Mi attirò a sé e io non opposi resistenza. Finii in braccio a lui, con la testa appoggiata sulla sua spalla. Cercò le mie labbra e mi baciò con tenerezza accarezzandomi la schiena. «Me ne basta una come te, dolcezza...»

CAPITOLO 27

L'aspetto positivo era che non mi dovevo più nascondere e inventare bugie. L'aspetto negativo era che il mio mondo sarebbe stato presto a conoscenza della mia storia con Peter e io sarei stata letteralmente presa di mira. Dopo Geoff sarebbe stato il turno dei Parker. Poi degli amici comuni. E ben presto anche dei miei. Era inevitabile. Probabilmente Geoff avrebbe tentato di farmi rinsavire e riportarmi sulla retta via attraverso l'intervento dei miei genitori, magari di mio fratello, di Rachel... E io sarei stata sola contro tutti a dare spiegazioni che non avevano una logica razionale.

Il giorno dopo la rottura con Geoff mi decisi ad andare dai Parker a prendere le mie ultime cose.

«Ci sarò comunque se avrete bisogno per Jinny...» Dovevo tentare per lo meno di addolcire la pillola. Del resto non poteva importare poi così tanto a loro dove stavo io non essendone direttamente coinvolti. Però a Doris avevo dovuto dire la verità. Per fortuna c'era solo lei in casa quando ero arrivata, con Rupert sarebbe stato ancora più imbarazzante.

«Quindi da un incontro casuale è diventata una vera e propria storia...» Doris sembrava affascinata dall'idea, ma dubbiosa al tempo stesso. «Ma tu ne sei sicura? Pensi di avere un futuro con lui?»

Un futuro? Il mio futuro con Peter non andava oltre al vivere giorno per giorno. Ma sarebbe stato assurdo cercare di spiegarlo agli altri, lei compresa. «Non si è mai sicuri di niente e di nessuno in realtà...» Ecco, risposta vaga e diplomatica.

«Ma io mi chiedevo se tu fossi a conoscenza dei suoi problemi...» Doris sorseggiò il suo tè e riappoggiò la tazza sul tavolo.

Rimasi in silenzio. Inghiottii un sorso di tè anche io per non essere obbligata a rispondere subito. «Sì, ogni tanto ha qualche problema con la band, lo so. Ma sono cose normali, credo...» Tentai di ricordare ciò che Peter mi aveva accennato in proposito. Ben poco. E io non avevo chiesto oltre.

«No, Amantine. Non proprio...» Doris aggrottò la fronte, strinse appena gli occhi chiari e sembrò riflettere su come misurare le parole. «Quello che intendevo... sai dei suoi problemi passati di droga e di alcool, vero?»

Non ne sapevo nulla, ovviamente. Mi sforzai di mantenere un contegno. Ma era come se dentro me qualcosa urlasse. Perché? Come poteva dire questo? Era già partita la crociata contro Peter probabilmente indetta da Geoff e dai miei?

«Non ha mai dato alcun segno di avere questi problemi con me... saranno voci, pettegolezzi...» Non sapevo come proseguire e non ne avevo nemmeno molta voglia.

«È stato su tutti i giornali, come puoi non sapere? Circa un anno fa volevano che lasciasse la band per il suo atteggiamento poco affidabile. Temevano che li rovinasse, che li compromettesse, l'hanno quasi cacciato... Abusava di alcool e di stupefacenti fin da ragazzino, ancora prima di entrare nella band...» Doris ne era fin troppo convinta. Ma io non volevo ascoltarla. Ero ancora più convinta di lei.

«Capisco che non siate d'accordo con questa situazione... ma Peter non ne ha nessuna colpa, è stata una mia decisione. Non è giusto infangare lui...»

Non volevo più ascoltare. Mi mossi sulla sedia come per alzarmi. Peter nemmeno beveva alcolici. Cercai di ripensare a tutti gli episodi vissuti insieme a lui. Non avevo prestato particolare attenzione perché nemmeno io bevevo. Bibite frizzanti, acqua... No, non lo avevo mai visto bere, tanto meno drogarsi.

«Amantine, io non voglio assolutamente infangare Peter Wiles o rovinare la tua relazione con lui, ma solo metterti in guardia...» Doris posò la mano sulla mia nel tentativo di tranquillizzarmi. «Certo, è anche possibile che i suoi problemi facciano parte del passato e ora lui sia completamente cambiato. Però tu cerca di fare attenzione.»

Annuii senza entusiasmo. Ancora non ci credevo ma era comunque inutile discutere. «Va bene, grazie.»

Volevo solo andarmene. Fare un giro da sola, magari nel parco. Schiarirmi le idee, annullare questa brutta sensazione e poi tornare da Peter per sentirmi nuovamente libera e felice. Con lui, con la musica. Con la tristezza che si trasformava sempre in sorriso.

«Sei innamorata di lui, Amantine? Lo vedo dall'espressione che hai fatto, da come lo difendi...» Appena mi alzai, Doris mi imitò. Comprese che mi sarei ben presto avviata alla porta.

Tra tutte le risposte che avrei potuto darle, optai per la più semplice. Ciò che stava accadendo tra me e Peter non era facile da spiegare nemmeno a me stessa. Non l'avrei certamente fatto con Doris. Avevo bisogno di un po' di serenità. Avevo bisogno di rispondere come si aspettava in modo tale da farmi lasciare in pace da lei e da tutti. «Sì, sono innamorata di lui.»

CAPITOLO 28

Ero innamorata della mia libertà. Questo avevo scoperto con Peter Wiles. A questo non sapevo rinunciare. A quella sorta di euforia che in tutta la mia vita avevo provato solo insieme a lui. Anche i problemi in università mi pesavano molto meno. Non erano di certo svaniti nel nulla, ma almeno non vivevo più nella costante tentazione di uccidere Gregor Jackman, tagliarlo a pezzi, nasconderlo in una valigia e spedirlo in qualche destinazione ignota.

Trascorsi alcuni giorni non avevo cercato di trovare conferma alle allusioni di Doris, anzi le avevo rimosse. Non avevo chiesto a Peter e non avevo voluto scoprire qualcosa attraverso i giornali. Poteva anche esserci un fondo di verità ma non mi importava. Doris aveva detto che Peter aveva iniziato da ragazzino, ancora prima di entrare nella band. Non avevo il diritto di indagare nella sua vita privata e nel suo passato.

Fortunatamente nessuno era più intervenuto nella mia e quindi tutto procedeva con relativa calma. Almeno fino al pomeriggio in cui rientrando trovai un losco individuo che si aggirava per il soggiorno. Capelli corti e brizzolati, occhi scuri e penetranti, mi squadrò da capo a piedi come se fossi un insetto da calpestare. Anche Gordon inizialmente mi aveva guardata con aria sospettosa, ma non con la crudeltà intrinseca nello sguardo di quell'uomo. Era alto e di corporatura massiccia, indossava un completo blu con una camicia bianca aperta sul collo.

Lanciai una fugace occhiata intorno in cerca di Peter o almeno di Gordon. Non li trovai. Quello sconosciuto infondeva in me un senso di insicurezza e di pericolo, mi sentii improvvisamente fragile.

«Quindi sei tu...» Non si mosse da dov'era. Accanto allo scaffale dei cd che Peter teneva nel soggiorno.

«Dipende da chi cerca e da chi è lei...» risposi sforzandomi di mantenere un'impressione di tranquillità. Chiunque fosse non mi piaceva, soprattutto non mi piaceva l'aria ostile con cui mi fissava ostinatamente. Ma non ero una bambina. Potevo affrontarlo. Avevo affrontato anche di peggio.

«Simon Jennings, manager dei Darkest Storm e di Peter Wiles.» Si avvicinò a me restando a pochi passi di distanza. «Mentre tu, per quanto ne so, sei quella che gli rovinerà definitivamente la carriera. Come se non facesse già abbastanza danni da solo!»

«Ah no, ha proprio sbagliato persona!» Sollevai le mani sulla difensiva e arretrai. «Io non ne so proprio nulla della carriera di Peter e nemmeno mi importa. Noi siamo solo...» Ecco, come definirci? «Amici... più o meno... Per il resto lui ha la sua vita e io la mia.» Lui aveva Lolita! Perché diavolo questo tizio veniva a lamentarsi da me e non andava a rompere le palle a lei? Meglio ribadire nuovamente il concetto. «Sono sicura che lei abbia davvero sbagliato persona, comunque.»

«Allora perché tu sei qui?» Il tono dell'individuo si fece ancora più aspro, irritato alle mie parole. «Ti vuoi mostrare a tutti come la sua ragazza? Vuoi tentare di corromperlo? Vuoi i suoi soldi o sfruttare la sua fama? O sei innamorata di lui? Potrebbe essere però... hai l'aria sveglia, secondo me lo vuoi spremere per bene!»

«Le ho già detto che non mi importa nulla che sia un personaggio famoso... È Peter, insomma!»

Perché avevo la netta sensazione che quell'individuo non mi credesse? Non gli importava delle mie spiegazioni, mi accusava a prescindere. Aveva già deciso che ero colpevole e basta! E poi cos'era? La giornata delle persone che mi ritenevano innamorata di Peter Wiles?

«Peter Wiles sta creando disagi a tutti noi... ed è colpa tua! Rifiuta promozioni fuori città, non si impegna nel lancio del nuovo cd e lascia le prove prima del tempo... Questo per tornarsene di corsa a casa, da te!» Mentre il manager di Peter avanzava verso di me io istintivamente arretrai ancora. Più alzava la voce più mi sentivo piccola e indifesa. «Minaccia di lasciare la band e iniziare la carriera da solista. Lo hai convinto tu! Cosa gli hai fatto per fargli perdere completamente la testa?»

«Allora vedo che lei non vuole proprio capire!» A questo punto alzai la voce anche io. «Tra me e Peter non c'è proprio nulla... nulla di...» Mi morsi le labbra nervosa. Non volevo raccontare la verità a quell'uomo e soprattutto particolari della mia vita privata, ma non mi restava alternativa se volevo essere lasciata in pace. «Non sono affatto la ragazza di Peter! Ci vado solo a letto! L'ho trovato per strada... e quello che facciamo non c'entra proprio nulla con amore, sentimenti e tutte queste sciocchezze. E nemmeno con la sua carriera di cui davvero non me ne frega niente!» Non so come potesse interpretare la rivelazione, ma ormai lo avevo detto. «E ora se non le dispiace...» Lo scansai e mi avviai decisa verso la scala per raggiungere il piano superiore. «È stata una giornata lunga e io sono stanca! C'è anche gente che lavora a questo mondo, non tutti vanno in giro a farsi gli affari degli altri!»

L'avevo detto, anche questo! E magari Peter si sarebbe infuriato con me per aver offeso il suo manager e mi avrebbe buttata fuori una volta per tutte. Forse questa volta me lo meritavo davvero...

Entrai in camera di Peter e mi stesi sul letto. Non volevo più scendere e avere a che fare con quel Simon... come si chiamava... Avevo sbagliato, non avrei dovuto parlargli così. Ma dovevo zittirlo, dovevo difendermi e difendere anche Peter.

Chiusi gli occhi. Non mi sarei mossa di lì fino al suo ritorno per non rischiare di dire ancora qualcosa che non avrei dovuto. Non volevo che si arrabbiasse con me e mi mandasse via. Ora che mi sembrava di aver sistemato la mia situazione iniziavano queste storie assurde con il suo manager e la sua carriera. Peter per me non era un cantante o un personaggio famoso. Era Peter. Non chiedevo altro da lui.

CAPITOLO 29

Mi risvegliai la mattina senza trovare Peter al mio fianco. Forse era andato a dormire in un'altra stanza. Oppure era rimasto sul divano. Mi vestii velocemente e scesi, trovai Gordon che aveva preparato la colazione come al solito. Non osai chiedere né di Peter né del manager. Tornando il giorno prima avevo trovato la porta aperta ma non avevo idea di come quell'individuo si fosse introdotto in casa. Peter mi aveva dato una copia delle chiavi. Magari le avrebbe rivolute indietro al più presto.

Come se le sorprese non fossero state sufficienti all'università incontrai mio fratello Alain, proprio appoggiato al portone d'ingresso del dipartimento.

«Non avevi detto che non saresti arrivato a Londra fino all'estate?» Scambiai con lui un saluto frettoloso. Ero contenta di vederlo, ma temevo le reali motivazioni del suo improvviso arrivo. Ricondurmi sulla strada della ragione e del buon senso, immaginavo.

«Cos'è questa storia che convivi con un cantante?» Il tono di Alain era più incuriosito che irritato. Sembrava chiedersi come fosse capitato e perché. Perché a me, soprattutto. Si passò le mani tra i capelli castani e mi guardò come se un'aliena avesse preso il posto di sua sorella. «Non credevo tu fossi il tipo da cantante. Famoso oltretutto… Ti stai dando alla bella vita, almeno?»

«Quindi la voce si è diffusa e ti hanno mandato a farmi ragionare? Non posso dire che non me lo aspettavo…»

Ripresi a camminare, dovevo passare dall'ufficio del professor Frey per consegnargli alcune correzioni. Dopo quello che era successo con Peter non ero più riuscita a guardare la scrivania del mio mentore con gli stessi occhi, distoglievo lo sguardo ogni volta.

«Sì, l'ho saputo anche io. Il tuo adorato fidanzato ha fatto un gran casino... ex fidanzato...»

Alain mi seguì ridacchiando e cercando di tenere il passo. Probabilmente se si fosse trasferito a Londra prima tutto il gran casino di cui parlava non sarebbe mai accaduto perché io avrei evitato di andare a stabilirmi da Peter.

«Ho dovuto lasciare Geoff... era da un po' che ci pensavo. Iniziava a pretendere troppo da me e io non ero pronta. Quindi non poteva funzionare.»

Non desideravo andare oltre con le spiegazioni. Quello che mi importava precisare era che tra me e Geoff fosse finita. Non con chi avevo deciso di vivere in seguito.

«E Peter Wiles che ruolo ha in tutto questo?» Alain non sembrava disposto a cedere. Comunque qualsiasi cosa avrebbe detto o fatto, io non avrei cambiato idea.

«Peter è solo un amico...» Mi chiedevo quante volte e con quante persone avrei dovuto ancora giustificare il mio legame con Peter. Ne avevo già abbastanza e probabilmente non era ancora arrivato il peggio. «E comunque, Alain... ho ventisette anni, sono più grande di te. Non sei tu quello che deve dirmi con chi posso o non posso... vivere.»

«Sono qui solo perché ho promesso ai nostri genitori che ti avrei parlato... E già che c'ero non mi dispiaceva l'idea di un giro a Londra. Comunque il tuo caro Geoffrey a quel che ne so è andato a frignare da suo padre che ha riportato la notizia a papà...» Alain gesticolò per farmi intendere che la notizia si era diffusa a macchia d'olio. Da Geoffrey a suo padre, ai nostri genitori, agli amici comuni...

«Maledizione, speravo che restasse tra noi! Non che diventasse un affare di stato con chi vado a...»

Mi bloccai in tempo e sospirai risentita. Tanto ormai Peter mi avrebbe mandata via comunque. Io desideravo solo un po' di pace e di divertimento nella mia misera esistenza. Perché avevano dovuto rovinare tutto? Mi morsi forte le labbra. Non volevo scoppiare a piangere di rabbia di fronte a mio fratello.

«Ti riprenderebbe, questo è il vero dramma!» Alain sollevò gli occhi e poi scosse la testa incredulo. «Deve essere pazzo a voler tornare con te, povero cornuto…»

«Alain!» Non stava dicendo nulla che non fosse vero, però dando a Geoff del pazzo per volermi riprendere implicitamente stava facendo passare me da donnaccia.

«Tra un pazzo e un cantante pop tatuato non so cosa sia peggio. I nostri genitori votano ancora accanitamente per il pazzo e sostengono un tuo ritorno insieme a lui, io invece al momento sono in fase di sospensione di giudizio…» Alain proseguiva imperterrito con le sue opinioni non richieste.

«Ci sarei anche io in questa storia, se non ti dispiace. E no, non ho nessuna intenzione di essere ripresa da Geoff, qualunque sia il vostro giudizio in proposito.» Invece di trovare pace e libertà la mia convivenza con Peter si stava trasformando in un incubo. «Comunque… dove sei alloggiato qui a Londra?»

«In un appartamento con degli amici… ma resterò solo qualche giorno per questa volta.» Alain si strinse nelle spalle con aria indifferente. Però mi infastidiva e mi indisponeva che avesse stravolto i suoi piani solo per venire a parlarmi di una faccenda che in fondo riguardava solo me.

«Sono contenta di vederti Alain, ma non saresti dovuto venire qui apposta. È assurdo che io non possa vivere con chi voglio.» Ero ormai arrivata davanti alla porta di Frey. «Quindi puoi riferire a chi ti ha mandato che sono grande abbastanza per prendere le mie decisioni.»

Fin dal mattino non aspettai altro che arrivasse il pomeriggio, poi la sera. Desideravo soltanto che la giornata finisse per poter tornare a casa. Mi sentivo stanca e in uno stato di desolazione e abbattimento a cui non riuscivo a sottrarmi, nemmeno concentrandomi sul lavoro. Non avevo mai riflettuto prima sul fatto che ciò che chiamavo "casa" era in effetti casa di Peter. Forse perché non mi ero mai preoccupata di poterla perdere.

Rientrando trovai Peter sul divano con le ginocchia incrociate e la chitarra, com'era sua abitudine. Non sollevò lo sguardo su di me, sembrava talmente immerso nel suo mondo da ignorarmi completamente. Una morsa mi strinse la bocca dello stomaco, restai ferma a pochi passi dall'ingresso. Poi raccolsi il coraggio e mi accomodai al suo fianco, sforzandomi di comportarmi nel modo più naturale possibile.

«Simon mi ha detto di averti incontrata...» sospirò appena restando con gli occhi fissi sulla chitarra.

«Quindi immagino che ti abbia già raccontato cosa ci siamo detti...»

Non sapevo nemmeno io cosa sperare. Che ne fosse già a conoscenza oppure essere costretta a dirgli io la verità. Anche se la verità non deponeva certo a mio favore.

«Che tu sei qui solo per venire a letto con me e che mi hai trovato per strada. Sì, me lo ha detto. Mi ha detto tutto.»

Ancora non mi guardava, non mi sorrideva. E nemmeno mi lanciava quelle sue occhiate ironiche e divertite. Era arrabbiato. Mi ero intromessa nella sua vita privata, nella sua carriera, nei suoi rapporti con il suo manager e la sua band. Ero anche scesa nei dettagli. Aveva tutte le ragioni per disprezzarmi e volere che me ne andassi.

«Okay Peter... mi dispiace. Dammi solo il tempo di fare la valigia...» Mi morsi forte le labbra. Non volevo che finisse così. Non volevo che finisse affatto. Dove sarei potuta andare? Da Alain, cioè dagli amici di Alain. Magari potevano avere un posticino anche per me.

«Stai andando in vacanza?» Peter mi lanciò uno sguardo perplesso. «Non me ne avevi parlato.» Corrucciò la fronte in quel modo che io trovavo ogni giorno più sensuale, provocante.

«No, io... credevo...» Chiusi gli occhi per un attimo sforzandomi di ritrovare la calma. «Credevo che fossi arrabbiato con me perché non sono stata molto gentile con il tuo manager e che volessi mandarmi via per quello che gli ho detto… su di noi…»

Peter appoggiò la chitarra, il suo sguardo stava diventando cupo mentre gli occhi verdi lanciavano scintille contro di me.

«Ora tu mi devi spiegare che fine ha fatto la piccola intellettuale snob ed egocentrica che ho conosciuto qualche mese fa! Dove l'hai nascosta, Amantine? Perché che tu ti preoccupi per quel cazzone di Simon Jennings e ti convinci che io voglia mandarti via solo per avergli detto la verità è davvero assurdo!»

«Ma io…» abbassai lo sguardo. Avevo una gran voglia di mettermi a piangere, di nuovo. E non volevo piangere, non avevo mai pianto prima. Solo che in questi ultimi mesi mi ero davvero indebolita. Non solo per quello che era successo con il manager di Peter e per il timore che lui mi cacciasse, ma per tutta la situazione nel suo insieme.

«Vieni qui, dolcezza…» Peter allungò il braccio verso di me cercando la mia mano. Non mi feci pregare e mi lasciai attrarre fino a sedermi in braccio a lui. Poi lasciai aderire il mio corpo al suo mentre mi cingeva forte tra le braccia. «Hai accumulato troppa tensione, piccola. Questa sera ci rilassiamo e ci divertiamo un po' noi due.»

Annuii appoggiando la fronte sulla sua spalla. Gli accarezzavo il petto e le braccia mentre lui mi baciava dolcemente il viso scendendo giù verso il collo. «Non sei tornato ieri notte…»

«Mmh… vorresti davvero sapere tutto quello che faccio, Amantine? Non credevo che ti interessasse e che io dovessi dirti tutto.» Peter si staccò da me per un attimo per guardarmi negli occhi. In cerca di una risposta che nemmeno io conoscevo o forse non volevo rivelare.

«No, certo che non devi. Mi sono solo preoccupata un po'…»

«Ti ricordo che sei qui solo per venire a letto con me, parole tue.» Scoppiò a ridere, fingendo di mordermi il collo. «Capisco la tua voglia insaziabile ma non puoi aspettarti che io sia disponibile tutte le notti!»

«Oh, ma... sei un imbecille, Peter! Io non sono affatto così!» Cercai di spostarmi e di allontanarmi da lui, ma Peter mi trattenne a sé afferrandomi per i fianchi e circondandomi la vita per impedirmi di muovermi.

«Scordatelo, non puoi fuggire da me! Sei mia prigioniera, dolcezza...»

Non avevo alcuna intenzione di fuggire. Mi strinsi a lui con tutta la forza che avevo, mi strinsi a lui sentendomi felice, serena, rilassata. E finalmente viva, ancora una volta. «Peter...»

«L'unico movimento che ti è consentito è da qui al letto al piano di sopra» Peter riuscì ad alzarsi tenendomi in braccio. «E ti ci porterò io ora. Ci resterai e sarai mia per tutta la notte. Quindi rassegnati!»

Quella notte qualcosa cambiò tra di noi, in me. Irrevocabilmente. Peter mi guardava negli occhi come non aveva mai fatto prima. Scherzava, rideva, mi prendeva in giro come al solito ma allo stesso tempo era come se tutto in lui fosse nuovo, diverso, più appassionato, più profondo, più intimo. Sembrava conoscere ogni parte di me, ogni frammento della mia pelle. Ma non solo il mio corpo e i miei desideri umani. Anche la mia anima, i miei pensieri. E io volevo lui, lo desideravo con tutta me stessa.

C'era ancora in Peter un frammento di quell'adolescente che forse aveva sofferto troppo, che forse si era lasciato corrompere da qualcosa che lo aveva ferito, che lo aveva distrutto e che ancora non sapeva esprimere. Io non osavo chiedere, potevo solo esserci. Potevo solo sentire il suo calore, attendere le sue carezze, i suoi baci, le sue parole sussurrate piano mentre mi stringeva, quel suo modo unico di sfiorarmi, di muoversi e poi di circondarmi con le braccia, di trattenermi sul suo petto.

Sì, qualcosa era irrevocabilmente cambiato tra me e Peter quella notte. E io non avevo la forza né la volontà di fermarlo, di reprimerlo. Potevo solo arrendermi. Potevo solo sperare di averlo ogni notte, come quella notte.

CAPITOLO 30

Gli ultimi giorni e le ultime notti con Peter erano stati meravigliosi. Dolci, divertenti, appassionati. Avevamo ascoltato quasi tutta la collezione di cd di Peter. Avevo imparato a conoscere la discografia completa dei Doors, dei Queen, dei Led Zeppelin. Quella che sarebbe stata la colonna sonora della mia vita e che mi avrebbe riportata a lui, per sempre. Pur possedendoli evitava sempre di ascoltare i suoi cd, quelli dei Darkest Storm. Nonostante le mie continue e incessanti richieste che spesso vagavano tra suppliche e minacce. Si vergognava. C'era in lui quella componente infantile e tenace che lo rendeva adorabilmente ostinato.

Contemporaneamente però la mia vita professionale stava andando a rotoli. La guerriglia con Gregor si stava trasformando sempre più in una battaglia all'ultimo sangue e avevo sempre più la netta sensazione che sarei stata io a soccombere.

Mi aveva portato via John Keats per puntiglio ma a quanto sembrava una volta ottenuto non sapeva che farsene. Pretendeva che portassi avanti il progetto insieme a lui, o meglio, per lui.

Della vita romanzata del poeta che avevo iniziato a scrivere per diletto non avevo fatto parola né con lui né con nessun altro. Raramente lo raccontavo anche a me stessa. Era come un sogno vago, un'idea un po' folle non troppo degna di essere condivisa. Il mondo accademico in cui ero cresciuta avrebbe respinto la mia sciocca stravaganza togliendomi ogni entusiasmo. Il mondo accademico la maggior parte delle volte respingeva anche la poesia vera, la bellezza allo stato puro, il suono melodioso di parole spontanee, di un linguaggio poco

135

forbito e magari senza senso. La bellezza alla Jacob insomma. Il suono del mio nome, che a Peter piaceva senza perdersi in assurde meditazioni e ricerca di significati.

Incominciai a chiedermi se i poeti passati avessero desiderato davvero essere studiati così, analizzati, scandagliati, ispezionati, quasi vivisezionati come cavie da laboratorio.

Io ero interessata in quel momento, per la prima volta, alla bellezza per la bellezza, fine a se stessa. La bellezza nel dolore, un po' come la ruvidità e la forza insieme della voce di Kurt Cobain, l'amore intenso e appassionato di Romeo, la dedizione e l'abbandono di Giulietta.

Avevo i brividi, spesso, al solo pensiero. Dove stavo buttando la mia vita? Su che basi avevo costruito il mio mondo? Su qualcosa di falsato, di non vero... o che per lo meno sopravviveva solo in superficie ma non apparteneva a me, alla mia indole, alla mia anima profonda. Rinnegavo ciò che mi rendeva viva e felice per aggrapparmi a un ambiente che mi respingeva, che non mi accettava. Soffrivo ingiustamente per qualcosa che probabilmente non mi avrebbe mai reso davvero appagata, nemmeno se l'avessi raggiunto.

Il professor Frey non mi difendeva. Il professor Frey prendeva sempre le parti di Gregor. Ormai era chiaro chi sarebbe stato il suo successore. E io dentro di me gioivo, il mio spirito ribelle esultava ogni volta che ero chiamata a rapporto nel suo ufficio, sapendo di aver violato la sua sacra scrivania in legno massiccio facendoci sesso sfrenato con Peter Wiles.

Non mi importava più. Quello che credevo di volere con tutta me stessa continuavo in parte a volerlo, ma non era così irrinunciabile. Non era più questione di vita o di morte. Invece alla pura bellezza, alla gioia, alla libertà non avrei mai più saputo rinunciare.

Un giro in centro appena uscita dall'università e portai a compimento ciò che meditavo da tempo. Entrai nel mio negozio di musica preferito e acquistai tutti i cd dei Darkest Storm che avevano a disposizione. Compreso il nuovo singolo.

La commessa con espressione estasiata mi comunicò che il nuovo cd sarebbe stato disponibile dal primo di giugno e che i Darkest Storm al completo sarebbero intervenuti per autografarli e incontrare i fans. Le risposi con altrettanto entusiasmo per non deluderla. Forse credeva che avessi acquistato tutti i cd della band presa da irrefrenabile passione e aveva ritenuto di dovermi fornire tutte le informazioni in proposito. In effetti in parte aveva ragione. L'irrefrenabile passione esisteva davvero.

Uscii dal negozio euforica del mio acquisto, proprio come una ragazzina, una piccola fan scatenata. Un po' come se avessi bonariamente fregato Peter. In realtà volevo appropriarmi di lui completamente. E il suo lavoro, che io avevo deriso all'inizio della nostra storia, faceva parte di lui.

Ne era valsa la pena? Rompere con Geoff per lui, mandare al diavolo Gregor Jackman, Frey, il mio mondo? Annientare l'ambiente in cui ero cresciuta e che avevo sempre considerato mio. Disperdere per sempre il mio passato da piccola intellettuale snob ed egocentrica, come mi chiamava Peter.

Forse sarebbe stata una buona idea lasciare Londra, almeno per un po'. Magari andare a stare un po' a Parigi o a Milano. Cambiare aria per capire cosa desideravo davvero, per riuscire a distaccarmi e a riflettere senza pressioni. La morsa mi strinse il petto improvvisa e il cuore accelerò i suoi battiti. No. Non potevo. Non volevo. Magari avrei rimandato a un altro momento.

Poi c'era quel pensiero che non mi abbandonava. Quello di cui non avevo il coraggio di parlare con Peter. L'alcool e la droga. Sicuramente Doris aveva esagerato la portata del problema. Tendenzialmente i giornali di gossip provavano un meschino piacere nel distruggere la reputazione delle persone, questo lo sapevo anche io che ero completamente estranea all'ambiente.

Fui tentata di proseguire verso la casa dei Parker per chiedere a Doris ulteriori delucidazioni in merito, ma cambiai idea repentinamente. Mi sarei messa in altri guai. Doris e Rupert Parker, i miei genitori, Geoff... Da un po' non si erano più fatti sentire.

Alain era beatamente ripartito per Parigi una volta portata a compimento la sua missione. La sua conclusione era stata che se mi piaceva farmi l'avventura con il cantante famoso lui di certo non me l'avrebbe impedito. Mi aveva anche chiesto di fargli firmare un certo numero di autografi per poi passarli a lui, magari gli sarebbero serviti per fingersi amico del cantante, conquistare e portarsi a letto qualche bella ragazza una volta trasferito a Londra. Mio fratello era uno stronzo immorale quasi quanto me. Però apparentemente i nostri genitori e Geoff non ne erano a conoscenza e si erano fidati di lui nella speranza che mi convincesse a fare la scelta giusta tornando sui miei passi.

La situazione in ogni caso si stava inutilmente complicando. E pensare che avevo deciso di andare a vivere da Peter proprio perché insieme a lui tutto mi appariva più semplice!

Una parte di me, quella riflessiva e razionale, stava tentando disperatamente di fermare tutto e tornare indietro, prima di sprofondare ancora di più nell'abisso. Ma ormai sarebbe stato come lanciarsi nel vuoto da un treno in corsa perché l'altra parte, a questo punto la più influente e la più intensa, quella che mi provocava brividi, fremiti e battiti irregolari del cuore, non ascoltava più ragioni e desiderava solo lasciarsi andare, abbandonarsi anima e corpo a quello che provavo per l'uomo che sentivo ogni giorno sempre più mio.

CAPITOLO 31

Entrai in casa già pregustandomi la scena ormai diventata familiare e confortante di Peter seduto sul divano con la sua chitarra. Restai delusa non trovandolo. Volevo parlargli. Forse andarmene davvero o almeno provarci.

In alcuni momenti la mia parte razionale si impuntava su dettagli relativi alla carriera, all'ambiente, al futuro. Che futuro potevo avere con Peter? Le parole mi risuonavano nella mente come un fastidioso tamburo, una cantilena assordante e impietosa. Mi colpivano e mi affondavano senza pietà infatti. Che futuro potevo avere con Peter? E rivoltando la situazione... Che futuro poteva avere Peter con me? Peter del resto aveva la sua Lolita e nel caso fosse terminata la relazione con lei ne avrebbe avuta un'altra, poi un'altra e un'altra ancora. Fino a trovare prima o poi quella adatta a lui, quella per cui io sarei dovuta scomparire perché avrebbe imposto la sua presenza al fianco di Peter in ogni momento.

Mi guardai un po' intorno nell'immenso soggiorno quasi deserto. Non ci avevo mai prestato molta attenzione prima. Era un po' come se i mobili fossero un elemento fastidioso e ingombrante lì dentro.

Peter amava lo spazio. Creativo, mentale e anche fisico. Non gli piaceva sentirsi oppresso. Oltre allo scaffale dei cd c'era ben poco. Una mensola con qualche libro. Mi chiesi come fossero finiti lì. Magari facevano solo parte dello scarno arredamento acquistato da Peter e non li aveva mai veramente letti. Magari non erano nemmeno suoi.

Cercavo oggetti che mi raccontassero qualcosa di lui. Ma oltre la chitarra, i cd e quei libri non trovavo nulla. Gli appunti che si scriveva ogni tanto sparivano insieme a lui ogni volta che usciva di casa. Oppure li nascondeva in un luogo fuori dalla mia portata.

Passai con il dito i libri riposti sulla mensola. Storia della musica, biografie di musicisti antichi e moderni, un libro di storia dell'arte su Kandinskij, un libro di poesie e sonetti di Shakespeare. Lo presi tra le mani e lo sfogliai, c'era qualche appunto a matita scritto qua e là. Prima che potessi leggere la porta d'ingresso si aprì.

«Mi stai giudicando in base ai miei libri, vero?» Peter sorrise e mi raggiunse, afferrandomi per la vita con un braccio. Sembrava di ottimo umore, era sereno e rilassato. «Ho capito, piccola intellettuale snob, sono un uomo finito...»

«È un po' come se tu mi giudicassi in base alla musica che ascolto... o che acquisto.» Lanciai un'occhiata distratta verso il divano dove avevo appoggiato il sacchetto del negozio con i cd.

«Oddio, ormai mi aspetto di tutto... Vediamo che cosa ti sei comprata questa volta.» Appena ebbe tra le mani i cd il suo sorriso si spense e il volto si rabbuiò. «Peggio di quanto credessi, Amantine. Hai davvero speso soldi per questa robaccia?»

«Certamente... e la commessa tutta entusiasta mi ha detto che i Darkest Storm al completo saranno presenti il primo di giugno per firmare gli autografi ai fans. Credo che mi sistemerò lì dall'alba per guadagnarmi la prima fila!» Lo raggiunsi e inclinai il viso tentando un'espressione seducente. «Soprattutto perché vorrei l'autografo di uno di loro... magari scritto qui...» Mi slacciai i primi bottoncini della camicetta mostrandogli il petto.

«Sei una sciocca, Amantine. Potevo regalarteli io se li volevi, non dovevi comprarli...» Peter gettò i cd sul divano e mi afferrò per i fianchi, chinò la testa per baciarmi il seno. «In quanto all'autografo invece... devo prima ispezionare la zona...»

«Mmh... io volevo... contribuire al tuo successo...» Sospirai immergendo le mani tra i suoi capelli.

«Oh allora grazie infinite, dolcezza...» Peter sollevò il viso per baciarmi le labbra. «Hai i miei cd, conosci i miei libri... Fra un po' saprai tutto di me!»

«Mi stavo giusto chiedendo se i libri hanno un significato per te oppure sono stati messi lì per caso, senza un reale interesse. Quelli relativi alla musica mi sembrano abbastanza ovvi, il libro su Kandinskij... Forse se tu fossi tradotto in arte figurativa potrebbe somigliarti, c'è una sorta di dimensione spirituale che vi accomuna... Invece Shakespeare... è la seconda volta che ci imbattiamo in Shakespeare dopo la citazione da *Romeo e Giulietta* che tu conosci solo attraverso una recita scolastica in cui interpretavi Romeo... Però tendenzialmente direi che il libro di poesie e sonetti si trova lì per fare un po' di scena, una nota letteraria tra tutto il resto. Magari lo hai anche sfogliato, distrattamente però... Ci sono degli appunti a matita, probabile che non siano tuoi. Sembra abbastanza consumato. Lo avrai trovato in un mercatino e ti sarai detto "Perché no!" Ma no, non credo proprio che tu abbia letto i sonetti di Shakespeare, non sono roba per te, pop star...» Mi interruppi anche se Peter restava in silenzio, appariva quasi coinvolto e affascinato dalla mia analisi. «Non sei un romantico, Peter... Nel senso che non credo tu sia ben disposto verso i romantici come invece è Jacob. Che strano... Da tanto tempo avrei voluto domandarti sue notizie e per un motivo o per l'altro non l'ho mai fatto. Ora è saltato fuori da sé. Mi chiedevo dove fosse Jacob... Se trascorre ancora le domeniche mattine nello stesso posto, non ci sono più passata la domenica a quell'ora... Dev'essere una vita dura la sua, solo, abbandonato, per la strada...»

«Non proprio... Jacob non è esattamente quello che sembra, quello che credi tu.» Peter sorrise percorrendo il mio viso con un dito. «Jacob è un poeta, uno spirito libero... A volte per sentirsi completamente libero scappa di casa. Ognuno ha i suoi mezzi, Amantine.»

«Mi piace. Alla fine è un po' quello che ho fatto anche io…»
La mia libertà però dove era finita ora? Mi sentivo come un pesciolino intrappolato nella rete che si dibatteva affannosamente per liberarsi ma senza riuscirci. Anzi, restandone ancora di più intrappolato. E la mia rete era proprio l'uomo che avevo di fronte. Dovevo andarmene. Per riflettere. Per riguadagnare la mia libertà. Per non cedere. Per paura che se avessi atteso oltre sarebbe stato troppo tardi. «Peter, credo che forse io dovrei…»

« *"Se proprio devi odiarmi*
fallo ora,
ora che il mondo è intento
a contrastare ciò che faccio,
unisciti all'ostilità della fortuna,
piegami,
non essere l'ultimo colpo
che arriva all'improvviso,
quando il mio cuore
avrà superato questa tristezza.
Non essere la retroguardia di un dolore ormai vinto,
non far seguire ad una notte ventosa
un piovoso mattino,
non far indugiare un rigetto già deciso.
Se vuoi lasciarmi,
non lasciarmi per ultima,
quando altri dolori meschini
avranno fatto il loro danno
ma vieni per prima
così che io assaggi fin dall'inizio
il peggio della forza del destino
e le altre dolenti note
che ora sembrano dolenti
smetteranno di esserlo
di fronte alla tua perdita."»

Peter recitò Shakespeare con un'intonazione perfetta e vibrante, senza interrompersi, senza indugiare, fissandomi negli occhi. Lo aveva capito allora? Era forse l'unica poesia che conosceva? Ce n'erano di più brevi, di più semplici. Perché aveva scelto proprio quella? Aveva forse percepito le mie intenzioni?

Le dita mi tremavano accarezzandogli il viso. No, non volevo andarmene e ancora meno volevo lasciarlo.

«Peter...» Cercai le sue labbra e lo baciai con tenerezza mista a un ardore ignoto. Ogni bacio, ogni gesto tra noi sembrava acquisire un valore sempre nuovo, irrefrenabile, travolgente ma di una delicatezza mai sperimentata prima nella mia vita.

«Te ne andrai?» Mi prese le mani, intrecciando le dita con le mie. «Di nuovo, Amantine? Ormai lo sento... percepisco quando sei inquieta.»

«No. No, Peter. Ci ho pensato ma no, però...» abbassai il viso. Non ero pronta a convincere me stessa ad andarmene, a convivere con l'idea di me stessa lontana da lui. Mi appariva inaccettabile al momento. Ancora peggio che rinunciare alla mia libertà. «Cosa abbiamo qui, Peter? La musica, tua e degli altri. Qualche libro. Quello che tu sai e che io non conosco. La poesia che io conosco e che tu forse ignori. Shakespeare che tu conosci meglio di quanto io credessi. Il tuo letto al piano di sopra.»

«Sì, mi sembra che più o meno ci siamo... magari manca ancora qualcosa...» Peter voltò lo sguardo intorno con aria divertita, poi tornò serio a concentrarsi su di me, prendendomi il viso tra le mani. Gli occhi verdi erano diventati lucidi, accesi di una rinnovata passione. «Non andare via, Amantine.»

«Noi non abbiamo un futuro, Peter. Siamo così diversi... Possiamo avere solo un presente. Qui, adesso.» Posai le mani sulle sue, accarezzandole piano. «Credi che possa andare bene per noi?»

«Il presente è perfetto, direi.» Mi avvolse nel suo abbraccio e io fui perduta ancora una volta, insieme alle mie fragili intenzioni. La ragione fu costretta a soccombere e i nostri baci ardenti e impetuosi ebbero il sopravvento.

Le parole di Shakespeare recitate da Peter avevano scavato un nuovo solco dentro me, raggiungendo nel mio cuore zone recondite di cui avevo sempre ignorato l'esistenza. Non ci sarebbe stato modo per me di lasciarlo. Di fare del male a lui e a me stessa. La libertà a cui tanto anelavo non sussisteva in me, senza di lui. Perché era lui la mia libertà.

CAPITOLO 32

Lo guardavo dormire. Sembrava così sereno... Scrutavo attenta i suoi lineamenti, la linea che le sopracciglia dipingevano sul suo volto, le sue labbra appena socchiuse. E mi chiedevo come fosse stato così semplice per me lasciare Geoff dopo tanti anni insieme e impossibile lasciare Peter dopo solo qualche mese. Non ero alla ricerca di una spiegazione, ma di una verità che ormai sarei stata costretta ad accogliere.

Mi accoccolai tra le sue braccia sperando di non svegliarlo. O magari solo il tempo di accorgersi di me e di stringermi a sé per poi riprendere a dormire. Peter Wiles era molto di più di ciò che appariva a un primo sguardo. E molto di più di ciò che io avevo creduto di trovare in lui.

Mi accarezzò la schiena baciandomi la fronte. «A volte temo di non trovarti...»

«Invece sono ancora qui.» Sollevai il viso per baciargli le labbra. «Mi dispiace di averti svegliato.»

«In realtà ero già sveglio. E mi sentivo un po' osservato.» Così se n'era accorto? Non aveva importanza. Richiuse gli occhi, poi ne aprì solo uno con una smorfia. «Ci sei cascata eh... Credevi davvero che dormissi come un tenero angioletto!»

«Invece eri pronto a fregarmi, come un diavolo tentatore. Però devo ammettere che sei carino quando dormi... e quando fai finta anche.» Gli attraversai con il dito il tatuaggio sulla spalla. «Mi piace molto.»

«Mmh... suona quasi come un complimento. Forse dovrei segnarmelo sul calendario.» Prese la mia mano e se la portò alle labbra.

Non me ne sarei mai andata. In tutta la mia esistenza non avevo mai avuto un rapporto così intenso con un altro essere umano e tra me e Peter Wiles la sintonia ormai andava ben oltre l'attrazione fisica. Era riuscito a seppellire anche il mio amore platonico per il professor Frey.

Sussultai a causa di un colpo improvviso e inaspettato, poi ripetuto. Impiegai qualche istante ad accorgermi che stavano bussando alla porta della stanza di Peter. Non era mai accaduto prima. Da quando lo frequentavo era la prima volta che qualcuno ci disturbava in camera da letto. Istintivamente mi ritirai in un angolino, tentata addirittura di nascondere la testa sotto la coperta. Lanciai un'occhiata terrorizzata a Peter in attesa che lui mi comunicasse cosa fare. Magari era Lolita, giunta a casa sua senza avvisare…

«Tranquilla, dolcezza…» Peter sorrise accarezzandomi i capelli. «Chiunque sia me ne libero immediatamente.» Così si alzò, raccolse la maglietta da terra, la indossò, raggiunse la porta e uscì dalla stanza.

Percepii la voce seria ma leggermente concitata di Gordon. «Sono terribilmente spiacente di disturbare, signor Wiles. Ma il signor Jennings in soggiorno insiste per parlare con lei. Ho tentato di calmarlo ma è davvero molto contrariato…»

«Non si preoccupi, Gordon. Può riferire al signor Jennings che non voglio essere disturbato e che può aspettare anche per sempre. E se non gli è chiaro nemmeno questo gli dica pure che può andare a farsi fottere.» La voce di Peter, al contrario di quella di Gordon, era calma e pacata pur pronunciando quelle parole poco educate.

Mi strappò un sorriso l'idea di sentire Gordon ripetere quelle stesse parole. Però la consapevolezza che Jennings fosse in soggiorno e avesse qualcosa contro Peter stava accrescendo la mia preoccupazione.

Mi alzai dal letto e cercai frettolosamente i miei indumenti. Non feci in tempo a infilarmi la maglietta e i jeans che sentii un gran trambusto fuori dalla porta. Riconobbi la voce di Simon Jennings. Le sue urla, anzi.

«E così hai preso accordi senza consultarmi!» La rabbia dell'uomo si esprimeva chiaramente nel suo tono sempre più alto. «Se porti a compimento il tuo proposito io ti rovinerò, Peter Wiles! Non esiste uomo che abbia fregato me restando indenne! È una promessa!»

«Vai fuori da casa mia, Simon! Vattene se non vuoi che ti metta le mani addosso e...» Quasi non riconobbi la collera e la tensione emotiva nella voce di Peter. Era del tutto nuova per me, non lo avevo mai sentito così.

Prima di riuscire a ragionare e di comprendere cosa fosse giusto fare mi precipitai verso la porta della camera che Peter aveva richiuso dietro di sé uscendo e la spalancai.

«Eccola qui, la responsabile di tutto! Quella per cui ti sei montato la testa con progetti al di sopra delle tue possibilità!» Le accuse di Jennings mi scivolarono addosso senza che io potessi comprendere di cosa stesse parlando. Forse per questo non riuscii a ribattere prontamente. Anzi ne restai talmente allibita da frenare addirittura il mio istinto di intervenire in difesa di Peter.

«Non ti azzardare!» Peter si scagliò su di lui afferrandolo per la giacca. «E ora fuori, fuori con le tue gambe o ti sbatto fuori io a calci in culo!»

Simon Jennings si divincolò staccandosi da lui. «Sì, fuori... sei fuori Peter! Hai tempo fino a domani per tornare sui tuoi passi... E per quanto riguarda i tuoi meravigliosi progetti senza la band... sappi che io ho abbastanza conoscenze e potere da rovinarti la carriera e la reputazione per sempre! Sappiamo bene quanto sei inaffidabile con tutti i tuoi vizi... Vizi che io stesso sono stato costretto ad assecondare e coprire per sette lunghi anni! Quella che ti porti a letto ora non è che un altro vizio, solo più distruttivo degli altri... Ho in mano un contratto esclusivo Peter, ti farò a pezzi! Perderai tutto, te lo garantisco!»

Simon Jennings continuò a infierire anche scendendo le scale. Lo sentii sbattere la porta d'ingresso. Peter con un cenno liquidò Gordon che era rimasto incredulo e inerme di fronte all'aggressività del manager, almeno quanto me.

Restai in silenzio, immobile, in attesa. Anche Peter rimase fermo dov'era, con il capo abbassato.

«Peter...»

Percorsi i pochi passi che mi separavano da lui e lo abbracciai anche se lui non ricambiò, mantenendo le braccia distese lungo i fianchi. Non gli feci domande per non opprimerlo ulteriormente. Mi bastava che sentisse la mia presenza. Mi avrebbe dato spiegazioni solo se e quando avesse voluto.

Rientrammo in camera e ci sedemmo sul bordo del letto. Lo stato di abbattimento e prostrazione di Peter era intollerabile per me.

«Peter...» Pronunciavo il suo nome nella speranza che comprendesse che io ero lì per lui. Non pretendevo che si confidasse con me.

«Lascia stare, Amantine. Sai che cosa penso... Che dovresti davvero andartene...» Si passò una mano tra i capelli, nervosamente, senza guardarmi.

«Peter... pensi davvero che io ti stia rovinando? Io non capisco come, però...» Risuonarono nella mia mente le parole di Simon Jennings. Era ciò che aveva affermato anche al nostro primo incontro.

«Non dipende da te, Amantine. Sono io. Diciamo che tu sei capitata nel momento sbagliato... Ma sono io a pretendere di più da me stesso. Sono io a non accettare più di continuare con uno stupido modo di fare musica che è funzionale solo ad attrarre ragazzine arrapate. Sono loro che comprano la nostra musica, il nostro aspetto... Io vorrei lasciare al mondo qualcosa di più di questo, lo capisci Amantine? Sì... tu capisci... tu puoi capire.»

Sì, lo capivo. «Ma quello che ha detto il tuo manager... lui può davvero farti del male con quel contratto?»

Peter annuì brevemente. «Sono in trappola, Amantine. Ho anche cercato di proporre qualcosa di nuovo, di diverso. Di far evolvere i Darkest Storm, ma loro non accettano quello che scrivo. Sono davvero in trappola e non ho via d'uscita. Non posso nemmeno proporre i miei pezzi ad altri artisti!»

«Ma se tu stai così male crei danno anche a loro in fondo.» Non riuscii a evitare di offrire la mia opinione, anche se non richiesta. Volevo capire, tentare di aiutarlo. «Perché non ti lasciano andare? Potreste trovare un accordo, sarebbe meglio per tutti...»

«Simon teme che sarebbe la fine dei Darkest Storm senza di me. Soprattutto in questo momento. La fine della band segnerebbe il suo fallimento come manager e una perdita economica consistente.»

Peter mi accarezzò la schiena con la mano. Posai la testa sulla sua spalla. Ero una sciocca, non avevo mai considerato che ci fossero tutti questi interessi dietro al successo di un gruppo musicale.

«Non ti possono legare per sempre, Peter.» Sollevai la testa accarezzandogli il viso. Ero alla ricerca di una soluzione utile per lui e consideravo e scartavo opzioni una dopo l'altra. «I contratti scadono prima o poi. Potresti cercare un avvocato che ti aiuti...» Valutai nella cerchia delle conoscenze di mio padre qualcuno che potesse aiutarlo. Non avevo sfruttato la conoscenza del padre di Geoff con il professor Frey per me stessa, ma per Peter lo avrei fatto, per lui mi sarei piegata. Avrei cercato il migliore. «Mio padre potrebbe conoscere qualcuno... Io gli chiederò di aiutarti, ecco!»

«Piccola intellettuale snob...» Peter mi baciò le labbra, poi appoggiò la fronte alla mia. «Non servirebbe, purtroppo. Ma sapere che lo faresti per me significa molto. Non volevo coinvolgerti in tutto questo.»

«Ma io sono coinvolta Peter! Tu mi hai ospitata qui...» Non era solo quello il motivo. E lo sapevo. Forse ora lo sapeva anche lui.

«Tre anni. Sarò legato a loro ancora per tre anni.» Peter sospirò e si prese la testa tra le mani staccandosi da me. «Tre anni senza poter realizzare nulla di ciò in cui credo. Tre anni a replicare perennemente lo stesso stile, gli stessi gesti, le stesse movenze, lo stesso ritmo, le stesse parole, la stessa voce impostata... Tutto uguale a quando avevamo diciotto anni ed eravamo agli esordi. Solo che ora ne ho ventisette. Tra tre anni avrò trent'anni, troppo tardi per innovarmi, per ripropormi con qualcosa di nuovo... Non sarò mai ricordato come un vero artista, Amantine. Ma solo come uno di quei fenomeni momentanei e facilmente rimpiazzabili destinati a sparire senza lasciare il segno. Tanti soldi accumulati in pochi anni, poi la disfatta appena altri ragazzi più giovani e carini di noi occuperanno il nostro posto. A Simon non importa nulla di questo. Ci vuole spremere, spremere finché da noi non potrà ottenere più nulla. Questo è il mio destino. Essere dimenticato da tutti.»

«No! No, Peter...» Gli presi il viso tra le mani e lo forzai a guardarmi. «No, Peter. Ascoltami bene ora. Io non permetterò che ti accada questo. Tre anni? Va bene. Se non c'è alternativa attenderemo tre anni.» Senza rendermi conto mi ero inconsciamente inserita nello scenario di vita futura di Peter. «Ma saranno tre anni in cui tu lavorerai senza posa, ogni giorno. Tre anni in cui tu scriverai e produrrai il meglio che tu possa creare, così da essere pronto quando sarai finalmente libero di iniziare la tua vera carriera artistica. Io non ci capisco nulla di musica, lo sai... Ma capisco cosa significa non essere considerati per quello che si vale perché lo vivo ogni giorno, da anni. Pretendere di più, sapere di avere qualcosa di buono da proporre al mondo ma essere vincolati, non essere liberi di esprimersi perché altri ce lo impediscono.» Dissi tutto di getto, senza riflettere. Forse Peter avrebbe trovato le mie parole sciocche e infantili, traboccanti di una speranza assurda, incosciente, utopica e anche un po' folle. Ma io stessa ero folle. Io stessa coltivavo il mio sogno segreto, quello che non avevo ancora rivelato a nessuno perché non c'era nessuno di cui mi fidassi completamente.

«Amantine… Quanto è bello il tuo nome. Tanto da scriverci una canzone, prima o poi.» Peter mi strinse tra le braccia talmente forte da rischiare di spezzarmi. Quando mi lasciò andare sul suo volto scorsi l'accenno di un sorriso. «Tre anni… Fra tre anni potresti farmi tu da manager, lo stracceresti in un attimo uno come Simon!»

«Certo, potrei sicuramente. Poi ricorda che sarò io a sceglierti la prossima Lolita, quindi…» Mi sentivo più tranquilla ora che lo vedevo stare meglio. Tre anni. Sarei stata ancora con lui? Per un attimo mi sfiorò il pensiero ma lottai per liberarmene, per allontanarlo dalla mente. Per riuscirci mi aggrappai al mio sogno. «Peter, io…»

«Hai fame? Gordon ci avrà preparato la colazione se non gli è venuto un colpo dopo il passaggio di quello squilibrato di Jennings.» Peter mi pizzicò il naso, poi si alzò prendendomi le mani.

«No… cioè sì, ho anche fame. Peter, non l'ho ancora detto a nessuno, però… io ho un sogno. Non tanto grande quanto il tuo, io non sono un'artista. Però…» Mi alzai trattenendo le mani nelle sue, sospirai profondamente prima di esprimere la mia richiesta direttamente. «Tu… leggeresti il mio sogno?»

CAPITOLO 33

Peter aveva acconsentito alla mia richiesta con entusiasmo. Premettendo che non sarebbe stato in grado di darmi un giudizio professionale non essendo un letterato. Non mi importava. Mi fidavo di lui, della sensibilità che avevo riscoperto in lui, della nostra intimità non solo fisica ma anche emotiva, mentale. Avevo trovato uno spirito affine anche se appartenente a un mondo completamente diverso dal mio.

Così, una volta sistemati i miei appunti e riscritta la storia fino al punto in cui ero arrivata, affidai a Peter la mia biografia romanzata su John Keats. Avevo continuato a lavorarci solo a casa, ben lontana dagli occhi indiscreti che circolavano in università.

Mai mi sarei aspettata di trovarvi Geoff, alcune settimane dopo, proprio davanti all'ingresso principale. Non potevo ignorarlo e del resto mi sembrava evidente che aspettasse me.

«Ciao Geoff...» Non sapevo cosa dire oltre a un cortese saluto. Non potevo fingere che mi facesse piacere vederlo, non dopo come aveva diffuso la notizia della nostra rottura raccontando di me a suo padre, ai miei genitori.

«Amy... Amy, noi dobbiamo parlare.» Sollevò la mano verso di me come per sfiorarmi, poi la riabbassò. I suoi occhi azzurri erano profondamente tristi e avvolto in quella giacca scura sembrava addirittura un po' curvo.

«Da quel che ne so hai già parlato abbastanza. Ora scusa, io devo proprio andare.» Forse non avrei dovuto rimproverarlo. L'avevo fatto soffrire, ripetutamente. E lui per sofferenza o per vendetta aveva reagito come poteva. L'unica soluzione era lasciare le cose così e non proseguire oltre a farci del male.

«Mi dispiace, Amy. So che non avrei dovuto raccontare tutto. Ma io... non so stare senza te.» Stava rendendo la situazione ancora più penosa con la sua insistenza. Mi stava facendo sentire in colpa solo per il semplice fatto di stare bene, di sentirmi complessivamente felice.

«Ne avevamo già parlato, Geoff. Mi dispiace, non immagini quanto…»

«Cosa ti dà lui? Sesso, una vita al limite? Forse festini con personaggi famosi…» Geoff scosse la testa stizzito. Lo sguardo che mi stava rivolgendo era cambiato, dal sofferente era passato al disgustato. «Quell'uomo non è adatto a te, non lo sarà mai. Te ne pentirai, Amy. Un giorno te ne pentirai.»

«Comunque sia è una mia scelta e sono pronta a subirne le conseguenze.» Mi sforzavo di mantenere la calma per non diventare ostile e scortese rispondendogli a tono. Ma chi era lui per pretendere di stabilire cosa c'era tra me e Peter, cosa era giusto per me? «Ti prego Geoff, per ciò che di bello c'è stato tra noi in tanti anni, smetti di interferire. Lascia che io viva la mia vita, anche se non sei d'accordo con le mie decisioni.»

«Il tuo è solo un colpo di testa, Amy. È proprio per tutti gli anni che abbiamo trascorso insieme che non posso permetterti di buttare tutto all'aria!»

Non potevo più ascoltare. Lo lasciai senza replicare, mi precipitai all'interno dell'università e poi direttamente in bagno, sperando che non gli venisse in mente di seguirmi. Tanti anni con Geoff e ancora non mi aveva capita.

Mi sforzai nel corso della giornata di ignorare l'episodio e di occultare tutto in un angolino remoto della mente. Mi concentrai sulla serata, sul lavoro che mi attendeva. Quello vero, quello segreto. Peter mi spronava a continuare con fermezza ed entusiasmo. Lo stesso facevo io con lui. Gli altri forse non avrebbero mai compreso come i nostri universi, così distanti da essere quasi contrapposti, si amalgamassero perfettamente.

«Forse ho raggiunto un'intesa con Simon e con gli altri.» Mi comunicò Peter la sera stessa con gli occhi verdi lucidi per l'entusiasmo. «Cercheranno qualcuno da introdurre nella band al mio posto, io resterò comunque finché il nuovo membro si sarà integrato. Sperando che i fan lo accolgano e si affezionino presto anche a lui. Poi poco alla volta io uscirò e sarò libero. Se tutto va bene anche prima dello scadere dei tre anni potrò iniziare qualche collaborazione con altri artisti.»

«Mi sembra un'ottima soluzione!» Ero felice per lui. Ed ero felice di stargli accanto. Tanto che avrei desiderato esserci ancora quando avrebbe raggiunto finalmente gli apprezzamenti e il successo attraverso i suoi reali meriti artistici. «Ce la farai, Peter. E presto ascolteremo e balleremo tutta la notte anche la tua musica, non solo quella degli altri. Non ti potrai più nascondere da me.»

CAPITOLO 34

«Se rifiuti e mi mandi al diavolo avrai la mia totale comprensione, Amantine.» Peter mi aspettava al varco quella sera. Non riuscivo a comprendere il motivo di una tale agitazione. Il nuovo album dei Darkest Storm sarebbe uscito a giorni, ma non mi era mai sembrato che Peter se ne preoccupasse tanto.

«Dovrei prima conoscere i dettagli della proposta indecente che intendi farmi...» Ridacchiando mi aggrappai al suo collo per baciarlo sulle labbra. «Ghiaccio... gelato, fragole... io e te chiusi da qualche parte per nove settimane e mezzo...»

«E tu che ti spogli per me in controluce? Magari!» Corrugò la fronte e sbuffò un po' stizzito. «No, purtroppo. Siamo stati invitati al party per l'anniversario di Rebekah e Joseph Stevenson nella loro mega villa di Gloucester. Più che un semplice party sarà un evento mondano che costerà una fortuna con uno spreco di cibo e di denaro che potrebbe nutrire il terzo mondo...»

«E voi siete costretti a partecipare? Immagino che vi serva per il lancio del cd e tutto il resto.»

Mi sentivo estranea da certi aspetti del mondo di Peter. Spettacolo, celebrità, denaro buttato in stupide feste e abiti costosi. Ma lui, che lo volesse o meno, doveva averne a che fare quasi ogni giorno. E io ero disposta ad appoggiarlo, a consigliarlo come potevo se ne avesse avuto bisogno.

«Amantine, io...» Si morse le labbra nervoso, distolse per un attimo lo sguardo da me poi tornò a fissarmi. «Io vorrei che tu mi accompagnassi.»

Restai interdetta per un periodo di tempo non quantificabile. Accompagnarlo? Io? Al party degli Stevenson? Per quanto fossi totalmente estranea al loro ambiente erano talmente celebri che li conoscevo anche io. Lui un campione internazionale di tennis, lei una delle attrici più pagate del momento. Anche volendo non avrei potuto ignorarli. Erano ovunque da anni.

«Io... Peter...» Avrei acconsentito senza discutere a ogni sua richiesta. Ma quella? «No, Peter. Mi dispiace ma io proprio non posso...» Non potevo. Cosa avrei fatto io a un evento del genere? Cosa avrei detto? La mia estraneità al mondo di Peter sarebbe apparsa ancora più palese. Avrebbe segnato ancora di più la nostra distanza.

«Sì capisco, scusami dolcezza. È stata una richiesta assurda.» Peter annuì accarezzandomi i capelli. Mi sentii fremere. Soprattutto mi sentii assolutamente colpevole e crudele. Sapevo che per lui non era facile avere a che fare con quell'ambiente. Lui amava la musica, l'arte, amava creare emozioni attraverso il suo talento ma reggeva difficilmente lo stress di essere obbligato a convivere con la maggior parte dei personaggi pubblici. Ne avevamo parlato.

«Va bene, Peter. Io ti accompagnerò se è questo che vuoi. Però non contare troppo sul mio comportamento ineccepibile, perché non garantisco nulla in proposito.» Avevamo raggiunto una sorta di sodalizio e convivevamo all'insegna del sostegno reciproco. Quindi non l'avrei abbandonato se mi voleva al suo fianco.

«In realtà ti voglio con me perché sono preoccupato per il mio comportamento, non per il tuo.» Mi sfiorò la guancia accarezzandola piano con il pollice. Un gesto familiare, ormai. «Con te so di poter resistere, Amantine. Infatti se non ho ancora ucciso Simon Jennings e anzi abbiamo trovato un accordo è solo grazie a te.»

«Non credo di essere stata molto utile in questo, Peter. Il tuo manager non ha particolare simpatia per me, non è un mistero.» Ciò su cui stavo cominciando a riflettere erano i dettagli. Forse futili e irrilevanti per noi, ma non ininfluenti in quell'ambiente. Come mi avrebbe presentata Peter? Come l'altra donna? Come un'amica? Come la sua confidente o la sua segretaria? «Cosa dirai Peter? Di me, intendo. Se chiederanno chi sono…»

«Qualunque cosa io dica i giornali scriveranno comunque quello che vogliono. Quindi non ha molta importanza.»

Non mi consolava affatto. Avrei preferito evitare tutta questa messinscena. Se qualcuno me lo avesse raccontato qualche mese prima gli avrei dato del pazzo.

«Spero almeno che non mi fotografino. Detesto essere fotografata, un po' come alcune antiche popolazioni. Sono convinta che fotografandomi la mia anima finisca rinchiusa nell'obbiettivo e mi venga rubata, sottratta per sempre. Così sarei destinata a restare una povera creatura che vaga per questo mondo senz'anima… Infatti a ogni fotografia ne perdo un pezzetto…»

Peter seguì serio il mio discorso, poi scoppiò a ridere. «Mi stai fregando, vero Amantine?»

«Ci avevi creduto davvero?» Gli pizzicai il braccio, poi mi ritrassi tentando comunque di attrarlo a me. «Però è vero, non sopporto di essere fotografata. Oltre che orrenda esco sempre con un'espressione a metà tra isterica e furiosa. Poi frequentando te, ora temo il peggio!»

Peter mi afferrò da dietro sollevandomi di peso. Lottai per un po' fingendo di volermi divincolare, prima di arrendermi e avvinghiarmi a lui. Stavo perdendo il mio mondo, ogni giorno di più. O meglio, il mio mondo stava confluendo nel suo. Come i nostri corpi e le nostre anime, giorno dopo giorno.

Non intendevo ancora dare un nome a quello che provavo per lui anche se una parte di me smaniava per esprimerlo, anzi per urlarlo. Ma la frenavo, la trattenevo, imponendole di starsene buona e zitta per non rischiare di perdere momenti che consideravo preziosi, unici. Quello di cui ero consapevole però era che pur non dandogli nome e voce non diminuivo la portata, l'essenza del mio sentimento. Al contrario, lo amplificavo a dismisura.

CAPITOLO 35

Si avvicinava la data d'uscita del nuovo cd dei Darkest Storm. Ciò significava anche che la mia ora presto sarebbe giunta perché due settimane dopo avrei dovuto accompagnare Peter all'evento degli Stevenson. Attendevo quel giorno con inconfessato orrore. Avevo anche chiesto a Peter se non fosse più sensato che lo accompagnasse Lolita, la sua ragazza ufficiale.

Io del resto ero solo una delle altre donne. Non che mi ci ritrovassi molto ultimamente perché in fondo ero io a vivere con lui e a trascorrere con lui quasi ogni notte, a meno che non fosse fuori città per lavoro. Non accadeva spesso comunque e io non me ne lamentavo.

Lolita era una top model internazionale, sempre in giro per il mondo per sfilate e servizi di moda. Delle altre donne Peter non parlava, tanto che cominciavo a dubitarne l'esistenza. Restava comunque valido tra noi l'accordo "niente domande, niente pretese" anche se per quanto mi riguardava stava cominciando un po' a traballare. Se non potevo accampare pretese, di domande me ne stavano sorgendo molte. Forse fin troppe.

L'approssimarsi dell'estate comportò minori impegni universitari per me e mi concesse qualche ora in più per poter lavorare al mio progetto. Non lo avevo rivelato a nessuno oltre a Peter che non poteva materialmente aiutarmi ma mi sosteneva con fermezza e incoraggiamenti continui. Io cercavo di ricambiarlo allo stesso modo.

La scintilla che era scattata tra noi fin dal primo momento non si era ancora spenta, alimentata anzi con il fuoco di una passione crescente, più intensa, più viva. Ma come spesso ci eravamo ripetuti avevamo solo il presente. Al futuro meglio non pensare.

Soprattutto per me meglio non pensare a quella maledettissima festa vip a cui avevo acconsentito a partecipare. Solo per Peter. Non l'avrei fatto per nessun altro al mondo. Al solo pensiero mi mancava il fiato, mi girava la testa e mi sentivo debole. Eppure non credevo di essere il tipo da farsi mettere in soggezione da una cosa del genere. Di tanto in tanto ultimamente avevo anche dei fastidiosi crampi allo stomaco, insopportabili a volte. Tutta colpa della tensione accumulata nel corso degli ultimi mesi!

«Non sono obbligata a partecipare anche alla presentazione del cd e alla firma degli autografi, vero?» Addentai un muffin al cioccolato mentre Peter si aggirava ancora mezzo addormentato per la cucina.

«Non eri stata tu a dire qualche tempo fa che avresti fatto la fila fin dall'alba per avere un autografo qui?» Si batté la mano sul petto e mi fissò con espressione offesa.

«Perché avrei dovuto svegliarmi all'alba e fare la fila quando posso avere addosso uno dei componenti della band e fare di lui quello che voglio? Che me ne faccio di un misero autografo tracciato con la penna se posso avere molto di più?» Mi morsi le labbra sbattendo le ciglia più volte, intenzionalmente, allo scopo di provocarlo.

Peter corrugò la fronte e si grattò la tempia. «Sempre che quel componente della band torni a casa stanotte... Con delle fan scatenate pronte a strapparsi le mutande per lui non si sa mai...»

Incrociai le braccia e rimasi immobile a guardarlo. Immobile e in silenzio.

«Lo so che ti stai ingoiando la scenata di gelosia che mi piacerebbe tanto ricevere... Ormai dal tempo di me e Lolita sulla rivista di gossip sei diventata troppo furba, dolcezza. Mi ero divertito quella volta, peccato!» Peter sbuffò e morse mezzo muffin in una volta.

«Piuttosto che accalcarmi e prendermi gomitate dalle tue fan preferisco farmi un giro al parco o lungo il fiume. Non si sa mai, potrei anche incontrare un bel ragazzo... Sai, dopo il primo raccolto per strada potrei aver preso il vizio...» Sorrisi e sorseggiai amabilmente il mio caffè. «Quindi stasera nel caso tornassi potresti anche non trovarmi. Giusto per avvisare... Potrei essere io a non tornare.»

Peter non replicò. Si avvicinò a me, mi strappò la tazza del caffè di mano e spinse tutta la colazione in un angolo. Mi sollevò mettendomi seduta sul tavolo, appoggiando le mani ai lati. I suoi occhi su di me erano seri, quasi risentiti. Mi afferrò quasi con rabbia e mi baciò le labbra con vigore, accarezzandomi la schiena e premendo il suo corpo contro al mio. Ricambiai aggrappandomi a lui con le gambe, con le braccia, gemetti immergendo le mani tra i suoi capelli.

«Giusto per lasciarti un ricordino, dolcezza... Nel caso tu decidessi di non tornare stasera...» Peter sollevò le spalle staccandosi da me. La sua occhiata maliziosa mi strappò un sorriso. Sarei tornata quella sera. Sarei tornata tutte le sere.

«Potrei anche tornare ma mi annoierei se non avessi nessuno a intrattenermi...» Inclinai il viso e sospirai prima di scendere dal tavolo con un salto.

«Amantine, Amantine... Il giorno in cui presenterò qualcosa di veramente mio ti vorrò con me e tu non potrai dirmi di no.» Peter aveva inaspettatamente cambiato discorso. Da scherzosa la sua espressione era diventata fin troppo riflessiva. «Potrebbero passare anche molti anni, magari tu mi avrai dimenticato... ma io ti vorrò con me comunque.»

«Peter...» Ci sarei stata. Anche dopo molti anni. Qualunque cosa fosse avvenuta di noi e tra noi. «Se ti dimenticassi non sarei più io.» Gli accarezzai il petto baciandolo sulle labbra. «Sarò la tua altra donna in eterno, rassegnati!»

Annuì ricambiando il bacio, mi accarezzò il viso con tenerezza. «Sei la mia altra donna preferita, lo sai? Stasera cercherò di non fare tardi, dolcezza. Potrai fare di me quello che vuoi.»

CAPITOLO 36

Non avevo compreso l'importanza e la portata di quell'evento fino al giorno in cui dovetti veramente affrontarne la preparazione. Per Peter era stato più semplice. Per gli uomini era sempre più semplice e se c'erano rare occasioni in cui li invidiavo erano proprio queste.

Scelta di abiti, accessori, trucco, insomma tutto ciò che entusiasmava generalmente le ragazze per me era una forzatura sfibrante. Dallo shopping con le amiche ero sempre uscita distrutta e di pessimo umore. In quella circostanza avevo addirittura un diavolo per capello.

Capelli che un parrucchiere era venuto appositamente per acconciarmi, o meglio, domarmi. Del resto ero l'accompagnatrice di Peter Wiles dei Darkest Storm. Non mi ero mai resa conto davvero di avere dei capelli fino a quel momento. Dopo due ore di tormento ne uscì un'acconciatura anni trenta che avevo la certezza mi sarebbe crollata inesorabilmente già a inizio serata se non avessi tenuto la testa ferma. Finsi di apprezzare entusiasta per non deludere il parrucchiere e la sua opera d'arte.

Ma il vero massacro fu il trucco. Piansi lacrime amare, causa ombretto, matita e mascara. L'amica di mia madre che insisteva perché facessi risaltare le pagliuzze verdi dei miei occhi era una dilettante in confronto. Non credevo che si potesse mettere tutto quel trucco su un solo paio d'occhi. Il truccatore sembrava Leonardo alle prese con *La Gioconda*. Invece ero solo io. E alla fine, quando mi permise di guardarmi allo specchio, dovetti imparare a prendere confidenza con la versione diva di me stessa.

Per prima cosa però c'era stata la selezione dell'abito. Mi avevano portato una selezione di vestiti. Quando Peter aveva detto che non mi dovevo preoccupare perché mi avrebbe mandato qualcuno per aiutarmi nella preparazione al grande evento, non credevo intendesse che mi avrebbero rimessa a nuovo da capo a piedi.

Dopo prove che mi sembrarono infinite rifiutai drasticamente le proposte di abitini succinti con cui mi sarei sentita più nuda che vestita e finii per scegliere un abito color rosa antico, in pizzo ma accollato e lungo fino ai polpacci. Mi segnava la vita ma non eccessivamente le forme e aveva una lunga fila di bottoncini sulla schiena. Le scarpe abbinate erano dello stesso colore del vestito. Avevano un tacco un po' troppo alto per i miei gusti ma con un po' di buona volontà potevo resistere.

Non ero una bambola da vestire e modellare. Sapevo cosa mi piaceva e cosa no. Ascoltavo il parere degli esperti ma non troppo, comunque non tanto da permettere loro di oscurare o far vacillare il mio giudizio. Avevo intenzione di accompagnare Peter, di fare il mio ingresso in quel mondo totalmente ignoto per me, senza però dimenticare me stessa.

Quando fu quasi ora di andare e la mia vestizione fu completa, scesi le scale. Per prepararmi mi avevano rinchiusa in una stanza degli ospiti in modo da non essere disturbati. Da Peter principalmente.

Scendendo incrociai per primo Gordon, mi guardò con aria talmente incredula che per un momento temetti non mi riconoscesse. Peter arrivò dietro a lui, sbucò dalla cucina, attraversò il soggiorno e raggiunse il fondo delle scale. Oltrepassò Gordon puntando gli occhi su di me.

Temetti che fosse scontento della mia scelta. Non parlava. Era serio. Serio in modo preoccupante. Forse era il vestito troppo casto che non andava, il trucco e i capelli ero convinta non avessero nulla di sbagliato. Facevo ancora in tempo a cambiarmi e a farmi consigliare qualcosa di adatto dagli esperti.

Però quando mi aveva dato libertà di scelta credevo intendesse davvero che potevo scegliere ciò che io ritenevo più opportuno.

Raggiunsi gli ultimi scalini con una mano sulla ringhiera e sospirai. «Ho capito, salgo a cambiarmi. Seguo gli ordini e non faccio più di testa mia, smetto di fare i capricci!»

«Amantine… sei il capriccio più bello che io abbia mai visto…» Peter prese fiato allungando una mano verso di me. Stranamente sembrava che non osasse toccarmi, aveva percorso il mio abito con lo sguardo per poi tornare a fissarlo sul mio viso.

«Mmh… Tu mi stai prendendo in giro come al solito…» Guardai compiaciuta il suo abito blu elegante con la camicia di qualche tonalità più chiara e la cravatta luminosa. Non lo avevo mai visto così. Stava davvero bene anche se per gli uomini era sempre più semplice. «Ed è proprio una cattiveria da parte tua perché se ti rispondo come meriti rischio di rovinare qualcosa di tutto quello che mi hanno messo addosso… o di spezzarmi un tacco.»

Peter non replicò. Ero ormai di fronte a lui. Posò le mani sulla mia vita attirandomi verso di sé. «Ho cambiato idea.»

«Vorresti far capire anche a me cosa intendi, Peter Wiles?» Appoggiai le mani sulle sue spalle. Lo sentivo fremere, forse era teso, preoccupato.

«Non andiamo più a quella stupida festa. Restiamo qui, noi due soli… Io e te.» Cercò le mie labbra e mi coinvolse in un bacio lento, profondo. Appena si staccò scosse la testa. «Non voglio che ti vedano o che ti rovinino.»

«Peter…» Diceva sul serio? Gli piaceva davvero come mi ero vestita e tutto il resto? Oppure… «Ti vergogni di me…» Inclinai la testa e arricciai il naso.

«Non voglio che ti vedano perché ti voglio solo per me, Amantine. Quindi restiamo qui…» Mi passò una mano sulla schiena sfiorando con le dita tutti i bottoncini del mio vestito. «Voglio slacciarteli tutti, uno a uno… sfilarti il vestito, poi scioglierti i capelli…» Mi baciò ancora le labbra e poi scese a baciarmi il collo.

«E poi il parrucchiere e il truccatore che hai chiamato apposta per me ti uccideranno.» Gli presi il viso tra le mani e sorrisi. «Peter… sei tremendo! Mi stai rovinando il trucco, sgualcendo il vestito…»

«Non me ne frega niente. Non sto scherzando. Amantine, non andiamo a quella festa! Ordiniamo la pizza se vuoi… balliamo tutta la notte, ma non mischiamoci con quella gentaglia.» Sì, era serio. Non stava affatto scherzando.

Lo strinsi a me. Non sapevo se lo facesse per evitarmi l'imbarazzo di un ambiente non mio o per se stesso. Ma sapevo che non potevo permetterglielo anche se avrei desiderato con tutta me stessa stare a casa, sola con lui. «Tu devi andare, Peter. Devi farlo per il tuo lavoro. Ci sarà tanta gente importante. Se non vuoi che venga io posso anche stare a casa, non mi importa nulla. So che non reggerei il confronto con tutte quelle attrici e modelle. Ma è bene che tu vada, se non ti presenti rischi di compromettere la tua carriera.»

«Va bene, allora.» Peter annuì rassegnato alle mie parole, mi prese la mano intrecciando le dita con le mie. «Ma tu vieni con me e non mi abbandoni per tutta la serata. Senza di te non esco nemmeno di casa, dolcezza.»

CAPITOLO 37

Immaginavo il mio destino di quella sera. Aggrappata a Peter. O almeno così avrei voluto. Già in macchina non riuscivo a staccarmi da lui. La strada percorsa per raggiungere Gloucester mi parve infinita. Ore e ore. Molte più di quelle effettivamente necessarie. E con il terrore di rovinarmi trucco, acconciatura e vestito.

Peter se ne stava tranquillo e un po' assorto al mio fianco mentre l'autista guidava sicuro verso la nostra destinazione. Ero sempre stata una persona distaccata, decisamente poco emotiva. Non comprendevo perché mi facessi prendere da una tale ansia. O forse sì. Ma ero ancora restia ad ammetterlo.

L'autista si fermò all'ingresso per mostrare i nostri inviti. Oltrepassato il grande cancello della villa, che più che una villa già in lontananza sembrava un castello, la mia già labile serenità vacillò ancora di più. Distolsi lo sguardo dal finestrino e mi voltai verso Peter.

«Non lasciarti impressionare.» Peter sollevò le spalle con aria insofferente, poi sorrise. «Riusciremo a sopravvivere a una tale spudorata ostentazione.»

Annuii stringendogli la mano. Non ero una Cenerentola in visita al palazzo del principe. Ero stata moderatamente abituata al lusso e alle comodità, difficilmente ne restavo meravigliata. Ma quello che avevo di fronte superava di gran lunga le mie aspettative.

Dal cancello alla villa percorremmo ancora un lungo tratto di strada. Probabilmente avevano speso una fortuna solo per l'illuminazione. Il sole stava per tramontare e già dalla macchina mi perdevo nello scintillio dei viali che conducevano al castello.

Non potevo più guardare senza provare disagio, mi girai verso Peter. Mi resi conto che la sua idea di restare a casa e ordinare la pizza non era affatto male.

«Credi che ci sarà molta gente?» Domanda retorica.

«Qualche esponente della nobiltà, qualche attore famoso, produttori, registi... Insomma potrai vedere dal vivo tutti quelli che solitamente ritrovi nei giornali di gossip.» Peter lanciò un'occhiata fuori dal finestrino e sospirò.

«Ma lo sai che io non leggo giornali di gossip!» Feci una smorfia vagamente disgustata. «Peter... la prossima volta magari ordiniamo la pizza, okay?»

«Se per l'occasione ti prepari così si può fare, dolcezza.» Tornò a guardarmi e sorrise.

La macchina nel frattempo si fermò improvvisamente. Senza bisogno di guardare mi resi conto che eravamo giunti di fronte alla modesta casina degli Stevenson. Peter fece un cenno all'autista, scese dall'auto e venne a prendermi. Aprì la mia portiera e mi tese la mano.

«Non mi lasciare per nessun motivo, Amantine.»

«Sì, stanne certo...» sospirai guardando dritta verso la villa. Mi sentivo piccola e inutile di fronte a quella cosa immensa in mattoni con porticato e finestre giganti. Nel complesso poteva quasi far concorrenza a Buckingham Palace. «Ti seguirò anche in bagno!»

«Non farmi venire certe idee...» Peter afferrò la mia mano e la strinse nella sua. «Un bel respiro che comincia lo show. Ci toccherà fare la sfilata per andare a salutare i padroni di casa, mangiamo qualche schifezza costosissima. Magari prima facciamo finta di salutare qualcuno degli invitati. Poi filiamo verso la piscina all'aperto, enorme pure quella ovviamente, ti tolgo di dosso il vestitino e...»

«Peter... quante volte sei stato qui?» Del programma di Peter mi interessava solo il finale.

«Tre o quattro...» sospirò mentre ci incamminavamo verso l'interno.

Peter rivolse sorrisi di cortesia a qualche persona di passaggio. Notai donne bellissime e un paio di uomini dall'apparenza familiare. Che fossero attori? Io ero pessima nei riconoscimenti anche perché non ero mai stata appassionata di cinema e televisione. Sicuramente avrei collezionato qualche figuraccia.

Gli abiti delle donne erano talmente eccentrici da farmi sembrare un'educanda. E mi infastidivano. Mi infastidivano che guardassero Peter e che ammiccassero nella sua direzione come se io non esistessi. Che poi io ufficialmente non fossi nulla per lui non cambiava le cose, anzi probabilmente accresceva la mia sensazione di disagio.

Oltre al portico c'era il tavolo del rinfresco. I tavoli anzi. La quantità di cibo era spropositata, non ne avevo mai visto così tanto tutto insieme. Più che un rinfresco sembrava destinato a nutrire la nazione per un mese.

In lontananza, all'ingresso del salone, li vidi e li riconobbi. Rebekah e Joseph Stevenson accoglievano gli ospiti appena arrivati. Il salone ricordava vagamente la sala degli specchi della reggia di Versailles. Probabilmente avevano preso ispirazione. Certo, belli com'erano quei due non avevano problemi di autostima.

«Peter, carissimo…» Non eravamo ancora arrivati davanti a loro e Rebekah aveva già richiamato Peter con un cenno della mano. «Ho visto gli altri ragazzi in giro, temevo che tu non venissi.»

La sua voce era dolce, carezzevole. Indossava un abito turchese che non nascondeva proprio niente, anzi la fasciava rivelando ogni sua forma nei dettagli. Non era succinto, ma a suo modo rendeva la bellezza del corpo di Rebekah ancora più palese. Era truccata in modo vistoso con tratti decisi che le mettevano in mostra i lineamenti: gli zigomi, gli splendidi occhi neri e le labbra carnose. I capelli scuri erano ondulati sulle spalle.

«Invece, eccomi qui!» Appena ci trovammo proprio di fronte, Peter e Rebekah si abbracciarono anche se molto castamente. Poi lo sguardo della donna scivolò su di me.

Nel frattempo anche Joseph Stevenson si affiancò alla moglie e di conseguenza ci fu davanti. Lui e Peter si salutarono con una pacca sulla spalla. Joseph era un uomo dalla bellezza disarmante, emanava un fascino e una fisicità non comuni. Un ciuffo di capelli chiari gli copriva gli occhi azzurri rendendo il suo sguardo virile ancora più sensuale. La giacca nera metteva in mostra le spalle ampie. Distolsi lo sguardo per non sembrare troppo invadente.

«Chi ci hai portato, Peter? Chi è questa bella ragazza?» Joseph mi osservava composto ma incuriosito.

«La bella ragazza è Amantine Delamar... ed è la mia ragazza.» Peter rispose senza esitazione.

Io feci del mio meglio per sorridere senza scompormi troppo e strinsi la mano ai nostri ospiti. Ma... la sua ragazza? Rebekah e Joseph sul momento non ebbero nulla da replicare.

«Ma che brava. Ti sei beccata l'unico dei Darkest Storm con un briciolo di talento. Cosa fai, cara? Sei un'attrice o una cantante? Una nuova promessa?» Rebekah continuava a sorridere amabilmente. Fin troppo per i miei gusti.

«No, io sono...» lanciai un'occhiata a Peter in cerca di soccorso. Se ne stava in silenzio e li scrutava con quell'aria un po' sarcastica che gli conoscevo. Io non ero più tanto brava a mentire, soprattutto se presa in contropiede, quindi mi restava solo la verità. «Sono una ricercatrice universitaria di letteratura inglese.»

Peter mi afferrò per la vita attirandomi a sé. «Sono stato fortunato. Bella e intelligente.»

Lo avrei ucciso. Una volta lontani dalla magnifica coppia lo avrei preso a botte fino a ucciderlo, avevo deciso.

«Ti ucciderei ma c'è troppa gente in giro!» Lo scansai appena ci fummo allontanati. «E stammi lontano che mi rovini, già faccio fatica a mantenermi composta con questa roba addosso.»

«Io non chiedo altro che tu ti tolga tutto, Amantine. Mi faresti solo un favore.» Peter scoppiò a ridere cingendomi la vita.

«Perché diavolo hai detto a quei due che sono la tua ragazza?» Incrociai le braccia sbuffando. «E perché non sei intervenuto con qualche idea quando mi ha chiesto cosa faccio? La ricercatrice universitaria di letteratura inglese...» Alzai la voce senza rendermene conto. «Volevi farmi passare come la stravaganza della serata? E poi Lolita... Che cosa dirà Lolita?»

«Ti importa davvero cosa dirà Lolita?» Peter strinse gli occhi sistemandomi una ciocca di capelli fuoriuscita dall'acconciatura. «Non era troppo alta per me?»

No, non me ne fregava proprio di Lolita in realtà. Mi sentivo a disagio. «Non so... mi sento come se tu avessi voluto fare qualcosa di eccentrico portandomi qui. Certo, sono stata io a dire cosa faccio nella vita. Potevo inventarmi una balla... E poi Lolita comunque è la tua ragazza! Io...»

«Lolita è a Hollywood, Amantine. Mi ha tradito con un attore... Non li leggi i giornali?» Peter sospirò e scosse la testa con espressione desolata poi mi accarezzò le braccia attirandomi a sé in modo che io finissi stretta a lui. «Tutti staranno ridendo di me ora, mi considerano un povero cornuto. Per cui ho pensato che se anche io...»

«Quindi... ora sono passata da essere una delle altre donne a ragazza di scorta?» Aggrottai la fronte mordendomi le labbra. Mi stava prendendo in giro? Sì, decisamente.

«Certo, dolcezza. Sempre senza domande e senza pretese, come vuoi tu.»

Davvero ero io a volerlo? Ne era così convinto? Perché io stessa non lo ero più.

«Va bene, Peter. Sarò la tua ragazza di scorta per questa sera. Solo per salvarti il culo!»

Peter mi accarezzò il viso con dolcezza. I suoi occhi verdi erano diventati intensi, quasi smaniosi. «Quanto ancora andremo avanti così, Amantine?» Mi circondò la vita con un braccio e mi baciò con impeto, indifferente della gente che avevamo intorno. «E se ti becco ancora a guardare Joseph Stevenson con quell'aria sognante...»

«Mi stai facendo una scenata di gelosia, Peter?» ridacchiai allontanandomi da lui e voltandogli le spalle per poi girarmi a guardarlo. Peter sollevò le spalle, fece il broncio scuotendo la testa. Mi riavvicinai e sorrisi, accarezzandogli il viso. «Perché vagamente la ricorda...»

«Eccoti, sei arrivato finalmente!» Un ragazzo alto dagli occhi azzurri sottili come fessure si avvicinò a noi.

«Tyler... quanto tempo!» Peter gli lanciò un'occhiata obliqua e non aggiunse altro.

«Conoscendoti credevo non potessimo contare sulla tua presenza.» Il ragazzo lasciò scivolare lo sguardo su di me, poi mi prese la mano portandosela alle labbra. «Comunque... Tyler Grey, non posso sperare che il mio collega qui si degni di presentarci.»

«Ah... io sono Amantine Delamar.» Non sapevo se dovessi fare un inchino, una riverenza o una giravolta considerati i modi cavallereschi del ragazzo. Lo riconobbi come uno dei Darkest Storm, un po' dalle sue parole e anche dal ricordo dell'immagine della band sui cd che avevo acquistato.

Altri tre ragazzi si avvicinarono e si presentarono a me: George Tennison, Steve Woodhouse e Rick Adams. All'apparenza molto carini, molti puliti, molto educati. I classici bravi ragazzi, ribelli quanto basta ma senza esagerare. Totalmente diversi dalla "faccia da schiaffi" di Peter. Sicuramente avrei impiegato del tempo ad associare i nomi ai loro volti.

Dal momento che me ne intendevo un po' di più di musica mi stavo rendendo conto che il nome della band, Darkest Storm, forse non era così adatto a un gruppo di musica

170

prevalentemente pop. Suggeriva qualcosa di oscuro, forse era più appropriato a una band di heavy metal o hard rock. Non avevo mai interrogato Peter sull'origine del loro nome. Forse lo avevano scelto per contrasto, per attirare l'attenzione.

«Bene, ragazzi. È stato un piacere. Ci vedremo in un prossimo futuro...» Peter mi prese la mano stringendola più del dovuto e fece cenno di volersi allontanare. «Noi andiamo a buttarci sul buffet, poi ci facciamo un giro.»

Mi trascinò via dandomi appena il tempo di salutare. Nel frattempo riconobbi altri visi noti tra gli invitati ma non ebbi il tempo sufficiente di inquadrarli per capire chi fossero. Io ero troppo fuori dall'ambiente e Peter troppo ansioso di trascinarmi via.

«Peter... i tuoi amici...»

«Non sono amici... sono delle piccole serpi velenose.» Voltò lo sguardo verso di me e corrucciò la fronte. «Non è un ambiente facile da gestire questo, Amantine. Sembrano tutti molto amici, molto cortesi, molto affettuosi. Baci e abbracci, ma il più delle volte è soltanto apparenza. Le amicizie vere sono davvero poche, quasi inesistenti.»

«Così accade anche nella vita normale, Peter. Anche nel mio ambiente...» Mi riconoscevo nelle sue parole. Per me era lo stesso. Tutte finzioni, mezzucci e sfruttamento del lavoro altrui. Tante belle frasi di circostanza, ma gente pronta a fregarti al minimo segnale di debolezza o eccessiva integrità. Lo avevo sperimentato sulla mia pelle.

«Ora ci mangiamo qualcosa al buffet. Facciamo un giro giusto per dimostrare che siamo intervenuti all'evento dell'anno. Andiamo a nasconderci nell'enorme piscina degli Stevenson, magari. Poi ce ne torniamo a casa, perché ti voglio tutta per me questa notte.»

Il programma di Peter mi sembrava sensato. Ma non mi interessava particolarmente né il buffet né la piscina. Avrei voluto già essere sulla macchina che ci avrebbe condotti a casa.

Il buffet era vario e delizioso, ma fin troppo ricco ed elaborato. Inghiottii qualcosa a fatica. Mi sentivo osservata. Non ero abituata a essere considerata la ragazza di Peter Wiles e avrei preferito conoscere in anticipo la parte che dovevo interpretare. Mi innervosiva l'idea di non sapere quanto di vero ci fosse in quella mia rappresentazione. Ero stata la ragazza di Geoff, prima. Pessima oltretutto. Mi ero comportata male con lui e lo avevo fatto soffrire. Con Peter non ci sarei riuscita, come non ero riuscita ad andarmene e a lasciarlo quando avrei dovuto. Ma non era vero, non ero veramente la sua ragazza. Tra me e Peter era solo apparenza, finzione, una commedia che facevo sempre più fatica a reggere.

Camminavamo lungo i viali nel giardino della villa, in silenzio. Staccati, come se ciascuno di noi fosse immerso nei propri pensieri. Il mio rapporto con lui era cresciuto ultimamente. Forse solo da parte mia, forse ero solo io a sentirmi così.

«Grazie, Amantine.» Non avevo mai percepito la voce di Peter così calda e profonda.

«È stato carino. Insomma non è un posto e non sono persone che frequenterei ogni giorno, però...» Sorrisi e mi strinsi nelle spalle.

Continuai a camminare non accorgendomi che lui si era fermato qualche passo dietro di me. Avevamo raggiunto un piccolo ponte che attraversava un laghetto su cui galleggiavano alcune ninfee e che conduceva verso un'altra parte del curatissimo giardino e verso la piscina all'aperto.

«No, Amantine. Intendevo... grazie per essere rimasta. Per non essere andata via da me.»

«Io volevo restare, Peter. Lo volevo davvero. Lo voglio ancora.»

Mi voltai verso di lui, lentamente. I suoi occhi verdi su di me erano più luminosi che mai. O forse erano le luci, o magari la luna, oppure quell'attimo che sapeva di infinito, di eterno. Mi guardò senza pronunciare altre parole. Mi guardò semplicemente e io trattenni gli occhi nei suoi. Mi guardò facendomi sentire, con un solo sguardo, la donna più bella del mondo. E io compresi in un istante che nessun altro uomo mi avrebbe fatta sentire come Peter Wiles in quel momento. Perché io da nessun altro uomo avrei mai più desiderato di essere guardata così.

CAPITOLO 38

«Amantine...» Peter tese la mano verso di me. «Ascoltami, Amantine...» Gli tremava la voce. Sfiorandogli la mano il mio cuore accelerò i suoi battiti. Annuii e sorrisi.

Il mio sorriso si spense appena scorsi l'uomo alle spalle di Peter, diretto verso di noi. Simon, il manager dei Darkest Storm. Sperai che non ci avesse scovato solo per farci un'altra scenata. Aveva un'aria famelica, come se si stesse preparando a una battaglia sicuro di vincerla. Ero già sollevata di non averlo incontrato, invece a quanto sembrava non avevamo scampo. L'espressione desolata del mio viso costrinse Peter a voltarsi.

«Cosa vuoi?» Il tono di Peter era arido, seccato. Anche lui sperava di sfuggirgli.

«Ho promesso agli invitati che avreste presentato qualche brano dal nuovo album...» Simon si focalizzò su Peter ignorando me. Cosa significava? Che dovevano esibirsi?

«Stai scherzando, vero?» Peter non ne sapeva nulla. Non poteva costringerlo. Anche perché Rebekah e Joseph non ne avevano parlato, quindi probabilmente doveva essere un'idea di Simon di cui nemmeno loro erano a conoscenza. Egoisticamente non volevo restare sola in quel luogo, senza Peter accanto. Anche se capivo che forse era una buona opportunità per lui.

«Niente affatto. Gli altri sono già pronti, manchi solo tu.» Quell'uomo era inquietante. Non mi piaceva che Peter avesse a che fare con lui, ma non aveva scelta.

«Non sono pronto. Potete anche fare a meno di me.» Peter si voltò verso di me e mi prese la mano. «Anzi, noi stavamo proprio andando via. Puoi dire che non mi hai trovato.»

«Vuoi farti riconoscere, Peter? Lo sai cosa pensa di te la maggior parte di questa gente? Che sei inaffidabile, difficile da gestire. E che sia consigliabile non lavorare con te. Vuoi confermare le loro opinioni? Ci sono anche giornalisti importanti questa sera.» Lo stava ricattando. E se il suo non era un ricatto gli somigliava molto.

Sentii la mano di Peter fremere nella mia. «La mia risposta resta no. Come ti ho detto non sono pronto, non mi importa delle conseguenze.»

Peter si stava dimostrando ancora più ostinato di lui. Però non poteva rifiutare, si sarebbe messo nei guai. E io non volevo che accadesse.

«Peter...» Mi aggrappai al suo braccio per attrarre la sua attenzione. «Peter, io credo che tu dovresti esibirti con gli altri ragazzi... Io mi metterò buona in un angolo ad ascoltarvi.»

Non volevo lasciarlo. E non volevo nemmeno che mi lasciasse sola in mezzo a quella gente. Ma era giusto così. Era il suo lavoro e l'esibizione della serata avrebbe potuto condizionare il suo futuro.

«Solo un paio di pezzi.» Sentenziò Peter. «Poi noi ce ne andiamo!»

Simon non replicò ma ci precedette incamminandosi verso la villa.

Mi resi improvvisamente conto che sarebbe stata la prima volta che avrei visto Peter con la sua band, ad eccezione di quella rapida apparizione televisiva in cui lo avevo riconosciuto a casa di Doris. Non ci avevo pensato. Avrei visto la pop star, il personaggio famoso. Io nei mesi che avevamo trascorso insieme avevo conosciuto solo l'uomo.

Forse mi sentivo in soggezione da quello che lui rappresentava per il resto del mondo, forse lo rifiutavo e per questo Peter non si era mai imposto su di me, anzi preferiva celarsi. Mi destabilizzava dover scoprire un altro aspetto di lui. Però non avevo alternativa.

Incrociai lo sguardo con il suo mentre stavamo per raggiungere la villa. Gli sorrisi sforzandomi di mostrarmi tranquilla. La verità era che lo volevo solo per me. Era egoismo il mio, mi dovevo trattenere. Dovevo dividerlo con altri. Niente domande, niente pretese. Del resto lo sapevo, fin dall'inizio sapevo delle altre donne. Niente domande, niente pretese. Eravamo andati d'accordo proprio su quelle basi che avevamo stabilito fin dal principio.

Fui costretta a lasciarlo andare. Avevamo raggiunto il retro della villa dove avevano allestito un palco improvvisato. Peter mi accarezzò il viso muovendo delicatamente il pollice sulla mia guancia. Quel suo gesto abituale mi rilassò completamente.

«Faccio questa cosa poi ce ne torniamo a casa. Chi se ne frega del parco, della piscina e di tutto il resto. Se non ti va di stare qui puoi andare al buffet, oppure…»

«Stai cercando di impedirmi di assistere allo spettacolo, Peter?» Mi allungai verso di lui baciandolo sulle labbra. «Non funzionerà, devo comportarmi da brava ragazza di scorta. Se vogliamo salvare le apparenze deve sembrare vero.»

Intanto però dovevo lasciarlo andare. Solo pochi minuti e sarebbe tornato da me. Peter sospirò profondamente, annuì e si incamminò per raggiungere i suoi colleghi. Ma inaspettatamente, a metà strada, si voltò a guardarmi negli occhi. Rimasi come incantata percependo le sue parole tra gli accordi degli strumenti, le chiacchiere e le risate di tutti gli altri che attendevano di assistere alla loro esibizione.

«Amantine… vuoi che sia vero?»

CAPITOLO 39

Mi trattenni sul fondo. L'evento era per pochi intimi ma c'era comunque molta gente, più di quanto credessi. Non seguii l'esibizione dei Darkest Storm. Vedevo e sentivo solo lui. Il suo modo di muoversi su quel palco improvvisato, la sua voce. Emergeva su tutti gli altri che quasi scomparivano al suo confronto. Forse poteva essere una mia impressione condizionata dal legame che avevo con lui.

La personalità di Peter annientava gli altri anche quando si alternavano nel canto. Ascoltai il primo pezzo *Here for you*, poi il secondo *Take me back*. Canzoni carine e orecchiabili ma non esaltanti, parole d'amore banali che si ripetevano. Peter aveva ragione, meritava di meglio da quel poco che avevo imparato a capire di musica.

Due pezzi. Sperai che lo spettacolo fosse finito. Così aveva detto Peter, solo un paio di pezzi. Invece proseguirono con un terzo, un quarto. Più andavano avanti più mi sembrava di perdermi in quel mondo, di non esserne parte. L'entusiasmo dei presenti probabilmente li spingeva a continuare.

Peter forse mi aveva dimenticata. Non potevo fare altro che attendere. Decisi di allontanarmi per qualche minuto. Dovevo pensare, capire. Soprattutto cercare di confrontarmi con l'evolversi della mia relazione con Peter. Con quella parte di lui che io non conoscevo ancora ma non potevo rinnegare nonostante fosse così distante da me. I nostri due mondi in qualche modo si erano incontrati e avevano convissuto intersecandosi. Non potevo più tirarmi indietro ormai. Non volevo. Però lui era anche quello che continuava a cantare, a esibirsi sul palco sempre più esaltato dai consensi e dagli applausi del pubblico.

Mi ritrovai di fronte al tavolo del buffet, ma avevo lo stomaco completamente chiuso. Tutto quel cibo elaborato invece di stuzzicarmi mi provocava la nausea, tanto che dovetti distogliere lo sguardo. Rifiutai una coppa di champagne che uno dei camerieri mi stava offrendo. Volevo tornare a casa. Volevo la pizza. Volevo starmene a letto con Peter, tra le sue braccia. Stavo diventando fragile e spaventata come non lo ero mai stata in vita mia e non capivo nemmeno io il motivo. Non ero mai stata così emotiva. Quasi non fossi più io.

«Non gradivi lo spettacolo?»

No, non lui. Non ora. Mentre Simon Jennings mi affiancava dovetti farmi forza e ricompormi, prima di mostrare segnali di debolezza.

«Non particolarmente.» Gli lanciai un'occhiata di traverso. «Anzi, spero che finisca al più presto.»

«Peter lo sa che non sei una sua fan?» Gli si dipinse sul viso un ghigno malefico mentre afferrò un tramezzino.

«Certo che lo sa. Lui stesso non lo è… Non un fan dei Darkest Storm in cui è costretto a restare.» Forse non avrei dovuto sbilanciarmi con Simon. Mi fermai prima di spingermi troppo oltre insultandolo.

«La vostra è una relazione impossibile. Tu lo trascinerai dove vuoi tu per poi rovinarlo…» Simon fece un passo verso di me. Mi sentii quasi sovrastare dalla sua imponenza. «E ci sono aspetti di Peter che nemmeno conosci. Non conosci i suoi problemi, non sai cosa potrebbe diventare. Lui cerca di essere alla tua altezza, si sta sforzando ma non ci riuscirà mai. È un debole, preda dei vizi e di continue crisi depressive.»

Ma cosa stava dicendo? Era impazzito? Peter non era affatto come lo descriveva lui. E poi perché mai avrebbe dovuto sforzarsi per essere alla mia altezza? Non aveva senso!

«Non lo sapevi?» Mi precedette prima che io potessi dire qualsiasi cosa. «Tu sei troppo forte per lui, al di là della sua portata. E sei troppo sbagliata. Quando te ne renderai conto lo lascerai e lo distruggerai ancora di più di quanto lui abbia già distrutto se stesso in questi anni.»

«Rivedi i tuoi piani, stronzo, perché io non ho nessuna intenzione di lasciarlo! Sei solo uno squallido arrivista. E ti stai approfittando del talento di Peter, lo stai trattenendo contro la sua volontà perché sei un inetto, senza di lui non vali niente, non sei nessuno. Ma io non te lo permetterò. Non osare fargli del male perché giuro che sarai tu a essere distrutto, userò tutti i mezzi che ho a disposizione!»

Mi allontanai. Mi stavo per sentire male e non volevo che accadesse di fronte a quell'uomo viscido e meschino. Avrei desiderato avere un luogo dove fuggire, ma non sapevo dove andare, mi sentivo in trappola. Quell'immensa proprietà era troppo grande e troppo impersonale per me. Non sentivo più la musica. Forse avevano finito.

Non mi restava altro che trovare Peter e andarcene da lì. Dovevamo parlare. Dovevamo capire. E anche se mi costava espormi dovevo esprimere quello che provavo, tutto quanto. Poi magari sparire per sempre, come aveva consigliato Simon Jennings. Una cosa era certa. Io non ero forte, non lo ero affatto.

Tornando sul retro scorsi due dei ragazzi ancora sul palco. Stavano maneggiando gli strumenti. Tra gli invitati non riuscivo a individuare Peter, ma non poteva essere lontano. Attesi in un angolo per qualche minuto. Forse non vedendomi appena avevano finito era andato a cercarmi. Mentre la gente rientrava o defluiva sui lati per raggiungere il parco principale io mi sentivo invadere da una sensazione fastidiosa e davvero sgradevole. Mi sentivo persa, abbandonata.

Non mi restò altro da fare che rientrare. Forse avrei dovuto chiedere a qualcuno se lo aveva visto. Ma a chi? Magari a uno dei suoi colleghi. Nemmeno ne ricordavo i nomi. Il primo che si era presentato, magari… Tyler Grey, sì Tyler.

«Tyler…» Lo avvicinai mentre stava parlando con una ragazza dai capelli corti e rossi e dal seno prorompente. «Scusami io… sto cercando Peter, lo hai visto per caso?»

Mentre Tyler sollevava le spalle con espressione desolata fu proprio la ragazza a rispondere. «L'ho visto in giro con Delly… Credo avessero intenzione di prendersi una delle stanze degli ospiti…» Indicò con un cenno del capo un'ala della casa.

Sentii la pressione calarmi all'improvviso. Non avevo mai provato una sensazione simile in vita mia. Come se giacessi a terra ma allo stesso tempo fossi ancora in piedi. Annuii senza rispondere, ma ancora non riuscii a spostarmi da lì. Dovetti forzarmi per muovermi, voltarmi e iniziare a camminare. Non sapevo esattamente dove mi stavo dirigendo. Sapevo solo che dovevo trovare Peter. In qualunque caso. Del resto noi non eravamo… Una coppia, no assolutamente. Era solo una finzione, non c'era nulla di vero. Noi non stavamo davvero insieme, quindi…

«Ehi…» Mi sentii afferrare per un braccio. Per un istante mi illusi che fosse lui. «Amantine… ascolta…» Era Tyler. Lo guardai senza nemmeno vederlo ma mi aggrappai alla sua giacca.

«Tu mi… mi aiuteresti a trovare Peter, per favore?» Non riconobbi nemmeno la mia voce, così incrinata, così flebile.

«Meglio di no, Amantine. Ascolta… se vuoi ti riaccompagno a casa io, poi…»

Scossi la testa. Stanze degli ospiti aveva detto la ragazza. Dove potevano essere le stanze degli ospiti? Aveva indicato questa parte. Raggiunsi un ampio corridoio e iniziai a percorrerlo. Mi bloccai di fronte alla prima porta. Ero un'intrusa in casa d'altri. Ero un'intrusa in un mondo non mio. Anche nella vita di Peter ero un'intrusa. Mi feci forza e aprii la porta, solo quel tanto che bastava per dare un'occhiata all'interno. Scorsi un uomo steso a letto con due ragazze. Richiusi immediatamente facendo due passi indietro. Non era lui.

Andai a sbattere contro Tyler che mi seguì verso la porta successiva. «Fermati… se non vuoi vedere…» Mi trattenne per un polso. Ma io dovevo vedere. Altrimenti rischiavo di non crederci. E no, non volevo crederci. O forse volevo credere altro.

Seconda porta. Ormai non mi importava più nulla, nemmeno di salvare le apparenze. Mi sembrava di vivere in un sogno lucido, o meglio uno di quelli da cui ci si risveglia con la sensazione di precipitare e ci si affanna per trovare un appiglio, qualcosa a cui aggrapparsi. Con la differenza che io non avevo nulla, non avevo nessuno. Solo un mondo non mio e un abbigliamento a cui non ero abituata.

Questa volta non sbirciai soltanto. Aprii la porta. Chiusi gli occhi, poi li spalancai. Mi sentii serrare la gola, come se qualcuno mi stesse stringendo forte, troppo forte, fino a strangolarmi. Invece non c'era nessuna mano intorno alla mia gola. Ero solo io. Il nodo che non scendeva. Il singhiozzo che non trovava modo di esplodere, di liberarsi. Allora se ne stava fermo lì. Assurdo, tutto assurdo e insensato. Come se stessi effettuando un riconoscimento. Sì, è lui. Il tatuaggio sulla sua spalla così familiare ormai. Le sue braccia che non stringevano me. Il suo modo di muoversi. Le sue labbra su un corpo che non era il mio. Sì, era proprio lui.

Mi voltai e iniziai a camminare. Incredibilmente riuscivo a mantenermi in equilibrio su quei tacchi mentre il mio mondo sprofondava. No, non era il mio mondo. E nemmeno il suo. Era il mondo che avevamo costruito insieme, quello formato dal mio, dal suo, da noi due. Era il nostro mondo a crollare, a sprofondare. Eppure lo sapevo. Nessuna domanda, nessuna pretesa. Eravamo stati chiari fin dal principio, perché sorprendermi? Non avevo nessun diritto di restare ferita e nemmeno lievemente colpita. Sì, lo sapevo.

«Ti porto a casa?» Tyler mi fu subito dietro. Annuii senza replicare.

Casa? Ma dov'era casa? Casa di Peter? Sì, così credevo. Lo seguii come un automa e mi ritrovai seduta su una macchina, con Tyler alla guida. Solo quando eravamo già partiti da qualche minuto mi resi conto di non aver salutato nessuno. Ma forse non era il tipo di festa in cui alla fine si saluta e si ringrazia. Forse funzionava così. Si arrivava con qualcuno e si partiva con qualcun altro.

Il paesaggio mi sfilava di fronte. Vedevo tutto e non vedevo niente. Mi sfilarono nella mente immagini passate, stralci di vita e di poesia. Io che non sapevo ancora cosa significasse amare, come aveva detto Jacob. E forse era davvero meglio non saperlo mai. Nemmeno avvicinarsi a sospettarlo. Mi strinsi il petto con le mani, come per trattenere la nausea.

«Forse saresti dovuta restare.» Se Tyler stava tentando di fare conversazione quella non era di certo la frase giusta.

«Forse non avrei mai dovuto...» Partecipare alla festa. Entrare in un mondo non mio. Gente che tradiva. Ma del resto me lo meritavo. Ricevevo quello che avevo dato. Io avevo tradito Geoff, ero stata crudele, insensibile. La differenza era che io e Peter non eravamo davvero una coppia. Quindi non si poteva nemmeno parlare di tradimento. Non avrei dovuto pretendere qualcosa che non esisteva.

Mi resi conto di essere arrivata quando l'auto di Tyler si fermò di fronte alla casa di Peter. Forse avrei dovuto farmi portare altrove. Ma dove? Comunque dovevo prendere le mie cose. E poi...

Tyler scese velocemente e venne ad aprirmi la portiera. «Ti accompagno dentro.»

Le chiavi. Non avevo le chiavi. Ero uscita con Peter, avevo una borsetta minuscola che avevo dimenticato sull'altra macchina quando eravamo scesi. «Io non ho...»

Mentre riflettevo Tyler aveva già suonato e Gordon aveva già aperto. Ci fissò in silenzio, se era sorpreso di vedermi con Tyler non lo diede a vedere. Posò lo sguardo su di me, come in attesa di una mia parola, ma di fronte al mio silenzio si ritirò a un cenno di Tyler senza dire nulla.

Mi sembrava di aver perso completamente la capacità di reagire, di pronunciare le parole correttamente. Però ero calma. Tanto calma. Al punto da essere prossima a cedere al sonno. Magari poi mi sarei svegliata e avrei scoperto che non era vero niente. O che lo era fin troppo.

«Va tutto bene?» La presenza di Tyler era l'unica cosa che mi richiamava alla realtà e mi impediva di piombare nello stato catatonico cui quasi anelavo. Mi accarezzò il braccio e io annuii, rabbrividendo. Sentivo freddo. Eravamo in giugno e io sentivo tanto freddo. «Sai come vanno queste cose... non te la prendere.»

Fissai lo sguardo su di lui e incontrai i suoi sottili occhi azzurri. In quel momento mi sembrarono più magnetici di quanto ricordassi. No, non sapevo come andavano queste cose. Sapevo che ero stata punita. Avevo pagato. Stavo pagando. Me lo meritavo. Ma ancora tacevo. Proprio io che vivevo di parole, che tante ne avevo lette, scritte, interpretate, studiate. Tacevo. Tacevo per non crollare, per non cadere a pezzi. Tacevo nello sforzo, ormai quasi disumano, di controllarmi.

«Possiamo rifarci un po' noi due, se vuoi... Ti consolo io...» Tyler posò le mani sulle sue mie spalle e le lasciò scivolare lungo le mie braccia.

«Stammi lontano!» La voce mi uscì finalmente, ma quasi come un grido strozzato. Lo respinsi con tutta la forza che avevo, anche se non era molta in quel momento.

«Te l'ho già detto, non te la prendere. Vedrai che domani Peter tornerà da bravo a casa, ma per stanotte... Del resto lui è così. Non è la prima volta che arriva a una festa con una ragazza e poi se ne fa un'altra... anche più di una.»

Mi faceva schifo. Mi faceva vomitare. Tyler si avvicinò di nuovo a me afferrandomi per un fianco, spingendomi contro la parete. Scossi la testa cercando di liberarmi di lui. «No! Non toccarmi...»

«Non ti piaccio? Non dirmi che Peter è più carino di me perché non ti credo.»

Peter non era più carino di lui. Ma era Peter. E io sentivo come se avessi smarrito per sempre una parte di me divenuta ormai essenziale. La mia libertà, la mia gioia di vivere. La vicinanza, non solo fisica.

Tyler probabilmente non aveva capito o forse aveva capito male perché interpretò il mio silenzio come un invito e mi attirò a sé per i polsi cercando di incontrare le mie labbra con le sue.

«Lasciami andare...» Non volevo. Non volevo nulla da lui. Solo che mi lasciasse andare. Era come se il mondo avesse ripreso a girare ma al rallentatore, a un ritmo diverso dal mio. Oppure era il mio ritmo ad aver subito un cambiamento rispetto al resto.

Mi ritrovai mio malgrado tra le braccia di Tyler. Baciava il mio viso, il mio collo, ignorando le mie deboli resistenze fisiche. Peter... perché mi aveva lasciata sola? Perché mi aveva abbandonata?

Mi tornarono in mente le sue parole, quelle che avevo percepito mentre si allontanava per raggiungere gli altri, quando si era voltato verso di me e mi aveva guardata negli occhi. "Amantine... vuoi che sia vero?"

«Peter...» sospirai appena.

Scene di noi mi apparvero davanti agli occhi. Il nostro primo incontro, il biglietto che mi aveva lasciato, la prima volta a casa sua. La musica. I libri. William Shakespeare. La poesia. Risvegliarmi la mattina tra le sue braccia. E ancora le sue parole. "Amantine... vuoi che sia vero?"

«Peter...» Il cuore mi cadde senza nessuno pronto a raccoglierlo. Mi afflosciai su me stessa come una marionetta, una bambola rotta. E ancora i suoi occhi nei miei. "Amantine... vuoi che sia vero?"

Tyler mi lasciò andare e io scivolai a terra. Avevo perso una scarpa, il mio bel vestito era sgualcito, aveva perso tutto il suo incanto. Mi accorsi che mi tremavano le mani. E avevo sempre più freddo.

«Ma allora tu...» Tyler si chinò al mio fianco. «Amantine...»

«Non farmi del male, ti prego...» Potevo solo confidare nella sua pietà perché io forza di ribellarmi e di lottare non ne avevo più. La mia debolezza mi aveva rinchiusa in una prigione avvolgente da cui non riuscivo a uscire, a liberarmi.

«Amantine...» Tyler mi sollevò il mento costringendomi a guardalo. Mi fissava quasi incredulo. «Tu lo ami davvero, non ne sei attratta solo perché è un personaggio famoso.»

Un personaggio famoso? No, era Peter. Solo Peter. Rammentai quando mi era stato chiesto se ero innamorata di lui qualche tempo prima. Avevo risposto di sì per evitare di discutere. Non mi ero posta il problema. Per troppo tempo non mi ero posta il problema. Anche perché non avevo mai amato prima.

«Sì, povera ragazza. Tu lo ami.» Stabilì Tyler staccandosi da me, alzandosi in piedi e ricomponendosi.

«Sì...» bisbigliai tra me. La rivelazione mi colse improvvisa, sconvolgente. Lo amavo. Lo amavo ed ero disperata. «Sì, sì, sì!!!» Il fiato mi tornò, inaspettato. Sì, lo amavo. A dispetto del mio mondo e del suo. Contro la mia volontà. Con tutto il mio cuore amavo Peter Wiles e non mi restava più nulla. Pestai un pugno sul pavimento con dolore, con rabbia. Sapevo cosa significava amare. Il mio momento era giunto. Ma il momento in cui lo avevo finalmente capito coincise anche con il momento in cui compresi che avrei preferito non saperlo mai.

CAPITOLO 40

Avevo chiamato un taxi appena Tyler se n'era andato, liberandomi della sua presenza. Ero riuscita ad alzarmi e a raggiungere il telefono. Poi in qualche modo avevo raccolto le mie cose. Il mio passaporto, ciò che ritenevo essenziale. Non tutto, sarebbe stato impossibile. Non mi importava. Volevo solo fuggire via, il prima possibile. Pezzi di me sarebbero comunque rimasti sparsi in quella casa. Mi ero fatta portare in un albergo qualunque in periferia.

Trascorso un giorno chiusa in camera nella totale oscurità avevo chiamato Rachel pregandola di raggiungermi. In qualche modo le avevo raccontato tutto, anche se comportava rivivere ciò che era successo. A voce alta, non solo nella mente. Non avevo scelta. E non avevo nessun altro con cui parlare.

«Andrò a stare a Parigi.» Terminai decisa il mio racconto. Ero arrivata a quella conclusione dentro di me, durante la prima notte lontana da lui, in un letto estraneo. Me ne andavo per tornare me stessa, me ne andavo per continuare a vivere. E magari per forzare il mio cuore a dimenticare.

«Sei davvero sicura? Amantine, tu lo sai che io sono amica di Geoff da anni. Ma tu sei davvero sicura di voler lasciare Peter?» Rachel mi guardava con aria compassionevole. Aveva ragione, anche io provavo compassione per me stessa. Ero stata una stupida! «Da quello che mi hai raccontato forse c'è stato un fraintendimento... Forse dovresti parlargli, spiegargli come ti senti. Magari lui non aveva capito che per te era così importante...»

«No, non sono sicura. Ma non ho alternativa e non c'è proprio nulla da spiegare. Sono venuta meno alle regole che ci eravamo imposti fin dall'inizio. Anzi, sono stata io la prima a stabilire quelle regole, quindi... io ho sbagliato!»

Mi morsi le labbra scuotendo la testa. L'amore nelle nostre regole non era contemplato. Del resto c'era stata Lolita e io lo avevo saputo dal principio. Lolita o un'altra che differenza faceva? Proprio nessuna. Ero stata io a sbagliare.

«Cosa hai intenzione di fare? Lasciare l'università, tutto il resto…» Rachel sospirò e mi accarezzò i capelli con tenerezza. «Non ti fare del male così, Amantine. Sembra che tu voglia punire te stessa. Ti sei innamorata, non c'è nulla di sbagliato in questo.»

«Sai cosa credo, Rachel? Il male che ho fatto, lo sto ricevendo. Ho fatto del male a Geoff. Ora è il mio turno di soffrire. E per quanto riguarda l'università… Con la carriera accademica qui non ho speranze, non è una novità. Frey ha già scelto da tempo.» Ero dura, spietata. Con una sola persona: me stessa.

«Dovresti davvero parlargli, Amantine!» Rachel mi massaggiò le spalle. La lieve pressione mi fece male. Ero un fascio di nervi, io stessa me ne rendevo conto.

«Inutile, Rachel. È Gregor il prescelto.» Improvvisamente non mi importava. Anche la mia carriera universitaria ormai mi appariva come un passato lontano. Tutto ciò che mi era rimasto erano i miei fogli, appunti per un libro che forse non avrei mai più proseguito.

«Intendo con Peter. Chiedigli una spiegazione, almeno.»

Chiedergli una spiegazione quando tutto era così chiaro ed evidente? No. Mai.

«Non posso. Evidentemente doveva finire così.» Le immagini di lui mi tormentavano. Quelle dell'ultima serata insieme, mentre mi stringeva tra le braccia poco prima di uscire. Mentre tentava di convincermi a non andare a quella festa, a starcene a casa. Noi due, soli. Non potevo più tormentarmi, dovevo allontanare quelle scene, quelle parole. Rimuoverle per sempre. «Ho sbagliato io. Sono stata punita. Pagherò il mio errore fino in fondo.»

CAPITOLO 41

Avevo buttato all'aria la mia vita. O almeno così credevo. A Parigi, in un piccolo appartamento in affitto. Solo mio. La mancanza che mi cresceva dentro ogni notte mi annientava. Mi sentivo precipitare come nel sogno in cui si teme sempre di cadere. Era diventato una costante per me ormai. Ma io ero sveglia. Sempre sveglia. Con le ultime parole che mi aveva rivolto, la sua voce, i suoi occhi a logorarmi continuamente.

"Amantine... vuoi che sia vero?"

Forse non avrei dormito mai più. Non avrei mai più ritrovato la pace. Poi mi accorsi che non ero più sola e non era solo la mancanza a crescermi dentro, ma una presenza.

Pensai di scrivere. Una lettera a lui, tutto quanto. Mi bloccai alla prima parola. Il cuore sapeva cose che le parole non erano in grado di esprimere. Era questo l'amore? Perdere il controllo, la voce, il coraggio. Smarrirsi in un labirinto senza essere più in grado di uscire.

Non avrei amato più. Mai più nessuno. Per nessuna ragione. Volevo solo tornare me stessa. Ma con quella presenza in me, non potevo riuscire nel mio intento.

Ero passata a trovare i miei. Non avevo rivelato nulla impegnandomi esteriormente a essere la solita Amantine, quella che loro conoscevano o credevano di conoscere. Non avevano compreso. Come avrebbero potuto, del resto? La delusione per l'università, sì era stata quella a spingermi ad allontanarmi da Londra. Dell'altra cosa meglio non parlare, era finita com'era nata. Nel nulla.

Qualche giorno dopo riuscii a mettere insieme qualche frase nella lettera che ero intenzionata a scrivere. Leggendola non sembrava nemmeno scritta dalla vecchia me. Anche la calligrafia non era più la mia. Tremante, incerta, come se fosse stata condizionata dalla mia stessa disperazione.

Non mi riconoscevo. Frasi sconnesse, slegate tra loro. *"Sono partita"*, gli dicevo. *"Meglio così per entrambi."* Tentavo di convincere me stessa o lui? *"Abbiamo avuto bei momenti."* Sì, certo. Come negarlo? *"Tu hai sempre il tuo mondo, io il mio. Sapevamo che sarebbe finita prima o poi. Quella sera in fondo l'ho capito."* No, invece. Non avevo capito proprio niente. *"Le nostre vite riprenderanno a scorrere. Andrà tutto bene. Ognuno per la sua strada."* Invece non avevo resistito. *"Peter... Io sono a Parigi, Peter."* Alla fine il numero di telefono che mi ero fatta installare. L'indirizzo del mio appartamento sul fondo della lettera e dietro la busta. Di più non potevo fare, non sapevo dire. Non ne ero in grado. Ero una misera principiante. Amavo per la prima volta da troppo poco tempo.

Due settimane e nessuna risposta. Poi metà della terza. E io dovevo prendere una decisione in fretta, altrimenti sarebbe stato troppo tardi. La presenza si sarebbe imposta ogni giorno di più. Potevo solo arrendermi.

«Ne è proprio sicura, signorina?» L'infermiera sospirò inclinando il capo. Le facevo pena. Aveva proprio ragione, ero una creatura miserabile.

«Sì, sono sicura. Non ho alternativa.»

Settembre 1998

CAPITOLO 42

L'inizio di un nuovo anno accademico era sempre frenetico, almeno per me. Appunti, programmi, colleghi nervosi. Nuovi studenti smarriti che mi ricordavano un po' i bimbi sperduti di Peter Pan. Forse mi lasciavo coinvolgere troppo. Forse investivo troppo della mia vita in loro. Cercavo di dare il meglio. Lo avevo sempre fatto del resto. Ma se da una parte mi avevano privata di tutto da un'altra mi avevano dato fiducia e io non sarei venuta meno al mio impegno. Per cui i nuovi studenti della Sorbona, come quelli che li avevano preceduti, avrebbero avuto il meglio di me.

Geoff mi rimproverava di trascurare la famiglia. Ma io ero brava a suddividermi adeguatamente. Lo facevo da più di cinque anni ormai. Non aveva proprio nulla di cui lamentarsi. Davo a lui e ai nostri figli, William e Madeline, tutto quello che restava. La tranquillità di una vita quotidiana priva di grandi aspettative ma anche di scosse. Tutto procedeva su un binario rettilineo, senza accelerazioni e senza soste. Un giorno dopo l'altro. Secondi, minuti, ore che continuavano a girare mentre la vita scorreva e io lasciavo che mi scivolasse addosso.

Un marito. Due figli. Una carriera accademica. Tutto socialmente accettabile. Avevo fatto il mio dovere, da brava. Ora potevo sperare di essere lasciata in pace.

Il sogno, l'unico sopravvvissuto, era anche l'unico che non avevo abbandonato dopo la mia partenza da Londra. Ero anzi riuscita a pubblicarlo nel corso dell'ultimo anno. E aveva avuto successo. Di pubblico, di critica e persino accademico. Nell'ordine.

Qualche critico e qualche accademico avevano storto il naso. Ma grazie a una buona fascia di ammiratori ero diventata quasi una celebrità nel settore. C'era solo da scommettere su chi sarebbe stato il prossimo poeta o autore di cui mi sarei occupata. Una vita come un romanzo. Cercando più sensazioni che una cronologia di eventi. Si nasce, si vive o si esiste, si muore. Destino comune. Ma io cercavo segni tangibili di un passaggio, io cercavo emozioni. Parole che scandiscono silenzi, cuori pulsanti. Tante vite in una sola. Vite che sfiorandosi appena mutano i destini.

Era davvero quello che volevo? Sicuramente quello che avevo creduto di volere. Perché quello che volevo lo avevo dovuto soffocare, uccidere in me. Non parlarne più. Com'era nato così era morto, assassinato dalla realtà e forse anche da regole che io stessa avevo contribuito a imporre.

Un taglio netto con il passato. Ma non era possibile perché il passato era ovunque. Così avevo imparato a conviverci. Il passato era un personaggio pubblico che si stava evolvendo facendo parlare sempre più di sé. Lasciata la band, iniziata la carriera da solista. Grandi difficoltà all'inizio, nessuno disposto a dargli fiducia. Tranne me che da lontano ci credevo ancora. Tranne il mio cuore che non si voleva arrendere nemmeno di fronte a quello che gli occhi avevano visto.

Non credevano in lui, deridevano la sua follia. Invece era stata proprio la sua mancanza ad annientare gli altri. Senza di lui erano niente. Avevano resistito circa un anno prima di crollare inesorabilmente, dimenticati e soppiantati da ragazzi più giovani, più freschi, più carini. E non era nemmeno trascorso molto tempo.

Alla fine avevo fatto pace con me stessa e stabilito che fosse inutile tentare di sfuggire. Se dovevo continuare a imbattermi in lui tanto valeva seguirlo assiduamente.

Nascondevo i suoi cd in un cassetto segreto della mia scrivania. Custodivo anche qualche foto e qualche articolo, soprattutto le recensioni positive. Era bravo e io lo avevo capito. Non aveva nulla da invidiare agli artisti che mi aveva fatto ascoltare. Seguivo anche loro, di riflesso, con l'inconfessato scopo di mantenere vivo quel legame indissolubile.

La morte prematura di Kurt Cobain dei Nirvana mi aveva devastata, come se avessi perso un caro amico. Quel giorno girai per la città completamente stordita, senza quasi rammentare i miei doveri, né dove mi trovavo e perché. La sua voce si frapponeva tra me e il mio passato. E il passato aveva un nome e un sorriso malizioso. Occhi verdi.

Avevo avuto ragione credendo che nessuno al mondo mi avrebbe più guardata come lui quella sera. Infatti non era più accaduto. Per quanto potesse amarmi da sempre, nemmeno mio marito mi guardava così. Meglio per Geoff. Perché io non avrei saputo ricambiare.

Sapevo che lui aveva avuto un figlio da una modella tedesca, lo stesso anno che io avevo avuto Madeline. Qualche tempo dopo si era sposato, ma con un'altra donna, una cantante americana. Erano andati in viaggio di nozze su un'isola tropicale. Il matrimonio era durato tre mesi. Avevo iniziato anche io a leggere i giornali di gossip. E imparato che non bisogna mai negare qualcosa a prescindere.

Il dolore che provavo ogni volta che leggevo di lui con un'altra era rimasto fermo dov'era nato quella sera. Come un chiodo nel cuore. Ce lo lasciavo intenzionalmente, quasi temendo che nel tentativo forzato di rimuoverlo si sarebbe rotto del tutto oppure accartocciato su se stesso. Quindi ci convivevo, lo nutrivo, lo coccolavo a volte, ma con carezze leggere per non strapazzarlo troppo. Mi faceva compagnia e dopo gli studenti della Sorbona, mio marito e i miei figli, si prendeva la terza parte di me.

CAPITOLO 43

Per quanto mi sembrasse ancora impossibile mio fratello si era fidanzato. Seriamente questa volta, aveva tenuto a precisare al telefono. Del resto anche io mi ero sposata e non lo avrei mai creduto possibile. Ma lui non lo faceva per mancanza di alternative. Cosa ancora più incredibile, la fidanzata era un'attrice di teatro che aveva avuto alcune parti anche in una soap opera. Si chiamava Marianne. Quindi eravamo in attesa di Alain e Marianne per pranzo.

La nostra casa si affacciava sui Champs-Élysées. In poco tempo ero diventata una splendida parigina. Forse il fatto di non avere radici mi aiutava ad adattarmi più facilmente ai cambiamenti, un po' come i camaleonti che mutano pelle in base alle situazioni, bravi a mimetizzarsi con l'ambiente.

Geoff aveva avuto più difficoltà a vivere in Francia ma aveva accettato di trasferirsi. Io non sarei tornata né a Londra né in Inghilterra. E avevo rifiutato qualunque altra opzione. Del resto i miei vivevano a Parigi da anni. Era la mia città natale, quindi in un certo senso era stato un po' come tornare a casa.

Avevo fatto preparare un pranzo eccellente. Dimenticando di chiedere ad Alain cosa gradisse la sua fidanzata mi ero basata un po' sui miei gusti e su quelli di mio fratello. Con la cucina italiana speravo di non sbagliare, solitamente piaceva a tutti.

Che io mi mettessi a cucinare era fuori discussione, da sempre. Il massimo che mi si poteva chiedere era una frittata bruciata a metà. Avevo tentato una volta di preparare dei biscotti. Ero decisa a imparare. Ma era stato nella mia vita precedente. Apparteneva al passato. Non potevo smuovere il chiodo dal petto. Non era il momento più indicato. Alain e Marianne stavano per arrivare.

Accogliendoli mi sforzai di comportarmi da brava padrona di casa. Anche se in fondo ero sempre io. Adattavo la maschera all'occasione, ogni volta. Con mio fratello un po' meno che con gli altri, ma non conoscevo ancora Marianne quindi una certa solennità era d'obbligo. La trovai carina, semplice, piuttosto magra. Abbastanza lontana dalle ragazze appariscenti che aveva sempre frequentato Alain. Essendo un'attrice forse me l'aspettavo diversa o probabilmente mi aspettavo lo standard abituale di Alain.

Mentre io, Geoff e Marianne ci accomodavamo in sala da pranzo, Alain si era perso a inseguire i miei figli per casa. Andava pazzo per loro, per William soprattutto. Forse perché era stato il suo primo nipote, forse perché era un maschio e si sentiva più vicino a lui.

Marianne intanto mi osservava intimidita, quasi temendo il mio giudizio.

«Alain mi ha raccontato che sei un'attrice...» lasciai la frase in sospeso, giusto per rompere il ghiaccio.

«Sì, recito a teatro soprattutto. Lavoro con il National Theatre. Mettiamo in scena Shakespeare e i classici spesso...» Marianne era timida, raffinata e possedeva un inglese britannico ultraperfetto. Quasi imbarazzante. Io potevo esprimermi in diverse lingue ma in nessuna avrei mai raggiunto una tale magnificenza.

«Fantastico! Adoro il teatro.» Non più di tanto in realtà. Lo frequentavo di tanto in tanto. Da ragazzina aveva fatto parte del bagaglio di cultura generale imposto dai miei. Poi lo avevo poco alla volta abbandonato.

«Marianne è davvero eccezionale, dovresti davvero venire a vederla a Londra un giorno di questi!» Alain si era finalmente deciso a raggiungerci a tavola, seguito diligentemente da William e Madeline.

Annuii mentre mi perdevo nei loro discorsi e poco alla volta li abbandonavo. Londra. Ci ero tornata soltanto una volta, di sfuggita, in occasione della laurea di Alain. Accompagnata da

194

Geoff e dai miei genitori. Avevo seguito la cerimonia, il mio corpo era lì mentre i miei pensieri vagavano altrove, avevano raggiunto Notting Hill e poi…

«Mamma, quando andiamo a Londra?» William richiamò la mia attenzione puntando gli occhi verdi su di me.

«Prima o poi, William…» Mi voltai intorno un po' smarrita, il pranzo stava per essere servito e poteva essere un'ottima scusa. «Scusate, vado in cucina ad avvisare che siamo pronti.»

Londra. William non era l'unico a volerci andare. Anche io fremevo, proprio come una bambina. Fremevo ogni volta che la sentivo nominare non riuscendo a controllare l'immagine mentale, il chiodo nel petto che faceva ancora male.

I silenzi tra me e Geoff, la banalità dei nostri discorsi negli ultimi anni, non facevano che amplificare il mio desiderio. Il passato mi richiamava a sé quasi risucchiandomi in un vortice, invocava il mio nome. E io non aspettavo altro che l'occasione per rispondergli.

CAPITOLO 44

Dopo settembre tutto il resto dell'anno era filato via in un lampo, quasi senza che io me ne accorgessi. Mi ero ritrovata a fine dicembre sperando che le vacanze natalizie terminassero velocemente per poter così riprendere la routine quotidiana universitaria.

Stare in casa mi annientava psicologicamente. Ero una pessima moglie e una pessima madre ma tentavo di non mostrarlo troppo esplicitamente. Simulavo allegria e una sorta di felicità preconfezionata. Del resto non ero l'unica. Forse fingevo meno bene di altri e di tanto in tanto mi perdevo in me stessa. Ma mi era concesso. Erano pensieri solo miei, non invitavo altri a farne parte né tantomeno li tormentavo con la mia insoddisfazione che non rendevo mai palesemente manifesta. Accarezzavo il cuore per curare la ferita. Poi tornavo presente ed ero ancora Amy per Geoff o la mamma per William e Madeline.

Il mio studio era il mio rifugio. Ero pronta a una nuova opera. Stavo meditando se confrontarmi con George Sand o George Eliot. Una delle due George comunque. Rischiavo forse di essere troppo direttamente coinvolta con quella che portava il mio stesso nome?

Il telefono interruppe la mia profonda riflessione. Lo fissai annoiata, tentata di non rispondere. Poi sollevai la cornetta cercando di non mostrarmi eccessivamente seccata.

«Pronto...»

«Amantine Delamar? Sono Gregor Jackman...»

Gregor Jackman? Quel Gregor Jackman? Certo, a meno che fosse stato clonato o ne esistesse uno con lo stesso nome che casualmente conosceva il mio, non poteva essere che lui. Come aveva fatto a trovare il mio numero di casa?

«Ah... certo. Gregor Jackman, ma che piacevole sorpresa...» Vaffanculo Gregor Jackman. Che diavolo voleva da me? Farmi gli auguri di Natale, oltretutto in ritardo, sei anni dopo?

Qualche anno dopo la mia dipartita da Londra lo stronzo aveva occupato la cattedra del professor Frey che aveva lasciato l'incarico.

«Carissima Amantine, ti telefono per porgerti i miei più sentiti auguri...»

Potevo sputargli in un occhio attraverso il telefono? No.

«Che cosa vuoi Gregor?» Ecco, meglio andare subito al punto evitando di farmi perdere tempo in convenevoli. Se Gregor Jackman si scomodava a telefonare era perché voleva qualcosa di sostanzioso, non farmi gli auguri post natalizi.

«Ho visto in giro il tuo libro. Hai avuto un successo oltre misura in questi ultimi mesi. Lo consigliano anche come regalo di Natale nelle librerie!» La sua voce stava diventando stridula.

«E tu sei il Grinch e odi il Natale? Qual è il problema?» sbuffai allontanando la cornetta per qualche istante. «Nessuno ti ha obbligato a comprarlo.»

«No, ovvio. Ma il dipartimento mi ha incaricato di invitarti per un seminario sul tuo libro. Destinato agli studenti di letteratura e scrittura creativa. Sono stato bravo a trovarti attraverso il nostro caro professor Frey, non potevo attendere la ripresa delle lezioni.» Gregor si interruppe probabilmente in attesa di una mia replica. Doveva essergli costato essere costretto a contattarmi. O magari aveva aspettato apposta le vacanze natalizie sperando di non riuscire a rintracciarmi. «Allora, che fai?»

La tentazione di mandarlo al diavolo era irresistibile. «Gregor, puoi andare...» Però... Londra. Avrei avuto l'occasione di tornare a Londra. Anche solo per un giorno.

«Quando sarebbe? Mi dovrei organizzare con le lezioni qui, comunque...»

Utilizzai un tono indifferente, quasi seccato. Una parte di me, intima, invisibile all'occhio e all'udito, stava esultando. Ma allo stesso tempo ero stretta da una morsa dolorosa. Desiderio e paura allo stesso tempo.

«L'ultima settimana di gennaio. Sarebbe una grande opportunità anche per te, Amantine, perché poi io pensavo che potremmo...»

«Va bene.» Il resto non mi importava. Non lo volevo ascoltare. «Ti contatterò io sul telefono del dipartimento per i dettagli appena riprenderanno i corsi. Ora devo proprio andare, Gregor. Ho un appuntamento importante. È stato un piacere averti sentito. Buon anno!»

Balle! Non reggevo più la tensione emotiva e non ero certa di riuscire a controllare il tono distaccato della mia voce. Per cui avevo riattaccato in fretta concedendogli appena il tempo di replicare. Ora però dovevo passare alla seconda fase del "progetto": comunicarlo a Geoff. Trovare il modo di accennare alla telefonata e alla proposta di Gregor, per poi... Per poi fargli sapere che avevo già accettato, senza la necessità di consultarlo.

Decisi di attendere la serata. Poi pensai di attendere ancora, che i bambini fossero a letto. Era solo un viaggio di lavoro a Londra, non una colpa da espiare. Londra non implicava... Invece sì, implicava smuovere il chiodo dal cuore, farmi male. Ma era un richiamo a cui non ero in grado di resistere.

Assunsi un tono neutro nel comunicare a Geoff la mia decisione. «È davvero un'ottima opportunità» conclusi dopo aver riportato l'offerta di Gregor tutta d'un fiato.

«Io non credo proprio. Amy... non hai pensato ai bambini?»

«Si tratta solo di un paio di giorni... e poi non sarò dall'altra parte del mondo!» Sospettai che per lui sarebbe stato meglio. Pur non apprezzando Parigi, non conservava buoni ricordi di Londra. E in effetti aveva ragione. «Comunque possiamo chiedere alla babysitter di fermarsi più a lungo. Lo fa già nei momenti in cui lavoro più del solito. Oppure i bambini possono stare dai miei per qualche giorno.»

«Avevamo deciso di comune accordo di restare qui, Amy. Ti ricordo quell'offerta che ho ricevuto il mese scorso per quel lavoro in America... è ancora valida.» Il tono di Geoff si fece freddo, rigido.

«Ma non è la stessa cosa! Per me si tratta solo di una lezione, un solo giorno, due al massimo...»

Geoff aveva ricevuto la proposta di trasferirsi in America. Avrebbe collaborato con uno dei più grandi sociologi presenti nel panorama internazionale contemporaneo. Ma questo implicava costringermi a rinunciare all'incarico alla Sorbona. Per me era inammissibile come ipotesi.

«Infatti, non è la stessa cosa. Soprattutto perché tu hai una motivazione per restare qui, come hai una motivazione per correre a Londra ora!» Non comprendevo di cosa stesse parlando. E nemmeno la necessità di alterarsi e alzare la voce. «Proprio quando "qualcuno" ha dichiarato che non lascerà mai l'Inghilterra e Londra perché ha vissuto la storia più importante della sua vita!»

Faticavo ancora a mettere insieme i pezzi. Lo sguardo di Geoff su di me era ostile, quasi furioso. Gli voltai le spalle e lasciai il soggiorno per andare a rifugiarmi nel mio studio. Era "la stanza tutta per me", come quella auspicata da Virginia Woolf. In questo caso mi avrebbe protetta dall'incomprensibile ira di mio marito.

«Proprio il momento giusto per andartene a Londra! Ma che tempismo!» La voce alterata di Geoff mi raggiunse anche lì. Non avevano senso le sue parole.

Londra. La storia più importante della sua vita. Non volevo credere. Non volevo nemmeno sapere quando e dove avesse fatto un'affermazione del genere. Era tutto sbagliato. Mi sedetti alla scrivania tappandomi le orecchie.

Londra. No, non era lui. Non ero io. Non per lui. Per me sì. Per me sempre, nonostante tutto, nonostante tutti. Ogni giorno, ogni notte. Davanti ai miei occhi per sempre, da sei anni ormai. Quel suo ultimo sguardo, le sue parole.

"Amantine… vuoi che sia vero?"

Sarei tornata a Londra. Solo per un giorno, solo per riassaporare il momento, la vicinanza. Solo per provare, almeno per un giorno, a vivere un po'.

CAPITOLO 45

Già dall'atterraggio all'aeroporto di Heathrow il mio cuore aveva preso a battere in maniera differente. Da quando l'aereo aveva iniziato a planare dolcemente avevo dovuto combattere contro le lacrime che mi avevano inondato il viso contro la mia volontà. Mi ero voltata adagiandomi completamente contro il finestrino per non dare spettacolo.

Cosa avrei fatto? Dove mi sarei nascosta? Forse era stato un errore. Dove avrei nascosto tutte quelle sensazioni che mi invadevano l'anima, il sangue. Dove sarei andata a sfogare il mio grido di libertà, di vita?

Quando l'aereo toccò terra percepii il senso di casa impossessarsi di me, prepotente. Inghilterra. No, non era quello il motivo e io lo sapevo. Come avevo sempre saputo di non aver mai avuto radici finché ero stata io stessa a crearmene.

Avevo lasciato i miei figli per rivivere quel senso di libertà e di vita. Ero una pessima madre, ne ero consapevole. Ma non potevo rinunciare. La proposta di Gregor non aveva fatto altro che incontrare una necessità che non riuscivo più a ignorare. C'era il richiamo, il gancio che aveva iniziato ad attrarmi troppo insistentemente.

Ero arrivata la mattina. L'incontro con Gregor sarebbe stato nel pomeriggio, per definire gli argomenti che avrei dovuto affrontare nella lezione del giorno successivo. Il tempo di fare una doccia, indossare qualcosa di comodo e abbandonai il mio bagaglio in albergo a Piccadilly per concedermi un giro in centro.

Nulla era cambiato eccessivamente rispetto ai miei ricordi. Del resto non me lo aspettavo. Non avevo voglia di fare shopping. E non avevo nemmeno appetito. Il negozio di musica dove mi rifornivo esisteva ancora ovviamente, anzi si era ampliato. Entrai per un rapido giro ma uscii immediatamente come se non sapessi nemmeno io perché ero entrata.

Perché sapevo esattamente cosa cercavo e dove volevo essere. E non era lì. Percorsi tutto il tragitto a piedi, implacabile, a passo spedito. Forse una parte di me si illudeva che la stanchezza mi avrebbe obbligata a desistere. Invece no. Stavo crollando e avevo paura. Però procedevo, forse per inerzia ma procedevo.

Mi fermai solo di fronte alla scala della metropolitana di Notting Hill. Esattamente in quel punto. La scena scorreva ancora davanti ai miei occhi. Mi morsi forte le labbra. Tutto doveva finire lì, dove era iniziato. Sapevo che non sarei dovuta andare oltre. Avevo l'obbligo morale di fermarmi, di placare il mio cuore che aveva preso a battere troppo impetuosamente, come se volesse rigettare a forza il chiodo che da sei anni lo tratteneva in un pulsare stabile.

Ma la mia volontà non contava più. Mi ero trasformata in puro istinto, mi muovevo con un ritmo unico e costante verso la meta. Nemmeno sapevo se era ancora lì o cosa avrei trovato. Quando arrivai a destinazione rimasi immobile a fissarla, quella casa bianca con le persiane azzurre, dall'altro lato della strada. Era una scena già vissuta, che mi aveva già attraversata. La rivivevo una seconda volta come in un flusso di coscienza, riassorbendola in me.

Tentai di guardare all'interno. Un altro elemento che restava costante era la mia stupidità. Questa volta il livello superava il precedente e considerato il fatto che avevo qualche anno in più e una situazione personale più compromettente, questa leggerezza non deponeva a mio favore.

Sì, era deciso. Dovevo andarmene, allontanarmi in fretta. Ma qualcosa in me, una piccola parte ancora troppo sensibile, si divincolò ribellandosi. Era come una bambina, fragile, innocente, delicata, che mi chiedeva di restare. Mi sarebbe bastato solo un breve istante. Vederlo un attimo soltanto. Anche da lontano, anche in controluce.

Non aveva mai risposto alla mia breve lettera, non mi aveva mai cercata. Forse aveva considerato la nostra avventura archiviata per sempre e così avrei dovuto fare anch'io. Dovevo andarmene immediatamente. Avrei solo ottenuto di rendermi ancora più ridicola. Un respiro profondo prima di forzare i miei passi nella direzione opposta.

Se non fosse che quella bambina fragile, innocente, delicata, rifiutava di arrendersi all'evidenza. Anzi, mi suggeriva di scrivere un biglietto con l'indirizzo dell'albergo in cui alloggiavo, il numero del mio cellulare e di inserirlo nella posta.

Sfacciatamente, impudentemente. Trovai un foglietto e una penna nella borsa e le ubbidii prima di dare il tempo alla razionalità contrariata di intervenire. Attraversai la strada per portare a termine la mia opera. Ma questo avrebbe anche significato la fine della mia speranza, della fantasia. Lui non mi avrebbe cercata, non mi avrebbe risposto, come non aveva risposto alla mia lettera.

Strinsi forte il foglietto tra le mani, accartocciandolo. Dovevo andarmene. Non mi restava altro da fare. Dire addio, con più calma questa volta, e andare via. Per sempre, soprattutto. Afferrai la ringhiera mentre un ultimo istinto ribelle mi tratteneva ancora. Abbassai lo sguardo e chiusi gli occhi. Non aveva alcun senso. Dire addio fisicamente a quel luogo quando dentro di me non me n'ero mai andata, vivevo ancora in quella casa.

«Signorina…» Sollevai la testa al suono di quella voce. Lo vidi, era davvero lui. Quindi… abitava ancora lì.

«Buongiorno, Gordon.» Sospirai cercando di frenare il tremito della voce e del corpo. «La trovo bene, sono contenta. Io… stavo andando via…»

Vedere il maggiordomo sarebbe stata l'unica concessione che avrei ricevuto. Era sempre lo stesso. Chinai lievemente il capo accennando un sorriso. Finalmente riuscii a voltare le spalle per allontanarmi. Anzi, mi misi quasi a correre.

«Signorina… signorina Amantine…» Gordon si affrettò a percorrere qualche passo pur di raggiungermi. «Sono certo che il mio padrone vorrebbe vederla se sapesse che si trova qui. Non mi perdonerebbe di non averla fermata questa volta.»

Non compresi il senso delle sue parole, ma non aveva importanza. «Io sono… Io starò qui solo per uno o due giorni.» Non riuscii ad aggiungere altro ma gli consegnai il biglietto stropicciato che tenevo stretto in mano. «Devo andare ora, Gordon. Devo proprio andare.»

CAPITOLO 46

Dovevo sforzarmi per non pensare continuamente all'episodio con Gordon. E a quello che ne sarebbe seguito. Avevo bisogno della più totale lucidità mentale per avere a che fare con quello stronzo di Gregor.

Non so perché mi aspettassi dei cambiamenti. Erano trascorsi solo sei anni, non sessanta. L'università era sempre lì, imponente e maestosa. In realtà i veri cambiamenti erano avvenuti in me, non nell'ambiente che avevo lasciato, da cui ero fuggita da un giorno all'altro.

Rientrare nel mio vecchio dipartimento suscitò in me emozioni contrastanti. Era come riemergere nella mia vecchia vita, come se non me ne fossi mai andata e anzi fossi tornata proprio per riprendere da dove avevo lasciato. Rimpianti? Sì, ne avevo. Fin troppi.

Anche Gregor Jackman era rimasto uguale a se stesso. Cinico, bieco, meschino, opportunista, manipolatore. Il solito vecchio Gregor. Aveva dato un taglio alla barba rossa mettendo più in evidenza il mento affilato.

Ci accordammo per la lezione che avrei tenuto l'indomani. Voleva essere lui a presentarmi come sua vecchia e stimata collega. Si illudeva forse che prima o poi gli ricambiassi il favore, ma si sbagliava. Non avrei richiesto il suo intervento alla Sorbona, non avrei imposto a quei poveri studenti la sua nefasta presenza. Per quanto non apprezzassi le manipolazioni di cui Gregor si era sempre servito se lo avessi considerato un letterato e un ricercatore innovativo e geniale lo avrei ammesso. Ma non lo era affatto. E non lo ero nemmeno io, avevo solo avuto fortuna con il mio libro su John Keats.

«Stavo riflettendo sul fatto che potresti tornare per altre lezioni dopo quella di domani. Ho avuto l'incarico di riorganizzare il semestre, purtroppo il professor Jones ha avuto un ictus e insomma non è più quello di prima...» Gregor allargò le braccia con aria desolata.

Quindi mi aveva invitata con un secondo fine. Non si trattava solo di una lezione seminariale isolata. E non lo aveva fatto per essere a sua volta invitato. Quell'uomo era addirittura più infame di quanto lo credessi.

«Jones di scrittura creativa? Ovviamente... E qui subentro io per aiutarti a farlo fuori del tutto.» Lo guardai accigliata. Non solo voleva usarmi come tappabuchi. Ma come tappabuchi per una materia che non era la mia! «Ti ricordo che insegno alla Sorbona, Gregor. Non sto a casa a lavorare a maglia.» Anche se spesso non mi sarebbe dispiaciuto, pensai tra me. Anzi, potevo prenderla in considerazione come alternativa. Sarebbe stata sicuramente più produttiva e gratificante.

«Possiamo trovare il modo di far funzionare la cosa, Amantine. Mi sono già rivolto al preside del tuo dipartimento alla Sorbona...»

Se avessi potuto avrei oltrepassato la scrivania con un salto per strangolarlo. Ma come si era permesso! Non ero una pedina da muovere sulla sua personale scacchiera.

Abbassai lo sguardo. La scrivania. La scrivania che era stata di Frey. L'ufficio di Frey. Mi ritrovai in uno stato confusionale, tra ira e ricordi del passato che stavano riemergendo in modo troppo impetuoso. Come se rivivessi la scena sul mio corpo, le sensazioni sulla pelle, come un fuoco che mi toglieva il fiato impedendomi di respirare regolarmente. Rimasi così sospesa, tra rabbia e desiderio.

«Io... Ci vediamo domani per la lezione.» Mi sentivo avvampare fino alla radice dei capelli e non volevo assolutamente che Gregor se ne rendesse conto.

Dovevo tornare immediatamente in albergo. Presi un autobus e poi camminai a testa bassa fino ad arrivare alla mia stanza. Mi sentivo colpevole. E lo ero, ancora più di qualche anno prima.

Ero una traditrice, una poco di buono. Tornavo indifferente sul luogo del delitto. La mia resistenza stava diventando sempre più inconsistente. E sì, stavo anche riflettendo sulla proposta di quel verme di Gregor, un essere che disprezzavo, pur di soddisfare la mia brama. Fino a quel punto sarei caduta in basso.

Mi scoppiava la testa. Non trovavo giustificazione alla mia condotta. Perché non si trattava affatto di lavoro e io lo sapevo. Si trattava di voler rivivere il passato a tutti i costi. E le parole di Gordon non mi avevano abbandonata da quando le aveva pronunciate: "Sono certo che il mio padrone vorrebbe vederla se sapesse che si trova qui."

Meditai sull'idea di andare a trovare Rachel oppure Doris per trascorrere il resto della giornata. Scartai entrambe le opzioni, non le avevo nemmeno avvisate che sarei arrivata. E non avevo voglia di parlare, di discutere, di spiegare, di raccontare. Non volevo soprattutto che la mia nuova vita si intersecasse con quella vecchia. Cercai di distrarmi ricapitolando i punti che avrei affrontato durante la lezione. Tutto inutile, li conoscevo a memoria e comunque non ero concentrata.

Magari un buon sonno avrebbe fatto al caso mio. Invece cercai il mio walkman nella tasca interna del mio bagaglio a mano, mi stesi sul letto e chiusi gli occhi. Una compilation che avevo creato qualche anno prima. A partire da *Smells like teen spirit*, la colonna sonora della mia vita passata che in me era ancora più presente che mai.

CAPITOLO 47

La lezione, nonostante tutto, fu un successo. Non credevo che mi potesse entusiasmare così tanto delineare ad alta voce i processi creativi che mi avevano spinta verso la biografia romanzata di John Keats. E mai avrei immaginato di trovare un pubblico così attento e partecipe. Alla fine fui costretta a trattenermi ancora per rispondere alle domande di alcuni studenti interessati al mio lavoro. Quindi anche dal punto di vista professionale restavo in bilico tra ricerca e creatività, come nella sfera privata lo ero tra vita reale e vita sognata. Probabilmente era il mio destino.

Dopo un obbligatorio pranzo con i colleghi, complimenti, saluti e convenevoli fui finalmente libera. Avevo chiamato Geoff appena arrivata il giorno prima. Poi avevo telefonato anche a mia madre per salutare i bambini. Mi sembrò inutile richiamare, sarei tornata a casa il giorno seguente.

Non avevo voglia di aggirarmi sola per le strade di Londra, faceva freddo e pioveva, quindi rientrai subito in albergo. Ero una vigliacca. Inventavo scuse quando conoscevo perfettamente il motivo del mio rientro. Volevo attendere. Semplicemente attendere, consapevole che forse ciò che attendevo non sarebbe mai arrivato da me.

Mi stesi a letto. Non volevo addormentarmi, ma solo liberare un po' la mente dal senso di oppressione di cui cadevo vittima troppo spesso ultimamente. Invece finii per addormentarmi, risvegliandomi poi con la sensazione di un sogno incompiuto. Mi rividi di fronte a quella casa. Entrare, cercare parti di me che erano rimaste lì. Poi guardare la porta come una nemica. La porta voleva escludermi, mandarmi via. Invece io volevo trattenermi ancora. Io volevo restare.

Lo avevo sognato alcune volte. Quattro per la precisione. Mi ero aggrappata a quei sogni per le settimane successive per poi rassegnarmi a lasciarlo andare. E avevo continuato a rievocare le ultime parole che mi aveva rivolto, come un mantra.

Ora non mi restava altro da fare che tornare a casa dalla mia famiglia e riprendere la mia vita. Rifiutare la proposta tentatrice di Gregor Jackman. Comportarmi da persona matura e responsabile.

Era anche perfettamente inutile continuare ad aspettare in albergo. Controllai dalla finestra, aveva smesso di piovere. Meglio uscire, farmi un giro prima che fosse troppo tardi. Potevo comprare qualche regalino per William e Madeline invece di attendere l'ultimo momento in aeroporto.

Il viaggio a Londra e la mia lezione in università erano stati un episodio. E così avrei dovuto considerarli; un episodio, non un tentativo di riafferrare quello che non riuscivo ad archiviare definitivamente come passato.

Raggiunsi l'ingresso dell'hotel e attesi per qualche istante. Mi resi conto di quanto fosse difficile restare ferma lì, ancora in bilico tra due vite. Forse lo sarei stata per sempre.

Rammentai ciò che mi aveva consigliato Rachel qualche anno prima. Forse avrei dovuto parlare. Ma avevo parlato in effetti, avevo scritto. E non avevo mai ricevuto risposta. Solo il silenzio che a suo modo è una risposta forte e chiara.

Ma… se gli avessi parlato direttamente? Se avessi trovato il coraggio di chiedergli una spiegazione? No, tutto inutile. Non ero mai stata una persona coraggiosa, tutt'altro.

Mi scostai dall'ingresso per lasciar passare due persone che stavano rientrando. Non sapevo nemmeno io dove andare. Non mi ero nemmeno cambiata dalla mattina, né sistemata il trucco e i capelli. Forse sarebbe stato meglio tornare nella mia stanza e ricompormi un po'.

Proprio mentre mi stavo voltando per rientrare, mi sentii strattonare. La mia borsa, maledizione! Resistetti trattenendola con tutta la forza che avevo. Proprio a me doveva capitare uno scippatore in pieno centro!

Impiegai qualche secondo per riuscire a reagire, ero paralizzata dalla paura.

«Lasciami andare, maledetto! Chiamo la polizia...» Mi mancava il fiato ma stavo cercando di ritrovare la voce per attirare l'attenzione. Non ero nemmeno riuscita a identificare l'uomo vestito di nero. «Aiuto...»

«Sempre lo stesso impeto! Vuoi davvero mettermi nei guai, dolcezza?» Mi ritrovai il suo viso a poca distanza dal mio. «Quello che intendo rubare non è certo la tua borsa.»

Cessai di divincolarmi e rimasi immobile. Ebbi la netta sensazione di un calo di pressione ma in qualche modo mi trattenni in piedi. Lo cercai con lo sguardo. Incontrai per primi i suoi occhi verdi. Cappello e sciarpa neri coprivano il resto del suo volto.

«Sei tu...»

«Sì, Amantine. Sono io.» Posò una mano sui miei capelli e li sfiorò appena. «Togliamoci da qui, prima che mi scambino davvero per un malintenzionato.»

Mi prese la mano. Io lo seguii senza fare domande e senza opporre resistenza. Mi mordevo forte le labbra. Non volevo piangere. Però non mi ero mai sentita così triste e così felice allo stesso tempo. Non mi importava più di nulla, nemmeno del silenzio che c'era stato tra noi. Nemmeno della risposta che non avevo mai ricevuto. Nemmeno del suo "tradimento" di quella sera.

Lo seguii per diversi minuti, con la mano stretta nella sua, fino ad allontanarci sempre più dal centro. Avevo perso la cognizione del tempo e anche dello spazio. Improvvisamente si fermò e mi attirò a sé. Aprì la portiera di un'auto e mi fece salire. Ubbidii immediatamente. Pochi istanti dopo era seduto al mio fianco dalla parte del guidatore.

Si voltò verso di me e osservò il mio viso come se volesse cogliere ogni dettaglio, ogni minimo cambiamento. Mi sentii insicura, trasandata. «Non riesco ancora a crederci... Sei proprio qui, dolcezza. E sei ancora meglio di quanto ricordassi.»

«Io non posso dire lo stesso.» Il suo sguardo su di me. Mi sentivo impazzire per quanto mi era mancato. «Cioè volevo dire... che ti vedo sui giornali ogni tanto, quindi già sapevo... Sono contenta per te, Peter. Sei riuscito a realizzare quello che volevi. E quello che meritavi.»

Si voltò prendendo il volante tra le mani. «Andiamo a casa...» Lasciò la frase in sospeso tra richiesta e domanda.

Non sapevo rispondere, i miei desideri non coincidevano con i miei doveri.

«Peter, io... Forse è meglio di no. Forse non avrei dovuto...»

«Cercarmi? Allora perché lo hai fatto, Amantine? Se non volevi rivedermi...»

Lasciò andare il volante e tornò a voltarsi verso di me. Qualche anno in più non aveva alterato il suo aspetto ma riscontrai in lui una disperazione, un tormento che non possedeva prima.

«Io volevo rivederti. Lo volevo davvero. E a quanto pare sono stata fortunata a trovarti in città...» Mi sforzai di sorridere stringendomi nelle spalle.

«Non lo ero. Sono tornato appena ho ricevuto il messaggio di Gordon. E non è la prima volta che...» Peter sospirò e mise in moto l'auto.

Non lo fermai. Mi sarei lasciata portare da lui ovunque volesse. Restammo in silenzio. Eppure avrei avuto così tante cose da dire, emozioni da esprimere dopo tanto tempo. Ma più di ogni altra cosa avrei voluto una spiegazione.

«Perché... perché te ne sei andata, Amantine?» La domanda di Peter mi spiazzò. Non mi sarei aspettata che fosse così diretto. Non lo sarei stata nemmeno io.

«Dovresti sapere cosa è accaduto quella sera...»

Mi sentii strozzare. Non volevo mostrargli troppo palesemente il mio stato emotivo, i miei sentimenti. Mi voltai verso il finestrino. Aveva ripreso a piovere. Ricordavo fin troppo bene quali erano stati i nostri accordi. Non eravamo una coppia, non avevo proprio nulla da pretendere da lui.

«Ti importava? Di me... ti importava?» La sua voce mi giunse in un sospiro, flebile, roca.

«Mmh...» Posai la mano sul finestrino, quasi per afferrare le prime gocce di pioggia che scorrevano all'esterno. «Io credevo... che ci fosse qualcosa, tra noi... credevo... sono stata sciocca.»

«Non sei stata l'unica sciocca, Amantine. Perché lo credevo anch'io...»

Appoggiai la fronte al finestrino e chiusi gli occhi. Non avevo la forza di articolare altre parole. Quando li riaprii la macchina era ferma davanti alla casa di Peter. Mi lasciai guidare ed entrai. Ero troppo debole per rifiutare, troppo sconvolta. E poi la verità era che lo desideravo davvero. Rivedere l'interno di quella casa anche solo per una volta, l'ultima.

Mi guardai intorno con un sorriso vago. «Peter... non è cambiato nulla qui.» Tutto era rimasto allo stesso posto. Ma forse eravamo cambiati noi. Anzi, sicuramente. Lottai per placare i ricordi, la mente che creava continue immagini su come sarebbe potuta andare tra noi. Immagini della mia vita sognata, insieme a lui.

Gettò cappello e sciarpa in un angolo e si tolse il giaccone. «Vuoi qualcosa da bere? O da mangiare? Chiamo Gordon...»

«No, grazie.» Scossi la testa e mi avvicinai a lui. Vederlo così mi faceva ancora lo stesso effetto degli ultimi giorni, nonostante tutto.

«Amantine...» sospirò abbassando il viso quando ci ritrovammo uno di fronte all'altra. Poi tornò a guardarmi e corrucciò la fronte. «Era acqua. Solo acqua. Io... bevevo anni fa. Sono stato un alcolista fino a venticinque anni. Facevo uso di droghe, non pesanti però di certo non mi facevano bene. Avevo iniziato a diciassette anni, poco prima di entrare nella band. Sono stati momenti complicati... Non ero un bravo ragazzo, insomma. E non era colpa di nessuno, solo mia.»

«Non mi devi spiegazioni, Peter...» Non volevo sapere. Non volevo sentire. «Davvero, non è il caso.»

«No, tu devi lasciare che ti spieghi. Io... avevo smesso da qualche anno. Con tutto, il bere e la droga. Per il mio lavoro, perché era la cosa più importante nella mia vita. Volevo essere preso sul serio. Sapevo che tanti altri...» Si passò una mano tra i capelli, chiuse gli occhi. «Ma io volevo essere considerato un artista, uno di cui ci si poteva fidare. Pensavo di compensare il mio talento non eccezionale con la serietà, volevo essere affidabile.» Bloccò con un cenno della mano il mio tentativo di intervento. «Quella sera... prima di esibirci... per schiarirmi la voce avevo bevuto qualche sorso da una delle bottigliette d'acqua che hanno distribuito a me e agli altri ragazzi... e abbiamo iniziato a suonare. Poi tra un pezzo e l'altro ho bevuto ancora, da quella stessa bottiglietta.»

«Cosa stai cercando di dirmi, Peter?» Mi ero persa nel suo racconto. Ciò che le sue parole mi stavano suggerendo mi sembrava troppo folle per essere vero.

«Credevo che fosse solo acqua. Io non avrei...» Scosse lievemente la testa, andò a sedersi sul divano.

Faceva male. Proseguire quella conversazione mi stava facendo davvero troppo male.

«Ormai è passato. Doveva andare così, Peter.»

No, non doveva. Perché? Cos'era successo? Cosa c'era in quella bottiglietta d'acqua? Non volevo sapere. Tanto ormai nulla avrebbe più potuto cambiare ciò che era accaduto.

Peter annuì, sollevò lo sguardo su di me che ero rimasta in piedi. «Tu come stai? Cos'hai fatto nella vita in questi sei anni?»

«Vivo a Parigi. Sono ricercatrice alla Sorbona. E insegno, anche.» Sorrisi andandomi a sedere accanto a lui ma restando distante.

«Quello che volevi. Spero che lì ti diano la considerazione che meriti...» Peter accennò un sorriso, sollevò una mano per appoggiarla sulle mie che tenevo intrecciate sulle ginocchia. Invece all'ultimo momento rinunciò. «Sei sposata... hai...?»

«Sì. E ho due figli.» La voce mi si incrinò. Non aggiunsi altro nel tentativo di controllare il groppo in gola pronto a esplodere in lacrime.

«Io ho un figlio, Matthew. In realtà non ero sicuro che fosse mio, io e sua madre...» Peter si strinse nelle spalle. «Non avevamo una relazione stabile, ecco. Abbiamo dovuto fare le analisi. Non volevo accettarlo. Ora sono contento che sia mio, è un bravo bambino. Poi sono stato sposato ma non ha funzionato... cioè ha funzionato solo per qualche mese...»

«Tre mesi. Ho letto.» Annuii e lo guardai, inclinando il viso. «Ti seguo Peter Wiles, sono una piccola stalker.»

«Proprio tu? Ti sei data ai giornali di gossip, piccola intellettuale snob?» Peter sorrise passandosi le mani tra i capelli. «Io sono un argomento molto frequente per loro.»

«Sei uno degli argomenti preferiti anche delle riviste di gossip francesi.» Ridacchiai per sciogliere la tensione. Con scarsi risultati per quanto mi riguardava.

«I tuoi figli... come si chiamano? Sempre che tu voglia dirmelo...»

«Certo che voglio dirtelo... William e Madeline.»

«William... come William Shakespeare.» Si alzò dal divano spostandosi verso la mensola dove teneva i libri. «Ricordo che avevi detto che avresti scelto i nomi per i tuoi figli solo perché erano carini, senza collegamenti...»

«Infatti.» Restai seduta sul divano dopo avergli dato una rapida occhiata. Cercai di recuperare il controllo di me stessa prima di alzarmi e raggiungerlo. «Li ho trovati carini.»

«Shakespeare comunque c'è ancora qui, insieme agli altri. Se n'è aggiunto solo uno...» Peter sfilò un libro dalla mensola per mostrarmelo.

Lo riconobbi immediatamente. «Oh no, Peter!» Il mio libro su John Keats. «Non dovevi proprio...»

«Come no? Questa comunque è solo una copia... Ne ho comprate molte di più in questi mesi. È stato il mio regalo di Natale per amici e parenti. Anche perché ho partecipato attivamente al progetto iniziale se ben ricordi...» Certo che ricordavo. E mi si stringeva il cuore a pensarci. «Poi volevo contribuire al tuo successo in qualche modo. Anche tu avevi comprato i miei cd.»

«Io... li compro ancora se è per questo... Ho tutti i tuoi quattro album da solista. Anche i singoli.»

Sorrisi e mi strinsi forte le mani. Dovevo andarmene. Dovevo andarmene in fretta perché non sarei stata più in grado di resistere.

«Amantine... Ricordi quella poesia... quel sonetto di Shakespeare?»

Un passo verso di me. Poi un altro. Le sue dita che mi sistemavano una ciocca di capelli dietro l'orecchio, per poi sfiorarmi lo zigomo. Gli occhi verdi che scrutavano attenti ogni mia emozione. No. Non poteva farlo. Non poteva farmi questo.

«Peter, ti prego...» Mi staccai decisa. Tremavo, dentro e fuori. Il chiodo che mi stringeva il cuore mi stava tormentando dolorosamente. «Io devo andare. Non posso, davvero non posso... non può accadere.»

Cercai la mia borsa. Non ricordavo nemmeno se l'avevo portata in casa oppure no. Forse l'avevo lasciata in macchina. La vidi all'ingresso e mi precipitai pronta ad andarmene.

«Non te ne accorgi. Sta già accadendo!» La sua voce mi raggiunse e mi trafisse come un pugnale, sconvolgendomi completamente. «Sei andata via, quella notte... e tutto quello che hai lasciato... è ancora qui... Io sono ancora qui...»

Lo sentii dietro alle spalle. Mi afferrò un braccio e lo trattenne per un attimo, prima di lasciarmi andare. Ogni contatto con lui mi provocava delle ondate di terrore e desiderio a cui non ero in grado di oppormi.

Aveva ragione. Per quanto mi riguardava non aveva mai smesso di accadere. In quella casa non avevo lasciato solo qualche mio oggetto materiale. Avevo lasciato il mio cuore, pur vivendo in un'altra città, in un altro paese.

Mi voltai. Volevo guardarlo negli occhi, sfiorare il suo viso un'ultima volta. Gli passai le dita sulla tempia, scorrendole lungo lo zigomo e la guancia. Dovevo farlo. Non avevo davvero scelta questa volta.

«Addio, Peter.»

«No...» Chiuse gli occhi mentre la mia mano si allontanava dalla sua pelle, per sempre. Non mi trattenne. Non disse altro.

Gli voltai nuovamente le spalle per raggiungere la porta. Il chiodo che mi opprimeva sembrò conficcarsi ancora più tenacemente nel mio petto, trafiggendomi il cuore più a fondo. Stavo dicendo addio alla mia libertà, alla mia vita. Un'altra volta. Quella porta... quella porta che avevo sognato e dovevo oltrepassare. Quella casa in cui era rimasto tutto uguale, esattamente come quando l'avevo lasciata una notte di più di sei anni prima.

«Peter...»

Non avevo scelta. Potevo solo invocare perdono. A un dio a cui non ero nemmeno sicura di credere, al cielo. A chi stavo per tradire. E anche a lui, all'amore che mi richiamava senza rassegnarsi. Senza ascoltare né la voce della ragione né quella della decenza.

Potevo ascoltare solo la voce della mia passione in quel momento che come un canto melodioso mi riportava a casa, da lui. Il desiderio delle sue braccia pronte ad accogliermi, delle sue labbra sulle mie, sul viso, ovunque.

«Sei qui... sei qui, dolcezza...»

Mi strinse così forte da farmi quasi male. Mi aggrappai a lui con furia, con il timore di essere obbligata a staccarmene ancora. Mi lasciai andare a un sorriso radioso, quasi folle, come se la voglia di vita e di libertà fossero tornate a respirare in me.

Mi ritrovai in lacrime mentre le mie labbra incontravano le sue, mentre la sua bocca esplorava la mia. Lo afferrai per la testa per costringerlo a non smettere, a non lasciarmi andare. Volevo solo assaporare quel bacio che avevo creduto di non ricevere mai più.

Lo seguii per quella strada conosciuta, su per le scale fino alla sua camera da letto. Non sapevo quante altre donne ci fossero passate e nemmeno mi importava. Era nostra ed era rimasto tutto uguale. Anche noi in quel momento. Anche io in tutti i sei anni di lontananza.

Le mie mani non riuscivano a staccarsi dalla sua pelle mentre mi spogliava con lentezza, meditando ogni gesto come se dovesse memorizzarlo per sempre. Le nostre carezze divennero sempre più dolorose fino a lasciarci cadere avvinti, incapaci di resistere oltre. Così ebbi la certezza assoluta di non essermene mai andata. Tutto era tornato come prima. Tutto era sbagliato. O forse tutto era troppo giusto.

CAPITOLO 48

Sei anni non erano veramente passati. Forse era stato tutto un sogno, la nostra separazione non era mai avvenuta. Avevo semplicemente dormito, stretta a lui, nel nostro letto. Ritrovai il calore del suo bacio sulla fronte, le sue braccia strette intorno a me. No, sei anni non potevano essere passati. Potevamo avere ancora tutto quanto come accadeva ogni mattina dopo i nostri risvegli. La colazione, la musica, i nostri grandiosi progetti. E quei battibecchi che mi spingevano ogni volta sempre più irrimediabilmente tra le sue braccia.

«Peter...» Cercai di muovermi accarezzandogli piano il petto. Ripercorsi con il dito il suo tatuaggio sulla spalla, sempre il mio preferito. Gli baciai il viso, poi il collo. Sapevo che era sveglio ma che stava facendo finta di dormire. Fu proprio in quel momento che notai un nuovo tatuaggio alla base del collo. Non lo aveva prima. Era una lettera "A" elegantemente disegnata. La percorsi con il dito più volte.

Peter si girò e scherzosamente mi morse la mano.

«Sempre la solita dispettosa.»

«Tanto non stavi dormendo...» ridacchiai baciandogli le labbra. «Stavi imbrogliando come fai di solito... facevi...» Alle mie parole tornammo seri, entrambi. Cercai affannosamente un altro argomento di conversazione. «Questo... è nuovo?» Accarezzai nuovamente il tatuaggio sul collo.

«Sì... l'ho fatto per *All of me...* il mio primo album da solista.» Aggrottò la fronte, sospirò tirandosi su con la schiena. «Volevo ricordarlo per sempre. Simbolo della mia conquistata libertà.»

«Sono davvero contenta per te. L'ho ascoltato tante volte, è grandioso. Tutti i tuoi nuovi album lo sono.» Si stava avvicinando il momento, ineluttabile. Che io lo respingessi con tutta me stessa non cambiava la situazione. «Peter...»

«Lo so. Ti conosco, Amantine. Stai per dirmi che è stato uno sbaglio. Ma lo sai anche tu che non è vero. Non lo è stato ora e non lo è mai stato nemmeno prima...»

Si alzò dal letto, voltandomi le spalle, quasi ignorandomi, alla ricerca dei suoi vestiti.

«Peter... è la situazione a essere sbagliata. Prima io...» Lasciai il discorso in sospeso. Mi alzai anche io. Individuai i miei indumenti, li afferrai e iniziai a vestirmi quasi con rabbia. «Devo partire...»

«Certo.» Mi rispose meccanicamente, come se non gli importasse. Mi faceva male. Mi avviai verso la porta della stanza ma me lo ritrovai davanti a bloccarmi l'uscita, gli occhi fissi nei miei. «Sei felice, Amantine? Intendo con...»

«Pensi che non lo sia? Forse ritieni che se fossi stata felice non sarei venuta a letto con te...»

Era come se Peter avesse intuito chi avevo sposato e perché. Anche se io non avevo rivelato il nome di mio marito. Mi chiesi se mi avesse cercata, a modo suo.

«Sei stata tu a dirlo, non io.» Il volto di Peter si fece duro, distolse lo sguardo da me e si spostò dalla porta lasciandomi libera l'uscita.

«Abbiamo alti e bassi, come tutti.» Improvvisamente mi resi conto di non avere altre parole per definire il mio matrimonio.

Felice? No, non lo eravamo mai stati. Sereno? Sì, forse all'inizio. Se non avessi avuto quel dolore a corrodermi l'anima costantemente. La quotidianità con Geoff era completamente diversa dalla quotidianità che avevamo io e Peter nel periodo in cui avevamo convissuto. Anche se Geoff apparteneva al mio mondo di accademici e intellettuali. Non potevo nemmeno paragonare le due situazioni.

«Puoi sempre divorziare, Amantine. Io l'ho fatto. Voglio dire... può capitare...»

«Peter... ma che dici? Io...» Certo, poteva capitare. Anzi, capitava a molti, sempre più di frequente. Ma io...

«La piccola intellettuale snob Amantine Delamar è troppo perfetta per divorziare come i comuni mortali, lo so.» Il suo tono non era scherzoso, ma arido, distaccato.

«Meglio che vada.»

Mi stava facendo male. Forse nemmeno se ne accorgeva. Sarei crollata presto, ma non di fronte a lui, non potevo permettermelo. Perché crollare di fronte a lui avrebbe significato non riuscire più a lasciarlo.

«Amantine... scusami, io non volevo...» Mi accarezzò le spalle e le braccia da dietro. Posò le labbra sulla mia nuca causandomi un brivido. «Vorrei vederti ancora prima che tu...»

«Io devo partire nel pomeriggio, Peter.» Il mio cuore era alla disperata ricerca di una soluzione. Magari una scusa per rimandare di qualche giorno, solo uno o due. Per darmi pace una volta per tutte, per mettere davvero fine alla storia con lui e non tornare a casa troppo sconvolta e debilitata. Ma no, non potevo. «Mi sento già abbastanza in colpa.»

«Mi lascerai ancora. Dovrebbe essere diventata un'abitudine, però...»

«Non c'è davvero alternativa questa volta.» Non lasciavo solo lui. Lasciavo anche me stessa. La mia felicità restava indissolubilmente nelle sue mani. «Tu hai... hai la tua musica, Peter. Il tuo mondo...» Non riuscii a resistere e mi voltai. Solo un'ultima volta, un'ultima volta i suoi occhi su di me, un'ultima volta la forma delle sue labbra, il suo viso. «Chissà, magari incontrerai la Lolita giusta uno di questi giorni e allora...»

«Non è la stessa cosa! Amantine... Io non sarei mai stato con un'altra quella sera se fossi stato cosciente, se non mi avessero drogato... Non sto tentando di giustificarmi, ma io non ci volevo nemmeno andare a quella maledetta festa e tu lo sapevi! Volevo stare con te! Io ti ho cercata... ti ho cercata appena mi sono ripreso, ma… non sono riuscito a trovarti. Poi ho pensato che tu…»

Fece un passo indietro, poi un altro. Si passò le mani tra i capelli voltandomi le spalle con rabbia. Rimasi immobile a osservarlo. Il chiodo nel cuore sembrò per un istante annientarsi, svanire. Ma fu solo una sensazione momentanea, un'illusione. Me lo stava spezzando direttamente ora, senza pietà. Peter si girò di nuovo verso di me. Le lacrime nei suoi occhi verdi mi tolsero anche il fiato.

«Non lo avevi capito, Amantine? Per quanto continuassimo a scherzare, davvero non avevi capito quella sera? Quando ti ho chiesto se volevi che fosse vero… Non ti avrei mai tradita così, perché io volevo solo te… Io ti amavo!»

Una lacrima gli percorse il viso, rapida inizialmente. Poi si fermò appena raggiunte le sue labbra. Allungai una mano verso di lui per asciugargliela, ma mi trattenni. Mi sentivo crollare a terra. Esattamente come quella notte. Quando Tyler mi aveva costretta ad ammettere la verità.

Solo una cosa potevo fare. Quella che mi riusciva meglio. Scappare. Via, via da quella stanza, da quella casa. Via da lui. Per sempre. Una volta fuori continuai a correre. Senza neppure sapere dove stavo andando. Correvo per semplice bisogno, per la necessità di affaticare il cuore a tal punto da costringerlo a non soffrire, a non spezzarsi. O a spezzarsi per la stanchezza magari, ma non per quel dolore insostenibile.

Fui costretta a fermarmi invece perché caddi a terra. Non sapevo nemmeno dove mi trovavo. Non riuscivo più a distinguere il quartiere residenziale in cui ero capitata. Non c'era nessuno per la strada, ma non mi sarebbe importato comunque.

Volevo piangere, piangere davvero. Piangere per la vita che avevo perso, per la felicità che non avrebbe mai più sfiorato la mia esistenza. Volevo dirlo, ad alta voce. Al vento, al sole che si affacciava timido in quel pallido cielo inglese, a quel mondo falso e ipocrita che mi aveva riaccolta ma a cui io non appartenevo più da tempo. Perché io appartenevo a lui.

«Ti amavo anch'io, Peter. Contro tutto e tutti, anche contro me stessa. Ti amavo anch'io. E ti amo ancora.»

CAPITOLO 49

Tornare alla mia vita era una misera illusione per me. Lo immaginavo. Nulla sarebbe stato più lo stesso perché conoscevo la verità. Lui mi amava. Lui non mi avrebbe tradita. Nonostante non fossimo una vera coppia. Nonostante i nostri giochi, nonostante il nostro continuo scherzare su noi stessi e sulla nostra relazione. Per quanto mi fossi ostinata a ribadire che non avrei tollerato nessuna domanda e nessuna pretesa, il mio cuore gli apparteneva ribellandosi alla mia volontà stessa.

Non feci altro, nei giorni successivi, che fantasticare su come sarebbe stata la mia vita insieme a lui. Se non fossimo andati a quella festa. Se gli avessi parlato pretendendo una spiegazione.

Mi rendevo conto che il risultato del mio comportamento sarebbe stato quello di logorare ulteriormente il mio rapporto con Geoff. Avrei voluto essere più forte, sapermi controllare. Non potevo. Pensavo a Peter costantemente, giorno e notte. Lavoravo nel mio studio fino a tardi con la scusa di aver trovato l'ispirazione per il nuovo libro. Era solo un pretesto per non dividere il letto con mio marito.

Finché avevo creduto di non contare nulla per Peter ero stata in grado di farmene una ragione, di andare avanti. Ma come potevo smettere di sognare, di costruirmi una vita parallela e immaginaria in cui io e lui eravamo ancora insieme, felici, innamorati?

Anche i miei figli si stavano adeguando alla mia figura di madre assente. Erano così piccoli… e io avrei voluto essere diversa, almeno per loro. Passare sopra me stessa. A volte ci riuscivo, altre no. Erano più legati a mia madre, alla babysitter, anche a Geoff. Spesso mi accorgevo dai loro sguardi che mi scrutavano timorosi, quasi intimiditi. Non avevo mai avuto un istinto materno molto sviluppato, nemmeno con la piccola Jinny, la figlia dei Parker.

Intanto si stava avvicinando la data del matrimonio di mio fratello con Marianne. Li stavo aiutando nei preparativi. Anzi, mia madre li stava aiutando, io cercavo solo di mostrarmi almeno vagamente partecipe ritagliandomi qualche stralcio di tempo tra i miei molteplici impegni. L'università e il nuovo libro. Da due settimane li usavo come uno scudo con cui proteggermi dalle pretese del mondo. Riuscivo a essere credibile, almeno con gli altri. Il mio cuore invece prendeva sempre altre direzioni. Una in particolare, Londra.

«Allora gli inviti sono stati tutti spediti, vero Amantine?» La voce di mia madre, che avevo incontrato a pranzo, mi risvegliò dallo stato di torpore in cui cadevo sempre più spesso. «Amantine... tu non stai bene...» Mia madre poggiò le mani sul tavolo che ci separava allungandosi verso di me. «Hai il viso stanco e sei troppo pallida.»

«Troppo lavoro, mamma. L'università, il nuovo libro.» Mi ricomposi immediatamente pronta a sfoderare le mie solite scuse. Ero diventata brava.

«Tesoro, devi rallentare un po' il ritmo o crollerai uno di questi giorni.»

Mia madre inclinò leggermente la testa. Avrei dato qualunque cosa per avere la sua serenità emotiva e fisica, l'aspetto sempre curato. Nella sua vita tutto era andato secondo i piani. E se qualcosa era sfuggito al suo controllo era riuscita ad adattarsi e a rimettere insieme i pezzi.

Marianne ad esempio... Mi aveva confessato che non la riteneva adatta ad Alain per cultura e temperamento. Poi l'aveva conosciuta meglio e ora aveva con lei un rapporto migliore di quello che aveva con me. I miei genitori erano profondamente simili da quel punto di vista, si adattavano meravigliosamente a ogni situazione oltre a essersi adattati l'uno all'altra. Forse era uno dei motivi per cui andavano così d'accordo.

Ma io non ero così. Io non riuscivo nemmeno ad adeguarmi a un uomo con cui avevo tutti gli interessi in comune. «Lo so, mamma. Mi prenderò un po' di tempo…» Ecco, risposta standard.

«Come va con Geoffrey e con i bambini?» Gli occhi scuri di mia madre mi scrutarono indagatori.

«Al solito.» Mi strinsi nelle spalle. Di cosa dovevamo ancora discutere in quella trattoria parigina adiacente all'università? Tutto era pronto per il matrimonio di Alain, meglio non analizzare troppo i dettagli del mio. Diedi una significativa occhiata all'orologio che tenevo al polso. Non avevo lezioni nel pomeriggio e non ero in ritardo ma non aveva importanza.

«Amantine… sai come la penso.» No, una predica da parte di mia madre no, non l'avrei sopportata. «Geoffrey mi ha detto di essere stato profondamente contrario quando sei voluta andare a Londra.»

«Ah, certo! È sempre stato eccellente in questo! Raccontare in giro i fatti nostri, frignare con suo padre, con voi…»

I ricordi del passato riemersero fomentando ancora di più la mia rabbia, la mia intolleranza. Notai che mi tremavano le mani. Ormai ero esplosa, non potevo più rimangiarmi quello che avevo detto. Le lacrime iniziarono a pungermi gli occhi. Non andava bene. Non funzionava così. Amantine Delamar non piangeva in un locale pubblico di fronte a sua madre. Amantine Delamar accettava e andava avanti, fermamente incastonata nel suo mondo, in simbiosi con tutti coloro che vi appartenevano.

«Il matrimonio è importante, Amantine. Nel nostro ambiente soprattutto… L'ho sempre pensato.» No, non la volevo ascoltare. Era una lezione che conoscevo già a memoria. «Però ora sto invecchiando. Sono stata fortunata e non mi lamento della mia vita. Ho iniziato a considerare la vita degli altri. Dei nostri amici. Alain e Marianne all'inizio mi sono sembrati la coppia più assurda e scombinata che avessi mai incontrato. E poi… ci sei tu. Tu e Geoffrey, così simili, così perfettamente nati una per l'altro. E invece…»

«Meglio che vada, mamma.» La sua dettagliata analisi sulla mia vita di coppia mi stava innervosendo.

«Hai pensato di separarti, Amantine?» Mi colse completamente di sorpresa mentre stavo già per alzarmi da tavola. Cosa diavolo stava dicendo?

«No. Io… no…» Come le era venuta in mente un'idea del genere? «Mamma lo sai che non si fa. Insomma…»

«A volte non c'è alternativa. Perché hai sposato Geoffrey?»

La sua domanda mi costrinse a restare seduta. Per quanto ne sapevano i miei, la mia audace avventura con il cantante era finita e io da brava ero tornata tra le braccia del mio amorevole fidanzato.

«Ho dovuto.» Mi strinsi forte le mani intrecciando le dita. «Ho dovuto e basta. E non tornerò sui miei passi.»

CAPITOLO 50

Qualche giorno più tardi ricevetti una e-mail di Gregor Jackman con un ultimatum. Prendere o lasciare. Non bastavano i miei sentimenti, non bastava la conversazione con mia madre. Ci mancava pure lui! Un uomo che disprezzavo sia personalmente che professionalmente, ma che mi offriva una possibilità unica, una via di fuga. Mi offriva Londra su un piatto d'argento. E per l'ennesima volta nella mia vita da una parte c'era il cuore, dall'altra la ragione. Da una parte il desiderio di rivedere Peter, dall'altra la responsabilità nei confronti di mio marito e dei miei figli.

Aprii e richiusi la mail un'infinità di volte. Iniziai anche a scrivere la risposta per poi cancellare tutto. Se ne avessi parlato con Geoff ne sarebbe scaturita una discussione in cui lui mi intimava di rifiutare. Ne ero assolutamente certa. E in effetti come potevo dargli torto?

Il mio cuore però si ribellava a tutto e a tutti. Invocava solo un nome, un corpo. Le sue mani che mi accarezzavano, le sue labbra. Non avrei avuto pace. Dovevo rivederlo, almeno un'ultima volta. Per dirgli addio definitivamente. Con calma questa volta, con serenità. Senza disperazione, senza correre via.

Risposi a Gregor Jackman, ingoiando l'orgoglio. Accettai la sua proposta di insegnare scrittura creativa. Mi sarei divisa tra Londra e Parigi. Ne avrei subite le conseguenze, lo sapevo. Ma del resto cosa avrebbe potuto fare Geoff oltre a infuriarsi? Lasciarmi? No, non lo avrebbe fatto. Gli sarebbe passata. E io... io lo avevo tradito e mi preparavo a tradirlo di nuovo. Ero colpevole ormai. Avevo commesso troppi sbagli e probabilmente meritavo l'infelicità nella mia esistenza.

Non riuscii ad affrontare la verità. Mentii a Geoff dicendogli che si sarebbe trattato di qualche lezione occasionale. Poi mentii di nuovo raccontando che mi avevano prolungato l'incarico. Lessi l'odio nel suo sguardo. Come se già sapesse.

Lasciai i bambini a casa dei miei genitori e presi accordi con la babysitter. Mia madre comprese ma non mi fece domande. Mi sentii perfida, crudele. Tentavo di incolpare la vita e il destino, poi non mi restò altro da fare che assumermi le mie responsabilità. Ero una donna debole, lo ero sempre stata. Non riuscivo a resistere al desiderio di essere ricambiata da colui che amavo, di averlo per me.

Dall'aeroporto mi precipitai direttamente a Notting Hill, ancora prima di recarmi in albergo. Era troppo il mio timore che mi disprezzasse per com'ero fuggita via, che non ne volesse più sapere di me.

Gordon mi disse che Peter era fuori città. Gli lasciai nuovamente l'indirizzo del mio albergo e il mio numero di cellulare pregandolo di avvisare Peter appena ne avrebbe avuta la possibilità.

«Si fermi qui, signora Amantine.» Gordon mi regalò un sorriso quasi affettuoso, forse anche un po' compassionevole. «Le preparo una tazza di tè o qualcosa da mangiare. Non vada in albergo, io sono convinto che starebbe meglio qui.»

Annuii cercando di mostrarmi composta, distaccata. Istintivamente lo avrei abbracciato ma sapevo che lo avrei messo in imbarazzo. Aveva ragione comunque. Lì sarei stata meglio. Mi morsi le labbra per non piangere, ma fui costretta ad asciugarmi il viso con le mani. «Grazie Gordon. Io… vorrei solo una tazza di tè e uno dei suoi muffin, come un tempo. Aspetterò Peter prima di disdire l'albergo.»

Ero un mostro. Mi sarei trasferita per tre giorni alla settimana in casa di quello che era a tutti gli effetti il mio amante. Il mio nome era davvero tutto un programma. Ma perché essere un mostro mi rendeva tanto felice? Perché l'attesa di lui mi riempiva il cuore di gioia, di entusiasmo, di speranza. Ero un mostro, una donna immorale, un'adultera... con la complicità di un austero maggiordomo inglese.

Lo attesi fino a sera, sistemando i miei appunti per la lezione che avrei tenuto la mattina seguente. Tutto come una volta. Poi, ora dopo ora, la sensazione di completezza iniziò a lasciare spazio al timore, alla tensione emotiva. Non potevo essere davvero sicura che lui mi volesse ancora. Lo avevo dedotto dall'invito a restare di Gordon, però...

Chiusi gli occhi e mi accoccolai sul divano attirandomi le ginocchia al petto. Volevo solo cercare di rilassarmi un po'. Qualche minuto, non di più. Invece mi addormentai.

«Piccola...»

Aprii gli occhi e trovai il suo viso a poca distanza dal mio. «Peter...» Lo strinsi a me. «Gordon mi ha detto che potevo restare, io...»

Non rispose. Mi ritrovai in braccio a lui con le sue labbra sulle mie, sul mio viso, sul collo. Le mie mani si aggrappavano a lui disperatamente. Ero sua. Anima e corpo. Ero sua oltre ogni ragionevolezza, oltre ogni senso di colpa. Forse le fiamme dell'inferno mi avrebbero avvolta un giorno, ma per il momento non pensavo ad altro che a vivere quel paradiso fatto solo di noi due, insieme.

CAPITOLO 51

Ebbe così inizio la mia doppia vita. Di nuovo. Io e Peter lottavamo settimana dopo settimana contro i nostri rispettivi impegni per poter stare insieme qualche ora. Un giorno intero se ci andava bene. In quei casi mi ritenevo la donna più fortunata del mondo. Non mi aveva più detto che mi amava. E io non lo dicevo a lui. Forse per tacito accordo. Se ce lo fossimo dichiarati guardandoci negli occhi non avremmo più avuto la forza di salutarci ogni volta. Mi avrebbe spezzato il cuore lasciarlo per tornare all'altra mia vita.

Non mi aveva più chiesto di separarmi da Geoff. Sapeva che il mio matrimonio ormai era solo una formalità. Del resto lo era stato fin dall'inizio. Avevo dovuto sposare Geoff, mi aveva aspettata tanto e mi aveva perdonato troppo. Per qualche anno mi ero illusa di poter raggiungere la serenità con lui se non una felicità vera e propria. Del resto gli ero affezionata da tanto tempo. Non potevo lasciarlo ed esporlo così ai commenti del nostro piccolo mondo ipocrita. Almeno questo glielo dovevo. Poi c'erano i bambini. Non si trattava più solo di noi due, dovevo salvaguardare anche loro. Se avessi scelto di seguire il mio cuore avrei sconvolto la vita di troppe persone.

Non potevo essere accanto a Peter nei momenti importanti. Non lo ero stata mai, nemmeno prima. Prima di quella maledetta sera che ci aveva separati. Solo a pensarci mi sentivo male, come una morsa crudele che mi logorava internamente. Tanto che l'avevamo rimossa dai nostri discorsi, come se non fosse mai esistita. Era successo. Inutile rivangare il passato. Avrei desiderato che il responsabile pagasse per il male che ci aveva fatto. Ma questo non ci avrebbe restituito la vita che avevamo perso. Comunque i Darkest Storm si erano sciolti dopo l'abbandono di Peter. E Simon Jennings era da allora alla ricerca di qualcuno che potesse rimpiazzare il guadagno che aveva ottenuto con loro. Peter aveva firmato un contratto con una delle più grandi etichette discografiche rifiutando esplicitamente che Simon venisse coinvolto nell'affare.

Sostenevo Peter come potevo. Indirettamente, assistendo ai suoi successi da spettatrice. Ero l'amante che doveva tenere nascosta. I giornali di gossip continuavano ad attribuirgli flirt che lui non confermava né smentiva. Mi faceva male ma forse così avrebbero evitato di indagare oltre sulle sue frequentazioni. Io restavo la donna misteriosa di cui non si parlava. Temevo sempre che prima o poi i pettegolezzi mi avrebbero impedito di restare in casa sua. Temevo che i nostri mondi entrassero in collisione ancora una volta, distruggendoci.

Poi c'erano quei momenti… quei momenti meravigliosi che io nella mente definivo "la nostra quotidianità". Seduti sul divano di casa, io leggevo, scrivevo e sistemavo i miei appunti per il libro o per le lezioni. Lui provava nuovi accordi, nuove melodie alla chitarra e si segnava tutto sul suo prezioso quadernetto.

«Mmh… mmh…» Improvvisamente posai i miei fogli e chiudendo gli occhi mi appoggiai allo schienale del divano. Alcune note, suonate da Peter, si erano come impossessate di me, della mia mente, della mia anima, come strofe di una poesia dolcissima. Tanto da volerle assaporare, sentire, vivere. Le percepii come il fulcro della nostra storia, la melodia della nostra vita, del nostro amore.

«Amantine…» Peter posò la chitarra e mi fu accanto, con gli occhi verdi ansiosi, preoccupati. «Va tutto bene, amore?» Con il pollice asciugò una lacrima che mi stava percorrendo il viso.

Mi aveva chiamata amore, forse inavvertitamente. E io avevo perso il controllo dei battiti del mio cuore. Presi la sua mano e me la posai sul petto.

«Peter… non lasciarla andare… quella melodia. È nostra…» baciai le sue labbra con tenerezza e poi con ardore. «Non perderla…»

«Va bene, piccola. Però tu devi aiutarmi a ritrovarla…»
Peter esitò ancora sulle mie labbra, poi quasi forzatamente si
spostò per afferrare la chitarra. «Aiutami a scrivere la nostra
canzone, Amantine…»

Riprese a suonare, rammentando la melodia. Io non sapevo
come aiutarlo, potevo solo sfruttare la mia scarsa e remota
conoscenza della musica e delle note per rievocare quella che
nella mia mente sarebbe diventata la nostra canzone.

Così accadde. Da quel momento i nostri mondi iniziarono a
confluire ancora di più uno nell'altro senza più riuscire ad
arrestarsi, come la nostra anima, il nostro cuore che non poteva
fare altro che arrendersi e seguire il suo richiamo.

Compresi che Peter Wiles era l'uomo della mia vita.
Sarebbe stato l'unico per me, sempre e comunque. Non avrei
amato altro che lui nel corso della mia esistenza.
Indipendentemente da chi era e cosa faceva. Lo avrei amato
anche se fosse stato un ragazzo qualunque incontrato per la
strada. Anzi, forse era proprio per quel motivo che lo amavo.
Perché per me restava un ragazzo qualunque, incontrato per la
strada in una fredda mattina di novembre.

CAPITOLO 52

Una sera Peter rientrò in casa con l'espressione più maliziosa del solito. Compresi immediatamente che mi avrebbe riservato una sorpresa.

«Hai vinto qualche premio speciale, Peter?» Lo raggiunsi circondandogli il collo con le braccia. «O forse ti hanno proposto qualche collaborazione importantissima? Non con una bella ragazza, vero? Devo preparare una di quelle scenate di gelosia che ti piacciono tanto?»

Posò le mani sui miei fianchi e mi massaggiò con dolcezza. Stranamente rimase in silenzio. Sospirai nervosa e sgranai gli occhi in attesa. Finalmente si decise a parlare.

«Non io dolcezza... tu. E la scenata di gelosia da parte mia mi auguro non sia necessaria...»

Non comprendevo il senso delle sue parole. Lo fissai perplessa incitandolo a proseguire. «Ho invitato qualcuno a cena, Amantine. Arriverà a momenti.»

«Come qualcuno a cena? Ma sei impazzito?» Mi passai una mano sulla fronte riflettendo su dove potevo andare a nascondermi. Chiusa in camera, mi sembrava l'unica opzione. «Oddio Peter... se mi vedono qui...»

«È proprio per vedere te che l'ho invitato a cena, dolcezza...» Peter mi trattenne per gli avambracci e sorrise. «La smetti di agitarti? Cerca di fare la brava padrona di casa e comportati bene.»

«Ma Peter... lo sai, insomma. Io non voglio rovinarti...»

Mi prese il viso tra le mani, accarezzandomi dolcemente le guance. «Mi hai ascoltato, Amantine? L'ho invitato per te, non per me.»

«Ma io sono così...» In jeans e maglietta. E non avevo idea di chi o cosa mi sarei dovuta aspettare. «Peter Wiles, se non mi

dici immediatamente chi sta per arrivare e cosa c'entro io...»
Cercai qualcosa di abbastanza minaccioso che potesse
scuoterlo, ma ero a corto di idee.

«Non ti viene in mente niente di abbastanza perfido? Non ci
credo!» Scoppiò a ridere stringendomi a sé. «Perdi i colpi,
dolcezza.»

Stavo per rispondergli, ma fummo interrotti dallo squillo del
campanello. Improvvisamente mi resi conto che non c'era
nessuna cena pronta in tavola. Gordon non aveva preparato e
non avevo visto nessun cuoco aggirarsi per la cucina.

Voltandomi verso l'ingresso stentai a riconoscere l'uomo
che ci stava di fronte. No, non poteva essere proprio lui. Vestito
con jeans, camicia e giacca sportiva, poteva avere tra i sessanta
e i settant'anni. Mi sorrise chinando lievemente il capo in un
saluto cordiale.

«Che piacere rivederti, mia cara.» Poi lanciò un'occhiata a
Peter. «Hai già ordinato la pizza, ragazzo? Per me anche anelli
di cipolla.»

«Jacob?» Jacob. Non riuscivo davvero a credere ai miei
occhi. Colui che era stato in parte l'artefice della mia relazione
con Peter Wiles era ora di fronte a me, dopo anni. Ripulito e
rimesso a nuovo.

«Jacob, sì...» confermò Peter. «Oppure J.D. Sanders, se
preferisci.»

J.D. Sanders, uno dei più grandi e celebrati poeti
contemporanei e autore anche di saggi critici e romanzi, era
proprio lì, di fronte a me. Inaccessibile e piuttosto stralunato,
dicevano. Viveva in solitudine, burbero e scontroso, teneva alla
larga il genere umano, maltrattava accademici e critici, rifiutava
interviste. Aveva rifiutato anche un invito del professor Frey
tanti anni prima. Avevo visto una sola sua foto sul retro di un
libro, forse l'unica esistente. Ovviamente non lo avevo
ricollegato a Jacob. Come avrei potuto immaginarlo? Però in
effetti... Sì, era lui. Invecchiato ma decisamente lui.

«Esattamente.» Jacob annuì distrattamente, puntando lo sguardo assorto su di me. Lanciai un'occhiata sconcertata a Peter, poi tornai a fissare Jacob, J.D. Sanders, ancora incredula. «Ho sentito molto parlare di te, mia cara. A quanto pare hai colto il mio suggerimento con John Keats. Ho letto il libro, sei stata brava. Mi chiedevo se tu potessi riservare lo stesso trattamento anche a me. Se devo concedermi per una biografia pretendo che sia ben scritta ma con un po' di brio, di spensieratezza. Magari da una ragazza carina e simpatica che ama la poesia, la musica, la bellezza vera. Non voglio intorno brontosauri impettiti con manie di grandezza.»

CAPITOLO 53

J.D Sanders, misantropo impenitente, affidava a me e a me soltanto i diritti per la stesura della sua biografia. La notizia fece il giro, se non del mondo, sicuramente del paese. E del nostro ambiente soprattutto.

La storia ufficiale era che il grande poeta, colpito dal mio lavoro su Keats, aveva deciso di contattarmi. Che ogni tanto gli saltasse in testa di giocare al senzatetto e bazzicare tra le strade di Londra per scoprire la vera vita e che ci fosse un legame antecedente tra me, lui e Peter sarebbe rimasto per sempre un segreto tra noi.

Peter lo aveva conosciuto attraverso antichi legami tra le loro famiglie, prima che entrambi diventassero celebri. Il suo nonno paterno era stato insegnante del giovane Sanders. Avevamo già iniziato a lavorare insieme e tutto procedeva meravigliosamente. Così sia a Londra sia a Parigi ero diventata anche io una specie di celebrità in ambito accademico.

Trascorrevo con Peter e con Jacob gran parte del mio tempo. Quando ci incontravamo a casa di Peter facevamo attenzione a non farci notare. Io non potevo fare altro che rimpiangere la vita che avrei potuto avere insieme a lui. E colpevolizzare me stessa, il più delle volte. O il destino. Il destino che aveva condizionato la mia stupidità, la mia paura di esprimere i sentimenti che avevo iniziato a provare.

Poi permaneva, costante, il senso di colpa. Continuavo imperterrita a celare una verità che avrebbe sconvolto troppe esistenze. Spesso tentavo di celarla anche a me stessa, come se non esistesse, ma poi riemergeva dirompente, implacabile.

Mi rifugiavo nel presente. Era tutto ciò che io e Peter potevamo permetterci. La verità e il futuro potevano attendere ancora un po'. Tempi migliori, forse.

«Mio nonno e mio padre sono stati insegnanti, piccola intellettuale egocentrica.» Mi aveva presa in giro Peter, quando avevo iniziato a lavorare con Jacob. «Se lo fossi diventato anche io magari avrei tentato la carriera accademica, così avremmo litigato per rubarci il posto.»

«No, Peter. Non credo proprio. Probabilmente ci saremmo alleati contro Gregor Jackman e lo avremmo fatto a pezzi! Oltre a fare l'amore sulla sua scrivania... Oops, ma quello lo abbiamo fatto!» L'idea di avere Peter come collaboratore era comunque allettante. In effetti non mi sarebbe dispiaciuto.

«Non scatenarmi certi ricordi, dolcezza, o mi verrà voglia di rifarlo! L'abbiamo distrutto comunque. Immagino che non avrà preso bene la scelta di Jacob di renderti la sua biografa ufficiale.»

Non gli risposi ma lo strinsi forte a me. Non sapevo se l'idea fosse partita davvero da Jacob o da Peter. Sapevo solo che Peter l'aveva resa possibile. E sapevo che, tranne ciò che purtroppo era per noi impossibile, trascorrere la nostra vita insieme alla luce del sole, non ci sarebbe stato nulla al mondo che io non avrei fatto per lui. Come potevo continuare a nascondere qualcosa di così importante?

«Quanto vorrei che...» Peter sospirò poi scosse la testa, abbassando gli occhi.

«Peter, ci sono alcune cose che io dovrei dirti...» Coraggio? No, non ne avevo affatto. Ma non potevo tacere ancora. Il momento giusto non sarebbe mai arrivato.

«Anche io, Amantine. Ma non voglio farti del male...» Sollevò gli occhi verdi fissandoli nei miei, sembrava improvvisamente troppo serio. Un'ondata di gelo si impadronì di me e mi attraversò il corpo, raggiungendo anche le ossa. Voleva lasciarmi?

«Vuoi che...» Mi staccai da lui, rintanandomi in un angolo del divano. Sentii il freddo di non avere più le sue braccia intorno.

Peter allungò una mano per prendere la mia. «Amantine... non so come dirtelo... Si tratta di mio figlio, Matthew. Per quanto io non lo volessi, ora c'è quindi... Insomma, è una complicazione che devo comunque tentare di risolvere...»

Una complicazione. Cosa stava tentando di dirmi? Che aveva intenzione di tornare con sua madre per dare al bambino una famiglia? Qualcosa del genere? Del resto è quello che stavo facendo anche io. Non potevo biasimarlo.

«Vuoi tornare con la madre del bambino, capisco...»

«Cosa? No, Amantine! Assolutamente no.» Strinse forte la mia mano e se la portò alle labbra. «Ho già sbagliato una volta... anzi, più di una. Non ho intenzione di sbagliare ancora. Quello che stavo per dire... Matthew resterà qui con me per una settimana circa. Devo trascorrere un po' di tempo insieme a lui. E io vorrei che tu lo conoscessi, è un bambino carino, però... Quando mi sono sposato lui era piccolo, non capiva. Ma ora parla e potrebbe dire qualcosa di te. Non so se sia una buona idea che ti veda.»

«Hai ragione, non lo è...» No, non lo era affatto. Per nessuno. Magari in un altro momento, magari quando ci sarebbe stata meno confusione tra noi. Nel nostro rapporto, nelle nostre vite, nelle nostre carriere. Magari quando i bambini sarebbero cresciuti un po'. «Io non verrò qui... non ci vedremo per tutto il tempo necessario...»

«Mi dispiace tanto, piccola...» Peter mi attirò a sé. Io non chiedevo altro che rifugiarmi tra le sue braccia. «Non mi lascerai per questo, vero?»

«No, no Peter. Io non... io non ti lascerò mai...»

Mai. Del resto non lo avevo davvero lasciato nemmeno in quegli anni di separazione, di distacco. Non lo avevo lasciato nemmeno quando ero uscita dalla sua casa la prima volta con l'intenzione di comportarmi bene e tornare dal mio fidanzato ufficiale. Non lo avevo lasciato mai. Nemmeno quella notte in cui lo avevo scoperto con un'altra e avevo capito di amarlo tanto da sentirmi morire. Quando ero fuggita sola, disperata...

E nonostante ci avessi provato, non ero riuscita a liberarmi di quello che consideravo un peso. Non per bontà, per istinto materno… ma perché era suo. A costo di sacrificare me stessa e una delle cose a cui più tenevo al mondo, la mia libertà.

«Bene. Allora troveremo il modo.» Peter sorrise baciandomi le labbra. «Sarà solo un po' più complicato di come avrei voluto che fosse.»

«Peter… quella sera…» Odiavo rammentarla. Ma c'era quella sua frase, quelle sue parole che non mi avevano dato pace, per anni. E ogni tanto mi tornavano in mente, le percepivo ancora con la stessa intensità, come se fossero state appena pronunciate. «Quando stavi per raggiungere gli altri per esibirti… e mi hai detto…»

«Amantine… vuoi che sia vero?» Peter annuì accarezzandomi il viso, trattenne la mano sulla mia guancia. Posai la mia mano sulla sua e le nostre dita si intrecciarono.

«Mmh…» Gli baciai le labbra. Un bacio lento, dolcissimo. Un bacio che conteneva in sé la mia risposta.

«Perché credi abbia detto che eri la mia ragazza?» Peter sospirò trattenendo la fronte appoggiata alla mia.

«Perché Lolita ti aveva tradito con un attore di Hollywood e tu avevi bisogno di salvare le apparenze per non passare da…»

Le sue mani mi accarezzarono la schiena, stringendomi più forte. «Non mi occupavo di Lolita da mesi. Non mi occupavo di nessuna, oltre a te.»

Scivolai su di lui circondandogli il collo con le braccia. «Quindi io mi sono logorata inutilmente per tutti quei mesi…»

«Eri la mia piccola intellettuale egocentrica e snob… Come potevo ammettere di essere pazzo di te a tal punto da rinunciare a tutte le altre? Mi avresti riso in faccia… oppure saresti fuggita via da me, come sai fare bene. Mi avresti accusato di non rispettare le regole… "Nessuna domanda, nessuna pretesa". Lo ripetevi così spesso…»

Peter mi amava. E io amavo lui. Come avevamo potuto essere così sciocchi? E io come avevo potuto essere così superficiale e stupida da non accorgermene?

«Quando sei andata via, Amantine... Tutto di te è rimasto qui. Tutto quello che hai lasciato. I tuoi libri, i tuoi cd... i tuoi vestiti... anche quello che indossavi la sera della festa. Quando passeggiavamo nel parco e abbiamo raggiunto quel piccolo ponte... ti sei voltata verso di me. Eri la donna più bella che io avessi mai visto in vita mia. E io mi sono promesso che ti avrei parlato... Non potevo più trattenermi, anche rischiando di perderti. Una volta tornati a casa, io ti avrei chiesto...»

Peter esitò e si bloccò, come spaventato dalle sue stesse parole. Posai la mano sul suo petto e sentii il suo cuore battere forte. Mi resi conto di qualcosa che mi era sempre sfuggito. Anni fa, durante il periodo della nostra frequentazione, e anche recentemente. Peter era terrorizzato, forse non quanto me, ma quasi. Peter aveva paura di esprimere i propri sentimenti, aveva paura dell'amore, aveva paura di una relazione con un'altra persona. Aveva paura di perdere, di soffrire.

Questo ci aveva condannati all'infelicità. La costante negazione di un sentimento che ci sforzavamo entrambi di soffocare, a modo nostro, ma che non riuscivamo più a reprimere. La responsabilità era stata anche di circostanze esterne, ma non solo. Era nostra, soprattutto. Era mia. Compresi quanto gli era costato confessare di amarmi quando ci eravamo rivisti dopo sei anni.

«Peter... vuoi che sia vero?» Gli presi il volto tra le mani e lo guardai negli occhi seria, determinata. «Perché io lo voglio. Lo voglio ora come lo volevo anni fa. Come lo volevo quella sera, su quel piccolo ponte... quando mi sono voltata e tu... Io lo voglio con tutta me stessa, Peter. Anche se ora è complicato, anche se...»

«Sì, Amantine. Voglio che sia vero... Voglio stare con te. Voglio che tu sia la mia ragazza. Anche se ora sei la moglie di un altro...» Scorsi nei suoi occhi una luce intensa, vivida. La luce della speranza, la stessa che era nata nel mio cuore quando avevamo composto insieme la nostra canzone. «Voglio trovare il modo... perché per me è sempre stato vero insieme a te. Fin dal primo momento.»

CAPITOLO 54

Trascorse così un altro anno. Io ovviamente non raggiunsi la popolarità di Peter, anche perché lavoravo in un ambito completamente diverso, ma stavo diventando un personaggio noto. Se da una parte le mie capacità vennero finalmente riconosciute, dall'altra complicò la nostra situazione.

Io non potevo mai esserci alle presentazioni pubbliche di Peter, non potevo assistere ai suoi successi. E lui non poteva assistere pubblicamente ai miei. C'era sempre Geoff al mio fianco, anche se ormai eravamo diventati quasi estranei. Accettava tutto, come sempre. Ma non mi avrebbe lasciata andare, ora meno che mai. Anche le sfuriate iniziali erano diminuite per poi cessare del tutto.

Ero ormai quasi certa che anche lui avesse un'altra vita al di fuori delle pareti domestiche. Ma era più bravo di me a sopportare la situazione. In ogni caso giorno dopo giorno la mia tensione emotiva aumentava e io comprendevo sempre più che mai avrei potuto vivere la vita che desideravo. C'era poi quella verità a logorarmi l'anima, quella verità che non riuscivo ancora a confessare. Nemmeno all'uomo che amavo con tutta me stessa.

I bambini stavano crescendo e già giudicavano le mie assenze, la mia mancata partecipazione alla loro quotidianità. Soprattutto William. Aveva solo sette anni e io leggevo nei suoi occhi la mia condotta inqualificabile e la stima e l'affetto che invece nutriva nei confronti di Geoff.

Poi, a complicare ancora di più la nostra già precaria situazione, arrivò il ricatto. Una nostra fotografia scattata all'ingresso della casa di Peter. La richiesta di denaro per non venderla ai giornali. Peter si sottomise a quell'ignobile estorsione e pagò. Per me più che per se stesso, per non rovinarmi pubblicamente.

Fu in quel momento che compresi che per noi si stava avvicinando la fine o la necessità di trovare un modo per risolvere i nostri drammi. Avremmo ricevuto altri ricatti, altre minacce. La tentazione di svelare tutto, di lasciare davvero Geoff, di mandare tutti al diavolo, era grande, immensa.

Ma poi c'erano gli occhi di William, quegli occhi verdi così dolci ma così severi al tempo stesso. Ogni giorno lo vedevo crescere e ogni giorno comprendevo che non mi avrebbe mai perdonata. E maledivo me stessa per non aver agito prima, subito, immediatamente. Maledivo me stessa per aver accettato la proposta di matrimonio di Geoff e per non aver avuto il coraggio di restare da sola. Maledivo anche Peter, maledivo Simon, maledivo i Darkest Storm, quella dannatissima festa.

Perché… perché non avevo accettato l'idea di Peter di restarcene a casa? Mangiare una pizza, ascoltare musica tutta la notte, guardare vecchi film stesi nel nostro letto… Perché non gli avevo detto che lo amavo? Perché non lo avevo aspettato quella notte per gridargli in faccia il mio dolore, per dirgli la verità?

Quella verità che ancora celavo nel profondo dell'anima, tra le mie ferite. Che mi logorava e mi strappava anche gli attimi di serenità, di vita tra le sue braccia, d'amore. Avevo paura, ancora una volta. Non mi avrebbe perdonata nemmeno lui. Lo avrei perso più di quanto lo avevo perso in tutti questi anni. Più di quanto mi preparavo a perderlo quando compresi che non avevo alternativa, dovevo lasciarlo andare ancora una volta.

Non mi chiese mai più di lasciare mio marito, di rinunciare alla mia vita. Eppure a un certo punto forse lo avrei fatto. Seminando dolore e rabbia, in un atto puramente egoistico, avrei lasciato tutto e tutti per lui.

Peter nel frattempo stava iniziando a ottenere successo anche in America, ma richiedevano la sua presenza costante. Avrei potuto prendere i bambini e seguirlo. Aveva avuto ragione quando ne avevamo discusso tempo prima. Capitava così frequentemente a tante persone, non solo ai personaggi dello spettacolo. Perché non a me? Perché io non potevo essere libera?

Sapevo solo di non poter ostacolare la sua carriera. Non sarebbe stato giusto, ci aveva lavorato così tanto, aveva sofferto troppo per ottenere che il suo valore artistico venisse riconosciuto.

«Devi andare, Peter.» Quante volte avrei dovuto lasciarlo ancora, rinunciando alla felicità? Quante volte il mio cuore si sarebbe spezzato emergendo nei ricordi?

«Sto bene così. Quello che ho ottenuto qui mi basta, Amantine. Davvero, per me è sufficiente.» Mi baciò sulle labbra con dolcezza, per poi stringermi a sé. «L'ho sempre dichiarato che non avrei mai lasciato Londra. Non ho cambiato idea.»

«Peter… non puoi rinunciare alla tua carriera.» Distolse lo sguardo da me. Oltretutto i pettegolezzi su noi due si stavano diffondendo. Avevano riconosciuto in me la sua ragazza di quella sera e stavano iniziando a mettere insieme i pezzi. «Devi continuare a combattere. Il tuo talento deve essere riconosciuto da tutti, anche in America.»

«Tu lo sai quanto ti vorrei con me, dolcezza?» Si morse le labbra quasi con rabbia. La mia mente stava lottando alla ricerca di una soluzione che non era in grado di trovare. Quando lo avrei rivisto? E come? Dove?

«Sono sempre con te, Peter. Sono con te dal primo momento. Voglio che sia vero, ricordi?»

Nascosi il viso sul suo petto. Una parte di me continuava a ribellarsi, a volerlo disperatamente. Una soluzione si poteva trovare. Non eravamo gli unici a dover affrontare una relazione complicata.

Ma cosa avrebbe significato? Perdere i bambini… Geoff me li avrebbe strappati se lo avessi abbandonato? Sarebbe arrivato a tanto?

Per la carriera di Peter che stava decollando proprio in quel momento sarebbe stato un disastro. Una relazione con una donna che lasciava due figli piccoli a causa sua. O che se li trascinava impudentemente in un altro paese. Gli americani sapevano essere maledettamente puritani a volte. Già le chiacchiere in Inghilterra si stavano diffondendo. Si sarebbero interessati più ai dettagli della sua vita privata che alla sua musica. Non potevo permetterlo.

«Peter io voglio che tu... ti dedichi alla tua musica. Completamente. Voglio che tu vada in America e ti faccia valere. Voglio che tu lavori con i migliori al mondo.» Sollevai lo sguardo decisa, lo fissai negli occhi. Senza esitazioni, senza una lacrima. «Se vuoi davvero fare qualcosa per me, Peter... Ricordi gli artisti che mi hai fatto conoscere da quando ci siamo incontrati, che mi hai insegnato ad apprezzare? Ecco, io voglio che tu ti impegni per raggiungere la loro grandezza. Voglio che tu non ti accontenti di arrivare a un buon livello, devi essere eccellente. Me lo devi promettere. Se farai questo per me, Peter... io sarò con te sempre, tesoro mio. Insieme troveremo il modo...»

Ottobre 2009

CAPITOLO 55

Altri anni erano trascorsi su di noi. Sempre più spesso mi chiedevo cosa ne fosse stato della mia vita perfettamente pianificata. Nulla era andato come avevo progettato. E un po' mi mancava. Non tanto quella vita in sé, quanto l'idea stessa della mia accurata pianificazione.

Ma in realtà ciò che in assoluto mi mancavano di più erano quei giorni, quei mesi di libertà e spensieratezza, di gioia allo stato puro. Avrei dato qualunque cosa per poterli riavere. Per poter tornare indietro e modificare il corso del destino, della nostra storia. Mi mancava il mio essere felice con poco. E il ricordo mi opprimeva l'anima senza concedermi tregua. Quei mesi in cui seguendo l'istinto avevo scelto lui sentendomi completamente felice, senza rendermene conto. E continuavo a sceglierlo sempre, anche dopo così tanti anni.

Seguivo la sua vita pubblica giorno dopo giorno, condividevo i suoi successi più clamorosi così come le critiche più aspre. Soffrivo in silenzio a ogni nuovo flirt che gli attribuivano, consapevole di non poter avanzare alcuna pretesa su di lui. Proprio come avevo richiesto anni prima, "nessuna domanda, nessuna pretesa". Non avrei mai immaginato che quelle sciocche parole mi si sarebbero ritorte contro.

In oltre otto anni ci eravamo visti diverse volte ma solo in sette occasioni eravamo riusciti a trascorrere qualche giorno insieme, anche se all'inizio avevamo fatto di tutto per tenerci in contatto. E-mail, telefono... mi bastava leggere le sue parole, sentire la sua voce. Vederci una volta alla settimana o almeno ogni due era diventato materialmente impossibile.

Avevamo giurato a noi stessi che la distanza non ci avrebbe separati, che avremmo resistito nonostante le difficoltà. Ma non c'era solo la distanza fisica tra di noi, non c'era solo l'oceano. Una serie infinita di complicazioni, di impedimenti, di contrattempi. Il lavoro di entrambi, la famiglia, soprattutto mia, i bambini che stavano crescendo così come cresceva la loro necessità della mia presenza costante, le loro domande sulle mie assenze prolungate.

La tentazione di portarli con me dall'altra parte del mondo sussisteva sempre. Ma ancora una volta dovevo mettere da parte il mio egoismo, come avevo fatto con Peter permettendogli di inseguire il successo nella sua carriera. Dovevo imparare a sacrificare me stessa. Senza contare che Geoff non mi avrebbe mai concesso di andarmene così lontano con i bambini.

Mi sentivo sempre più come un peso che Peter era costretto a trascinarsi dietro. Anche se non vivevo con lui. Temevo che la sola idea di me, il sentimento che ci univa e ci teneva legati iniziasse davvero a pesare su di lui, a logorarlo, quasi come una condanna da cui prima o poi avrebbe desiderato liberarsi.

Qualche mese dopo il suo trasferimento non avevo resistito e l'avevo raggiunto a New York. Un'intera settimana insieme. Lui non era ancora celebre negli Stati Uniti, quindi siamo riusciti a restare in incognito nell'appartamento che aveva preso in affitto. Mentre Peter, durante gli ultimi giorni della mia permanenza, programmava altri nostri probabili incontri io mi preparavo a dirgli addio e a lasciarlo davvero libero. Non era giusto continuare a tenerlo legato a me, non era onesto nei suoi confronti. Dovevo trovare il modo di porre fine al mio egoismo. Ero sempre stata egoista con tutti in vita mia, ma con lui non potevo più esserlo.

Non lo avevo lasciato a parole, non ci sarei riuscita. Permisi soltanto che tra noi avvenisse un graduale distacco, mentre

Peter era sempre più impegnato con la sua musica, nella costruzione della sua carriera.

Durante i primi due anni riuscimmo a vederci ogni volta che tornò a Londra e in Inghilterra. Ma in incognito, sempre di fretta. In un albergo dell'East End, in un altro a Richmond. Una volta a Liverpool, una in un paesino nello Yorkshire. Per me non era stato più possibile recarmi negli Stati Uniti per stare con lui. Ogni volta era come rinnovare la ferita, il dolore della separazione.

Alla fine, dominati dalla tensione, dall'ansia di essere scoperti, quasi non riuscivamo più a parlarci, a ridere, a essere felici insieme. Eravamo condannati a una relazione impossibile. La differenza rispetto a prima era che ne stavamo prendendo sempre più consapevolezza. E ci eravamo rassegnati ad accettarlo. Come se nessuno dei due avesse più la forza o il coraggio di lottare.

Poi c'era la verità, ma almeno era un fardello che io sola ero costretta a portare. Quella verità che diventava sempre più difficile da confessare e con il trascorrere del tempo assumeva proporzioni smisurate e disumane dal mio punto di vista.

Mi avrebbe odiata? Avrebbe smesso di amarmi completamente? Oppure... magari non mi avrebbe creduto. Giorno dopo giorno i dubbi si affollavano nella mia mente. Avrei dovuto parlargliene subito, appena ci eravamo ritrovati. Senza riflettere sulla sua reazione, assumendomi le mie responsabilità. Invece, come sempre, come una sciagura costante nella mia esistenza, avevo vissuto in attesa del momento giusto che non era mai arrivato. Ormai la mia biografia si sarebbe potuta riassumere in quattro parole: donna condannata a sbagliare.

Mi sforzavo di non pensare a come sarebbe stata la nostra vita se lo avessi atteso quella notte, invece di fuggire via. Ma a volte... a volte non riuscivo a trattenermi. Visualizzavo la scena, come in un sogno lucido. La scena del nostro chiarimento, la scena in cui io gli avrei svelato il mio segreto.

La sua reazione. Nella storia parallela che mi illudevo di vivere sarebbe stato felice. E lo sarei stata anche io. Ci saremmo sostenuti e amati per il resto della vita. Una sorta di favola a lieto fine che io ero sempre stata propensa a deridere. Ma la verità era che per noi l'avrei desiderata con tutta me stessa. La verità era che una minuscola parte di me si illudeva ancora di poterla ottenere, nonostante gli anni, nonostante il dolore... nonostante il segreto che ancora tenevo celato nel cuore.

Perché tra tante donne bellissime per così tanto tempo aveva continuato a scegliere me? Mi sentivo sempre più stanca, invecchiata, triste. Cosa era rimasto di ciò che un tempo aveva amato in me? Quasi nulla ormai. Cosa ne era stato delle mie grandi aspirazioni, del mio entusiasmo, dei miei sorrisi, della mia forza, della sfrontatezza con cui ero andata a cercarlo tante volte? Davvero nulla.

Così, gradualmente, iniziai a lasciarlo andare. Evitai di vederlo per un anno, inventando una scusa dietro l'altra. Peter meritava una vita migliore di quella che potevo offrirgli io. Meritava una donna migliore di me.

Lo ritrovai nella primavera del 2006, nella sala privata di una libreria di Parigi. Seduto in quarta fila in occasione della presentazione del mio nuovo libro, questa volta su George Sand. Avevo deciso di avviare una ricerca sulle donne che avevano usato pseudonimi maschili per pubblicare i loro romanzi. Era un lavoro su cui avevo riflettuto molto, importante per me. E avevo deciso di iniziare proprio da colei da cui mia madre aveva preso ispirazione per il mio nome.

Si era nascosto il viso con la barba, aveva indossato un cappello e portava occhiali spessi. Ma lo avevo riconosciuto immediatamente, alla prima occhiata. Mio marito e i miei figli erano con me. Circondata da giornalisti, critici e addetti stampa non ci fu concesso nemmeno un breve saluto da soli. Però lui c'era e la sua presenza mi stringeva il cuore, combattuto tra dolore e desiderio. Sentivo i ricordi premere e pizzicarmi gli occhi. Rammentai la mattina che si era presentato in università mascherandosi più o meno allo stesso modo per non farsi riconoscere. E poi nell'ufficio di Frey, sulla scrivania. Eravamo folli. Ma eravamo noi e io già lo amavo, pur senza saperlo ancora.

Alla fine della presentazione mi si era avvicinato per stringermi la mano e per chiedermi un autografo, come tanti altri partecipanti all'evento.

«Congratulazioni, signora Delamar. Ho molto apprezzato il suo libro.» Il suo tono era distaccato, come le sue frasi di circostanza, il suo stesso sguardo. Gli occhi verdi in parte celati dietro gli occhiali non esprimevano alcun sentimento nei miei confronti. Provai un gelo nel cuore, tanto che desiderai non averlo visto né riconosciuto, avrei preferito che non si fosse avvicinato a me. Finché non pronunciò quelle parole. «Non so quanto di romanzato ci sia nella sua biografia di George Sand. Però le confesso che leggendolo non ho fatto altro che pensare, Amantine... vorrei che fosse vero.»

Lottai per trattenere le lacrime mentre scrivevo la dedica e autografavo il libro. "Sarà sempre vero, Peter. Amantine, piccola intellettuale snob ed egocentrica." Sollevai lo sguardo su di lui, richiudendo il libro per consegnarglielo.

«Ho fatto il possibile per renderlo vero, mi dispiace non esserci sempre riuscita.»

«Io cercherò sempre qualcosa di vero nei suoi libri, nelle sue parole, signora Delamar. Mi piace molto il suo modo di scrivere e raccontare. Fin dal suo primo libro su John Keats.»

Così mi aveva stretto nuovamente la mano. E io questa volta avevo sentito il calore sprigionarsi dal contatto con la sua pelle. Poi era sparito tra la folla. Senza che io potessi seguirlo per gridargli che lo amavo ancora, con tutto il cuore, come non ero mai stata in grado di dirgli. Che lo amavo sempre, anche se ognuno di noi stava proseguendo la propria strada, la propria vita.

Avrei dovuto evitare di tenerlo legato a me scrivendogli quelle parole sulla prima pagina del mio libro, ma non avevo saputo resistere. Tutto ciò che desideravo nella vita era essere amata da lui.

Poi lo avevo rivisto, l'ultima volta, in una gelida giornata di dicembre nel 2008. In occasione della morte di Jacob. O meglio di J.D. Sanders. In sottofondo *The Show must go on* dei Queen, che lui stesso aveva richiesto, da grande fan di Freddie Mercury. E quelle stesse parole erano anche così nostre, ancora una volta. Così nostre da farmi paura.

"Inside my heart is breaking
My make-up may be flaking
But my smile still stays on..."

Stavamo dicendo addio a colui che aveva contribuito alla nostra unione. A colui che mi aveva predetto che un giorno avrei saputo cosa significava amare. Avevo imparato molto di più in realtà. Sapevo anche cosa significava soffrire per amore e per la sua perdita.

Io e Peter eravamo cresciuti. Durante la cerimonia funebre ci guardavamo ormai negli occhi senza più manifestare in pubblico alcun sentimento, alcuna emozione. O forse eravamo solo più allenati a celarli.

Da parte mia c'erano ancora, anche più intensi di prima, quasi più disperati. Ero diventata brava a gestirli, a controllarli. Continuavo ad acquistare i suoi cd, uno dopo l'altro. Anche i suoi video, le registrazioni dei suoi concerti. Acquistavo anche i lavori degli artisti con cui collaborava. Leggevo le recensioni serie scritte su di lui. Ma da un po' evitavo completamente le riviste scandalistiche. Aveva avuto delle relazioni che preferivo non conoscere. Non avevo alcun diritto di essere gelosa, ma lo ero, incessantemente. E purtroppo in questo non c'era più nulla di divertente ormai, solo un immenso dolore per me.

Dopo la cerimonia avevo lasciato che tutti se ne andassero, lui compreso, restando sola sulla tomba di Jacob.

«Addio Jacob.» Mi inginocchiai accarezzando la lapide con dolcezza. «Sei... una delle persone più belle che io abbia incontrato nella vita. Forse la più bella in assoluto. Mi dispiace non esserci stata abbastanza durante i tuoi ultimi momenti... mi dispiace...»

Mi passai le mani sul viso, sospirando profondamente. «Cosa posso fare? A volte penso a come sarebbe stata la mia vita se quella domenica mattina...» Mi ritrovai il volto inondato di lacrime. «Ma non ho rimpianti... No, non avrò mai rimpianti. Forse non avrei mai saputo cosa significa...»

Stare stretta tra le sue braccia, ancora una volta. «Anche io non ho rimpianti, piccola intellettuale snob ed egocentrica.»

«Peter...» Inginocchiato al mio fianco, mi aveva avvolta nel suo abbraccio. «Peter, perché sei tornato? Se ti vedessero qui...»

Lo strinsi forte a me, dopo quasi due anni in cui avevo dovuto fare a meno del suo calore, del suo respiro, dei suoi occhi nei miei. Piansi disperatamente sulla sua spalla e sentii le sue lacrime mischiarsi alle mie.

Quanto eravamo diversi rispetto al nostro primo incontro. Dei due ragazzi che volevano solo divertirsi, mangiare pizza e ballare tutta la notte non era rimasto più nulla. Eravamo diventati due figure pallide e sfocate in cappotti scuri, in cui la disperazione vinceva sulla volontà, sul coraggio.

Staccandosi da me mi prese il viso tra le mani. «Solo per un minuto. Lascia che ti guardi, dolcezza. Lascia che porti con me i tuoi occhi, le tue labbra...»

«Non c'è molto da guardare, Peter. Sono invecchiata, sono stanca...»

Anche lui lo era. Qualche ruga solcava la sua fronte e il contorno degli occhi soprattutto. E qualche capello bianco aveva iniziato a comparirgli sulle tempie. Ma per me non era cambiato nulla, i miei sentimenti per lui erano rimasti intatti, anzi erano cresciuti con il tempo.

«Sei bellissima, invece. Anche più di prima, Amantine...»

I suoi occhi verdi così lucidi, le sue labbra. Non riuscii a resistere e lo baciai, prima aggrappandomi a lui disperatamente, poi accarezzandogli il viso, asciugando le sue lacrime. Lo baciai con tutta la passione di cui ero capace. In un cimitero, inginocchiati davanti alla tomba di Jacob, correndo il rischio che qualcuno ci sorprendesse.

«Peter... Peter c'è una cosa che io devo dirti.» Era il momento? Forse no. Ma dovevo approfittare della forza che sentivo rinascere nel mio cuore. Eravamo insieme. Alla presenza di Jacob, se non fisica almeno spirituale. Sì, doveva essere per forza il momento. «Peter, i miei figli...»

«Lo so, lo so, piccola. Hai fatto bene a scegliere loro, io ti capisco...» Peter mi baciò la fronte, poi di nuovo le labbra. Annuì accennando un sorriso.

«No, no. Peter si tratta di...»

William. Si trattava di William. C'era una ragione per cui gli avevo dato quel nome. Non perché lo trovavo carino. Una ragione più profonda. William Shakespeare. I sonetti di Shakespeare. Quello che mi avevi recitato, chiedendomi di non lasciarti.

«Mamma...» La voce dolce e un po' sofferente di Madeline, alle mie spalle, mi colpì come una pugnalata.

Mi alzai di scatto, staccandomi completamente da Peter. Anche lui si alzò e imbarazzato accennò un saluto a mia figlia che si stava avvicinando a noi.

«Noi stavamo... salutando Jacob per l'ultima volta.»

Ogni giustificazione da parte mia sarebbe stata inutile, superflua. Non avevo idea di cosa Madeline avesse visto o sentito. Aveva solo tredici anni. Che giudizio poteva essersi fatta di me questa tenera e bellissima adolescente i cui occhi erano così simili ai miei?

«Io lo so, mamma. Ma... ho visto un tizio che vi stava fotografando e...» Il suo sguardo passò ansioso da me a Peter, per poi tornare a me.

«Non ha importanza, tesoro. Andiamo a casa ora.» Le circondai le spalle con il braccio, stringendola a me.

«William e papà sono già andati. Io non volevo lasciarti qui da sola e sono tornata indietro...» Madeline annuì accennando un sorriso. I suoi occhi continuavano a scrutare Peter, che era rimasto in piedi di fronte a noi. Poi inaspettatamente gli tese la mano. «Io... sono Madeline.»

«Io sono Peter...» Lui sorrise stringendole la mano e accarezzandole delicatamente i capelli. «Prenditi cura di tua madre, cara. Lei... era molto legata a Jacob. Per noi è stata una grande perdita.»

Peter mi accarezzò fugacemente la spalla per salutarmi definitivamente. Rimasi a fissarlo mentre si allontanava portando con sé il mio cuore. Sì voltò però ancora una volta, sentendo pronunciare il suo nome. Ma non era stata la mia voce a richiamarlo.

«Peter!» Madeline gli sorrise sollevando una mano in cenno di saluto. «Ci penserò io alla mamma. Lo prometto.»

CAPITOLO 56

L'estraneità tra me e Geoff non aveva fatto altro che accrescersi. Dopo la decisione di lasciare andare Peter definitivamente, avevo provato a dare un'altra occasione al mio matrimonio. L'ultima. Avevo cercato un dialogo con Geoff. Del resto lui sapeva, era del tutto inutile tentare di negare o nascondere. Alla fine mi davo sempre la stessa giustificazione, come avevo fatto anni prima. Non lo avevo mai tradito con altri uomini. Solo con Peter Wiles, solo con l'unico che contasse per me.

Il tentativo non aveva funzionato. Anzi, ci aveva resi ancora più estranei e ostili di prima. Al punto che Geoff aveva iniziato a bere e sempre più spesso mi rinfacciava di avergli rovinato la vita. Era vero, aveva ragione. Ma per quanto ne fossi dispiaciuta non potevo cambiare le cose. O forse sì. Potevamo lasciarci, lasciarci davvero, come succedeva a tanti. I nostri figli erano adolescenti ormai, se avessimo gestito serenamente la situazione avrebbero potuto comprendere.

Una mattina in cui ci ritrovammo soli in casa mi feci forza e decisi di parlargli chiaramente.

«Geoff, io stavo pensando... Ne abbiamo passate tante, ma...» Il suo sguardo ostile, gli occhi azzurri che esprimevano rabbia, erano puntati su di me come lame affilate. Cercai di esprimere tutto ciò che volevo dire senza interruzioni. «Mi rimproveri spesso di averti rovinato la vita. Ed è vero, hai ragione. Allora forse dovremmo proprio separarci. Tu potresti avere ancora la possibilità di rifarti una vita con una donna migliore di me. I ragazzi ormai stanno crescendo, capirebbero se...»

«Sei disposta a raccontare a William e a Madeline i motivi della nostra separazione?» Geoff mi interruppe ma rispose tranquillamente, senza scomporsi. «Perché in quel caso sai che dovrebbero scegliere tra noi. E tu non sei mai stata la loro preferita, soprattutto di William. Poi già che ci sei potresti anche confessare tutto il resto. Sarà interessante vedere la loro reazione.»

Mi avrebbero ritenuta responsabile e mi avrebbero odiata. Non ero mai stata una buona madre, non ero mai stata abbastanza presente e comprensiva, attenta alle loro esigenze. E Geoff, tra le altre cose, non faceva altro che rammentarmelo.

Non sapevo se il suo legame più stretto e profondo con William fosse stato calcolato o nato spontaneamente. Non poteva essere stato così perfido, così sadico. Ma per quanto riguardava la mia condotta aveva ragione, non mi restava che ammetterlo. Ero stata un disastro da tutti i punti di vista.

L'unico aspetto che si salvava in me era la carriera. Alla fine era proprio ciò che contava di più per me circa vent'anni prima. Non potevo immaginare che in seguito l'avrei considerata quasi irrilevante, superflua. Di certo non ero più la Amantine che Peter aveva amato, la piccola intellettuale snob che adorava prendere in giro. Non era rimasto più nulla di lei in me. O forse era lui a rendermi così e senza la sua presenza al mio fianco stavo sfiorendo, giorno dopo giorno.

«Se pensi di liberarti di me, ti sbagli.» Geoff riprese a parlare prima che io avessi la prontezza di riflessi di rispondergli. «Sarai tu ad andarci di mezzo. Tu e il tuo amante. Vi hanno anche fotografati abbracciati su una tomba, dovreste vergognarvi!»

«Tu lo sapevi di lui… l'hai sempre saputo. Perché mi hai voluta ancora, Geoff? Dopo che io ti avevo lasciato, dopo che…»

Non comprendevo il suo accanimento. Fin dal principio, dopo i miei tradimenti, non l'avevo mai compreso. Perché mi aveva ripresa tutte le volte?

«Dopo che hai continuato a tradirmi in questi anni?» Geoff incrociò le braccia sfidandomi con un sorriso provocatorio.

«Perché sapevo che tu saresti tornata sempre da me. Come lo so anche ora. Tu tornerai sempre da me perché hai paura. Hai paura a stare davvero con qualcuno ma hai ancora più paura a stare sola. Forse tu non mi ami, ma non ami nemmeno l'altro. Hai paura anche della tua carriera adesso, per questo una parte di te la rifiuta. La desideravi fino a quando non l'hai raggiunta realmente, fino a quando non sei diventata davvero qualcuno in ambito accademico. Ora ti è quasi di peso. Hai paura dei tuoi figli, di dire la verità. Per cui piuttosto che rischiare di perderli preferisci persistere in questa situazione. Lo vedi quanto ti conosco bene, Amy? Meglio di lui. E forse anche meglio di quanto tu conosci te stessa.»

«No...» Scossi la testa annientata dalle sue parole. «No... io non sono così.»

Sentivo le lacrime pungermi gli occhi. Se era davvero questo ciò che pensava di me, perché mi teneva legata a sé? Perché non mi lasciava andare? Per rabbia, per vendetta?

«E hai paura a lasciare davvero questo mondo. In fondo sei una donnetta superficiale e conservatrice, incapace di grandi passioni e di grandi gesti.»

Geoff affondò il coltello nel mio petto ancora più profondamente. Compresi solo in quel momento che quell'uomo non mi amava affatto. Forse non mi aveva mai amata davvero. Forse mi aveva voluta, era rimasto con me e mi aveva ripresa solo per abitudine o per il gusto di tenermi in pugno dopo il mio tradimento.

Non replicai. Raggiunsi il mio studio, la stanza tutta per me, e mi ci rinchiusi. Geoff mi aveva ferita profondamente. E ci era riuscito così bene perché avevo riconosciuto nelle sue parole un fondo di verità.

Aveva ragione, io avevo paura, una paura tremenda. Avevo avuto paura di confessare a Peter il mio amore. Anche lui non si era mai sbilanciato ma ero stata io a imporre certe regole alla nostra relazione. Io a ribadirle costantemente. Io a scappare via da lui invece di affrontarlo. Sempre io a negargli la verità nascondendogli il segreto che coinvolgeva anche lui. E ancora non ero cambiata, ero la stessa creatura fragile e spaventata. Mi resi conto che probabilmente la verità era soltanto una e io ormai avevo raggiunto la maturità per affrontarla. Avevo imparato cosa significava amare, ma ero ancora incapace di amare me stessa e di avere fiducia nelle persone che amavo. Per questo continuavo imperterrita a condannarmi all'infelicità.

CAPITOLO 57

I giorni, i mesi si accumulavano su di me, senza pietà. Le parole di Geoff mi avevano ferita, ma mi avevano indotta a riflettere su me stessa, sul mio comportamento. Avevo sempre cercato la soluzione migliore, almeno di questo ero convinta. Invece stavo iniziando a capire che forse non era affatto la migliore, ma la più semplice, soprattutto per me stessa. Quella che non mi avrebbe costretta ad affrontare drammi e separazioni. Accettavo il mio dolore per non dover subire anche quello di altri che inevitabilmente si sarebbe riversato su di me, perché io ne sarei stata la causa. Unito al disprezzo nei miei confronti. Di Geoff, dei miei figli, del resto della mia famiglia, degli amici, dei colleghi. E forse anche di Peter.

La mia quotidianità restava così sospesa, costellata da ignobili "se". Se avessi affrontato Peter quella notte, se gli avessi detto che ero incinta, se avessi lasciato Geoff quando i bambini erano ancora piccoli. Ma ormai era del tutto inutile recriminare, anche se ero io la principale responsabile dell'infelicità di molti.

Ovunque nel mondo coppie si separavano. Spesso coppie con figli piccoli. Anche nostri conoscenti. Invece io no, io restavo ancorata a un matrimonio senza amore, timorosa delle minacce di mio marito, preoccupata del giudizio del mondo. Geoff non aveva tutti i torti definendomi una donnetta superficiale e conservatrice.

Ma la verità, la mia verità, qual era? Oltre al figlio che stavo ancora negando a Peter. L'altra verità si celava in Peter stesso, nel mio rapporto con lui.

Se lui… Eccola, la verità dietro cui avevo occultato il mio più grande "se", quello dominante probabilmente. Se lui non mi avesse amata abbastanza?

Forse era proprio il fatto che la nostra relazione fosse stata perennemente contrastata a mantenere viva la fiamma. Se non avesse accettato me e il nostro bambino? Se non mi avesse amata con lo stesso trasporto, la stessa intensità?

Con Geoff non correvo pericoli, non rischiavo. Non avevo mai rischiato con lui. Il nostro matrimonio era stato un fallimento fin dal principio. Avevo fallito come moglie. Ultimamente anche come madre, nonostante i miei sforzi.

Non avevo temuto il fallimento nemmeno in ambito accademico. Ma Peter restava ancora la mia isola felice, il mio porto sicuro. Se avessi fallito anche con lui non avrei avuto più nulla, più nessuno. Niente in cui rifugiarmi, nessun sogno da alimentare, nessun fuoco da mantenere vivo, intatto, incorruttibile. Nessun amore a cui donare tutta me stessa.

Ecco che Geoff aveva ragione, di nuovo! Avevo paura. Una paura folle, irragionevole, irrazionale. Rischiavo, a modo mio, ma allo stesso tempo pretendevo certezze. Non che questo mi mettesse al riparo dal dolore, perché negli ultimi anni non avevo fatto altro che soffrire.

Arrivata a queste poco edificanti conclusioni su me stessa, mi resi conto che non potevo più trascorrere il mio tempo rimpiangendo il passato. Potevo solo vivere il presente. Affrontarlo soprattutto. Parlare con i ragazzi. A sedici e quattordici anni sarebbero stati in grado di capire. A questo punto dovevo anche rischiare che scegliessero Geoff rinnegando me, ne ero consapevole.

Poi… poi sarebbe arrivato il turno di Peter. Cercarlo e raggiungerlo, ovunque fosse. Dirgli tutto. Supplicarlo di perdonare il mio silenzio, chiedergli di permettermi di stargli accanto se ancora credeva ci fosse una possibilità per noi.

Non lo avevo più visto dal funerale di Jacob. E non avevo nemmeno tentato di contattarlo nel corso dei mesi successivi. La sua voce però mi faceva compagnia, ogni giorno. La sentivo penetrarmi nell'anima e restare lì a scaldarmi il cuore dal freddo della sua assenza. Come se ogni parola da lui pronunciata fosse dedicata a me. Parole d'amore, parole di rabbia, indignazione, accusa, rivolta. Le riscoprivo ogni giorno diverse, forti e delicate, appassionate e tenere.

Mi resi conto che qualcosa in lui stava cambiando, ancora una volta. La sua produzione dopo i tempi dei Darkest Storm era notevolmente migliorata da ogni punto di vista. Per quanto non me ne intendessi di musica fu abbastanza chiaro anche a me che con il suo ultimo album, uscito in giugno, stava prendendo una strada ancora diversa. Pezzi più intimisti, più sofferti. In un certo senso meno cantati. La sua voce, in alcuni brani più roca, più profonda, produceva nel mio cuore una vibrazione incontrollata, devastante. Parlava di sofferenza, di perdita… e anche di una verità che credeva di conoscere ma gli sfuggiva costantemente.

Ritrovai in *The Lover's Song* la nostra storia. La nostra canzone, quella che avevamo composto insieme. Riconobbi immediatamente la sua melodia dolce e lenta. Non avrei mai creduto che Peter intendesse inserirla in uno dei suoi album, dopo così tanti anni. Ero convinta che l'avesse archiviata oppure persa durante i suoi vari spostamenti tra l'Europa e gli Stati Uniti.

Ma mai avrei immaginato di poterla ascoltare un giorno, sottoforma di una vera canzone. Forse perché era totalmente diversa dalle altre e inadatta agli album che avevano preceduto il suo ultimo lavoro. Sembrava quasi che… Sì, sembrava che una parte di Jacob fosse sopravvissuta in Peter. La sua componente poetica, dolce, appassionata. Quella componente di pura bellezza così importante nell'opera di J.D. Sanders. Ciò che lo portava, di tanto in tanto, a staccarsi dal mondo, dal cinismo di chi si credeva importante, celebre, per diventare un semplice essere umano tra altri esseri umani. Di qualunque genere, di qualunque estrazione sociale.

Ecco cosa c'era di nuovo in Peter Wiles. Un uomo che non era più soltanto il ragazzo scanzonato e irriverente che avevo incontrato all'incrocio tra due vie una domenica mattina di novembre. E non era nemmeno il cantante che lottava per esprimere se stesso, per liberare il proprio talento dalla mediocrità che gli era stata imposta dal genere musicale di una band che da tempo gli stava troppo stretta.

Peter aveva conquistato se stesso. Probabilmente il suo ultimo lavoro avrebbe ottenuto meno successo di pubblico dei precedenti, forse anche di critica. Ma era davvero lui. Il mio ragazzo. L'uomo di cui mi ero innamorata.

Quelle parole, alcune di quelle parole estrapolate dai suoi testi... Così vere, così nostre. Sembravano un messaggio che non potevo più ignorare.

"I don't even know why I chose you... You have never been like the rest of them... Not even close..."

"You know what you want but I'm not sure you still want me... I'm just a guy you met a Sunday morning... maybe forgotten..."

"So hate me whenever it pleases you, but if you are going to, do it now..." In chiave più moderna... la poesia di Shakespeare.

"It's not just a song for you... you're everywhere, everything. My friend, my lover, my deepest love..."

"Tell me your secret... hidden behind your eyes, your heart... your books, your promises... The lover's song is ours... My lover's song it's only yours... And I keep on waiting, waiting... waiting for you to say forever or goodbye..."

Forse erano solo parole disseminate in canzoni. Parole che si potevano trovare ovunque. Come tante altre. Forse Peter aveva solo preso come ispirazione una storia passata. Ma quella storia era la nostra.

Raggiungerlo e raccontargli tutto. La verità. Il mio segreto che sarebbe diventato nostro. Restare con lui. Vivere con lui e affrontare il mondo tra le sue braccia. Ero pronta, finalmente. E se lui mi avesse ancora voluta il mio non sarebbe stato mai più un arrivederci o un addio. Ma un per sempre.

CAPITOLO 58

Il tempismo non era mio alleato. Mai lo era stato in vita mia. Qualche mese, mi dicevo... Aspetto che passino le vacanze di Natale, non potevo far scoppiare la bomba proprio durante la festa familiare per eccellenza.

Nel frattempo avevo comunque tentato di contattare Peter attraverso il suo indirizzo e-mail, quello che dalla sua partenza aveva sempre usato per comunicare con me. Poi avevo provato anche a telefonargli in America e al suo numero privato. Niente, nessuna risposta. Forse era in giro a promuovere il suo album, dal suo sito non mi risultava che fosse in tournée o in visita in altri paesi.

Invece la bomba era scoppiata addosso a me. Devastante, dirompente, crudele. Pur tentando in tutti i modi di evitarle, ero abituata a vedere Peter sulle copertine delle riviste di gossip con donne bellissime. Attrici, cantanti, modelle soprattutto con cui gli attribuivano flirt e relazioni.

Ogni dannata volta mi stringeva il cuore in una morsa che per un po' mi impediva di respirare. Era inevitabile. Ciò che provavo un tempo, quelle mie prime piccole scenate di gelosia, erano nulla in confronto alla sensazione di abbattimento in cui mi sentivo precipitare. Mi sentivo tradita. Eppure quella sposata che non aveva voluto rinunciare al matrimonio per anni ero stata io.

Non credevo di dover sopportare di peggio. E il peggio venne quando lessi su una di quelle riviste l'annuncio del matrimonio di Peter Wiles con un'attrice, la giovane nuova promessa di Hollywood Kendra Scott.

Non seguivo assiduamente il cinema, ma di lei avevo già sentito parlare. Ventisette anni, bellissima e talentuosa. Aveva la stessa età che avevo io quando iniziai la mia storia con Peter. Sarebbe stato un matrimonio in grande stile tra due celebrità.

E io mi sentii più che mai dimenticata, messa da parte. Non mi ero mai sentita prima così esclusa dalla sua vita. Ed era stata tutta colpa mia. L'avevo davvero perso definitivamente ormai. Per sempre. Anche se sarebbe stato un per sempre completamente diverso da quello che mi ero immaginata. Era un per sempre che spezzava ogni mia illusione. Che mi provocava un male fisico, la sensazione di ingoiare sabbia fino a soffocare.

Mi ero fatta ancora più male leggendo le dichiarazioni di Peter nei confronti della fidanzata. Parlava di grande amore, di totale sintonia emotiva e fisica. Io analizzavo come si guardavano negli occhi, come lui le cingeva il fianco mentre lei mostrava l'anello di fidanzamento.

Kendra Scott aveva i capelli castano chiaro mossi in onde delicate che le sfioravano le spalle, occhi azzurri limpidi e vivaci, un viso perfettamente ovale e delicato, labbra carnose. Io in confronto mi sentivo cascare a pezzi. E Peter non mi avrebbe più raccolta, non ci sarebbe più stato per me. Non mi avrebbe nemmeno più vista paragonata a lei.

Lo avevo perso irrimediabilmente. Si era davvero innamorato di un'altra, di una donna giovane e bella, che non ero io. Lei aveva il suo cuore, il suo corpo, la sua voce. Così io sarei rimasta davvero sola. E quella che mi era sembrata scritta per noi due, per la nostra storia, restava davvero solo una canzone. Forse proprio per quel motivo l'aveva scritta. Per spezzare il nostro legame una volta per tutte.

Mentre continuava ad attendere un per sempre era stato lui a dire addio a me. Mi aveva lasciata sola con il mio segreto, con le mie bugie, con le mie paure, con la miseria della mia esistenza. Avevo perso il suo cuore. E del mio non restava altro che un gelido involucro destinato a sciogliersi o a scoppiare. Con un altro "se" che andava ad aggiungersi e ad accrescere impietosamente la moltitudine dei miei rimorsi, dei miei rimpianti.

CAPITOLO 59

Altro tempo. Giorni, settimane, mesi. Non mi restava altro che tacere. Il mio dolore, la mia sconfitta. Continuare a recitare la parte della moglie devota. Con William e Madeline invece mi stavo impegnando al massimo delle mie possibilità anche se con scarsi risultati.

Il più delle volte avevo l'impressione che William mi ignorasse per non rispondermi male. Madeline invece aveva un atteggiamento tenero con me, quasi protettivo. Anche se non riuscivo a comprendere i suoi silenzi, la scarsa confidenza che aveva nei miei confronti, come se non si fidasse di me.

Rammentavo quella giornata al cimitero, sulla tomba di Jacob. La promessa di mia figlia, una ragazzina di soli tredici anni, a Peter. Cosa aveva visto? Cosa aveva sentito?

La fotografia era apparsa su un settimanale anche se eravamo ritratti da lontano e io ero di spalle. Nonostante tutto eravamo indubbiamente noi. Si trattava di una sola fotografia, di un riquadro, perché nessuna delle riviste più importanti aveva avuto voglia di infarcire uno scandalo coinvolgendo il nome di J.D. Sanders. Inoltre io e Peter eravamo storia vecchia. La nostra passata relazione era ormai nota, che due ex amanti si ritrovassero sulla tomba di un amico comune non era uno scoop sensazionale.

Ma Geoff aveva fatto in tempo a vederla e a rinfacciarmi la mia condotta immorale. Madeline non ne aveva più parlato anche se spesso la sorprendevo a fissarmi confusa, come se meditasse sulle mie intenzioni. E William… Era probabile che William non ne fosse a conoscenza oppure provava talmente tanta indifferenza nei miei confronti da non occuparsene. Entrava e usciva di casa come un ospite, non mi rivolgeva la parola. Non ne ero certa, ma avevo la sensazione che si stesse allontanando gradualmente anche da Geoff. E a volte assumeva quell'espressione sofferta, inquieta e un po' assorta che inevitabilmente mi ricordava suo padre.

La data delle nozze era fissata in primavera. Avevo fatto di tutto per dimenticare quella data, quel giorno di fine marzo. Non chiedevo altro che di superarlo, di oltrepassarlo. Che scorresse su di me come tutti gli altri. Non volevo né sapere né vedere. Mai.

Così era trascorso. Anche quel giorno, come tanti altri che lo avevano preceduto. Credevo che qualcosa di essenziale cambiasse dal momento in cui eravamo sposati entrambi. Invece no. I miei sentimenti per lui persistevano immutati. Il mondo continuava a girare. Non era esploso il cielo o caduto il sole. E a me non restava altro da fare che congratularmi con lui che forse finalmente aveva trovato la donna giusta, quella che lo avrebbe reso davvero felice. Anche se preferivo non saperne nulla, non leggere riviste, non guardare video, non ricevere alcuna informazione. Avevo anche smesso di ascoltarlo, chiudendo tutto ciò che lo riguardava in uno scrigno che non avrei più aperto. Era stato uno strappo doloroso ma necessario.

Sopraggiunse l'estate. Sempre più spesso mi ritrovavo in lacrime senza un reale motivo. O meglio, accumulavo motivi per un po' per poi crollare nei momenti e nei luoghi più inaspettati e inopportuni.

Mi sentivo come una bambina ferita con il cuore spezzato. E probabilmente era davvero così. Il mio cuore, ancora infantile e forse non del tutto capace di amare, era stato distrutto. Non mi restava altro che tentare di ricomporlo e andare avanti. Non avrei sostituito Peter con un altro amore. E non avrei mai imparato ad amare mio marito, ormai ne ero certa. Ma ero certa anche del fatto che i miei figli meritassero una madre migliore. Soprattutto una madre adulta, consapevole, responsabile, razionale. Per questo dovevo impegnarmi per diventare saggia, crescere finalmente, maturare. Conquistarne la fiducia. E forse un giorno sarei riuscita anche a confrontarmi con la verità. Avrei trovato il modo.

Avevo comunque bisogno di qualche giorno di stacco per recuperare le forze dopo la delusione. Peter Wiles era riuscito a sconvolgere i miei piani oltre al mio equilibrio mentale. Ma la verità era solo rimandata. Dovevo solo capire come agire per rivelare tutto nel modo più indolore possibile.

Questo mi spinse ad accettare l'invito di Rachel a seguirla in un viaggio in Italia. Aveva promesso il suo contributo in un manuale di storia dell'arte sui principali musei europei. L'incontro con gli altri autori era fissato a Firenze e aveva bisogno di un'interprete perché molti di loro erano italiani e francesi. Sapevo che la sua era solo una scusa per smuovermi dal mio stato di prostrazione e abbattimento. Ma si trattava di soli tre giorni e io avevo un gran bisogno di cambiare ambiente e di pensare a qualcosa che non fosse la famiglia, l'università o... lui.

L'incontro si era risolto in meno di mezza giornata, Rachel e gli altri autori si erano accordati sulle parti da dividersi. Mi aveva fatto piacere essere stata d'aiuto e staccare un po' la mente dai miei problemi e dalle mie ansie quotidiane. Ci erano rimasti due giorni liberi in cui visitare la città, i musei e divertirci tra i negozi. Non avevo mai amato lo shopping ma ormai qualunque cosa andava bene per distogliermi.

«Forse non dovrei chiederti, Amantine...»

Dopo aver vagato per la città io e Rachel ci eravamo ritrovate in una caffetteria di fronte agli Uffizi. Distolsi lo sguardo fingendo di ammirare l'allegro scorrere della gente intorno a noi. Avrei voluto disperdermi in qualche angolo remoto, magari perdere la memoria e non tornare più indietro. Rachel inclinò il viso, si passò le mani sui capelli chiari e non proseguì.

«Chiedimi pure, tanto già immagino...» Tornai a fissare lo sguardo su di lei. Per quanto tentassi di fuggire non riuscivo ad andare molto lontano, i pensieri mi riportavano sempre indietro.

«Tra te e Geoff… insomma, tu credi che ci sia una possibilità? So che non sono affari miei, ma… ci sono cose che io credo tu debba sapere.» Rachel sembrava imbarazzata. Anzi, lo era parecchio. Come se si aspettasse che fossi io ad anticipare quello di cui lei non osava parlarmi.

«Gli avevo proposto di separarci un po' di tempo fa. Sono anni che tra noi non funziona, tanti anni… Se solo mi avesse concesso…» Sospirai guardandola negli occhi, mi strinsi nelle spalle e scossi la testa. Ero stanca, moralmente e fisicamente. «Fin dall'inizio non funzionava a dire la verità. Non avremmo dovuto… Io non avrei dovuto…»

«Non so come fare a dirtelo, Amantine. Quindi te lo dico e basta anche se non spetta a me. Primo perché sei mia amica… poi perché devi saperlo per prendere una decisione.» Rachel si morse le labbra. Tutto il suo discorso sembrava preludere a qualcosa che sperava io indovinassi da sola. Rimase in silenzio per qualche istante prima di proseguire. «Insomma… Geoff ha un'altra donna. L'ho saputo da Trevor, anzi per la verità l'ho scoperto da sola e lui è stato costretto a confermare. Li ho sentiti parlare nello studio di Trevor quando Geoff è venuto a Londra qualche settimana fa. Credevano che io fossi già uscita, invece avevo dimenticato un libro. Naturalmente poi ho litigato con Trevor che lo stava incoraggiando a tradirti…»

«Spero che abbiate fatto pace, mi dispiacerebbe…» Ero più preoccupata per la situazione sentimentale della mia amica che per la mia.

«Hai sentito quello che ti ho appena detto, Amantine?» Rachel sgranò gli occhi su di me. Probabilmente sapeva che tra me e Geoff c'erano problemi, ma forse non sospettava che ormai fossimo al capolinea da tempo. Lui aveva un'amante. E a me non importava.

«L'ho tradito anche io, Rachel. E tu lo sai. Prima del matrimonio e anche dopo. Con lo stesso uomo, nessun altro. Perché lo amavo. Non è un segreto. Evidentemente ora è arrivato il suo turno, anche se già da un po' avevo dei sospetti.»

Non c'era molto da dire. Anzi, me lo meritavo. E la verità era che Geoff poteva avere tutte le donne che voleva. Io ero fuori dai giochi da tempo. Gli ero stata affezionata profondamente ma l'amore era un'altra cosa. L'amore lo avevo perso per sempre e non sarebbe tornato mai più da me.

«Perché lo hai sposato, Amantine?» Mi sembrava di rivivere la stessa conversazione che avevo avuto con mia madre tempo prima. «Tu amavi un altro, lo so... Peter Wiles.»

«Non avrei dovuto.» Non avrei dovuto sposare Geoff. Non avrei dovuto amare Peter. Entrambe le cose. «La verità è che non so nemmeno se amo me stessa, visto che sono stata così brava a rendermi infelice per tanti anni. Io ho cercato... di fare la cosa giusta per me, per i miei figli e anche per Geoff, invece...»

«Perché non ci riprovi, Amantine?» Riprovare? Riprovare a far funzionare il mio matrimonio? No, era impossibile.

«Rachel mi hai appena detto che mio marito mi tradisce... non che non me lo meriti, però...»

Chiamai il cameriere con un cenno. Avevo bisogno di un altro caffè per prendermi una pausa e proseguire la conversazione. Rachel non sembrava propensa a cambiare argomento.

«Un cappuccino per me, è delizioso qui.»

Ordinai per entrambe. Dovevo assolutamente dare una svolta alla mia vita ma non sapevo come, dove, quando.

«Comunque, non intendevo quello...» Rachel strinse leggermente gli occhi azzurri, poi tornò a fissarmi. «Perché non ti riprendi Peter Wiles, Amantine? Se lo ami ancora, dopo tutti questi anni...»

«Perché si è appena sposato, Rachel. Non li leggi i giornali?» Avvampai, mi faceva male anche solo pensarci. Invece di aiutarmi la mia amica girava incurante il coltello nella piaga. «E poi... hai visto lei? Giovane e bellissima attrice. E io ormai sono...» Chiusi gli occhi mordendomi forte le labbra. «Sono una povera donna distrutta, anziana, senza speranze...»

Rachel sospirò alzando gli occhi al cielo. «Appena torni a Parigi tu ti iscrivi a un bel corso di autostima, mia cara. Vogliamo provare ad adescare qualche bel ragazzo italiano intanto? Secondo me non avresti nessuna difficoltà. Non hai nulla di meno rispetto a quell'attrice, sei solo molto triste e infelice, questo sì... e si vede.» Le parole di Rachel non mi furono comunque di conforto. Erano dettate dall'amicizia, non dalla realtà dei fatti. «E comunque, sei davvero convinta che quel matrimonio sia reale? Sai come agiscono le star... Magari è una cosa di facciata, lo hanno fatto solo per pubblicità.»

«No, Rachel. Non credo proprio. Peter non lo farebbe, non è il tipo, io...» Lo conoscevo bene. Non lo avrebbe fatto. Lui non era così. Anche la sua prima moglie... Non avevo mai pensato che l'avesse sposata solo per pubblicità e convenienza. Ero certa che in quel momento lo volesse davvero.

«Se ne sei convinta tu. Comunque ho letto che vuole musicare poesie e sonetti di Shakespeare. Non immaginavo si interessasse di letteratura.»

Rachel ne sapeva più di me. Ma da quando aveva iniziato a seguire la carriera di Peter?

«Sì, lui... si è sempre interessato.»

Volevo davvero cambiare argomento. Ma non sapevo a quale attaccarmi. E non volevo pensare a Peter, a Shakespeare, a noi due. A quel sonetto che mi aveva recitato e che avevo ritrovato nella canzone. Non volevo pensare a lui che mi chiedeva di non lasciarlo. Alla nostra seconda occasione. Ero stata talmente stupida da lasciarmi sfuggire anche quella. Mi consolavo pensando che probabilmente tra me e Peter non avrebbe funzionato comunque e alla fine mi avrebbe lasciata per una donna più giovane, più bella, più di successo, più del suo ambiente. No, decisamente Peter non pensava più a me. Forse provava ancora affetto nei miei confronti, questo sì. Ma nulla più.

«Quindi credi sia un caso?» Rachel sorrise entusiasta e ringraziò il cameriere appena ci mise di fronte caffè e cappuccino. Poi tornò seria, rivolgendosi a me. «Sei sicura che sondare il terreno della letteratura non sia un modo per riavvicinarsi, per restare legato a te?»

CAPITOLO 60

Ormai avevo raggiunto l'età e l'esperienza di vita in cui più nulla poteva sorprendermi. Nemmeno il fatto che mio marito un mattino come tanti altri mi raggiungesse nella mia stanza privata e mi annunciasse che mi lasciava per andare a vivere con la sua "nuova compagna". Sì, proprio così l'aveva chiamata. Lei, la nuova compagna, aveva vent'anni meno di lui, era stata una sua studentessa e aspettava un bambino. E voleva fare le cose per bene.

Lo guardai quasi senza provare emozione, aggrappandomi al libro che stavo leggendo come a un'ancora di salvezza. Mi chiedevo soltanto come lui, che non aveva mai voluto lasciarmi andare e aveva usato tutti i mezzi in suo potere per impedirmelo, mi annunciasse la separazione così candidamente, da un giorno all'altro, aspettandosi che io accettassi senza replicare.

Una parte di me avrebbe voluto creargli problemi e drammi solo per rabbia, per vendetta. Ma era solo una piccola parte di me. In realtà non potevo comportarmi come una moglie ingannata e tradita. Perché pur essendolo effettivamente, non riuscivo a sentirmi tale. La verità è che non mi sentivo nemmeno sua moglie.

«Avrei preferito saperlo prima» dissi semplicemente. «Anzi... avrei preferito che accadesse prima.»

Ormai era tutto inutile, anche fargli pesare il suo comportamento. Però non riuscivo a non pensarci. Sì, decisamente avrei preferito avere una possibilità anch'io.

«Così saresti tornata da lui, vero?»

Percepii una vibrazione d'ira nella voce di Geoff ma non mi scomposi. Forse dimenticava che era lui a lasciarmi, era lui ad aspettare un figlio da un'altra donna. Mi chiedevo cosa avrebbe detto il suo integerrimo padre. Ma forse, dopo l'ictus che lo aveva colpito in una notte di fine estate ormai c'era ben poco che potesse dire. Certo che trovandoci a fine ottobre Geoff non aveva atteso a lungo.

«Non sarei tornata da lui. Sarei rimasta con lui. Ero già tornata.»

Non riuscii a resistere a quella sorta di crudeltà, più o meno gratuita. La colpa era mia, ma Geoff mi aveva costretta a restare al suo fianco. Lui si sarebbe rifatto una vita, io avevo perso tutto.

Guardavo i suoi occhi azzurri che sembravano ormai così terribilmente stanchi, segnati, le rughe marcate sulla fronte. Era invecchiato male. Magari era stata colpa mia, non gli avevo reso la vita facile. O più probabilmente confrontarsi con gli anni che passano non è uguale per tutti. Mi chiesi se ce l'avrebbe fatta a ricominciare, a ottenere la felicità che non aveva mai avuto insieme a me. Forse la nuova compagna gli avrebbe dato tutto ciò che gli era sempre mancato.

Io almeno ero stata felice anche se solo per un po', anche se non me n'ero mai accorta davvero, non ero nemmeno riuscita ad assaporare quella felicità. E avevo amato ed ero stata amata, sempre senza rendermene conto. Mi restavano comunque i ricordi che avrei potuto richiamare alla mente nel momento del bisogno.

«Ora è troppo tardi, immagino.»

Certo che era troppo tardi. Sembrava addirittura che Geoff lo avesse fatto apposta, calcolato seguendo lo schema di una crudele ripicca. Lasciarmi libera sapendo che tra me e Peter ormai non sarebbe stato più possibile. O forse era solo un infido scherzo del destino che purtroppo non era mai stato mio alleato.

«Già...» Non sapevo che altro aggiungere. Anzi, la verità era che non volevo mostrargli la mia sofferenza, il mio rimpianto. Mi alzai dalla scrivania e mi voltai girandomi verso la libreria alle mie spalle.

«Mi credi se ti dico che mi dispiace, Amy?»

Mi affiancò, allungò la mano verso di me e mi sfiorò la spalla. Mi spostai e feci un passo indietro per impedirgli di toccarmi.

«No, non ti credo. So di aver commesso i miei errori ma tu…» Nascosi il viso tra le mani. Ripercorsi in pochi istanti la nostra storia. Così tanti anni. Tanti anni persi, buttati via. «Avresti dovuto lasciarmi quando ti ho tradito. Insultarmi, buttarmi fuori di casa. Io non ne sono stata capace, io…»

Non avevo più voglia di confrontarmi con lui. Ma trovandoci già nel mio studio, nel mio rifugio, non avevo altro luogo dove andare a nascondermi. Ormai tutto era stato detto, desideravo solo interrompere la conversazione.

Abbandonai la stanza avviandomi verso il soggiorno. Forse avevo solo bisogno di uscire di casa per un po'. Di andare a passeggiare in centro, lungo la Senna. Oppure di rifugiarmi in un caffè, in qualche libreria, in qualche mercatino. Insomma di trovare un modo qualunque per non pensare a ciò che sarebbe potuto essere e invece non era stato.

«Tu stai cercando di scaricare le tue colpe su di me! Ma io non te lo permetterò!» Inaspettatamente Geoff mi seguì e mi afferrò per un polso, strattonandomi. Sgranai gli occhi su di lui, quasi incredula. «Se tu… se tu non ti fossi invaghita di quel maledetto cantante…»

Lo spinsi indietro per liberarmi. «Questo non hai mai voluto capire, Geoff. Io non mi sono invaghita… e lui non è…» Davvero credeva che fosse stato quello ad attrarmi in Peter? Il fatto che fosse un cantante? Un personaggio celebre? «Non mi è mai importato chi fosse! Era lui che volevo… è lui che io… O forse è proprio questo che ti disturba, che ti ha sempre dato fastidio. Che io lo vedessi come un ragazzo qualunque per cui provare sentimenti autentici. Ti consolava il fatto di potermi trattare come una stupida ragazzina che aveva perso la testa per un cantante di una band di successo!»

«Avrei dovuto lasciarti andare a farti fottere da quel disgraziato! Ora l'ho capito, finalmente. Invece di arrivare a…»

La furia di Geoff nei miei confronti non avrebbe avuto mai fine, lo avevo compreso. La sua falsa comprensione era solo una messa in scena. Mi chiedevo se lo fosse anche la pretesa di cominciare una nuova vita con una donna di molti anni più giovane. Mostrare al mondo che lui aveva avuto la meglio su di me, alla fine. Qualunque fosse il suo intento non mi importava più.

«Invece di crescere suo figlio?» Sospirai appena, socchiudendo gli occhi.

«Ho avuto pietà di te, non lo capisci?» Geoff mi afferrò con forza per le spalle. «E credevo... mi illudevo che tu potessi amarmi se avessi fatto questo per te! Che futuro potevi avere con un alcolizzato che ti porta a una festa e poi si droga fino a rischiare un'overdose? Con uno che...»

Rimasi impietrita a guardarlo, senza nemmeno più la forza di divincolarmi da lui per liberarmi dalle sue mani che mi stavano stringendo le spalle come in una morsa. Come... come poteva sapere Geoff?

«Tu non c'eri... Come potevi sapere quello che è successo quella sera?»

Lo vidi avvampare. «Io... Me lo avrai detto tu quando ci siamo...»

«No! Io non ne ho mai parlato! Mai, con nessuno!» Ripresi coscienza delle mie azioni e mi liberai con uno strattone. Avevo alzato la voce. Peggio, stavo urlando. Mi sforzai di rammentare. «Certamente non l'ho mai detto a te! Sono sicura!»

Ne avevo parlato solo con Peter. Con Rachel... ma le avevo raccontato del tradimento di Peter, di averlo sorpreso con un'altra. Non del fatto che si fosse drogato. Anche perché all'epoca neppure io ne ero a conoscenza.

«Lo avrò letto sui giornali... Quello non ha fatto altro tutta la vita, insomma...»

Geoff indietreggiò distogliendo lo sguardo da me. Mi stava mentendo, era chiaro. E io... io mi sentivo ancora troppo sconvolta per affrontare la situazione lucidamente.

Geoff ne approfittò per voltarmi le spalle, attraversare il soggiorno e percorrere i pochi passi che lo separavano dalla porta principale.

«Dimmi la verità, dannazione! Geoff, come diavolo facevi a saperlo?»

Non gli avrei permesso di andarsene così. Pretendevo delle risposte.

Se Geoff sapeva che Peter era stato drogato... probabilmente ne era a conoscenza anche prima di sposarmi. Anche prima che io stessa lo sapessi! Non mi ascoltava nemmeno... Arrivato alla porta la aprì pronto ad andarsene, a fuggire per cercare riparo nel futuro che lo attendeva, senza curarsi di me e della mia disperazione.

«Dimmelo o ti giuro che ti renderò la vita un inferno! Non ti concederò mai il divorzio. Ti costringerò a stare con me, come tu...»

Mi portai una mano sul petto tentando di riprendere fiato. Non mi sentivo molto minacciosa, non riuscivo nemmeno più a gridare, anche la voce mi si era bloccata raspandomi la gola. Mi sentivo distrutta, più che altro. Il mio cuore stava per esplodere, ne ero certa. Sarei morta probabilmente, senza speranza di salvezza, di redenzione, di verità.

«Amy...» Geoff tornò verso di me e mi circondò le spalle con un braccio, sorreggendomi. Avevo la sensazione di svenire, di scivolare a terra come se i piedi avessero perso il contatto con il pavimento, non ne sentissero più la consistenza. «Io... Amy, ti giuro che l'ho saputo solo in seguito.»

«Dimmi... la verità, ti prego...» Mi aggrappai alla sua camicia battendo i pugni sul suo petto, ma quasi senza più forza, senza energia. «Ti prego... devo sapere...»

I suoi occhi azzurri così lucidi, così affranti mi avrebbero impietosita in un altro momento. Ma ormai non provavo più nulla, più nessun sentimento. Lui sapeva…

«Io ti amavo… avrei fatto qualunque cosa…» Geoff mi prese il viso tra le mani guardandomi negli occhi. «Ma non quello… non avrei rischiato di uccidere per te. L'ho saputo solo in seguito, devi credermi.» Respirò profondamente mentre io stavo perdendo la cognizione del tempo, dello spazio e soprattutto delle sue parole. «Era un accordo tra il manager della band e… mio padre. Quell'uomo, Simon Jennings, voleva impedire a Peter Wiles di lasciare la band, a qualunque costo. Mio padre voleva che tu lasciassi Peter. Quindi…»

«Quindi hanno fatto in modo che io lo lasciassi, drogandolo e…» Chiusi gli occhi. E poi la mia vita era stata distrutta. E anche quella di Peter. «Quando lo hai saputo tu esattamente?»

«Amy…»

«Quando lo hai saputo, Geoff?» Mi sembrava di impazzire. Peter. Sapevo che ci avevano fatto del male. Che ci avevano separati. Sapevo anche che la colpa era mia, sarei dovuta restare…

«Qualche mese dopo la tua partenza da Londra. Quando ti eri già stabilita a Parigi…» La voce di Geoff era tornata calma, anche se mi guardava ancora timoroso. Sembrava distrutto, stremato da una verità che gli era sfuggita in un estremo momento di rabbia nei miei confronti ma che non credeva di dover affrontare. Probabilmente era disposto a nasconderla per sempre, invece di essere costretto a confessare tutto. «Quell'uomo era pericoloso, Amy. Non voleva assolutamente che Peter Wiles lasciasse la band, sarebbe stata la sua fonte di guadagno per anni… Ma Peter minacciava continuamente di mollare tutto da quando stava con te. Mio padre lo aveva contattato per convincerlo a mettersi tra voi e crearvi problemi, gli aveva dato dei soldi. Non intendeva in quel modo, però… La situazione gli è sfuggita di mano. Erano d'accordo per dare a Peter una piccola dose durante un'esibizione, una pasticca sciolta in acqua, non ne sono sicuro. Dovevano poi fare in modo che tu lo vedessi con un'altra donna che si è prestata a portarlo in camera... Se ti fosse importato di lui lo avresti lasciato. Quella festa è stata l'occasione ideale, ma... la verità è che Jennings non voleva solo drogare Peter, lo voleva morto. Sapeva che li avrebbe lasciati comunque, appena possibile. Deve aver pensato che la morte improvvisa di un membro della band avrebbe potuto accrescere l'interesse per tutti gli altri... Sai come succede. Appena un personaggio celebre muore si scatenano le vendite di tutto ciò che ha prodotto... E così la band, nel suo ricordo, avrebbe continuato ad avere successo permettendo a lui di guadagnare un sacco di soldi. Invece se li avesse lasciati di sua iniziativa... Così hanno intensificato la dose, rendendo partecipe anche mio padre del piano, dopo averlo attuato. La colpa sarebbe comunque ricaduta su Peter Wiles, aveva già avuto problemi di alcolismo e tossicodipendenza...»

Non avevo parole. Forse nemmeno servivano. Peter. Lo avrebbero ucciso. Anche per causa mia. Provai un dolore indicibile che dal centro del petto mi si diffuse per tutto il corpo, intorpidendomi le membra. Avevano approfittato dei miei sentimenti per tessere un piano crudele e perverso. E io non avevo fatto altro che seguire il copione che era stato scritto per me.

«Io lo amavo... aspettavo un bambino da lui...» Mi ritrovai a ripetere qualcosa di cui ero consapevole da quasi vent'anni ormai.

«Lo so, Amy. Io... temevo che ti accadesse qualcosa. Tu saresti tornata immediatamente da lui se te lo avessi detto. Saresti tornata a far parte del suo mondo, abbandonando il tuo, il nostro.» Geoff sospirò scuotendo la testa. «Non voglio giustificare le mie azioni... La verità era anche che io ti volevo per me. Avrei fatto qualunque cosa pur di trattenerti e se devo essere sincero... Era comunque un drogato, un alcolizzato, sarebbe solo andato incontro al suo destino se fosse accaduto...»

«Io... io ti odio!»

Mi sentii fragile, smarrita. Peter... Come potevano pensare di fargli del male? Quella sera mi fu immediatamente davanti agli occhi, per l'ennesima volta. Il suo sorriso, le sue parole, il suo modo di guardarmi, di stringermi. E l'uomo che avevo di fronte, l'uomo che avevo sposato... sapeva e aveva taciuto, ingannandomi per quasi vent'anni.

Non riuscii più a trattenermi. Non avevo più nessuna voglia di trattenermi. Potevo solo sfogare la mia rabbia, la mia disperazione. Colpii Geoff con uno schiaffo talmente forte da lasciarlo interdetto. Poi ancora, ancora...

Inizialmente non reagì, poi riuscì a liberarsi allontanandomi da sé. Mi afferrò per i polsi stringendoli con violenza, tanto che temetti intendesse spezzarmeli.

«Mio dio, calmati Amy... calmati o ti sentirai male...»

«Tu mi hai fatto male... tu...»

Tra le lacrime lottavo per divincolarmi, per colpirlo ancora.

«Tu sei una pazza... una pazza furiosa...» Fui costretta a fermarmi. La voce e lo sguardo di mio figlio, a pochi passi da noi, esprimevano disprezzo e rancore allo stato puro. Nei miei confronti. Esclusivamente nei miei confronti.

«William... William ascoltami...»

Cosa potevo dirgli? La verità, non mi restava altro. Era arrivato il momento. Era giunto il mio turno. Doveva sapere cosa ci avevano fatto. Doveva conoscere suo padre finalmente. Forse era troppo tardi, forse non mi avrebbe mai perdonata. Ma non poteva continuare a credere a una vita di bugie, di inganni. Una vita che io avevo contribuito a creare ma in cui ero ricaduta senza la capacità di liberarmi.

«Vai al diavolo! Io non resto qui con te...» Nei suoi vedevo gli occhi di Peter. Gli occhi di Peter che mi guardavano con odio. Che cosa avevo fatto? Crescendo William stava assumendo anche la sua stessa voce, il suo tono che però non avevo mai sentito così ostile nei miei confronti. «Sei solo una squallida donnaccia! È stata tutta colpa tua, hai rovinato tutto! Non voglio vederti mai più!»

Meritavo queste parole da parte sua? Probabilmente sì. Rimasi impietrita mentre lo osservavo uscire, abbandonare la nostra casa. Dove sarebbe andato? Cosa avrebbe fatto? Avrei dovuto trovare qualcosa per fermarlo, per farlo tornare indietro. Ma avevo la sensazione di vivere la scena dal di fuori, come se la subissi più che esserne partecipe. Come in tutta la mia vita ero stata una spettatrice inerme. Lo stavo perdendo, proprio come avevo perso suo padre.

«Amy... gli passerà, non diceva sul serio...»

La voce di Geoff mi richiamò alla realtà. Annuii senza neppure ascoltarlo, senza guardarlo. Mi aveva davvero tolto tutto. O almeno aveva contribuito più attivamente di quanto credessi. L'amore della mia vita aveva rischiato di morire e io ne ero coinvolta. Mio marito lo sapeva. E ora avevo perso anche mio figlio.

Geoff senza aggiungere altro si avviò verso l'ingresso. Sollevai lo sguardo solo per vedere la porta che si richiudeva dopo la sua uscita di scena. Dalla nostra casa e dalla mia vita.

CAPITOLO 61

Per quanto mi sentissi persa e disorientata toccava a me prendere delle decisioni. Forse in fondo era stato un bene perdere tutto. In particolar modo per una persona come me, da sempre troppo attaccata alle proprie certezze. Il mio mondo, quello che mi opprimeva ma in cui avevo persistito irriducibilmente, si stava sgretolando. E io non avevo più nulla a cui rimanere ancorata oltre me stessa.

Mio marito aveva deciso di lasciarmi. Finalmente, forse era stata la cosa più sensata che avesse fatto nella vita. Anche mio figlio aveva abbandonato la nostra casa. Era andato a casa di un amico per poi rifugiarsi dai miei genitori. Aveva ereditato da mia madre una quasi folle passione scientifica per l'universo, i satelliti, i pianeti, lo spazio. Qualcosa per cui io non avevo mai manifestato il minimo interesse. Questo li aveva portati ad approfondire il legame, soprattutto negli ultimi anni. Una fortuna in questa situazione devastante, William aveva solo diciassette anni e io non potevo pensare che restasse in giro da solo tra i pericoli.

William era un bravo ragazzo. Mi disprezzava ma non si sarebbe mai messo nei guai. Io... dovevo ammetterlo, almeno con me stessa. Il mio timore era che si mettesse nei guai, come aveva incominciato a fare Peter alla sua età. Non doveva accadere, non potevo permetterlo.

Madeline aveva invece scelto di restare con me. Forse perché la situazione con Geoff sarebbe stata troppo imbarazzante. Oppure non se la sentiva di abbandonarmi anche lei. Mi osservava, come sempre, in silenzio. Era a conoscenza della separazione e anche dei motivi, anzi del motivo scatenante. Sapeva del bambino che Geoff aspettava da un'altra donna. Ma aveva accolto la notizia tranquillamente, senza scomporsi.

«Papà mi ha detto. Del bambino.» Era stato il suo commento in proposito. Poi mi aveva scrutata nel suo modo un po' assorto, quasi imperscrutabile. «Mi ha chiesto dove vorrei stare… Io resto qui se tu mi vuoi. Vorrei restare con te.»

Avevo una figlia più matura della sua età. Forse era lei la mia ancora di salvezza. L'unica che mi fosse rimasta.

«Certo che ti voglio qui con me, tesoro.» Mi sforzai di sorridere, baciandole la guancia. «Siamo rimaste sole, ma… senza uomini intorno possiamo fare pigiama party giorno e notte.»

«E guardare tante commedie mangiando cioccolato e popcorn!»

Madeline mi rivolse un sorriso radioso mentre i suoi occhi erano pieni di lacrime. Io per lei avrei desiderato una vita davvero felice e compresi che da quel momento avrei fatto qualunque cosa perché la ottenesse, perché realizzasse tutti i suoi sogni.

Mi decisi a parlare con i miei. Non avevo ancora annunciato espressamente la mia separazione da Geoff e c'erano questioni che non potevano essere affrontate di sfuggita o durante un incontro per un caffè.

Li raggiunsi una mattina, approfittando del fatto che entrambi i ragazzi fossero a scuola. Seduta sul divano del soggiorno in poche parole riferii a mia madre e a mio padre la mia conversazione con Geoff. Compreso quello che avevano tentato di fare a Peter Wiles nel corso di quella festa di circa diciotto anni prima.

Dall'espressione contrita di mio padre compresi che la notizia non lo coglieva del tutto impreparato. E non solo quella riguardante la mia separazione.

«Lo sospettavo.» Non aggiunse altro, sospirò profondamente aggiustandosi gli occhiali sul naso. «Alcuni discorsi di Raymond Carter, il padre di Geoffrey, mi avevano indotto a credere che fosse coinvolto in qualche imbroglio contro quel cantante. Ma io ero convinto che tra te e lui fosse un fuoco di paglia, una sbandata, non sarebbe durata comunque...»

Perfetto. Mio padre, Frederick Delamar, grande diplomatico, coinvolto in un losco affare di droga e di tentato omicidio. Non c'era davvero più salvezza per me. E non avevo nemmeno più la forza né la voglia di discutere, di litigare, di gridare contro il mio mondo che alla fine era stato proprio la causa della mia rovina, della mia disfatta.

«Non abbiamo più nulla da dirci...»

Passai lo sguardo da lui a mia madre. Scossi la testa, mi alzai pronta a ritirarmi.

«Amantine, non te ne puoi andare così!» Gli occhi scuri di mia madre mi fissarono quasi ostili. «Anche tu devi prenderti le tue responsabilità. Anni fa io ti ho detto, se ben ricordi, che forse era giunto il momento di pensare a una separazione con Geoff. Perché non hai fatto nulla in proposito? Spiegami perché...»

«Lasciala stare, Antonia... Con quello che le ha appena fatto Geoffrey...»

Il tono conciliante di mio padre intervenne a fermare le domande e le questioni irrisolte con mia madre. Aveva ragione lei. E io lo sapevo.

«No, papà. La mamma ha ragione. È stata in gran parte colpa mia.» Mi morsi le labbra per trattenere le lacrime. «Io... ho avuto paura. Ne ho ancora, in realtà. Per cui cerco disperatamente qualcuno con cui condividere la responsabilità dei miei errori. Qualcuno su cui scaricare questo mio dolore, perché non sono in grado di sopportarlo da sola, è insostenibile. Ho tentato di evitare il peggio in tutti questi anni, finché non ne sono stata sopraffatta.» Tornai a sedermi e mi preparai a proseguire, contorcendomi le mani. «Se avete creduto che tra me e Peter fosse solo una sbandata vi siete sbagliati. Ma non vi rimprovero per questo, lo avevo creduto anche io. Invece... va avanti da quasi vent'anni. Anche per questo Geoff mi ha lasciata. Avrei preferito che lo facesse prima a essere sincera. Tra me e Peter non è mai cominciata davvero, ma non è nemmeno mai finita. Io credo... che saremmo stati felici se ci fosse stato concesso di esserlo. Se io mi fossi concessa di esserlo.»

Un sospiro profondo. I miei genitori mi fissavano in silenzio. Entrambi. Quasi come se non osassero prendere la parola.

«E mi rendo conto che il più grande impedimento alla mia felicità sono stata proprio io. Mamma... tu hai ragione quando dici che avrei dovuto pensare a separarmi da Geoff anni fa, invece di aspettare che fosse lui a liberarsi di me. Avrei dovuto affrontare la situazione, dire la verità a Peter, a tutti quanti, a me stessa. Stare con Peter, con i bambini... Lottare contro Geoff che mi avrebbe sicuramente impedito di portarli con me. Dire a Peter che...» Feci una pausa. Dovevo dirlo. Per la prima volta dovevo dirlo. Non lo avevo mai espresso ad alta voce, mai così chiaramente, nemmeno con Geoff. «Dire a Peter che William è suo figlio.»

Chiusi gli occhi per non essere costretta a confrontarmi direttamente con la loro reazione. Poi però li spalancai decisa. Non avevo nulla di cui vergognarmi. Anzi, di cose di cui vergognarmi ce n'erano molte, avevo l'imbarazzo della scelta. Ma non quella. Amavo Peter. E non c'era stato un attimo nella mia vita in cui avevo rimpianto di aver tenuto William.

«Lo immaginavamo già, Amantine.» Il tono di mia madre era tranquillo, pacato. «La rottura con Peter, per poi tornare subito dopo a frequentare Geoff... Arrivare a sposarlo così di fretta, quando era chiaro che non l'avevi mai amato...»

«Io... sono riuscita a fare del male a tutti, compresa me stessa.» Mi strinsi nelle spalle. Che altro c'era da aggiungere? «Ma almeno sono sollevata che Peter stia bene e sia felice adesso. Del resto... il padre di Geoff è rimasto paralizzato e probabilmente non si riprenderà più, Simon Jennings non ha avuto fortuna dopo lo scioglimento della band, nessuno lo ha più voluto. Io devo solo mettere insieme i pezzi della mia vita una volta per tutte. Per prima cosa… raccontare tutto a Peter, appena possibile, anche se ormai è tardi per noi. Deve sapere che William è suo figlio.»

CAPITOLO 62

Documenti per il divorzio. Geoff non aveva perso tempo. Lui sì che aveva agito in modo deciso e risoluto, c'era da dargliene atto. Mi aveva fatto presente, in una conversazione telefonica, che con il bambino in arrivo avrebbe preferito accelerare i tempi. Ovviamente acconsentivo a tutto. Avrebbe lasciato a me la casa e la custodia dei ragazzi che avrebbe visto secondo i termini della separazione consensuale.

Con Madeline la situazione si era mantenuta stabile. Era sempre la mia bambina dolcissima. Pregavo solo che il tempo e la vita non la cambiassero mai. William invece... mi tollerava, da come mi aveva aggredita assistendo alla lite tra me e Geoff avevo temuto il peggio. Però preferiva restare dai miei oppure a casa di amici. Vegliavo su di lui senza importunarlo, senza indisporlo ulteriormente nei miei confronti, consapevole che prima o poi sarebbe arrivato il momento di rivelare anche a lui la verità.

La mia intenzione però restava quella di affrontare Peter per primo. Raccontare tutto a William con la consapevolezza che suo padre lo avrebbe accettato sarebbe stato più semplice per me e anche per lui. No, semplice non era la parola giusta. Meno sconvolgente, forse. Meno traumatizzante. Che i miei genitori lo sapessero era già un sollievo.

Il problema che si poneva era riuscire a contattare Peter. Non ci ero riuscita quando avevo tentato l'ultima volta. Forse non aveva voluto rispondermi di proposito a causa del suo matrimonio. Se quello era il motivo probabilmente avrebbe continuato a non rispondermi.

Mi sentivo anche in dovere di far sapere a Peter quello che avevano tentato di fargli nel corso di quella festa. Era suo diritto sapere tutto. Non aveva più alcun rapporto con Simon Jennings per quanto ne sapevo io, ma avvisandolo avrebbe potuto prendere precauzioni per il futuro. Quell'ambiente era pericoloso... No, in realtà tutti gli ambienti potevano diventarlo circondandosi delle persone sbagliate.

Il tempo, soprattutto in questi ultimi anni, sembrava non avere pietà di me. Un altro anno era quasi volato via e io mi ero messa in testa di parlare con Peter prima che William compisse diciotto anni. Tra il novembre del 2010 e il febbraio del 2011 non mi era rimasto molto tempo. Era ironico il fatto che Peter e nostro figlio fossero nati nello stesso mese, quasi nello stesso giorno.

Non ricevendo risposta e scartando tutte le altre opzioni irrealizzabili, mi era rimasta un'unica possibilità. Provare a cercare Peter nella sua casa di Londra. Ero abbastanza certa di non trovarlo, ma magari... Magari avrei trovato Gordon. Magari avrei potuto supplicarlo di mettermi in contatto con Peter, di riferirgli un mio messaggio.

Questa volta avevo davvero urgente bisogno di vederlo, di parlargli. Più urgente di tutte le altre. E ne avevo anche una gran voglia. Egoisticamente sognavo di trovarmelo di fronte, di guardarlo negli occhi, di studiare i suoi lineamenti, di accarezzargli il viso. Di provare, fosse anche per l'ultima volta in vita mia, la sensazione del suo sguardo su di me.

Raggiunsi Notting Hill con il cuore in fermento. Mi sentivo ancora più tesa della prima volta. Anzi, di tutte le volte che ero tornata a cercarlo a distanza di anni. Ed ero sicuramente più disperata che mai per la sensazione che Peter non avesse alcuna intenzione né di vedermi né di parlare con me. Che si fosse davvero costruito una vita felice con un'altra. Non che non lo meritasse. Ne aveva tutto il diritto.

Mi fermai di fronte a casa sua. Congiunsi le mani e intrecciai le dita stringendole forte, quasi fino a farmi male.

«Per favore... Per favore, Gordon...» sospiravo tra me.

Non osavo nemmeno suonare il campanello. Speravo in cuor mio che Gordon percepisse il mio richiamo come era accaduto altre volte che, scorgendomi ferma di fronte a casa, aveva aperto la porta.

No, non potevo aspettare ore e far dipendere la mia sorte dal destino, dal caso, dalla fortuna che il maggiordomo inglese di Peter guardasse fuori da una delle finestre, mi vedesse e decidesse di venire ad aprirmi.

Suonai e attesi. Nessuna risposta. Provai di nuovo. Due, tre volte. Dovevo avere pazienza, concedergli il tempo necessario per arrivare alla porta. A meno che... Peter avesse lasciato definitivamente la casa, abbandonata o venduta ad altri. Certo, ormai la sua vita era altrove.

Abbassai lo sguardo delusa. Era davvero tutto perduto, ormai. Anche la casa dov'era nato il mio amore per lui. Ripercorsi con la mente il suo interno. Il soggiorno, il divano, la mensola con i libri, la cucina. Le scale che conducevano al piano superiore, la nostra stanza. Anche quella dove mi ero preparata per quella serata, l'abito che avevo indossato. Dove mi avevano vestita, pettinata, truccata. Poi ero scesa da lui e...

«Signora...» Sentii qualcuno schiarirsi la voce. Un uomo. «Signora, sta cercando qualcuno?»

Sollevando lo sguardo vidi, in cima ai gradini davanti alla porta di casa, un ragazzo giovane e biondo. Pallido, allampanato, dimostrava circa trent'anni.

«Io... sto cercando Peter Wiles...» sospirai aggrottando la fronte.

«Mi dispiace, signora. Qui non abita nessun Peter Wiles.» Accento perfetto, nulla da dire. La fotocopia ringiovanita di Gordon.

C'era comunque la possibilità che dicesse la verità. Che la casa non appartenesse più a Peter. Però dovevo fare un ulteriore tentativo.

«Posso parlare con Gordon? Lui mi conosce.» Sospirai più profondamente, lottando per trattenere la tensione emotiva.

«Gordon è…» Il giovane biondo strinse gli occhi e scosse la testa con espressione un po' desolata.

«Oh no, mio dio… Gordon…» Quindi avevo perso anche Gordon? Certo era anziano. Ed erano passati altri anni dall'ultima volta.

«No, signora. Voglio dire… Gordon è in vacanza con la moglie fino a metà gennaio. Io lo sostituisco quando non c'è e quando… insomma, quando attendiamo il signor Wiles a Londra.» Il sostituto di Gordon si aprì in un sorriso un po' vago perdendo un po' della sua rigidità e compostezza. «Lei è… un'amica del signor Wiles, vero? Adesso l'ho riconosciuta.»

Un'amica. Bel modo raffinato di dire che aveva riconosciuto l'amante del suo padrone. O forse una delle amanti. Magari mi aveva vista su qualche giornale anni prima. Oppure… Non era il caso di perdermi in riflessioni inconcludenti.

«Sono Amantine Delamar. Ho assoluto bisogno di parlare con Peter. È necessario che lui mi contatti, con urgenza. Magari non vorrà farlo, magari… Ma io davvero la prego, è importante… davvero…»

Non riuscivo più nemmeno a mettere insieme una frase di senso compiuto, mi tremava la voce. Una vergogna pensando che ero un'insegnante universitaria di letteratura. Come potevo risultare convincente per quel giovane dall'aria integerrima e virtuosa che non era Gordon, che non mi conosceva quanto Gordon?

«Stia tranquilla, signora. Riferirò il suo messaggio al signor Wiles. Farò in modo che la contatti al più presto.»

Il giovane di cui non conoscevo il nome annuì con un sorriso conciliante. Sembrava quasi impietosito dal mio stato. Dovevo sembrare proprio disperata. In effetti lo ero.

«Grazie. Grazie infinite.»

Gli consegnai un biglietto che lui venne a prendere al cancello. Avrei voluto chiedergli il permesso di entrare in casa solo per qualche minuto, ma mi resi conto che sarebbe stato pretendere troppo.

Quando rientrò rimasi ancora ferma lì. Non era il luogo. Non era nemmeno quella casa in particolare. Era lui, Peter. Il mio cuore era con lui, gli apparteneva. Peter era la mia casa e lo sarebbe stato per sempre. Ovunque lui si trovasse.

CAPITOLO 63

Vivevo nell'attesa di un suo messaggio, di una sua chiamata. Ero rimasta qualche giorno a casa di Alain e Marianne a Londra, per poi rientrare a Parigi. Non volevo lasciare i ragazzi troppo a lungo. William e Madeline avevano bisogno di me. O forse ero io ad avere bisogno di loro.

«Amantine...» riconobbi la sua voce immediatamente, appena risposi al cellulare ad un numero privato.

«Ciao, Peter...»

Solo sentirlo pronunciare il mio nome mi provocò un turbamento profondo, una sorta di calore che mi saliva dal petto a bloccarmi il respiro. E le lacrime involontariamente mi riempirono gli occhi annebbiandomi la vista. Per fortuna mi trovavo nel mio studio, da sola.

«So che mi hai cercato.»

Il suo tono si manteneva comunque distaccato. Non era lui. Cioè non era il solito Peter e non era il suo abituale modo di parlarmi.

«Sì, Peter. Ti cerco da un po'... e quindi... sono andata a Londra, a casa tua...» Inutile sottolineare l'ovvio. Già lo sapeva che ero andata a cercarlo. «Ecco, io... avrei bisogno di vederti.»

«Per quale motivo?»

No, decisamente non era il solito Peter. Il mio Peter. Ma era anche normale, credo. Non era più il mio Peter già da un po' ormai.

«Non posso dirtelo al telefono... Peter, ti prego...»

Da quando lo conoscevo non era mai accaduto. Non avevo mai dovuto pregarlo per vederci. Stavo parlando con l'uomo che tornava solo per incontrarmi, che correva da me anche se si trovava fuori città. Anche fuori dal paese.

«Amantine, mi dispiace ma sono impegnato.» Certo, lo sapevo. Socchiusi gli occhi e annuii tristemente, anche se lui non poteva vedermi. Lo sentii sospirare all'altro capo. Ovunque si trovasse non era mai stato così distante da me. «Intendo dire… ho molto lavoro in questo periodo.»

«Capisco, ma io…» Come potevo fargli capire che il mio non era un capriccio? Avevo davvero bisogno di vederlo. «Peter, appena avrai un attimo di tempo. Mi bastano solo pochi minuti. Dimmi tu dove, sono disposta a raggiungerti.»

In realtà non ero certa che bastassero davvero pochi minuti. Per confessargli la verità sì, certamente sarebbero stati sufficienti. Per dirgli che il suo manager e il padre del mio ex marito si erano accordati per separarci, per drogarlo con l'intenzione di ucciderlo. Per rivelargli che quando ero fuggita disperata ero incinta di suo figlio…

Sì, pochi minuti sarebbero sicuramente bastati. Ma per accettare e assimilare il tutto non avevo idea di quanto tempo gli sarebbe stato necessario. Giorni, settimane, mesi, anni… Magari tutta la vita.

«Va bene, ascoltami…» Percepii una sorta di inclinazione nella sua voce, come se stesse cedendo a un compromesso pur mantenendosi nelle intenzioni freddo e distaccato. «Ti farò sapere, Amantine. Appena mi sarà possibile.»

«Peter…» La tentazione di rivelargli almeno la parte riguardante la mia separazione da Geoff era irresistibile. Ma mi trattenni per evitare che pensasse che quella fosse la motivazione principale della mia chiamata e che mi aspettassi qualcosa da lui. E non era così. Anche se non potevo negare la speranza che la notizia suscitasse qualche reazione in lui. «Ti ringrazio, Peter… Io aspetto tue notizie, allora.»

Era chiaro il messaggio. Io continuavo ad amarlo. Lui invece non mi amava più. Non era mai stato tanto freddo con me. Non mi aveva mai trattata con tutto questo distacco. Ma era ovvio. C'era un'altra al suo fianco. Una donna giovane, bellissima, di successo.

Mi posai una mano sulla fronte. Temetti che la testa mi scoppiasse, colpita da un dolore intenso e improvviso. Faceva male. Davvero troppo male la consapevolezza di averlo perso. Ogni mia più remota illusione era stata distrutta dalla sua voce. La sua voce che un tempo mi aveva chiesto "Amantine… vuoi che sia vero?"

Rabbrividii e mi accarezzai le braccia. Seduta sulla poltroncina di fronte alla mia scrivania sollevai le gambe attirandomele al petto. Non sarebbe stato mai più vero per lui. Mai più. In ogni caso non era per me che lo avevo cercato. Per se stesso. Per nostro figlio. La mia sofferenza, questa volta, veniva in secondo piano.

CAPITOLO 64

Non mi restava altro da fare che dividermi tra il lavoro e i figli. In attesa che Peter trovasse, tra i suoi svariati impegni, qualche minuto da dedicarmi.

Con Madeline la situazione era stabile. Era tranquilla e tendeva a dare molti meno problemi di una comune adolescente. Anche se sospettavo che non si esprimesse chiaramente con me.

William restava un mondo a sé. Era tornato a casa e sembrava essersi calmato, ma presto avrebbe compiuto diciotto anni e io temevo che la sua fosse soltanto una sorta di quiete che precedeva la tempesta. Si era creata, da parte sua nei miei confronti, una curiosa competizione per cui cercava di dimostrarmi di essere in grado di ottenere risultati migliori di me in ambito scolastico. Il pericolo che cadesse in dipendenze dannose non sembrava sussistere. Però non mi rivelava mai i suoi sogni, le sue aspirazioni. Non sapevo nemmeno quale percorso di studi avrebbe voluto intraprendere.

Entrambi i miei figli, come per tacito accordo, non si esprimevano a proposito della decisione di Geoff di lasciarci per rifarsi una vita. William non mi aveva più incolpata della rovina della nostra famiglia, ma allo stesso tempo dubitavo che mi avesse perdonata.

Mia madre aveva avuto più successo di me nel raccogliere le sue confidenze. Da lei avevo saputo che Geoff non lo voleva con sé, nella casa che condivideva con la sua nuova compagna.

«Ovviamente...» Non potevo negare di essere contrariata dalla scelta di Geoff di rimuoverci dalla sua esistenza. Per quanto mi riguardava era comprensibile, ma stava coinvolgendo anche i ragazzi. William soprattutto.

«Non credo che sia per il motivo che credi tu...» Mia madre era più condiscendente di me nei confronti del mio ex marito. «Geoff sta solo cercando di costruirsi una nuova vita e per ora la sua situazione non si è ancora stabilizzata. Vuole bene ai ragazzi... a entrambi. Gli ho parlato.»

«A quanto pare hai un dialogo migliore di me con chiunque...» sospirai sorseggiando il tè che avevo di fronte. «Io ispiro freddezza e distacco in tutti, ultimamente. William non mi sopporta.»

«Non è così, però...» Mia madre, come sempre, si impegnava per mantenere il controllo della situazione. Io non ero in grado di agire lucidamente, forse non lo ero mai stata. «Non è un momento facile. E quando gli dirai... Insomma, lo sarà ancora meno. Ma prima o poi dovrai farlo. Sei riuscita a parlare con Peter?»

«No. Mi ha telefonato e mi ha detto che mi avrebbe contattata lui appena sarebbe stato disponibile a un incontro...» Mi morsi le labbra evitando di proseguire. Erano trascorse tre settimane e non mi aveva ancora richiamata. Ormai era passata anche la seconda settimana di dicembre. Forse sarebbe tornato in Inghilterra per le vacanze di Natale, ma non ne potevo avere la certezza. «Potrebbe averlo dimenticato o non averne la minima intenzione. E io non so cosa fare. Ho sempre avuto un pessimo tempismo, purtroppo. Oppure è il destino che si diverte a giocare con me. E poi non saprei nemmeno come... come posso dargli una notizia del genere? Dopo tutti questi anni? A parte il mio divorzio... Dirgli che lo avrebbero ucciso... Ma soprattutto, parlargli di William... Comunque, se non mi contatta dovrò decidermi ad andare io stessa a cercarlo.»

Ero nelle mani di Peter. Letteralmente. Dovevo sottomettermi alla sua decisione. Peter, Geoff, i miei figli. Non avevo più il controllo della mia vita, del mio futuro. Ma forse, facendo un resoconto del mio passato e del mio presente, non lo avevo davvero mai avuto.

«Amantine...» Mia madre si allungò verso di me, sfiorandomi appena la mano con la sua. «Tu sai che io ho una mente razionale. Inoltre non mi sono mai trovata in una situazione del genere, quindi non saprei cosa consigliarti. Ma basandomi sui fatti, su quello che so di questa storia... Tu conosci quell'uomo, il suo carattere, la sua forza, la sua debolezza... a tal punto che avresti lasciato tutto per lui. Troverai il modo. Per il resto, ti do un consiglio meno razionale e forse molto più banale. Ma è quello che raccomandano nella maggior parte delle storie d'amore. Non pensare troppo. Segui il cuore.»

CAPITOLO 65

Era trascorso quasi un altro mese. Passate le vacanze di Natale, iniziato un nuovo anno. Nessuna notizia da Peter. A parte quelle che cercavo costantemente in internet e sul suo sito. Speravo di scoprire dove si trovasse o magari ottenere qualche notizia sulla sua vita pubblica e privata.

Avevo riacquistato i suoi cd. Quelli nuovi e anche i primi, quelli con i Darkest Storm. Di tanto in tanto mi perdevo a osservare il suo viso ritratto su quelle copertine. Aveva più o meno l'età di William. Fortunatamente non gli somigliava in modo imbarazzante, però aveva lo stesso sguardo, lo stesso colore e taglio degli occhi. Quando li socchiudeva e mi fissava con aria di scherno o sdegnato diventava ancora più simile a lui. Ero riuscita a trovare alcune fotografie dell'altro figlio di Peter, Matthew. Quel ragazzino sì, sembrava la fotocopia di Peter da adolescente. Anche se probabilmente aveva preso gli occhi azzurri della madre.

Percorrevo con il dito l'immagine di Peter, la fotografia che lo ritraeva così giovane, così ribelle e sfrontato. Per poi nascondere tutto nel cassetto della mia scrivania, come reliquie di un passato segreto. Anche se ormai non avevo più un marito a cui celare la mia passione per un altro uomo.

A metà gennaio avevo ormai perso la speranza. Avevo deciso che non sarei tornata a cercarlo per supplicarlo ancora. O forse, considerata l'importanza di ciò che avevo da rivelargli, avrei dovuto.

Mentre ero combattuta tra il tentativo di rimuovere per sempre il pensiero di lui e la necessità che conoscesse la verità, ricevetti finalmente una sua comunicazione. Un messaggio al mio indirizzo di posta elettronica. Formale, impersonale, quasi telegrafico. Si trovava a Londra per qualche giorno. Se volevo raggiungerlo a casa sua era disposto a dedicarmi qualche minuto del suo tempo.

Prenotai immediatamente il volo, annunciai all'università che mi sarei assentata per due giorni per problemi personali, preparai un bagaglio con lo stretto necessario. Telefonai a mia madre chiedendole di occuparsi dei ragazzi. Non avrei impiegato più di due giorni per portare a termine la mia missione. Arrivare a Londra, parlare con Peter e tornare a Parigi. Ma era lo sconvolgimento che avrei portato nella sua vita, nella vita di tutti a terrorizzarmi.

Vissi la partenza e il viaggio come trascinata dagli eventi, quasi senza la mia partecipazione attiva. Arrivata a Londra mi recai a casa di Alain per lasciare il mio bagaglio e per prepararmi all'incontro. Cercai di vestirmi nel modo più semplice possibile; camicia color crema, giacca e pantaloni scuri. Mi sciolsi i capelli e mi passai un filo di trucco sul viso. Non avevo intenzione di impressionarlo o di attrarlo, però non volevo nemmeno mostrarmi troppo distrutta dai segni del tempo e dalle circostanze.

E in un attimo mi ritrovai di nuovo lì. Notting Hill, fuori da casa sua. E ciò che mi spaventava di più era la sensazione che mi stessi preparando ad affrontare un nemico, una persona ostile. Non Peter.

La sola idea mi faceva male, mi feriva. Mi ero obbligata più volte a ripassare il discorso che avrei dovuto tenere in sua presenza, come se stessi ripetendo gli appunti di una lezione, per arrivare infine a una conclusione e ritirarmi nel modo più indolore possibile.

Il mio piano era ben delineato. Gli avrei parlato del mio divorzio per poi rivelargli ciò che da Geoff avevo scoperto a proposito della festa. Infine… William.

Ma disgraziatamente non si trattava affatto di appunti di una lezione per cui potevo strutturare una scaletta creandomi collegamenti tra un argomento e l'altro. Era la vita. La nostra. E Peter non se ne sarebbe stato in silenzio ad ascoltarmi inerme come i miei studenti. Peter avrebbe preteso risposte, Peter avrebbe reagito. Per quanto freddo e distante nei miei confronti non sarebbe rimasto indifferente a notizie del genere.

Fu Gordon a venirmi ad aprire. Feci appena in tempo a salutarlo e a informarmi sulla sua salute. Mi rispose con un sorriso vago e mi aiutò a sfilarmi il cappotto prima di ritirarsi un po' smarrito, lasciando che in casa regnasse un clima di silenzio e di tensione palpabile. Probabilmente tra tutti i momenti che avevo atteso nel corso degli anni per parlare con Peter avevo scelto il peggiore.

Lo vidi seduto sul divano, al suo solito posto. Teneva lo sguardo puntato su di me. Non un sorriso, non una parola. Nemmeno dava segno di volersi alzare per accogliermi, per salutarmi. Sembrava in forma, nel suo abbigliamento sportivo. Jeans e un camicia verde militare che faceva risaltare i suoi occhi. Lo trovai più affascinante che mai, ma con lo sguardo segnato da una stanchezza che non aveva nulla a che vedere con l'aspetto fisico. Una stanchezza emotiva.

«Peter...»

Quasi non osavo avvicinarmi, senza un suo incoraggiamento esplicito. Dovetti forzarmi per muovere qualche passo verso di lui.

«Amantine...» sospirò profondamente socchiudendo gli occhi, per poi riaprirli su di me e scrutarmi quasi con ira. «Tu non hai idea... quanto avrei voluto evitare di incontrarti ancora. Quanto avrei preferito non doverti vedere mai più.»

«Sì, invece. L'ho capito.»

Mi fermai e mi strinsi le mani talmente forte da farmi male. Morsi le labbra abbassando il viso. Non volevo perdere il controllo e scoppiare in lacrime di fronte a lui. Non aggiunsi altro, rendendomi conto che non sarei stata in grado di trattenere i singhiozzi.

«Perché, allora?» Il suo tono sembrava ancora fermo, inflessibile.

«Perché... non ho avuto scelta.»

Ero rimasta immobile, tra l'atrio e il soggiorno. Senza il coraggio di avvicinarmi a quel gelo che lo circondava, al rifiuto nei miei confronti che avevo letto nei suoi occhi, nella sua voce.

«Perché mi fai questo, Amantine?»

Improvvisamente percepii il suo dolore. Ancora distante, come un'eco lontana. Come se un'altra persona si fosse impossessata del suo corpo, ma un frammento di Peter fosse ancora lì, nascosto in uno spazio recondito della sua anima. E se da una parte mi supplicava di non riportarlo a galla, dall'altra mi implorava di farlo riemergere, insieme ai sentimenti che ancora inevitabilmente ci legavano.

«L'ultima cosa che vorrei al mondo, Peter, è farti del male.»

E la prima che avrei desiderato in quel momento era stringerlo tra le mie braccia, baciarlo, confessargli tutto il mio amore.

«Sono un uomo senza volontà, a quanto pare. Non ho resistito.» Peter si alzò, avvicinandosi a me di qualche passo. «Eppure ci ho provato. Ogni giorno in cui evitavo di risponderti, di chiamarti... per me è stata come una vittoria, una conquista. Sono stato davvero molto felice in questi ultimi tempi, prima che arrivassi tu... di nuovo...»

«Perdonami, allora. Non avrei mai voluto turbare la tua felicità, Peter.»

Ecco, forse dovevamo parlarci così. In piedi, immobili come statue, a qualche metro di distanza. Ci scrutavamo quasi come due animali in gabbia, incerti su chi dei due avrebbe ceduto per primo, abbandonato l'armatura. Probabilmente io. Per quanto mi impegnassi a mantenere il controllo, sentivo il cuore esplodermi nel petto.

Peter scosse la testa scrollando le spalle. «Cosa devi dirmi di tanto importante, Amantine?»

Mi resi conto ancora di più che non potevo mettere in atto il mio grande piano. Non potevo ripetergli la lezioncina che mi ero preparata come se fosse stato uno studente pronto a recepire i miei insegnamenti. Divorzio, festa, figlio. No, nemmeno creando i collegamenti più opportuni. Non con lui. Non avrebbe funzionato.

In quel corpo, in quello sguardo indifferente e ostile nei miei confronti c'era ancora Peter. Il mio ragazzo. L'amore della mia vita. L'unico con cui per me era stato vero.

CAPITOLO 66

«Io ti ho seguito… la tua carriera, intendo…»

Non ero certa esistesse un dio o qualche santo che potesse ispirarmi le parole giuste. In ogni caso se esisteva questo era il momento per manifestarsi.

Peter strinse leggermente gli occhi, sembrava non comprendere ciò che io intendevo comunicargli. Non aveva tutti i torti, nemmeno io sapevo da che parte iniziare. Quel suo modo diffidente di osservarmi mi ricordò William e mi turbò ancora più profondamente, tanto da costringermi a distogliere lo sguardo.

Fu in quell'istante che rammentai le parole di mia madre durante la nostra conversazione di alcune settimane prima, parole a cui avevo prestato scarsa attenzione. "Segui il cuore." "Non pensare troppo." "Segui il cuore".

Sollevai decisa lo sguardo su di lui, sospirai aprendomi a un sorriso dolce, caloroso. Potevo solo provare a esprimere i miei sentimenti.

«Mi sei mancato, Peter. Mi sei mancato ogni giorno, ogni momento.» Avanzai verso di lui timorosa, poi più decisa.

Peter indietreggiò di qualche passo senza replicare, ma non mi lasciai intimorire né dal suo silenzio né dal suo rifiuto. Mi rendevo conto che non sarebbe stato facile abbattere le sue riserve. Si stava solo difendendo, stava proteggendo se stesso innalzando un muro contro di me. Ma io avevo bisogno di lui, della sua collaborazione per riuscire a raccontargli tutta la verità.

«Un'innocua, piccola intellettuale snob ed egocentrica non ti ha mai fatto così tanta paura, Peter…»

«Tu… non sei tanto piccola, Amantine. E soprattutto non sei innocua.» Lo vidi fremere, stringere i pugni mentre la luce nei

303

suoi occhi, quella fiamma che io conoscevo tanto bene, stava tornando a vivere, ad ardere incendiando il mio cuore, i miei sensi. «Tu sei la mia dannazione. Tu mi vuoi distruggere, ancora una volta... Per poi sparire e tornare nel tuo mondo, da cui mi hai sempre escluso, allontanato...»

«Non è vero, Peter. Non ti ho mai escluso dal mio mondo, perché tu...» Ancora qualche passo e mi trovai proprio di fronte a lui. «Tu ne sei diventato parte da quando ti ho incontrato. Anzi, no... Il mio mondo è esploso, si è accartocciato su se stesso dopo il tuo arrivo nella mia vita. Il mio mondo non esiste più, forse non è mai esistito veramente.»

«Sarà anche vero quello che dici... ma non mi è sembrato, visto che ti ci sei crogiolata per anni in quel mondo.»

Peter si passò rapidamente entrambe le mani sul viso. Ne approfittai per avvicinarmi ancora di più annullando la distanza tra noi, gli accarezzai le braccia.

«Mi dispiace. Se ti ho fatto del male, mi dispiace. Ne ho fatto anche a me stessa, tanto.» Appena scostò le mani dal viso mi ritrovai con gli occhi nei suoi, le sue labbra così vicine alle mie. «E mi dispiace perché, con quello che sono venuta a dirti, te ne farò ancora di più. Ma è importante. Anzi, è essenziale che tu sappia.»

«Non c'è nulla ormai che possa ferirmi, Amantine...» Mi sfiorò appena la spalla, trattenne la mano per un attimo poi si scostò da me. «Mi costa trattarti così, non hai idea di quanto sia difficile per me. Ma l'ultima volta che ci siamo visti, al funerale di Jacob... Io ti avrei chiesto di lasciare tutto, di venire via con me. Di non lasciarmi di nuovo, perché avevo un disperato bisogno di te e solo tu mi potevi capire. Jacob era... come un secondo padre per me. Tu hai cominciato a parlarmi dei tuoi figli, io ti ho detto che capivo la tua scelta, ma in realtà... ti avrei chiesto comunque di seguirmi, ti avrei promesso che avremmo trovato una soluzione insieme. Poi è arrivata tua figlia ed è cambiato tutto. Non potevo distruggere la famiglia e la vita a una bambina così dolce, così bella... Non potevo essere così egoista! Così ho deciso che dovevo impegnarmi per lasciarti andare, farmi da parte per iniziare una nuova vita, per tentare di costruire qualcosa... per riuscire a starti lontano una volta per tutte.»

«Forse avresti dovuto davvero chiedermi di lasciare tutto per seguirti... Peter, il mio matrimonio è finito. Sto divorziando da Geoff.»

Non mi aspettavo che esultasse, ma nemmeno un silenzio assoluto da parte sua. Sembrava quasi rassegnato.

«Mi stupisce che tu abbia lasciato tuo marito.»

Al contrario di ciò che aveva appena affermato non si mostrava particolarmente colpito.

«Mi ha lasciata lui. Per un'altra donna. Avrà un bambino da lei, così...» sospirai stringendomi nelle spalle. Una delle mie grandi notizie era andata. Ma non era comunque la più sconvolgente, soprattutto se paragonata alle altre.

«Che uomo incredibile. Ti ha tenuta in pugno per vent'anni, forse di più...»

Mi rivolse un'occhiata a metà tra l'ironico e il compassionevole. Scosse la testa increspando le labbra, senza aggiungere altro.

«Probabilmente avete raggiunto uno strano accordo, una coincidenza per cui entrambi avete preso la solenne decisione di lasciarmi andare per una donna più giovane e attraente.» Questa me la sarei potuta risparmiare, me ne accorsi appena pronunciate le ultime parole. Paragonare Peter a Geoff era stata una pessima idea da parte mia. «Scusami, non avrei dovuto dirlo...»

«Per quanto riguarda me non avresti dovuto nemmeno pensarlo, considerato il fatto che non sono mai stato tuo marito, potevo avere tutte le donne che volevo, sono sposato con un'altra... ma sono ancora qui a scattare ai tuoi ordini!»

Aveva alzato la voce. Era colpa mia. Non avevo saputo resistere alla gelosia che provavo nei suoi confronti. Pur sapendo di non averne alcun diritto.

«Non sono rimasta con Geoff per il legame che avevo con lui, dovresti saperlo. E lo so che tante altre al mio posto avrebbero agito diversamente, ma a quanto pare io non ho mai avuto molto coraggio. È la mia colpa più grande. No, in realtà ce n'è anche un'altra, forse peggiore.» Al contrario di lui io sussurravo appena. «Peter, lo sai che io...»

«Tu cosa, Amantine?» Sbuffò rivolgendomi la sua espressione sarcastica. «Per questo motivo hai voluto vedermi? Per dirmi che dopo anni ti sei finalmente separata da tuo marito? Per annunciarmi che ora sei libera e disponibile? Un gran peccato, mia cara, perché ora non sono libero io! E se devo essere sincero sto benissimo, anzi non sono mai stato meglio.»

Detta così sembrava quasi una ripicca da parte sua. Ma io sapevo che non lo era.

«Lo so, Peter. E anche se vorrei che avessimo un'opportunità finalmente, io... Tutto ciò che voglio è che tu sia felice, devi credermi. Non necessariamente insieme a me.» Per quanto mi costasse ammetterlo, era vero. Non gli avrei mai chiesto di rinunciare a una vita che lo rendeva felice, sereno, realizzato. «Comunque... non è per questo che ti ho chiesto di vederci.»

Peter con un cenno del capo mi indicò il divano invitandomi a sedere e nello stesso tempo a continuare. Si sedette anche lui, incrociando le braccia.

«Ecco, si tratta di quella sera... di quella festa, di nuovo.»

Lo sguardo spazientito che mi rivolse era fin troppo eloquente.

«Amantine... è passato, dovremmo lasciarci quella serata alle spalle una volta per tutte.»

«Non posso. Non tanto per quello che hanno fatto a me, ma...» L'immagine di lui con un'altra tornò limpida nella mia mente, come se fosse appena accaduto. Anche se in realtà il volto di quella sconosciuta si sovrapponeva nella mia immaginazione a quello di Kendra Scott, la nuova giovane moglie di Peter. «Si tratta di te, Peter. Di quello che volevano fare a te.»

«Distruggermi? Rovinarmi? Separarmi da te?» Peter si appoggiò allo schienale del divano sollevando il viso per fissare il soffitto. «Già lo sappiamo. Come sappiamo che ci sono riusciti.»

«Peter... il padre di Geoff si era accordato con Simon Jennings...» Mi mossi per avvicinarmi a lui. «E lo scopo, almeno di Jennings, non era solo quello di separarci o farti del male. Voleva di più... Lui voleva... impedirti di lasciare la band, ecco. A qualunque costo.» Dovevo dirlo, anche se aborrivo al solo pensiero. «Anche rischiando di ucciderti... Pensava anzi che sarebbe servito a dar maggior risalto alla band, a risvegliare l'interesse, se tu...»

L'espressione di Peter mi parve quasi incredula inizialmente. Poi divenne imperturbabile, come se fosse disinteressato e noncurante di ciò che gli avevo appena rivelato.

«Ovvio, con un morto di mezzo le vendite sarebbero salite alle stelle. Non mi stupisce. E il tuo caro suocero si sarebbe diviso il bottino con Simon? Bella mossa.»

«No, da quel che ha detto Geoff a lui interessava solo che io... che ti lasciassi, insomma.» Non riuscivo più a trattenere l'indignazione che provavo nei confronti di Raymond Carter, di Geoff, di Simon. Anche nei confronti di me stessa che avevo interpretato così bene la mia parte nel piano ordito contro di noi. «Cosa che io, come una cretina, ho fatto. Sono stata solo un burattino nelle mani di quei maledetti! Hanno usato le mie insicurezze, hanno giocato con quello che io provavo...»

«Non è stata colpa tua, Amantine. Non prendertela con te stessa...»

Inaspettatamente Peter si allungò verso di me e mi sfiorò la guancia con le dita. Al suo tocco non fui più in grado di resistere, di trattenermi. Gli afferrai la mano.

«Non avrei dovuto lasciarti, Peter. Io avrei dovuto capire... cercare una spiegazione da te invece di scappare!» Mi asciugai le lacrime che mi scorrevano copiose sul viso. «Quante, quante volte me lo sono ripetuta. Sono sempre stata una persona lucida e razionale, invece in quel momento non sono riuscita a controllarmi, a ragionare. E ancora non sapevo di averti lasciato solo, in pericolo, di aver rischiato di... perderti per sempre... che ti facessero del male... che ti...»

«Non piangere, Amantine. Lo sai che non sopporto di vederti così...»

Mi attirò tra le sue braccia. E io, riconoscendo il suo profumo, il suo calore, mi sentii persa e ritrovata allo stesso tempo.

«Come hanno potuto...»

Piangevo sul suo petto. Per lui, per me, per il rischio che aveva corso. Anche se era accaduto quasi vent'anni prima. Il mio dolore restava recente e mi bruciava nel profondo dell'anima, fino quasi ad annientarmi.

«Stai tranquilla, piccola...»

La sua reazione era fin troppo pacata. Una sorta di rassegnata indifferenza, come se non lo sorprendesse ciò che Simon aveva tentato di fargli.

«Peter, tu...» gli sfiorai il viso con dolcezza.

«Io lo sapevo, Amantine. Comunque lo sospettavo.» Mi strinse a sé accarezzandomi le braccia, mentre rabbrividivo dal freddo, come se il gelo mi scorresse nelle vene al posto del sangue. «Quella sera... a un certo punto mi sono svegliato in quella stanza, senza capire cosa fosse accaduto. Avevo delle immagini in testa, ma discontinue. Noi due nel parco, io che mi allontanavo per suonare con i ragazzi. E poi con... quella ragazza. Inizialmente ho dato per scontato che fossi tu. Non potevo credere che... Comunque appena riuscii a muovermi e a uscire dalla stanza, chiesi di te. Non ero in me, però in qualche modo ho provato a cercarti in quella casa, nel parco, sono riuscito ad arrivare fino a quel piccolo ponte... Ma Simon Jennings mi drogò ancora, una dose massiccia con l'intenzione di provocarmi una ricaduta drastica, diciamo.»

«Peter, se io non ti avessi lasciato, quella sera...» Fremevo stringendogli le mani tra le mie, intrecciando le dita con le sue. Mi sentivo annientare dal rimorso, anche se probabilmente non avrei potuto fare nulla. «Noi non avevamo una relazione, non avrei dovuto reagire così, anche se...»

«Ti ha fatto male vedermi con un'altra? So cosa significa, Amantine. Lo so da anni. Comunque, Joseph Stevenson mi ha salvato. Per nessuna ragione avrebbe accettato uno scandalo del genere in casa sua, gli avrebbe rovinato la reputazione di grande tennista integerrimo. Se si fosse saputo pubblicamente che durante le sue feste giravano droghe pesanti, la sua carriera sarebbe stata compromessa. Certo, se fossi morto altrove, magari non avrebbe avuto poi tanta importanza...» Il cinismo con cui Peter parlava di se stesso e della gente che frequentava mi sconvolgeva, mi feriva. «Così Stevenson si è assicurato che io giungessi a casa mia ancora in vita. Poi è iniziato un periodo davvero duro per me, sono stato molto male...»

Lo ascoltavo in silenzio, accarezzandogli il viso e il petto con dolcezza. Io non c'ero. Io me n'ero andata. Io lo avevo lasciato solo.

«Peter...» Non sapevo cosa dire. Non sapevo come rimediare a un errore di valutazione che aveva compromesso per sempre la mia felicità ma che a lui sarebbe potuto costare la vita. «Perché non me ne hai mai parlato quando ci siamo rivisti? Non avevi... possibilità di denunciare Jennings?»

«No. Che prove potevo portare a mio favore? Io avevo già avuto problemi di abuso di droghe in passato...» Sospirò, passando i pollici sotto ai miei occhi per asciugarmi i residui di lacrime ancora visibili. «Niente di più facile che far credere a tutti in una mia ricaduta. Sarei passato dalla parte del torto compromettendo anche quel poco che mi restava. Invece l'unica cosa che potevo fare era lottare per riprendermi... e aspettare di liberarmi di loro una volta per tutte.»

«Gli altri erano d'accordo, credo. Tyler Grey ha fatto in modo che...» Che io agissi come una sconsiderata, come una stupida. Peggio, come una ragazzina ferita. «Mi ha portata via dalla festa. Io sono arrivata qui con lui…»

«Lo so. Quando mi sono ripreso l'ho saputo da Gordon… Quel pover'uomo ancora ha il rimorso di aver ubbidito a Tyler ed essersi ritirato. Ma tu sembravi stare bene…» sospirò prendendomi il viso tra le mani. «Amantine, cosa ti ha fatto Tyler? Io avrei dovuto proteggerti… Ho detto che non ne voglio più parlare, ma è una cosa che non mi perdonerò mai.»

«Non è stata colpa tua, Peter.» Mi strinsi a lui. Consapevole che non avrei dovuto farlo cercai le sue labbra, pur sapendo che mi avrebbe respinta. «La verità è che io volevo solo te… Io… voglio ancora…»

Sentii il calore delle sue labbra sulle mie, le sue mani che mi afferravano per i fianchi, mentre mi trascinava sopra di sé. Mi lasciò scivolare la giacca dalle spalle e in un attimo la sua bocca era sul mio collo, sul mio seno.

Poi si staccò improvvisamente, mi allontanò da sé per guardarmi serio negli occhi.

«Dovrei fermarmi, resistere… non dovrebbe accadere. Ma temo che non avrò collaborazione da parte tua questa volta.»

«Sta già accadendo, Peter. Mi dispiace…»

Gli accarezzai il viso, appoggiai la fronte alla sua. Lo baciai sulle labbra con la passione trattenuta per anni, mentre con le mani gli accarezzavo il petto tentando di slacciargli la camicia.

«Piccola intellettuale snob…» Mi rigirò stendendomi e mettendosi sopra di me. Mi prese le mani e intrecciò le dita con le mie spingendomi indietro le braccia. «Quanto vorrei che non fosse troppo tardi… Quanto vorrei non perdere la testa ogni volta che ti vedo… che ti sento… Amantine, io lo sapevo. Non avrei dovuto cedere… incontrarti…»

Lo strinsi a me con le braccia, con le gambe. Irragionevolmente, irrazionalmente non contava altro per me che stare aggrappata a lui, sentirlo fremere ai miei baci, al mio tocco. Come sempre. Essere sua, solo sua, ancora una volta.

Lui poteva avere tutte le donne che voleva, più giovani, più belle. Io potevo trovarmi altri uomini, meno complicati, appartenenti al mio mondo magari, più adatti a me. Ma nessun altro avrebbe acceso in me quella scintilla di vita, di gioia, d'amore. Quella scintilla che era scattata improvvisamente, in un giorno qualunque, senza che io lo desiderassi o che lo cercassi. E che da parte mia non si era mai spenta, nonostante il dolore, il tempo, la distanza.

Incontrai i suoi occhi accorgendomi che il gelo, l'indifferenza, la tensione tra noi erano solo un vago ricordo. Compresi che anche per lui era lo stesso, che la fiamma era ancora viva, intensa, palpabile. Era tornato Peter. Il mio ragazzo. L'unico con cui era sempre stato vero.

Volevo credere che non fosse troppo tardi. Volevo illudermi che ci fosse ancora una speranza per noi. Annullai ogni pensiero, ogni contraddizione. Anche l'inquietudine che mi scatenava ciò che non gli avevo ancora rivelato. Il timore che non avrebbe accettato le mie parole, la mia verità. Desideravo solo vivere il momento, averlo per me, fosse anche per l'ultima volta. Sentire che mi amava ancora, come lo amavo io.

CAPITOLO 67

L'intenzione era stata quella di incontrarci solo per pochi minuti. Avevo trascorso il pomeriggio con lui e poi tutta la notte. L'ultima cosa che mi sarei aspettata, sebbene lo desiderassi con tutta me stessa, era quella di risvegliarmi la mattina seguente nel suo letto, tra le sue braccia.

Sembrava un ritorno al passato. Ma io continuavo incessantemente a nutrire speranze, o forse il termine più adatto era illusioni, per il futuro.

Non volevo aprire gli occhi. Non volevo muovermi da dove mi trovavo. Soprattutto non volevo affrontare la realtà che incombeva su di me. Peter era sposato con una donna giovane e bellissima. E io dovevo confessare di avergli mentito per anni. Omesso la verità. Ma non avrebbe fatto molta differenza.

«Sei sveglia, vero?» Le sue labbra sfiorarono la mia fronte.

Mossi lentamente la testa per negare stringendomi a lui. «Se mi rifiuto di ammetterlo cambia qualcosa?»

«No, ma puoi sempre tentare di convincermi. Sei piuttosto brava a farmi fare quello che vuoi.» Mi sollevò il mento per baciarmi le labbra. «Dolcezza…»

«Non dire nulla, Peter. Lo so.»

Sapevo di essere costretta ad arrendermi. Era accaduto fin troppe volte anche se ora i ruoli si erano invertiti.

Aprii gli occhi e lo trovai appoggiato su un fianco, intento a guardarmi. Sospirai passando il dito sul suo petto per poi raggiungere il tatuaggio.

«Peter…» La mia mente cercava affannosamente una soluzione. E soprattutto si interrogava alla disperata ricerca di una risposta. O forse anche più di una. Per quale oscuro destino tra noi dovevano sempre esserci problemi, contrattempi, separazioni? Sembrava quasi che un maleficio perverso si fosse abbattuto su di noi accanendosi per farci soffrire. Avevo bisogno di distogliermi anche solo per un attimo, non avevo voglia di affrontare il discorso che ci avrebbe ancora di più uniti o divisi per sempre. «A cosa stai lavorando, Peter? Tempo fa avevo sentito della tua intenzione di mettere in musica poesie e sonetti di Shakespeare…»

«Sì, è vero…» Mi rivolse un sorriso, anche se un po' cupo, mesto. «Però temo che i grandi accademici e appassionati shakespeariani mi massacreranno. Per questo forse non è una buona idea. Credo che lascerò perdere…»

«Da quando ti preoccupi di quei brontosauri impettiti?» Gli baciai le labbra e sospirai mentre lui mi accarezzava il fianco.

«Amantine, io…»

«Non dire niente, Peter. Lo so che…»

Mi morsi le labbra scostandomi da lui e voltandogli le spalle. Il mio tentativo di aggrapparmi a un altro discorso era miseramente fallito.

«Se solo si potesse tornare indietro…» Mi sfiorò la spalla, giocando con una ciocca dei miei capelli. «Però non posso.»

«Hai sposato una donna fantastica, me ne rendo conto. L'ho vista con te in alcune fotografie, so di non poter competere. Hai fatto bene.» Deglutii a fatica, il nodo che mi opprimeva la gola non mi permetteva di respirare regolarmente.

«Tra tutte le donne che ho incontrato, lei è stata quella che più mi ricordava te, in qualche modo. Per questo l'ho sposata.»

«Stai cercando di addolcirmi la pillola, Peter? Ti ringrazio, ma non funziona molto…»

Mi voltai accennando un sorriso, sforzandomi di mostrarmi serena, condiscendente. Invece mi sentivo nervosa, possessiva, gelosa come non mai. Anche se mi stavo impegnando per trattenermi e mantenere un tono distaccato, quasi divertito. In realtà non c'era proprio nulla di divertente nella nostra situazione. Anzi. Continuavamo a tradire chi ci stava accanto e nulla poteva giustificare le nostre azioni. Nemmeno l'amore. O il destino che impunemente continuava a separarci.

«Lei all'inizio era un po' come te. Mi sfidava, mi divertiva. E poi... sempre così vivace, bellissima, ambiziosa...» sospirò chiudendo gli occhi per un istante. «Ho tentato di far riemergere qualcosa che mi è accaduto in passato, una sola volta, insieme a te. Solo che io con lei non sono mai riuscito a essere quello che ero con te. È come se la mia allegria, la mia fonte di gioia sia stata risucchiata, esaurita per sempre. E nonostante tutto il tempo passato tu resti tu. Con lei ho tentato di far rivivere la nostra storia, inutilmente. Così mi sono accorto che non potevo più restare legato a te, ma dovevo imparare ad apprezzare lei per quella che è... Kendra fa parte del mio mondo, lei mi capisce, mi apprezza e forse mi ama davvero. Lei me lo dice spesso. E anche io ci provo. Però adesso ho dimostrato di aver fallito ancora, anche con lei.»

«Mi dispiace. È stata tutta colpa mia.» Mi sollevai con la schiena mettendomi seduta. Appoggiai la fronte sulle ginocchia. «Ti ho spinto a fare qualcosa che non volevi, che non eri intenzionato a fare... Evidentemente essendo così abituata io a farlo, a tradire, non mi sono preoccupata di te.»

«Non ero intenzionato, è vero. Ma volevo, non mi hai costretto tu.» Mi accarezzò delicatamente i capelli. «Non credo che arriverà mai il momento in cui io non ti vorrò, Amantine. Ci posso provare, certo...»

«Per me è lo stesso.» Presi la sua mano e me la portai alle labbra, chiudendo gli occhi. Subito lui sollevò il mio viso per baciarmi. «Peter... Qualunque cosa accada per me sarà sempre vero, tra di noi. Se io non ti dico... Cerca di capire, non significa che non sia vero o che io non lo senta. Significa che... Se io te lo dicessi guardandoti negli occhi, come ora, non sarei mai più in grado di staccarmi da te, non sarei più disposta a lasciarti andare. Significa che stravolgerei il mio mondo e il tuo, indifferente del dolore che potrei causare ad altri... dei tradimenti, delle ferite, dello scandalo... di chiunque... dei miei figli, di tua moglie, di noi... Passerei sopra a tutto e a tutti senza alcuno scrupolo per stare con te, davvero lo farei. Puoi credermi.»

«Amantine, lo so. Ti credo. Noi siamo uguali in questo, ricordi? E ricordi come testardamente continuavamo a ripeterci "nessuna domanda, nessuna pretesa"? Mentre io... io intendevo tutt'altro... Piccola intellettuale snob, intendo ancora tutt'altro...»

Annuii circondandogli il collo con le braccia. «Peter, io devo dirti una cosa davvero importante.»

Non ero pronta. Non ero assolutamente pronta a dirgli tutto, a spezzare il suo cuore e il mio. A confessargli ciò che gli avevo tolto per quasi diciotto anni. No, non ero pronta. Ma non avevo alternativa.

Si appoggiò allo schienale del letto stringendomi a sé, posando le labbra sulla mia fronte. Cercai la sua mano per intrecciare le dita con le sue. Sarei potuta restare così per sempre, per il resto della vita. Però che fossi preparata o meno, era arrivato il momento. Il suo silenzio era un incoraggiamento a proseguire, a esprimere a parole il mio segreto.

«Quando me ne sono andata... Poco dopo la mia partenza da Londra io ti ho scritto una lettera. Da Parigi.»

Staccò le labbra dalla mia fronte e inclinò la testa per incontrare il mio sguardo.

«Non l'ho mai ricevuta, Amantine.»

«Sì, l'ho capito. Dopo che ci siamo rivisti mi sono resa conto. Ma in quei giorni io ho creduto che tu non mi volessi rispondere. All'interno della lettera e sulla busta ti avevo scritto dove mi trovavo, il mio numero di telefono, l'indirizzo del mio appartamento di Parigi... E lì ho atteso, sperando di ricevere una tua risposta.» Strinsi più forte la sua mano. «Sognavo che tu venissi a cercarmi...»

«Ti avrei raggiunta, Amantine. Immediatamente, appena possibile sarei venuto a prenderti. Piccola...» I suoi occhi verdi si incupirono mostrando una tristezza immensa.

Mi sentii soffocare dal rimpianto e dalla consapevolezza di dovergli causare un dolore ancora più grande, smisurato in confronto a quello provocato da ciò che gli avevo appena detto.

«Ho creduto che non ti importasse di me. Anche perché mi trovavo in condizioni... Non ragionavo lucidamente. Insomma, avevo rinunciato a tutto. Alla mia carriera universitaria, alla mia vita qui, a te. E non volevo andare a piangere dai miei, avrei desiderato poter affrontare tutto da sola...»

«Probabilmente Simon ha trovato la lettera. O chissà chi altro si aggirava per casa mia in quei giorni. Io non ero molto cosciente, purtroppo.» Corrugò la fronte, passando un dito sul mio profilo, sui miei zigomi. «Continuavo a sognarti... percepivo la tua voce, sentivo che mi chiamavi... Ma credevo fosse solo l'effetto di quello che mi avevano dato. Poi per riprendermi sono andato a casa di mia madre, è stato un periodo molto duro. È stato Gordon a chiamarla, anche contro la mia volontà, perché aveva iniziato a temere per me. Non si fidava di chi mi stava intorno e da solo non riusciva a controllare che non mi facessero del male. Credevo di non uscirne più. Credevo di ricadere nell'abisso senza riuscire a risalire. Avevo trovato una tua fotografia scattata da qualcuno durante quella sera e apparsa su una rivista, la tenevo sempre con me, mi illudevo che tu fossi davvero la mia ragazza... E sorridevo ricordando quella storia che mi avevi raccontato... Che fotografarti sarebbe stato come intrappolare la tua anima, una cosa del genere... come per quelle antiche popolazioni... Poi mi ricordavo che tu eri andata via, mi avevi lasciato...»

«Ti sognavo anche io. E c'era anche qualcosa...» Solo poche parole. Bastavano solo poche parole. Le più difficile da pronunciare, per me, in tutta la mia vita. «Il motivo per cui ho sposato Geoff è che da sola non riuscivo...»

«Non voglio saperlo, tesoro.» Peter si scostò da me passandosi le mani tra i capelli. «Se penso... se penso alla nostra vita, sembra davvero il frutto di una macchinazione perversa. Se solo... se io non ti avessi convinta ad accompagnarmi a quella festa maledetta. Continuo a ripetere di non volerne più parlare, ma alla fine tutto è riconducibile a quella sera. A quello che avrei dovuto dirti prima, per convincerti che io non ti avrei mai tradita... All'esibizione dei Darkest Storm, a Simon Jennings...»

Strinse i pugni con rabbia, evitando di proseguire. Inutile continuare a ripetere le tappe dolorose di una storia che ormai conoscevamo fin troppo bene.

«Io avrei dovuto affrontarti direttamente, Peter. Invece di scriverti una stupida lettera. Ma il mio problema era che non mi sentivo abbastanza forte per accettare un tuo rifiuto se tu non mi avessi voluta. Questo perché mi sentivo fragile come non lo ero mai stata...» Ora, dovevo dirlo. Non potevo attendere oltre. «Per questa ragione ho accettato la proposta di Geoff. Avevo paura. Non dovrei farne una colpa a lui, nonostante tutto, perché la responsabilità era solo mia. Lui ha tentato di aiutarmi... e mi ha convinta che da sola non sarei riuscita ad affrontare tutto quanto. L'alternativa sarebbe stata rinunciare ma io non volevo... non potevo...»

«Avevi bisogno di qualcuno accanto.» Peter annuì anche se con scarsa convinzione. «Ha approfittato del male che ti ho fatto io, per questo eri fragile... Poi c'era anche la storia con l'università, ricordo. Il tuo professore non riconosceva i tuoi meriti. Eri delusa. Però non avrebbe dovuto forzarti per convincerti a sposarlo.»

«No. Nonostante il dolore che provavo non lo avrei sposato. Sarei stata da sola... Non mi spaventava stare sola, se non potevo stare con te. Anche perché per Geoff ho sempre provato solo affetto, nulla più.» Mi coprii il viso con le mani. Forza. Avevo bisogno di forza e di tutto l'amore che provavo per lui. Sperando che il suo sarebbe stato sufficiente per perdonarmi. «Peter... c'era un'altra ragione. Anzi, la ragione. L'unica per cui l'ho sposato.»

Per un istante mi parve di leggere un mutamento nei suoi occhi. L'incertezza si stava trasformando in comprensione, quasi in empatia nei miei confronti. Aveva intuito ciò che stavo tentando disperatamente di dirgli?

«Io non potevo rinunciare… era tuo…»

Sentivo il cuore frantumarsi in tanti piccoli pezzi, mentre prendevo le sue mani e le stringevo nelle mie. Le sentii calde, mentre le mie erano diventate gelide. Ma era un gelo che pervadeva l'intero mio corpo, a partire dal cuore. Come se fossi stata avvolta da una spirale di ghiaccio che non avrebbe avuto pietà di me, congelandomi il sangue nelle vene. Come se la mia unica fonte di calore e di sollievo fosse lui, ormai. Abbassai lo sguardo sulle nostre mani unite immaginando come sarebbe stato fargli la stessa rivelazione diciotto anni prima.

«Amantine, non stai dicendo…» Mi strinse forte le mani, per poi lasciarle andare. Mi accorsi che stava abbassando il viso in cerca del mio sguardo, mentre io ancora non avevo il coraggio di guardarlo negli occhi.

Doveva essere così? Doveva accadere proprio così? In tutti gli anni in cui io avevo atteso il momento adatto, mai, nemmeno una volta, avevo immaginato o visualizzato la scena. Come sarebbe stato confessare il mio segreto a lui, l'unico che ne era davvero direttamente coinvolto. Avevo sognato la me stessa di diciotto anni prima che lo rendeva partecipe della recente scoperta. Ma mai la mia confessione tardiva.

«Io aspettavo un bambino, Peter. Non so se per questo motivo il mio dolore è stato amplificato. Oppure perché mi ero accorta, proprio in quel momento, di provare per te qualcosa che non avevo mai provato per nessuno…» Raccolsi il poco coraggio per forzarmi a sollevare il viso e guardarlo negli occhi. «Avevo il cuore spezzato. Non riuscivo a controllare la mia emotività. Non volevo dirlo a nessuno. Me ne sono resa conto solo quando sono arrivata a Parigi. Ti ho scritto quella lettera. Non ho ricevuto risposta e… ho deciso che l'unica cosa che potessi fare…»

Peter tratteneva ancora le mani nelle mie, ma senza più vigore, senza vita. Come per inerzia. Sembrava quasi che il gelo che scorreva nelle mie vene avesse contagiato anche lui. E non mi aveva ancora detto una parola. Mi sentivo condannare dal suo silenzio. Mi sentivo annientare.

«Peter…»

«Hai… lo hai… lo hai perso…» bisbigliò appena. E io compresi che non osava utilizzare altri termini per definire ciò che io avevo tentato di fare.

«No. Non l'ho perso. E non l'ho nemmeno… anche se ero intenzionata…» Eravamo rimasti immobili. Entrambi. Come se non avessimo più voce, più fiato. Come se dovessimo imparare a respirare di nuovo. «L'ho tenuto. Il nostro bambino. E l'ho chiamato William. Non solo perché è un nome che ho trovato carino. L'ho chiamato William perché William Shakespeare mi riconduceva a te. L'ho chiamato William perché è tuo figlio e io non avrei potuto chiamarlo diversamente. Soprattutto non avrei chiamato così il figlio di un altro.»

Gli strinsi le mani con più forza, risalendo ai polsi, alle braccia. Per trattenerlo a me, per non lasciarlo andare. Perché sentivo che una parte di lui mi stava sfuggendo, irrimediabilmente.

«Perché non…» Iniziò a dire qualcosa, ma si interruppe. Non aveva nemmeno la forza di parlare. E continuava a non guardarmi.

«Peter, io… non sapevo cosa fare. Sapevo solo che volevo tenerlo. Che dovevo salvarlo, anche se all'inizio avevo pensato diversamente.» Gli accarezzai il viso, poi lo abbracciai stringendolo a me. «Tesoro…»

«Lui… non sa?» Mi afferrò per le spalle scostandomi, anche se con delicatezza. «Io non ci posso credere…»

«È quello che temevo, Peter. Ma io dovevo dirtelo… Lui non lo sa, non ancora.»

«No. Non hai capito.» Incontrai i suoi occhi. Non c'era più luce. Non c'era più vita. Non c'era più nulla. «Io non posso credere che tu non me l'abbia detto. Tu sei sparita con il nostro bambino… tu volevi eliminarlo…»

«No, non volevo! Io... Ti prego, Peter. Avevo paura, ero sola, disperata...»

«Non eri una ragazzina, Amantine! Avresti dovuto cercarmi!» Si girò di scatto, voltandomi la schiena. Restò seduto sul letto, stringendo forte il lenzuolo. Riuscivo a vedere i suoi pugni che fremevano, di dolore, di una rabbia che non era stato ancora in grado di esprimere.

«Io credevo che tu non mi volessi...» Mi mossi per abbracciarlo da dietro, ma rinunciai. Gli sfiorai appena la schiena e lui si ritrasse allontanandosi da me.

«Avresti dovuto dirmelo comunque!» Si voltò verso di me e mi scontrai con i suoi occhi. In un attimo compresi che niente e nessuno al mondo mi avrebbe ferito di più. I suoi occhi verdi, spesso così dolci nei miei confronti, a volte inquieti, a volte ironici, esprimevano non solo incredulità, ma anche disprezzo, rabbia e soprattutto un dolore incontenibile, un dolore per cui provai la sensazione fisica di un cuore che si spezza. Era il suo. E anche il mio di conseguenza.

«Perdonami... Ho vissuto aspettando il momento giusto e non sono mai riuscita...»

«William. L'ho visto senza sapere... Alla presentazione del tuo nuovo libro, al funerale di Jacob...» Si alzò, si voltò verso di me e restò in piedi a guardarmi. Sembrava invecchiato di colpo. Lo vidi fremere ancora, barcollare quasi. «Quanti momenti giusti hai avuto, Amantine, nel corso di questi anni? Quando ci siamo rivisti dopo qualche anno, quando sei venuta a cercarmi... quando ti ho chiesto di restare con me... quando siamo stati insieme anche se eri sposata e tu stavi qui con me durante i tuoi soggiorni a Londra... quando ti ho supplicato di non lasciarmi... quando ti ho detto che non avevo intenzione di andare in America... quando mi hai raggiunto... quando ho fatto di tutto, rivoluzionando la mia vita, i miei impegni, pur di vederti anche solo un'ora... La verità è che tu mi hai sempre usato, per te sono sempre stato un divertimento, un diversivo alla noia. Un passatempo. Ma non sono mai stato abbastanza degno! Non dovrei stupirmi, lo hai sempre detto, fin dal principio...»

Non lo avevo mai visto piangere. Non così. Mai, nemmeno al funerale di Jacob. Restavo immobile, come avvinta a quel dolore troppo grande perché io potessi contenerlo, perché potessi esprimermi, cercare una giustificazione al mio comportamento. Ero stata un mostro. Un mostro di crudeltà, di egoismo. Ero stata disumana. E ora mi sentivo dilaniare dalle sue parole, in modo atroce. Come meritavo.

«Peter, ti prego...»

«Quante volte ti ho stretta tra le braccia... quante volte ti ho baciata... Tutto quello che ci siamo detti... E non è mai stato il momento giusto per te?» Continuava a tenere gli occhi fissi su di me, ma stavano diventando sempre più vuoti, inespressivi. Come senz'anima, senza emozione. «Io ti ho detto che ti amavo ed era la prima volta... e non è stato facile per me. Tu non lo hai mai fatto. Ora capisco perché. Non era vero. Non è mai stato vero per te. Ecco perché hai dato mio figlio a un altro! Perché per te non faceva alcuna differenza. Solo ora che lui ti ha lasciata... è improvvisamente arrivato il momento giusto. Improvvisamente sono diventato degno di essere il padre di tuo figlio... solo perché tu non vuoi restare sola!»

«No, Peter. No. Io ho distrutto la mia vita, ho sposato un uomo per cui non provavo nulla...» Cercai di muovermi, di alzarmi dal letto per raggiungerlo, ma le mie membra erano come paralizzate. Riuscii a trascinarmi fino a lui, aggrappandomi alle sue spalle. «L'unica cosa buona sono stati i bambini... ma sono stata pessima anche con loro... E più andavo avanti più non sapevo come fare. Io avrei tanto desiderato dirtelo subito, appena ci siamo rivisti... Ma tu mi avevi parlato dell'altro tuo figlio, non eri certo che fosse tuo, non lo volevi... Noi non avevamo una relazione stabile, io ho pensato che potessi avere dei dubbi anche su di me, su William... Poi le cose sono andate avanti e io... Ti prego, perdonami. Sei l'unico uomo che io abbia mai...»

«Ma quello che c'era tra noi era tutto diverso, non avrei avuto dubbi su di te! Tu sei... stata la persona più importante della mia vita, Amantine. E anche quella che mi ha fatto più male.» Peter mi interruppe staccandomi da sé con sdegno e io mi sbilanciai cadendo all'indietro, sul letto. «Io posso perdonare i primi anni in cui sei stata lontana. Posso perdonare anche che tu abbia sposato un altro e... che sia stato lui il padre di mio figlio. Ma poi? Sono passati altri anni, più di dieci! E tu sei rimasta in silenzio... Tu te ne sei fregata, hai lasciato che io mi allontanassi, che nostro figlio crescesse senza sapere...»

Improvvisamente si interruppe. Aprì il suo armadio e indossò degli abiti a caso. Un paio di jeans sopra ai boxer, una camicia... Come se io non ci fossi. Aprì un'altra anta dello stesso armadio, l'ultima, quella addossata al muro. Poi si spostò in modo che io vedessi. C'erano alcuni indumenti che io avevo lasciato da lui, tanti anni prima. E anche nel corso della nostra lunga relazione. Sul piccolo ripiano qualche mio cd, qualche libro. E appeso anche l'abito che indossavo quella sera. Lo riconobbi all'istante. Non lo vedevo da quasi vent'anni. Non credevo che Peter avesse conservato tutto... compreso quel vestito.

Scoppiai in singhiozzi. Mi sentivo esplodere internamente e mi girava la testa. Ma mi forzai per percorrere qualche passo e cercare conforto tra le sue braccia. Mi strinse a sé con tenerezza, poi quasi con furia e mi baciò con una passione da lasciarmi senza fiato.

«Peter, amore mio... Io... troveremo il modo, ora. Te lo prometto. Parlerò con William...»

«No, Amantine. No. Non rivolgermi parole che non senti, non le voglio più ormai. Io ora uscirò da questa casa. Starò fuori tutto il giorno per darti il tempo necessario. Quando tornerò non voglio più trovarti qui. Non voglio più vederti. Non voglio più sentirti. Non voglio più sapere nulla di te per il resto della mia vita. Prendi ciò che di tuo è rimasto qui. Chiedi a Gordon una valigia. Porta via tutto. Se lascerai qualcosa darò ordine che venga buttato via. Ti ho stretta tra le mie braccia per l'ultima volta, ti ho baciata per l'ultima volta. Ora voglio solo dimenticare che tu esisti. Voglio dimenticare quanto ti ho amata. Un giorno...» Si bloccò improvvisamente. I suoi occhi erano diventati ancora più freddi, aridi. Non c'era nemmeno più risentimento o disprezzo nei miei confronti. Non c'era più luce. Non c'era niente. «Un giorno proverò a parlare con William, tenterò di avvicinarmi a lui. Se non mi accetterà, io lo capirò. Perché lui è stata una vittima, proprio come me. Come tua figlia... e chissà quanti altri. Puoi tenerti la tua ambizione, Amantine. La tua vita perfetta, falsa quanto te. Il tuo mondo. Il mondo di cui io non sono mai stato degno... Mentre io avrei rinunciato al mio per te. Avrei rinunciato a tutto per te. Io te l'ho detto che ti amavo. Io avrei davvero stravolto il mio mondo per te. Avrei rinunciato alla mia carriera per un po' di felicità, insieme a te. Questa notte ti ho amata così tanto, ancora... Ho addirittura pensato di lasciare la mia giovane e bella moglie, per te. Perché nessuna donna mi ha mai avuto davvero, quanto mi hai avuto tu. Tu eri la mia piccola intellettuale snob ed egocentrica, la mia gioia, la mia dolcezza... la mia vita... la mia canzone più bella. Quella canzone che pensavo fosse nostra... invece era solo mia.»

CAPITOLO 68

Non c'erano parole che io potessi pronunciare. O lacrime che potessi versare. Non esistevo più. Semplicemente mi aveva rimossa dalla sua vita, come un virus dannoso, devastante. Era uscito di casa senza più rivolgermi uno sguardo. Mentre io cercavo ancora di abbracciarlo, di stringerlo a me, lui mi allontanava da sé per non permettermi di toccarlo. Cercando di non farmi male fisicamente, con garbo, ma senza parlare, senza che i suoi occhi incontrassero i miei.

Lo avevo perso davvero. Il suo amore, la sua dolcezza, la sua voce, i suoi sorrisi. Avevo perso tutto di lui. E avevo perso anche me stessa. Perché era lui a rendermi viva, dolce, bella... era lui a rendermi innamorata.

Senza Peter ero diventata davvero la persona che lui aveva descritto. Arida, indifferente, egoista, ipocrita, arroccata in un mondo che non faceva altro che stringermi un cappio al collo, mi immobilizzava stritolandomi dall'interno. Ero tornata quella che ero stata prima di incontrarlo. La giovane ricercatrice universitaria con una strada ben delineata di fronte a sé, severa, incorruttibile ma senza entusiasmo per la vita. Libera ma prigioniera di se stessa e di un mondo dentro cui era stata lei stessa a barricarsi.

Non avevo preso nulla di mio da casa sua. Avevo atteso immobile il suo ritorno. Seduta sul letto con lo sguardo perso nel vuoto. Poi avevo compreso che non sarebbe tornato finché non me ne fossi andata io.

Sulla porta, prima di uscire, attesi ancora. Gordon mi salutò con un ossequioso cenno del capo dopo avermi offerto una tazza di tè che io rifiutai.

«Temo che questa sia l'ultima volta che ci vediamo, Gordon.» Gli tesi la mano, un po' tremante.

«Signora Amantine.» Ricambiò con una stretta inaspettatamente vigorosa. «Non si arrenda, signora Amantine. È stato un piacere rivederla e io mi auguro che non sia l'ultima volta.»

Annuii trattenendo le lacrime. «Dica a Peter che ho lasciato tutto qui... ciò che è stato mio... E gli dica anche che io...» sospirai scuotendo la testa. «No, non gli dica niente. Addio, Gordon. Grazie di tutto.»

Non mi restava altro che tornare a casa di Alain e poi, sforzandomi di mascherare la disperazione, rientrare a Parigi. Tornare dai miei figli, dalla mia famiglia, dai miei studenti. Mentre il mio cuore restava a Londra, in quella casa di Notting Hill. E con lui, ovunque si trovasse.

Ero stata pessima nel dimostrargli quanto lo amavo, anni fa. Una principiante senza eccessiva fortuna. E lo ero ancora. Anzi, ero addirittura peggiorata. Lo avevo distrutto. E intanto avevo distrutto anche me stessa. Ma lo amavo, nonostante tutti i miei errori perpetrati per anni, non avevo mai smesso di amarlo. Forse nel modo più sbagliato, forse senza esserne davvero capace, ma lo amavo con tutto il mio cuore. Se solo avesse potuto capire quanto...

I miei tentativi di stabilire nuovamente un contatto con lui furono vani. Tutti quanti. Mi aveva davvero eliminata dalla sua vita. Questa volta definitivamente.

Intanto non appariva più su alcuna rivista, nemmeno cercando notizie su internet. Aveva cancellato anche le date di apparizioni pubbliche. Non si era ritirato dalle scene ma sembrava volersi nascondere. La moglie appariva spesso da sola a feste, eventi, premiazioni oppure in compagnia di altre persone. Per lo più sua sorella, sua madre, amiche o colleghi. Non credevo che il loro matrimonio fosse in crisi, ma Peter sembrava intenzionato a vivere appartato dal mondo dello spettacolo a cui apparteneva da così tanto tempo.

Io intanto mi sentivo sempre più persa, smarrita. Non era più mio. Mi mancava tutto di lui, anche il ricordo. Perché a differenza delle altre volte, avevo la certezza che aveva smesso di amarmi. Non ero più la sua piccola intellettuale snob ed egocentrica. Non ero più la sua dolcezza. E per questa mancanza era come se il cuore mi si corrodesse giorno dopo giorno, dandomi la sensazione fisica che diventasse sempre più piccolo, fragile, inutile. Un giorno forse sarebbe svanito del tutto cessando di battere. E io avrei smesso di respirare.

William era suo figlio. E io glielo avevo negato per tanti anni. Ovvio che mi odiasse. Nessun amore sarebbe potuto resistere e sopravvivere a un tradimento del genere. Nemmeno quello che Peter aveva provato per me. Avevo sentito dire che non c'è odio peggiore di quello che un tempo è stato amore. Sempre che mi odiasse. Sempre che la ferita che gli avevo inferto non avesse trasformato il suo amore in indifferenza.

Mi ritrovai in primavera, poi in estate senza nemmeno accorgermene. Avevo perso il conto dei miei giorni, dei mesi, degli anni. E io, al contrario della primavera, stavo sfiorendo. Non curavo più il trucco, l'abbigliamento, nulla. Come se la mia esistenza non avesse più senso.

C'era una cosa che dovevo fare, ancora. Parlare con William. Che però riscoprivo sempre più astioso e insofferente nei miei confronti. Aveva compiuto diciotto anni. Da un momento all'altro mi aspettavo che mi comunicasse che lasciava la nostra casa per sempre.

La notizia venne annunciata sul sito di Peter il primo giorno d'autunno. A novembre sarebbe uscito un suo nuovo album, di cui si conosceva momentaneamente solo il titolo, *Then hate me when thou wilt.*

Lo aveva fatto davvero allora? Aveva messo in musica poesie e sonetti di Shakespeare? O quel titolo era solo una coincidenza? No, non poteva essere. Quello era il nostro sonetto, nella sua forma originale.

Perché lo aveva fatto? Pensava ancora a me? Non mi restava che attendere maggiori informazioni. Giorno dopo giorno controllavo il suo sito e cercavo ulteriori notizie ovunque fosse possibile. Come un appuntamento quotidiano. Anche più volte al giorno. Intanto Peter continuava a non apparire pubblicamente.

Ai primi di ottobre apparvero i titoli delle canzoni. Sì, erano proprio le poesie e i sonetti di William Shakespeare. Quelli che aveva evidenziato sul libro che avevo trovato a casa sua. Li aveva davvero musicati, allora. Il penultimo titolo era una poesia di John Keats, *La belle dame sans merci*. Chissà perché proprio questa scelta... E poi in conclusione, l'ultimo della lista... Dovetti rileggerlo più volte, quasi non volessi convincermene. No, non poteva averlo fatto... Non poteva averlo esposto così, alla visione di tutti. Invece era proprio vero. Come se ormai non ci fosse più nulla da nascondere, da proteggere. *Amantine's Song*.

Settembre 2012

CAPITOLO 69

In quasi un anno molte cose erano cambiate. Forse fin troppe. Era stato come se l'uscita dell'ultimo lavoro di Peter avesse segnato uno spartiacque tra la nuova me e la vecchia vita che avevo trascinato per quasi vent'anni.

La sua idea di musicare Shakespeare e cantare i suoi sonetti in chiave moderna non era stata particolarmente apprezzata dagli accademici. L'aveva sospettato, infatti. Io gli avevo detto di infischiarsene.

Ma nemmeno i suoi fan avevano apprezzato molto l'idea. Troppo lontano da se stesso. Si era sparsa la voce che fosse stato mal consigliato da una donna con cui aveva avuto una relazione. Suppongo intendessero me. Dopo qualche settimana di discussione nemmeno troppo animata tutto si era spento finendo nel dimenticatoio. Nessuno si occupò di me o mi infastidì in proposito. Probabile che una storia di vecchi amanti non fosse più tanto interessante per le riviste di gossip. Il nostro tempo era passato. Purtroppo o per fortuna.

Amantine's Song era la nostra canzone, quella già apparsa nell'album precedente di Peter. Ma con il suo "vero" titolo che Peter non si era più preoccupato di celare e, pur mantenendo la stessa musica, aveva un ritmo più dolce, più lento. Quindi il suo ultimo lavoro era dedicato a me... o per lo meno ispirato a me.

Un addio, un ricordo del passato... o una flebile speranza per noi? Non ne avevo idea.

Peter continuava a non apparire. Non replicava alle critiche. Si era limitato a ringraziare dal suo sito tutti coloro che ancora lo sostenevano e avevano compreso la sua scelta, la sua necessità di un cambiamento, di provare qualcosa di nuovo. Crescendo chiunque sente il bisogno di cambiare, di sperimentare. Io lo comprendevo. Io avrei sostenuto qualunque sua scelta artistica, anche se controcorrente. Io lo amavo. Io lo avrei amato sempre e sempre lo avrei rimpianto.

Parte fondamentale del mio cambiamento era stato il trasferimento nello Yorkshire. Tenevo ancora alcuni corsi all'università di Leeds, ma avevo deciso di abbandonare la carriera accademica definitivamente. Le mie lezioni erano più improntate sulla scrittura creativa e sulla struttura del romanzo.

Non avevo più voglia di competere. Non avevo più voglia di lottare per affermare me stessa in un mondo in cui non avevo mai creduto. Mi ero resa conto che le mie ambizioni accademiche erano sempre state qualcosa da mostrare, non un lavoro per cui io provavo gioia, amore e nemmeno propensione. Ora stavo iniziando ad amare quello che facevo.

Per troppo tempo avevo respinto con tutte le mie forze ciò che mi faceva sentire viva e felice, l'amore per Peter e per la mia componente creativa che stava finalmente emergendo. E curiosamente questo cambio di direzione era avvenuto per entrambi, in contemporanea. Questo faceva sì che sentissi la mia anima ancora più affine alla sua. Come se io e Peter fossimo stati creati per stare insieme, per ritrovarci, per legarci e combattere le stesse battaglie. Nei nostri mondi così diversi noi eravamo simili. Anche se io avevo rifiutato di comprenderlo e avevo ferito entrambi.

A Leeds ero uscita alcune volte con Ned Douglas, un collega che insegnava letteratura inglese, appassionato di postmodernismo. Un uomo intelligente, colto, raffinato, affascinante. Mi piaceva trascorrere del tempo insieme a lui durante le pause tra i corsi, discutere di letteratura e di arte. Così avevo trovato naturale accettare i suoi inviti. Ma non avevo voglia di lui, come non avevo più voglia di analizzare scientificamente la letteratura. Avevo dato allo studio troppi anni della mia esistenza. Avevo voglia di vita, di gioia, di bellezza. Avevo voglia d'amore, di poesia, di leggere romanzi per provare il gusto delle parole, per assaporarli senza la necessità di esaminarne la lingua e il senso. Avevo voglia del mio ragazzo. Avevo voglia di Peter.

Così quando Ned mi aveva proposto di intensificare la nostra relazione, avevo cortesemente rifiutato. Lui aveva accettato la mia decisione senza discutere ed eravamo tornati ad essere semplici colleghi che si apprezzavano ma nulla di più.

Madeline si era trasferita a vivere con me. William invece aveva iniziato l'università a Londra. I suoi sogni di astrofisico erano tramontati e, anche se poco convinto della scelta, aveva deciso di studiare letteratura inglese, seguendo la strada della persona che in famiglia stimava di meno, cioè sua madre. Forse era il suo modo di sfidarmi e conoscendolo avrebbe sicuramente tentato di superarmi.

Continuavo imperterrita a cercare informazioni su Peter. Ogni giorno, non mancavo mai al mio appuntamento. Avevo accolto con perplessità la sua decisione di tornare sulle scene con una collezione di vecchi successi. Aveva anche fissato le date di alcuni concerti. Proprio nel periodo in cui si parlava di un suo tradimento nei confronti di Kendra Scott. Ma sembrava che anche lei lo avesse tradito e che fossero vicini alla separazione causata soprattutto dal netto rifiuto di Peter di avere altri figli.

Ad altri pettegolezzi, come l'abuso di alcool da parte di Peter e lo scarso controllo dell'aggressività, non potevo e non volevo credere. Peter non era così. Non lo era mai stato da quando lo conoscevo. Sapevo che aveva avuto problemi da ragazzo, ma con me non aveva mai bevuto. E non mi aveva mai aggredita fisicamente, nemmeno quando avrebbe avuto tutti i motivi per detestarmi.

In ogni caso tenevo sotto controllo le notizie su di lui ogni giorno. Ormai con internet era molto più semplice e veloce reperirle, non c'era più bisogno che andassi a cercarle sulle riviste. Secondo le ultime novità Kendra viveva con un attore con cui aveva recentemente girato un film e Peter frequentava una modella. Tipo Lolita ma più bionda e più magra. E sembrava avere intenzioni serie con lei. Addirittura si diceva che fosse incinta, mentre con Kendra aveva rifiutato di avere figli. Questa, tra le altre, era stata la causa scatenante del divorzio.

Io quotidianamente soffrivo per lui e con lui. Ogni volta che lo accusavano, ogni volta che criticavano il suo lavoro... Ogni volta che insinuavano cattiverie e ingiustizie. Arrivai al punto da non essere più in grado di sopportare l'accanimento contro di lui. C'era chi affermava che la sua carriera fosse in fase di stallo, poi discendente. E che sarebbe precipitato sempre più in basso. Addirittura lo accusarono di essere salito sul palco ubriaco durante la partecipazione a uno spettacolo.

Allora provai nuovamente a scrivergli una e-mail sull'indirizzo privato che avevamo usato per comunicare. Sapevo che quasi certamente l'avrebbe cestinata senza aprirla... o magari aveva addirittura chiuso il suo account per non ricevere miei messaggi.

Gli scrissi comunque. Gli ero vicina, ci sarei stata sempre per lui. Credevo in lui e nel suo lavoro e desideravo comunicargli il mio sostegno. Lo amavo più di prima. No, questo non potevo scriverlo. Non in un freddo messaggio di posta elettronica, anche se poteva essere la mia ultima e unica occasione.

Pregai che mi rispondesse. Ma lui non mi rispose. Ogni giorno, ogni notte il mio pensiero era con lui. Durante un viaggio a Londra ero stata addirittura tentata di passare da casa sua pur sapendo di non trovarlo. Alcune settimane dopo mi arrivò la conferma che il mio messaggio e-mail era stato ricevuto e letto. Sperai che fosse stato lui a riceverlo e che non avesse affidato la lettura dei suoi messaggi a qualche collaboratore.

Piansi per ore di fronte allo schermo del mio computer. Piansi su quella conferma di un messaggio ricevuto e letto, magari nemmeno da lui. Piansi al punto da desiderare stringerlo, accarezzarlo. Ci sarebbero state milioni di parole che ancora avrei voluto scrivergli, parole con cui avrei espresso tutto il mio amore per lui. Anche se ormai era troppo tardi, anche se ormai lo avevo perso. Anche se magari sarebbe stato qualcun altro a leggerle, non lui. Decisi di riassumerle in quelle che avrebbero avuto più significato per noi, per me, anche se forse per lui da tempo non avevano più alcun valore: "Peter, per me sarà sempre vero."

CAPITOLO 70

Ero lieta che il mio rapporto con Madeline stesse crescendo, si stesse intensificando. Al contrario, quello con William era sempre più frutto di frustrazione e abbattimento. La tensione e l'insofferenza nei miei confronti crescevano. Quasi come se sospettasse il grave torto che gli avevo fatto prima di nascere. La sua palese ostilità mi impediva di essere sincera nei suoi confronti. Temevo la sua reazione, temevo che non fosse in grado di tollerare la verità. E continuavo a tacere perpetrando il mio errore e la mia colpa.

Non mi avrebbe perdonata. E per il legame che aveva con il fratello, anche Madeline si sarebbe schierata dalla sua parte contro di me. Intanto faceva da tramite tra noi. E anche da tramite tra me e Geoff. Su di lei si fondava il nostro fragile equilibrio familiare. Forse un po' troppo per una ragazzina di diciassette anni.

La situazione era degenerata quando Geoff aveva accettato l'incarico accademico in America che gli avevano offerto anni prima. Così era partito con la sua nuova compagna e il suo nuovo figlio verso la nuova tappa della sua esistenza. Era fermamente improntato al nuovo, insomma. Lasciando dopo di me anche i nostri figli. William era stato tentato di raggiungerlo per frequentare un'università americana, ma Geoff gli aveva fatto capire che non era il benvenuto nella nuova vita che intendeva costruirsi.

Tutta colpa mia. Anche questo. Geoff stava rifiutando il figlio mio e di Peter, il figlio che aveva sempre amato e cresciuto come suo. Colui che era stato sempre dalla sua parte, anche più di Madeline che era davvero sua figlia. Io avrei desiderato raccontare a William tutta la verità, più di ogni altra cosa. Ma come potevo aggiungere al rifiuto di Geoff anche quello di Peter?

«Tu credi che papà non voglia davvero più saperne di noi?»

Madeline, a differenza di William, esprimeva chiaramente le sue perplessità. La rabbia di William ultimamente era silenziosa, inespressa a tal punto da assumere una solennità orgogliosa e beffarda. Non so da chi avesse preso tra me e Peter. Spesso sembrava un mix di entrambi nei momenti peggiori.

«No, tesoro… è solo che… da tanto tempo avrebbe voluto accettare quell'incarico in America, è un grande passo avanti per la sua carriera. Sono certa che non resterà per molto, solo il tempo prestabilito. E comunque si deve ancora ambientare… e insomma anche tutto il resto, lo sai…»

Avrei preferito non arrampicarmi sugli specchi per trovare giustificazioni al comportamento del mio ex marito. Ma il fallimento del nostro matrimonio e della nostra famiglia era imputabile a me più che a lui, ne ero consapevole. Anche se era stato lui a lasciarmi per una donna più giovane e a metterla incinta, la responsabilità era mia.

Anni di tradimenti. Anni di amore non corrisposto. Lo potevo comprendere anche se era difficile per me accettarlo. Soprattutto stavo pagando il prezzo di non aver preso io stessa la decisione di troncare il nostro rapporto quando sarebbe stato comunque arduo, ma non così devastante per tutti. Avevo creduto fosse meglio attendere che i bambini crescessero. Invece era stato peggio e comunque Geoff mi aveva battuta sul tempo.

«Mamma, tu… non esci più con Ned?»

Madeline si era accoccolata accanto a me, mettendo in pausa il thriller in dvd che stavamo guardando insieme una domenica pomeriggio. Ecco, tempo di domande che pretendevano una risposta immediata e onesta. Sicuramente Madeline non somigliava a William in questo. Mio figlio non mi avrebbe mai chiesto dettagli sulla mia vita sentimentale.

«Ned è un uomo simpatico e una brava persona, ma...» sospirai scuotendo la testa.

Madeline lo aveva incontrato solo una volta durante un ciclo di lezioni aperte al pubblico in cui lui aveva parlato dell'opera di James Joyce.

«Ma non ti piace abbastanza. Non come Peter Wiles.»

Era la prima volta che Madeline mi parlava apertamente di Peter dopo l'incontro al cimitero. Madeline negli ultimi anni aveva iniziato a esprimere chiaramente le sue idee, quello era stato l'unico argomento su cui aveva mantenuto un certo riserbo.

«Madeline, io e Peter ci conosciamo da tanti anni...» Speravo di riuscire a chiudere e archiviare il discorso in qualche modo. Ma ancora non sapevo come. «Io sono un'insegnante. Lui ha una vita da star, fa parte del mondo dello spettacolo. Non abbiamo nulla in comune. Perché non riprendiamo il nostro dvd?»

Sorrisi lanciando un'occhiata al film lasciato in pausa sullo sguardo contrito di una donna che sembrava aver trattenuto il respiro proprio per quella sosta forzata. Potevo essere io in effetti. Il mio stato emotivo era molto simile. Non soltanto in quel determinato momento. Sempre.

«Io penso che tu dovresti tentare con Peter.» Le mie parole non sembravano aver avuto effetto alcuno su mia figlia. Come se non le avessi nemmeno pronunciate. «È solo e non sembra passarsela molto bene ultimamente. Ed è ancora molto bello... molto più di Ned, secondo me.»

Fissai ancora più intensamente la donna bloccata nel film nel tentativo di non arrossire violentemente alle parole di Madeline. A quanto sembrava avevamo gli stessi gusti.

«Io e Peter siamo amici...» Falso. Lui mi odiava. «Ma non c'è mai stato...»

Ero una bugiarda. Una bugiarda senza scrupoli. E anche una pessima bugiarda in questo caso. Sperai che mia figlia si decidesse a ridare vita alla povera donna del film e a farle riprendere fiato. E che concedesse a me una tregua dai miei sentimenti per Peter Wiles, troppo forti, troppo intensi e prepotenti per poter essere dominati e trattenuti.

«Lo so da tanto che tra te e Peter c'è stata una storia, mamma. L'ho letto anche. E poi con quella canzone nel suo cd non poteva essere più chiaro. Sono giovane, non sono stupida.» Ecco, colpita e affondata. La stupida infatti continuavo a essere io.

«Peter sta con una modella…» Scrollai le spalle e iniziai a giocherellare con la manica del mio maglione, tirandola fino a coprirmi la mano. Avevo anche l'atteggiamento di un'adolescente inquieta, ormai. Altro che insegnante universitaria. «Non gli importa di me.»

«Ma no! Quella bionda spiritata non è proprio il suo tipo. E poi è troppo alta! Secondo me è tutto falso. A lui non importa nulla di quella… ma di te sì, invece.»

Madeline afferrò il cuscino che teneva sulle gambe e lo lanciò di lato al divano.

Divertente. Erano più o meno le stesse parole che io avevo usato a proposito di Lolita circa vent'anni prima. "Troppo alta per te. Non è il tuo tipo, Peter!"

Abbassai lo sguardo mordendomi le labbra e rimasi in silenzio, in totale imbarazzo. Se a lui importava di me perché non mi rispondeva?

«Vado a fare i popcorn, ne vuoi?» Madeline si alzò in piedi di scatto. «Comunque, restando nel discorso del mondo dello spettacolo… Ho parlato con zia Marianne. Vorrei studiare arte drammatica a Londra ed entrare nel National Theatre se ci riesco.»

Ecco, dunque. Tra Peter e i popcorn questa era la novità di mia figlia. Non proprio novità perché aveva ammirato Marianne fin dall'infanzia, però non avevo mai creduto che prendesse così seriamente l'idea del teatro. Forse aveva accennato a Peter solo per introdurre il discorso e i popcorn erano la scusa per fuggire via da me se non fossi stata d'accordo.

«C'è ancora un po' di tempo, tesoro. Ancora un anno di liceo…»

Avrebbe fatto in tempo a cambiare idea. Oppure avrei avuto tempo io per rivoluzionare nuovamente la mia vita. Anche se Londra non poteva essere un'opzione per me. Avevo sofferto troppo a Londra. Avrei vissuto ogni mio giorno in attesa di lui, a Londra.

Febbraio 2014

CAPITOLO 71

Circa un anno dopo la nostra conversazione di fronte alla tv Madeline si era trasferita a Londra. Da alcuni mesi stava a casa di Alain e Marianne, in zona South Kensington. Le piaceva stare con gli zii e con i cugini per il momento, non si sentiva ancora pronta per vivere da sola, a differenza di William che dal principio aveva deciso di condividere un appartamento con due compagni di corso.

Io me ne restavo ancora rintanata nel paesino dello Yorkshire che avevo scelto come mia residenza, continuando a tenere corsi all'università di Leeds. Un luogo che amavo e che mi affascinava ma a cui non sentivo ancora di appartenere, nonostante ci fossero tutti i presupposti perché diventasse il posto dove avrei vissuto il resto della mia vita solitaria. Haworth, il paese delle sorelle Brontë.

Mi recavo a Londra occasionalmente per vedere i miei figli. Madeline, soprattutto. William non aveva mai molta voglia di incontrarmi. E ogni volta che avevo tentato di affrontare un determinato discorso con lui, si ritraeva con la scusa di non avere tempo di ascoltarmi. Come se temesse ciò che avevo da dirgli. Tanto che incominciai a credere che William sospettasse la verità. Probabilmente non era nemmeno così difficile arrivarci. Ma sembrava che rifiutasse di averne la certezza assoluta con la mia confessione.

Continuavo a rimpiangere di non aver affrontato la situazione quando avevo rivisto Peter e mi ero chiarita con lui. E rimpiangevo lui. Dopo un numero imprecisato di relazioni e flirt che gli avevano attribuito era giunta la notizia del suo ritorno definitivo in Inghilterra.

Erano trascorsi ormai circa sei mesi dal suo rientro che era avvenuto più o meno nel momento del trasferimento di Madeline a Londra. Se avessi creduto nelle coincidenze forse avrei potuto credere a un segno del destino... Ma forse non aveva nulla a che fare con me, con noi. Io ostinatamente restavo nello Yorkshire a condurre la mia vita di donna matura ormai appartata dal mondo.

Anche se durante i miei soggiorni a Londra non ero mai riuscita a evitare un giro in zona Notting Hill. Un paio di volte avevo raggiunto anche la sua casa, una delle due avevo addirittura suonato il campanello ma senza successo.

Evidentemente Peter stava mantenendo fede alla decisione di non vedermi e di non sentirmi più. Non c'era nulla che potessi fare. Un po' come con William. Continuavo a essere rifiutata dai due uomini più importanti della mia vita.

Intanto la fase discendente nella carriera di Peter Wiles sembrava inarrestabile. Era ormai considerato una star sul viale del tramonto. Aveva pubblicato un singolo in collaborazione con un musicista jazz ma era passato quasi inosservato. Si era buttato sempre più attivamente nella raccolta di fondi e nel sostegno ad associazioni benefiche. Io ero stata nuovamente tentata di scrivergli ma avevo resistito. Non potevo fare altro che continuare ad amarlo in silenzio ed espiare la mia colpa.

Mi chiedevo se si sarebbe fatto vivo con William prima o poi. O se avesse tentato di vederlo. Mi trattenevo ostinatamente nello Yorkshire per il timore di dovermi confrontare con entrambi e uscirne moralmente a pezzi. Più di quanto lo fossi già.

Sognavo che Peter mi perdonasse e tornasse ad amarmi. Ma ormai avevamo raggiunto un'età in cui il cuore non poteva fare altro che inaridirsi sempre di più. Lo avevo ferito al di là di ogni possibilità di perdono, ma non mi sarei arresa ora che era tornato in Inghilterra. Sognavo anche la comprensione da parte di mio figlio. Intanto però il tempo passava, Peter continuava a evitarmi e William si allontanava sempre più da me.

Non mi restava altro da fare che continuare a vivere e a dare il meglio di me stessa a Madeline che stava iniziando a emergere come giovane attrice di talento. E al lavoro, su cui mi accanivo quotidianamente ore e ore, fino a notte fonda. Quasi con una passione rabbiosa. Ricercavo, leggevo, scrivevo. Cercavo di produrre il più possibile per non avere la sensazione che la mia vita fosse vuota, inutile. Sprecata. Almeno da quel punto di vista stavo avendo successo. Ero diventata quasi una celebrità nel mio campo, soprattutto dopo la biografia di Jacob, e non mi ero più fermata.

Però... però c'era quel momento. Quell'istante la notte, prima di chiudere gli occhi e cedere al sonno. Quell'istante in cui pensavo a lui, ancora più intensamente, e lo sentivo accanto a me, nel mio letto. E mi ripromettevo di cercarlo, di fare in modo di incontrarlo. Almeno una volta ancora.

Sarei morta prima o poi. Non ci avevo mai pensato così tanto prima. Non nello stesso modo. Ero giovane ed ero sempre stata forte, in salute. Stavo ancora bene, gli anni non mi pesavano ancora. Però sarebbero passati, trascorsi così rapidamente... E io non potevo permettermi di arrivare alla fine senza... senza un ultimo chiarimento con lui. Anche se era ormai una certezza che lo avevo perso, che non mi amava più. Sarebbe stato come lasciare un affare irrisolto.

Quindi... non mi restava altro da fare che smettere di essere la donna che ero sempre stata. Cambiare, anche alla soglia dei cinquant'anni. Era abbastanza orribile pensarci. Pensare che io ero rimasta così ancorata a me stessa, alla me stessa del mio primo incontro con Peter.

Sì, mi facevo orrore da sola. Una donna vuota, senza coraggio. Tanto colta, tanto intraprendente in alcuni aspetti della sua vita… ma tanto fragile, tanto spaventata in altri. Non ero cambiata, mentre il resto del mondo cresceva e mutava intorno a me. Anche Geoff, che sembrava aggrapparsi a me tanto da amarmi al di là di ogni mia colpa, mi aveva lasciata. E aveva fatto bene. I miei figli erano cresciuti e mi avevano lasciata. I miei genitori stavano invecchiando ma avevano un loro mondo, in cui ancora si amalgamavano perfettamente. Mio fratello e sua moglie si erano trovati e stavano ancora bene insieme nonostante le differenze.

E poi c'era lui, Peter. Che dire di lui? Era certamente cambiato, cresciuto… Anche se forse non aveva raggiunto la felicità. Ma era tornato a casa, forse aveva compreso chi era e riconosciuto il luogo a cui apparteneva. Anche se stava perdendo tutto, il successo, la fama e un po' anche se stesso.

Solo io non sapevo ancora chi ero e cosa ne sarebbe stato di me. Allontanai le coperte con un calcio, come una ragazzina rabbiosa che non si arrende all'idea di restare chiusa nella sua camera. Mi ritrovai in bagno davanti allo specchio. E incontrai il mio viso pallido, stanco, segnato dalle occhiaie. La pelle così fragile in alcuni punti, le piccole rughe che mi si erano formate intorno agli occhi e agli angoli della bocca. I miei occhi in cui quelle pagliuzze verdi che l'amica di mia madre mi aveva raccomandato di far risaltare non splendevano più, erano ormai senza luce. I miei capelli a cui ultimamente avevo dedicato scarsa cura se ne stavano sparpagliati sulla mia testa, senza forma, sostanza, corposità.

Eppure ero sempre io, Amantine Delamar. Nonostante tutto e tutti. Il mondo mutava e cresceva e io restavo la stessa ragazza confusa che non sapeva cosa significasse amare. O che forse lo aveva imparato, ma ne era rimasta talmente frastornata da non riuscire a esprimerlo nel modo giusto.

Amavo Peter Wiles. Con tutto il cuore. Con tutta la mia forza e la mia debolezza. Ma non ero mai riuscita a fare in modo che lui lo sentisse. Quando ci eravamo ritrovati, quando per anni ci eravamo frequentati di nascosto. E infine quando gli avevo rivelato la verità su William. Ero stata brava a prendere, a ricevere amore da lui. Lo avevo sentito e lo volevo di nuovo. Ma a lui tutto questo era mancato. Nonostante le mie promesse, nonostante i miei messaggi, i miei tentativi di recuperare. Nonostante fosse vero.

Respirai profondamente e lanciai un'occhiata di sfida alla mia impietosa immagine riflessa nello specchio.

«Mi rimetterò in forma. Tornerò a casa, Peter. Che tu lo voglia o no io ti starò accanto, questa volta. Mi sentirai davvero, ti amerò come non sono mai stata in grado di fare prima. Che tu mi voglia, oppure no. Abbiamo ancora tanta vita davanti.»

CAPITOLO 72

Quindi mi preparavo a tornare più o meno definitivamente a Londra, senza includere deviazioni e senza subire ulteriori rallentamenti sul mio cammino. Mi sentivo un po' come un'attempata Rossella O'Hara, attempata e un po' sfigata in realtà, che partiva alla riconquista del suo Rhett Butler. Preparata a ricevere tutti i "Francamente me ne infischio" che Peter sarebbe stato in grado di produrre e scagliarmi contro.

Era l'inizio del mese del compleanno di Peter e anche di William. Ed ero stata invitata alla prima di uno spettacolo in cui avrebbe recitato anche Madeline. L'opera teatrale e musicale di un giovane autore, intitolata *La vie en rose*.

Con un titolo del genere a me continuavano a venire in mente le note della canzone e la voce di Edith Piaf, ma ero curiosa di assistere alla messa in scena dello spettacolo. Madeline era appassionata di teatro classico ma aveva ampliato le sue prospettive verso un nuovo tipo di teatro contemporaneo con influenze del musical. Credeva che si dovesse aprire la strada ai nuovi talenti della drammaturgia e insisteva perché io esprimessi la mia opinione a proposito della scrittura teatrale di alcuni suoi amici.

Anche William era stato invitato allo spettacolo. Mi rivolse un saluto di circostanza, mostrandosi decisamente più caloroso con gli zii, i cugini e soprattutto con la sorella. Io ero sua madre. La sua rivale, la sua nemica. La causa della rovina della sua vita. E guardandolo, osservando i suoi gesti, i suoi movimenti, sforzandomi di incrociare i suoi occhi verdi, così simili a quelli di suo padre, ebbi un'ulteriore conferma che lui sapeva. Ovviamente non ne poteva avere la certezza assoluta.

Anche per questo mi rifiutava. Temeva di ricevere da me quella certezza. Ne aveva paura.

Divenne quindi ancora più necessario che io parlassi con Peter. Ora che lui era rientrato stabilmente in Inghilterra e che io avevo deciso di restare a Londra tornando a Leeds una volta alla settimana fino alla conclusione del corso, non avevo più scuse per rimandare.

Non potevo lasciare affari sospesi, irrisolti. Non più. Anche se la mia non era la storia narrata in un film o in un romanzo. Era la vita. Con un'infinità di vuoti, di momenti bui, di periodi trascorsi senza realizzare nulla di importante, di concreto, con i miei giorni che si accumulavano, uno dopo l'altro senza novità o aspettative.

Perché spesso la vita è così. Non accade nulla per anni, a volte per decenni. Poi tutto si rivoluziona in un istante. Ecco io, dopo anni trascinati nell'oblio, nella mancanza di niente e di tutto, avevo bisogno di una rivoluzione. Piccola, magari. Intima, recondita, solo mia. Ma sempre di rivoluzione si trattava.

Forse un po' simile a quella della cara Mrs. Dalloway di Virginia Woolf. Organizzare una festa e comprare dei fiori a volte poteva celare intrinseche passioni, segreti, angosce, ricordi, desideri che non attendevano altro che di essere espressi, manifestati. La cristallizzazione, l'estensione infinita di un attimo di vita, d'amore. La necessità imprescindibile di esistere, una scintilla di vita che tornava a risplendere.

Così avveniva anche in me, per me. Esprimermi e manifestarmi era diventata un'esigenza assoluta e vitale. Sì, ero una donna di mezz'età ormai decisamente pronta per una piccola, grande rivoluzione.

CAPITOLO 73

Avevo scelto un giorno di metà febbraio. Un giorno di sole, nonostante il freddo che ancora si avvertiva nell'aria gelida dell'ultimo mese di inverno.

Mi ero fatta bella, ci avevo messo più impegno del solito nel vestirmi, pettinarmi, truccarmi. In qualche modo ritrovai in me stessa la ragazza di un tempo, nei miei capelli castani, nei miei occhi ben delineati, nel rossetto delicato e nell'abito dalle sfumature azzurre e dalla linea morbida.

Questa volta con più decisione. Nonostante tutto non si era mai liberato di quella casa bianca con le persiane azzurre. Tutto lì persisteva immutabile nel tempo, come cristallizzato. Compreso Gordon. Sperai di trovarlo. Ne avevo bisogno. Avevo bisogno del suo silenzioso incoraggiamento. Solitamente Gordon era presente quando sapeva che Peter era nei paraggi. Sempre, quando viveva in Inghilterra. Quindi per logica conseguenza la mia speranza era giustificata.

Non avevo mai approfondito la conoscenza della vita privata di Gordon. Sapevo che abitava nella casa più piccola adiacente a quella di Peter, con la moglie che io avevo visto solo poche volte, fugacemente. E che avevano tre figli adulti. Sapevo che provava per Peter un affetto che andava al di là di quello che si ha per il proprio datore di lavoro. Quindi se mi aveva detto di non arrendermi ci credeva veramente. Conoscendolo non si sarebbe sbilanciato altrimenti.

Non esitai, suonai il campanello con una decisione e una sicurezza che non avevo mai posseduto prima. Non potevo più aspettare. Avevo aspettato fin troppo!

Attesi. Dopo qualche minuto la mia sicurezza iniziò progressivamente a somigliare a un pupazzo di neve che si scioglie al sole. Visualizzai l'immagine sconfortante di me stessa, al posto del pupazzo. No! Non potevo arrendermi! Suonai ancora premendo il dito sul campanello più a lungo, più accanitamente. Altri minuti di attesa. E finalmente la porta si aprì.

Mi ritrovai di fronte il giovane maggiordomo, quello di riserva insomma.

«Buongiorno. Devo parlare con Peter Wiles.»

Usai il tono deciso che non ammetteva repliche. Quello che Peter avrebbe potuto definire da intellettuale snob ed egocentrica. O forse meglio da donna decisa ad ottenere ciò che desiderava.

«Il signor Wiles non è in casa, signora.» Ovvio. Come poteva essere altrimenti? Ero già pronta a partire al contrattacco ma il giovane mi precedette. «Però... se vuole lasciare un messaggio...»

«Certo!» Frugai nella borsetta mentre il maggiordomo junior scendeva gli scalini per raggiungermi al cancello.

Considerato il fatto che Peter non si degnava di rispondere alle mie e-mail avevo preparato già una lettera in cui gli esponevo con fermezza l'assoluta necessità di parlargli, includendo tutti i miei recapiti. E nel caso non fosse nei paraggi un biglietto con il mio numero di cellulare, che comunque già possedeva ma che nel corso degli anni trascorsi senza una chiamata poteva aver smarrito, cancellato o distrutto.

«Gli dica che è importante...» Lasciai la frase in sospeso. Non conoscevo il nome del maggiordomo junior.

«Jack...» mi suggerì lui, con tono ossequioso.

«Gli dica che è importante, Jack. Io ho assolutamente bisogno di vederlo. Si tratta di...» Di nostro figlio, soprattutto. Poi anche di noi. «...di qualcosa che dobbiamo risolvere, un affare in comune, ecco.»

Ero consapevole di non avere speranze di trovarlo in casa. O che comunque lui non avrebbe accettato di vedermi. Speravo di convincerlo, se non attraverso le parole di Jack, almeno con la lettera in cui lo supplicavo di incontrarmi per parlare di William. Era molto probabile che ci rifiutasse entrambi, ma dovevamo tentare. Rammentai le ultime parole che Peter mi aveva rivolto. Aveva detto che avrebbe provato ad avvicinarsi a nostro figlio. Forse era arrivato il momento.

Ricevetti una sua chiamata tre giorni dopo, mentre mi trovavo a Leeds. Fuori dall'università venni raggiunta da un numero telefonico privato e compresi all'istante che si trattava di lui.

«Nei prossimi giorni sarò a Londra» mi disse freddamente, senza alcuna enfasi. Non riconobbi il suo tono nel modo di parlarmi, quasi non riconobbi nemmeno la sua voce. «Possiamo incontrarci in una caffetteria.»

Ah, bene. Non voleva nemmeno vedermi a casa sua. In una caffetteria? Non gli importava di essere riconosciuto?

Qualche ora più tardi mi comunicò attraverso un messaggio telefonico il giorno, l'ora e il luogo preciso. Avevo quattro giorni per prepararmi psicologicamente, tornare a Londra e incontrarlo in una caffetteria di Notting Hill. Proprio quella dove, una domenica di tanti anni prima, ero andata a prendere il caffè che avevo offerto a Jacob.

Arrivai in anticipo di circa mezz'ora e girai intorno, soffermandomi in un piccolo negozio di libri usati per perdere tempo. Controllando l'ora ogni minuto non sarebbe trascorso più in fretta.

Non riuscivo nemmeno a concentrarmi sui libri che afferravo dallo scaffale e mi passavo tra le mani, quasi senza nemmeno vederli. Finii per acquistare un romanzo storico di un'autrice ignota ambientato nelle Midlands solo perché attratta dalla copertina. La donna raffigurata in abiti ottocenteschi mi somigliava, indossava un abito azzurro e si tratteneva i capelli per non rischiare che una folata di vento li scompigliasse.

Uscii con il volume sottobraccio e già in lontananza lo riconobbi mentre sostava di fronte alla caffetteria con la testa abbassata. Portava un cappello scuro, uno di quelli che aveva usato in passato quando non voleva farsi riconoscere. Ma niente barba posticcia questa volta. Maglione, una giacca leggera, jeans. Sembrava dimagrito dall'ultima volta che lo avevo incontrato di persona. Anche dalle sue ultime apparizioni pubbliche, che io seguivo accanitamente.

«Ciao, Peter…»

Sollevò lo sguardo su di me e io, senza volerlo, mi sentii indagata dai suoi occhi, dal suo modo di guardarmi. Ero invecchiata? Ingrassata? No, non mi sembrava. Però convivevo con me stessa ogni giorno, i cambiamenti dal mio punto di vista potevano apparire impercettibili. Avevo indossato lo stesso vestito di quando ero venuta a cercarlo la settimana precedente, sperando che mi portasse fortuna, considerando che aveva accettato di vedermi.

Lui, oltre a essere dimagrito, non mi sembrava molto cambiato. Certo, io avevo avuto più possibilità di controllare il suo aspetto nel corso di questi anni. Non mi rispose, mi indicò semplicemente l'ingresso della caffetteria con un cenno del capo.

Entrammo e sostammo all'ingresso per qualche istante. Mi sentivo tesa come a un primo appuntamento. No, in realtà non mi ero mai sentita così, con nessuno.

Ci avvicinammo al banco per ordinare. Io chiesi un semplice cappuccino perché non avevo la forza mentale di riflettere su altre combinazioni. Peter fece lo stesso. Pagò per entrambi e poi, ognuno con il proprio bicchiere di cartone in mano, ci avviammo verso un tavolino appartato. Il ragazzo che ci aveva serviti fissò Peter per qualche istante con aria smarrita ma non diede segno di riconoscerlo.

Seduta di fronte a lui accennai un sorriso. Il cuore mi batteva all'impazzata, mi sentivo davvero una ragazzina al primo appuntamento con il ragazzo più bello della scuola. Altra cosa che non mi era mai accaduta in prima persona. Durante l'adolescenza non avevo mai prestato attenzione al più bello della scuola, sempre che ce ne fosse stato uno.

«Grazie di… aver accettato di vedermi…»

Mi tremava anche la voce. Riuscii a sollevare lo sguardo su di lui. Notai i suoi occhi verdi un po' segnati, la barba di un paio di giorni.

«Non l'ho fatto per te.»

Peter strinse il bicchiere tra le mani e si appoggiò allo schienale della sedia.

«Sì, lo capisco.» Sorseggiai il mio cappuccino per prendere tempo. Ma niente, avevo lo stomaco completamente chiuso. «Io… sono contenta che tu sia tornato. Peter…»

Non sopportavo questa freddezza da parte sua. Non riuscivo a tollerarla. Era come ricevere ripetuti pugni nello stomaco. Avrei potuto accettare un atteggiamento del genere da parte di chiunque, ma non da lui. Abbassai il viso e mi morsi le labbra per trattenere le lacrime.

«Vogliamo parlare del motivo per cui siamo qui, Amantine?»

Nella sua voce non riscontrai la stessa emozione. Non provava proprio più nulla per me.

«Certo…»

Sollevai il viso augurandomi che i miei occhi non fossero troppo lucidi e che qualche lacrima non mi sfuggisse, tradendomi. Non mi vergognavo di piangere per quello che sentivo… ma temevo che la mia commozione così viva, così manifesta, lo inducesse ad allontanarsi pensando che lo avessi pregato di concedermi un appuntamento con altri motivi. Non per parlare di William.

«Bene… gli hai detto qualcosa?»

I suoi occhi somigliavano sempre più a due lame che non mi concedevano scampo. E anche la sua voce era altrettanto fredda, distante. Non avevo scorto in lui nemmeno l'ombra di un sorriso.

«Io… vivo a Haworth, vicino a Leeds, per metà del tempo. Tengo alcuni corsi di scrittura all'università, ci resterò fino alla fine del semestre…» Di certo non aveva voglia di ascoltare la storia della mia vita recente, ma da qualche parte dovevo pur cominciare. «Poi ho deciso che mi trasferirò a Londra perché William studia qui, ha iniziato l'università. Cioè l'ha iniziata da un po' in realtà... studia letteratura inglese, come me. Non l'avrei mai detto... Ero convinta che volesse seguire le orme di mia madre, era interessato all'astrofisica, invece... E poi anche Madeline si è trasferita qui, lei studia arte drammatica, vorrebbe lavorare in teatro...»

Mi fermai percependo la mia stessa voce sempre più incerta, tremante. E soprattutto perché temevo di annoiarlo con tutte queste informazioni dettagliate. Invece Peter mi ascoltava in silenzio, attento alle mie parole. Annuì facendomi cenno di proseguire.

«Comuque... io credo che William lo sappia.» Ecco, meglio andare dritta al punto anche se, non sapendo come organizzare un discorso sensato, l'unica possibilità che mi restava era raccontare a Peter tutto quanto. Tutte le mie sensazioni, tutti i miei dilemmi, tutte le mie paure. Così come capitavano, come risalivano in superficie e mi graffiavano il cuore chiedendo di emergere, di essere condivise. «E mi disprezza abbastanza. Mi ha sempre sopportata poco, in realtà. Aveva sempre preferito Geoff, poi i miei genitori, sua sorella... anche mio fratello... insomma, chiunque ma non io! Credo che mi incolpi del fallimento della nostra famiglia, della separazione da suo padre, cioè da Geoff... Mi tratta con distacco, quasi con rabbia quando cerco di avvicinarmi per parlargli... E ci ho provato Peter, tante volte! Mi rifiuta dicendo di non avere tempo quando cerco di prenderlo in disparte per dirgli la verità. E io non sono ancora riuscita a impormi, a forzarlo. Insomma, sono abbastanza sicura che William mi consideri un po' come la causa di tutti i mali... E io credo che abbia ragione. Sono stata la peggior madre che potesse capitargli, povero ragazzo...»

«Capisco. Finché non ti permette di dirgli la verità può rifiutarla, fingere che non esista. Ma sei così sicura che lui lo sappia?» L'espressione di Peter era pensierosa, assorta.

«Sì. Anzi, temo che lo sospetti anche Madeline... Mi ha detto di sapere che abbiamo avuto una relazione. Quindi di certo lo sa anche William. Insomma, non sono più bambini. Risalendo al periodo in cui noi due ci siamo frequentati...» Mi morsi le labbra, posando una mano sul libro che avevo appoggiato sul tavolo e tormentando la copertina. «Poi tu... con quel cd e la canzone con il mio nome. E poesie e sonetti di William Shakespeare... Madeline ne è a conoscenza. William, di conseguenza...»

«Mi dispiace, Amantine. Mentirei se ti dicessi che non ci ho pensato...» Peter sorseggiò il suo cappuccino, poi sospirò profondamente. «Non volevo fare del male, te lo assicuro. Ma in qualche modo... dovevo riprendermi, mi sembrava di affogare ogni giorno di più. Era un progetto che avevo già in mente, lo sai. Ma dovevo trovare il modo di riemergere in superficie e mi sono lasciato coinvolgere ancora di più. Mi sono sentito tradito...»

Finalmente riuscivo a scorgere un'emozione in lui, l'ombra di un sentimento anche se non per me. Peter era sempre Peter, nonostante si sforzasse di nascondersi e barricarsi dietro a una maschera di freddezza e indifferenza.

«Tu sei stato tradito, Peter. Da me. E anche William...» Cercai di sfiorare la sua mano con un dito, ma mi trattenni per non rischiare di perdere quel filo di speranza a cui avevo iniziato ad aggrapparmi. Allora tornai a sfogare la mia frustrazione sulla copertina del libro. «Ma non è stato solo per quello, per il tuo lavoro su Shakespeare e per la nostra canzone... Geoff si è trasferito in America con la sua nuova donna e il nuovo figlio. William avrebbe voluto raggiungerlo qualche tempo fa, studiare in America. Ma Geoff lo ha rifiutato. Io non so se avrebbe fatto lo stesso se la richiesta fosse arrivata da Madeline... Madeline ha sempre voluto restare con me. Ma William... insomma, potrebbe aver pensato che il rifiuto di Geoff derivi dal fatto...»

Mi fermai, notando Peter avvampare di sdegno. «Quel maledetto coglione! Ti ha tenuta in trappola per anni e poi...»

«Geoff ha le sue colpe. Ma la colpevole principale sono stata io...» Questa volta sfiorai davvero la mano di Peter. Un tocco leggero, timido. Mi ritrassi appena i suoi occhi mi attraversarono con uno sguardo quasi furioso. «Io avrei dovuto lasciarlo nonostante tutto, avrei dovuto dirti la verità subito... quando i bambini erano ancora piccoli...»

«Inutile rivangare il passato, Amantine.» La sua espressione divenne più tranquilla, rilassata. «Ognuno ha le sue colpe, anche io. Forse avrei dovuto insistere di più con te. Forse non avrei dovuto trasferirmi in America. Soprattutto non avrei dovuto restarci dopo quello che mi hai rivelato. Ho lasciato passare altri anni inutili, mi sono perso in situazioni senza senso... E non si tratta solo di William, anche per Matthew non ci sono mai stato. Sono quasi un estraneo per lui, è stato cresciuto da mia madre visto che la sua è stata assente quasi quanto me. Anche il mio matrimonio con Kendra è fallito per colpa mia... Quindi vedi, Amantine, siamo entrambi pessimi nella gestione dei rapporti.»

«Abbiamo ancora qualcosa in comune allora, oltre a William...» Gli rivolsi un sorriso amaro. Ingoiai un sorso del mio cappuccino, ormai tiepido. «Forse sono stati i rapporti a essere sbagliati... forse se fossimo stati noi due...»

No, dovevo fermarmi. Non potevo affrontare un discorso sui sentimenti che ancora provavo per lui. Non ero pronta a sentirmi respinta e disprezzata anche da lui.

«Già... forse...» Peter chiuse gli occhi, come se stesse meditando su qualcosa da dire. «Comunque, io... non ti ho detto che ho tentato di vedere William. Dopo che tu mi hai raccontato tutto e anche recentemente. Non mi sono avvicinato per parlargli, volevo solo vederlo. Non voglio invadere il suo spazio e impormi, se lui non vuole... Potrebbe avermi visto, però. Mi dispiace aver creato problemi...»

«No, Peter. Hai fatto bene. Dobbiamo parlargli, cercando di rispettare i suoi tempi...» Non si trattava più di sconvolgere William. Quasi certamente sapeva. Dovevamo agire con calma e di comune accordo. «Però dobbiamo essere consapevoli del fatto che potrebbe respingere entrambi. O per quanto riguarda te potrebbe credere che tu lo rifiuti, come ha fatto Geoff... Io non vorrei sbagliare ancora. Nella mia vita ho già accumulato troppi errori. Soprattutto non vorrei più sbagliare con nostro figlio.»

Mi stavo aggrappando con tutte le mie forze a quel clima di serenità che si era creato tra noi. Avevo bisogno di lui, una necessità disperata, quasi fisica. Se non come amante, compagno, almeno come presenza. Avevo bisogno della sua vicinanza.

«Faremo del nostro meglio, stai tranquilla. Io resterò qui, almeno per un po'...»

«Sono contenta che tu ci sia. Che tu sia tornato...» Inclinai il viso accennando un sorriso più rilassato. «Mi ha sorpresa la tua proposta di vederci in un luogo pubblico. Non temi più che ti riconoscano, che ti importunino?»

«Non ho più flotte di fan indemoniate, Amantine. Sono vecchio, ormai. Il successo se n'è andato, la fama pure...» Peter si strinse nelle spalle, con aria indifferente. Sembrava non importargli. «Sono un uomo qualunque. Come una stella cadente che per un breve attimo ha percorso il firmamento, per poi precipitare nel dimenticatoio... Ma non mi importa più.»

«No. Tu non sarai mai un uomo qualunque, Peter.» Percepii un battito più accelerato del mio cuore. Inevitabile, dolce e doloroso al tempo stesso. «Tu per me resterai l'unico...»

«Non affrontiamo questo discorso, Amantine, per favore...»

Così diceva. Così mi respingeva e mi spezzava ogni illusione sul nascere. Ma allora perché ogni volta che pronunciava il mio nome io individuavo una nota dolente nella sua voce, come un rimpianto che non riusciva a celare, a mantenere inespresso?

«Va bene. Scusami.»

«Sai invece cosa sei tu per me? Vuoi davvero saperlo?» Strinse gli occhi focalizzandosi su di me in modo ancora più deciso, incisivo, quasi a sfidarmi.

Annuii abbassando il viso. Non volevo vederlo mentre mi scagliava addosso tutto il suo disprezzo, tutto il male che pensava di me. Ma ero comunque preparata a riceverlo.

«Tu sei come... Hai presente le cassette registrate che si usavano tempo fa? Quel tipo di cassetta su cui si registrava più volte e la nuova registrazione cancellava la precedente?»

Sollevai lo sguardo scrutandolo confusa. «Sono una cosa vecchia che non si usa più, insomma.»

«No, non intendo questo. Tu sei come la prima canzone che ho registrato su quella cassetta. Poi ne ho registrate altre... E ancora, ancora, ho continuato a registrare tutte le volte che ho potuto per provare a dimenticare, a rimuovere ciò che era stato registrato in precedenza... Ma non sono mai riuscito a cancellarti, a sovrastarti, perché la tua canzone ritornava sempre annientando le successive, ha sempre trovato il modo di riemergere su tutte le altre. E quella che io tornavo a sentire era sempre quella canzone, sempre tu. Ma poi... è successo che continuando a registrarci sopra e a riascoltare sempre la stessa canzone... il nastro si è rotto. Come accadeva con quelle cassette, una volta che il nastro si spezzava era inutile tentare di aggiustarlo. Non restava altro da fare che buttare via tutto e rassegnarsi a un taglio netto, definitivo...»

«Peter...» Avevo compreso il suo esempio. Calzava alla perfezione. Era questo che gli avevo fatto? Davvero? Mi morsi le labbra e passai entrambe le mani sul viso. Asciugai una lacrima quasi con furia. Mi aveva distrutta, aveva spezzato il mio cuore, la mia anima, senza nemmeno insultarmi o dirmi qualcosa di veramente cattivo. Non era da lui, infatti. Non lo era mai stato. Quello che non sapeva era che a me accadeva lo stesso. Anche io non sarei mai riuscita a sovrastarlo con un altro. «E se... se noi comprassimo una nuova cassetta... E se...

registrassimo ancora la nostra canzone, senza più la necessità di registrarne sopra altre…»

«Lo sapevo che avresti detto qualcosa del genere, Amantine. Vedi come ti conosco bene…»

Peter chiuse gli occhi per un attimo e si agitò sulla sedia. Temetti che da un momento all'altro decidesse di andarsene e lasciarmi sola nella caffetteria. Sola con il mio cappuccino ormai freddo e con il libro che continuavo a tormentare. Sola ad affrontare per l'ennesima volta il dolore di averlo perso.

«Ottimo. Perché se mi conosci bene come dici, saprai anche che non ho intenzione di arrendermi. Né con te né con nostro figlio… benché al momento capisco che entrambi mi odiate…»

«Non posso parlare per William. Ma per quando mi riguarda ti sbagli. Non hai idea di quanto per me… di quanto sia complicato odiarti, Amantine.» Afferrò il suo bicchiere e lo strinse per poi spingerlo indietro e posare la mano sul tavolo.

«Bene… almeno posso avere una piccola speranza.» Non riuscivo a resistere. Non ero più in grado di controllare i miei sentimenti né di placarli. «Peter, io ti…»

«No, non puoi.» Mi interruppe alzando il tono di voce. «Non dirlo.»

«C'è… un'altra? È a casa tua? Per questo hai voluto che ci vedessimo qui…»

Il mio cuore non era più allenato a spezzarsi e a ricomporsi in intervalli di tempo così brevi. Prima o poi sarebbe esploso nel mio petto, togliendomi la vita proprio in una caffetteria di Notting Hill, di fronte a lui.

«No, Amantine. Questo è il punto. Non c'è un'altra… ma conosco bene l'effetto che mi fai e a casa mia temevo di non riuscire a resistere nonostante la mia volontà. Del resto, non sarebbe la prima volta.» Mi lanciò un'occhiata desolata, poi corrugò la fronte come pentito di ciò che aveva appena detto. Io posai la mano sulla sua e questa volta la trattenni. Ma anche lui non ritirò la sua. «Sono tornato per William e per Matthew. Non per te. E nemmeno per me stesso.»

«Lo so, Peter. E se non vuoi più avere a che fare con me lo capisco... Non sei il solo. Sono stata una donna orribile, ti ho fatto del male. Ma non voglio più esserlo. A me basta sapere che potrò avere ancora un piccolo posto nella tua vita. Io... Anche io ho tentato di sovrastarti, di incidere altre canzoni su quella cassetta, ma alla fine c'eri sempre tu, la nostra canzone... L'unica vera, per me. L'unica a darmi la forza di andare avanti, in tutti questi anni. Nonostante la distanza, nonostante i miei errori.» Peter improvvisamente ritrasse la mano e a me non restò che tornare ad aggrapparmi al libro con la copertina della donna con i capelli scompigliati dal vento. «Ci sono stata anche quando eri lontano... Ogni tuo successo, ogni critica, ogni relazione che ti hanno attribuito, vera o presunta. Io per te ci sarò sempre, Peter. Sempre. Comunque vada.»

«Dobbiamo pensare a William, prima di tutto. Fammi sapere se riuscirai a parlargli, se vuoi che io...» Peter si alzò deciso, quasi di scatto. «In ogni caso, anche se non vorrà vedermi o conoscermi.»

«Peter...»

Mi sarei aggrappata al suo braccio per trattenerlo. Per evitarlo afferrai il libro con entrambe le mani, stringendolo forte. A qualcosa alla fine era servito, era stato perfetto come valvola di sfogo, avevo fatto bene ad acquistarlo.

«Spero che non sia troppo importante...» Peter focalizzò lo sguardo sulle mie mani. «Da un'ora stai massacrando quel povero libro.»

«No, io... L'ho comprato mentre ti aspettavo. Non è importante... Non conosco nemmeno l'autrice, non mi serve per qualche studio di letteratura o qualche ricerca. Non ho idea di come sia.» Mi alzai e gli sorrisi, sollevando il libro per mostrarglielo. «Non ci crederai mai, l'ho comprato solo perché mi piaceva la copertina. Non sono più una piccola intellettuale snob.»

«Attratta dall'involucro. Un po' come hai fatto con me quella domenica mattina.» Peter annuì stringendosi nelle spalle, evitando il mio sguardo e puntando gli occhi verso la porta della caffetteria.

«Questo è vero solo in parte. Inizialmente sono stata attratta dall'involucro, hai ragione.» Gettai il libro sul tavolo con un colpo secco e afferrai davvero lui, questa volta, il suo braccio. Anche se Peter nel frattempo mi aveva voltato completamente le spalle. «Ma in seguito non ha più avuto nulla a che fare con l'aspetto esteriore. E non conta nemmeno che l'involucro non sia più lo stesso e che ovviamente con gli anni cambierà ancora. Perché è del contenuto che io mi sono innamorata, Peter. Di te.»

CAPITOLO 74

In seguito alla mia dichiarazione Peter non aveva fatto altro che voltarsi verso di me e rivolgermi un sorriso. Un sorriso appena accennato, un sorriso stanco. Un sorriso un po' incredulo e in parte anche amareggiato. Ma era pur sempre un sorriso.

Io lo avrei preso tra le braccia, lo avrei stretto a me. Gli avrei ripetuto che lo amavo, che lo avrei amato sempre. Lo avrei ripetuto fino a scaldare il suo cuore ormai così silenzioso, così freddo nei miei confronti, così ferito da tutto ciò che gli avevo celato, dalla vita che gli avevo strappato. Finché la nostra canzone sarebbe riemersa incontrastata, viva, palpitante. La canzone di Amantine non era solo mia. Era nostra. E io avrei avuto pazienza, avrei avuto coraggio e abbastanza amore per entrambi.

«Io... devo andare...» Peter si morse forte le labbra abbassando lo sguardo. «Ho un po' di lavori e di collaborazioni in corso durante questi mesi... Sono progetti di beneficenza a cui tengo molto, anche se mi porteranno a collaborare con gente che non stimo, è per una buona causa. Però se hai bisogno per William, io ci sono Amantine. Posso anche spostare impegni, tentare di rimandarli...»

«Grazie, Peter. Io sono certa che ce la faremo... con lui. È solo maledettamente testardo. Del resto è nostro figlio.» Sorrisi sfiorandogli il viso con le dita, incrociai i suoi occhi verdi. Poi lasciai il suo braccio, che ancora trattenevo con l'altra mano.

Capivo di non poter insistere per quanto riguardava noi due. Dovevo prima guarire il suo cuore, curare le ferite che io stessa gli avevo inferto. Fare in modo che tornasse a fidarsi di me e di conseguenza ad amarmi.

Intanto i giorni passavano. Io continuavo la mia vita in trasferta nello Yorkshire anche se tendevo a trattenermi a Londra il più possibile. Eravamo ormai arrivati ai primi di marzo. Ancora qualche mese. Poi non sapevo esattamente cosa avrei fatto ma avrei trovato una soluzione. Avrei chiesto ospitalità a Marianne e Alain almeno per un po', per poi cercare una casa con Madeline oppure da sola.

Seguivo i progetti di Peter, come sempre del resto. Il fatto che avessimo stabilito un accordo e comunicassimo mi sollevava il morale. Mi sentivo meglio da ogni punto di vista. Sapevo che era ancora arrabbiato e non mi aveva perdonata. Per quello ci sarebbe voluto tempo. Però riuscivo a intravedere una speranza finalmente. Con William e anche per noi.

Più volte avevo rievocato il discorso che mi aveva fatto, quello riguardante la cassetta registrata. Tanto da visualizzare la scena e scorrerla nella mente. Aveva tentato di dimenticarmi senza riuscirci... Questo aveva voluto dirmi? Era ancora arrabbiato con me, forse non mi avrebbe perdonata facilmente. Ma il suo cuore mi apparteneva ancora. E io mi sarei impegnata per averne cura.

Rievocavo continuamente anche la serata che ci aveva divisi. Quella festa. Tutto quanto. Il sogno che si era trasformato in un incubo. Eravamo giovani, felici, con un futuro tutto da vivere, con la speranza di ottenere successo e considerazione. Eravamo innamorati pur senza saperlo. Poi tutto ci era stato strappato. Anche per colpa nostra, per la nostra insicurezza, per il nostro timore di essere respinti. Per quelle assurde regole che ci eravamo imposti.

Simon Jennings, i Darkest Storm, gli Stevenson. Sembravano ormai un lontano ricordo, avvolti nelle tenebre di un passato da rimuovere per sempre dalle nostre esistenze. Come una fotografia sbiadita dal tempo.

Avevo rimosso anche Raymond Carter, il padre di Geoff. Lasciato dalla seconda moglie, sposata dopo la morte della madre di Geoff, che nel momento del bisogno aveva pensato bene di sparire con gran parte dei suoi soldi. Abbandonato in una clinica di lusso a Parigi dal figlio che aveva deciso di iniziare una nuova vita o forse di prendersi quella che con me non aveva mai avuto, recuperando il tempo perduto. Il vecchio Carter, il grande studioso, il collezionista d'arte e di oggetti antichi, l'imprenditore di successo, era stato affidato alle cure delle infermiere e di una lontana cugina. Al buon cuore di mia madre, che di tanto in tanto passava a trovarlo, e di Madeline e William, che gli facevano visita quando tornavano a Parigi.

Io non ero una donna di buon cuore, non lo ero mai stata. Lo avevo visto una volta sola dopo la separazione da Geoff. E dopo aver saputo quello che aveva tentato di fare a Peter. Forse volevo vedere con i miei occhi, per l'ultima volta, colui che aveva contribuito alla mia infelicità. Era un uomo finito, immobilizzato nel suo letto e nel suo silenzio. Geoff era convinto che non riconoscesse più nessuno ormai. O forse era solo una scusa per giustificare la sua fuga verso la libertà in America.

Ma io non ne ero convinta. Avevo scorto un bagliore di terrore negli occhi del vecchio manipolatore quando ero comparsa di fronte a lui. Quando gli avevo rivelato che sapevo cosa aveva fatto quella sera, conoscevo il suo accordo con Simon Jennings. E che avrei lottato con tutte le mie forze per riprendermi e difendere ciò che era mio. Che sarei arrivata a ucciderlo con le mie stesse mani se a Peter fosse successo qualcosa. Quindi no... non ero assolutamente convinta che Geoff avesse ragione. Raymond Carter subiva in forzato silenzio la processione di coloro che per dovere, per buon cuore, per curiosità o per rancore sfilavano davanti a lui in attesa della sua fine.

Alcuni dei nuovi progetti di Peter non mi entusiasmavano. Il nostro accordo e i nostri contatti dovevano riguardare esclusivamente William, ne ero consapevole, ma che fosse tornato a interagire con alcuni personaggi che avevano fatto parte del suo passato non mi piaceva affatto. Anche se si trattava di beneficenza e di collaborazioni saltuarie per una serie di concerti.

Forse questa era un'ulteriore testimonianza che io non ero una donna di buon cuore. Però detestavo il fatto che Simon Jennings stesse cercando in tutti i modi di inserirsi nel progetto con una band di recente formazione. Era un viscido opportunista, avido e senza scrupoli, pronto a tornare all'attacco e ad approfittarsi di chiunque. Non lo volevo intorno a Peter. E non volevo nemmeno che il nome di Peter fosse nuovamente associato al suo. Quindi dovevo trovare il modo per evitare che quell'individuo venisse accettato tra i collaboratori e i partecipanti.

Cercai di chiamare Peter al telefono, dopo aver meditato per qualche ora sulla notizia che avevo trovato su internet. Nessuna risposta. Riprovai più volte nel corso della giornata.

Lo sapevo che non riguardava nostro figlio ma la sua sfera privata e professionale in cui io non avevo diritto di interferire, però non riuscivo a non preoccuparmi per lui. Avevo una sensazione... una pessima sensazione. Se Jennings gli aveva già fatto del male una volta, senza scrupolo, senza ritegno...

Mi sentivo ribollire. Come poteva Peter essere così ingenuo? Forse non aveva creduto alle mie parole? Non mi aveva presa seriamente? Forse in fondo pensava che non fosse tanto grave e stava sottovalutando quello che Jennings aveva tentato di fargli? O forse la mia rivelazione successiva riguardante William lo aveva sconvolto a tal punto da indurlo a minimizzare le colpe del suo ex manager? Eppure anche lui ne era a conoscenza! No, non poteva aver dimenticato.

Gli scrissi una e-mail supplicandolo di rispondermi immediatamente o meglio, di telefonarmi. Mi mantenni vaga sui motivi della mia richiesta, lasciandogli intendere che poteva trattarsi di William. Attesi per tutto il giorno, fino a sera.

Non mi restava molto da fare. Potevo andare a cercare Simon Jennings e intimargli di stare lontano da Peter e dai suoi progetti, minacciandolo di rendere pubbliche le sue passate intenzioni. Ma dopo più di vent'anni quell'essere abietto avrebbe riso in faccia a me e alle mie minacce.

Dovevo stare tranquilla. Non dovevo preoccuparmi. Eppure non riuscivo a togliermi dalla mente l'idea di quell'uomo intorno a Peter. Altri personaggi erano coinvolti, anche Steve Woodhouse, un ex componente dei Darkest Storm che si era lanciato nella carriera di attore di soap opera dopo lo scioglimento della band.

Non conoscevo quel mondo, non lo avevo mai conosciuto realmente. Non mi era mai interessato. Ma che Peter fosse in pericolo lo sentivo come un brivido sottopelle, che mi annientava ogni facoltà di giudizio e razionalità, mi incuteva un timore, o meglio un terrore, quasi incontrollabile. E la consapevolezza che dovevo proteggerlo, questa volta.

Peter salutandomi al termine della nostra conversazione in caffetteria aveva accennato al fatto di dover collaborare con gente che non apprezzava. Io cercavo affannosamente di scoprire di più senza riuscire a trovare aggiornamenti sull'iniziativa che sarebbe partita tra fine primavera e inizio estate.

Mi sentivo irrazionale come non lo ero mai stata, me ne rendevo conto. Quasi folle nella mia ricerca. E la mattina seguente sarei dovuta partire per insegnare a Leeds, con la mente altrove e un panico incontrollabile che mi spezzava il fiato.

Decisi di seguire un'altra strada. Attesi che Madeline rincasasse per chiederle il nuovo numero di telefono di Geoff. Avevo urgente bisogno di parlare con lui.

Doveva essere pomeriggio negli Stati Uniti, quindi nessun problema. Non lo avrei svegliato in piena notte.

«Geoff, sono io...» sospirai impaziente. Dovevo però cercare di mantenermi calma e di non aggredirlo subito con le mie richieste irragionevoli e un po' assurde. Mi impegnai per assumere un tono più gentile e conciliante. «Come stai?»

Il mio ex marito non celò la sua sorpresa alla mia chiamata ma si sforzò di rispondere in tono altrettanto cortese, informandomi a proposito della sua salute e del suo lavoro, tralasciando la nuova compagna e il nuovo figlio.

Probabilmente temeva che gli rinfacciassi di non aver accolto William qualche anno prima. Meglio mettere subito in chiaro le cose.

«Ascolta Geoff. Mi conosci abbastanza, sai che non ti avrei mai telefonato solo per chiederti come te la passi con la tua nuova vita. Ho bisogno di un'informazione importante... e forse anche di qualcosa di più. Lo chiederei a tuo padre ma non mi sembra molto collaborativo purtroppo, lo sai anche tu.»

«Si tratta di Peter Wiles, vero?» Sì, decisamente Geoff mi conosceva abbastanza. Visto che avevo accennato a suo padre aveva capito dove volevo arrivare. Che indagasse sui progetti di Peter mi appariva più remota come possibilità.

«Io devo sapere... quanto c'è di vero su Simon Jennings. Sei assolutamente certo che abbia tentato di uccidere Peter quella sera? Ha manifestato chiaramente la sua intenzione? Tuo padre...»

«Amy... quello che ti ho detto è quello che so. Non so fino a che punto Jennings volesse Peter morto, però... Insomma, mio padre non si sarebbe sbilanciato fino a quel punto, non era certo il tipo che si lasciava impressionare per un sospetto. Poi non è successo e quindi la storia è stata archiviata, come ti ho spiegato.»

Lo sentii sospirare nervosamente. Mi resi conto che avrebbe preferito non saperne niente, non averne a che fare. Anzi, avrebbe preferito non avere a che fare nemmeno con me. Se solo se ne fosse accorto prima che non valeva assolutamente la pena amarmi, sposarmi e tenermi legata...

«Geoff, saresti disposto a testimoniare quello che sai? Senza mettere di mezzo te stesso e tuo padre magari... Nel caso potremmo dire che lo hai scoperto recentemente, prima che lui avesse l'ictus. Oppure dopo, quando ancora riusciva a comunicare, potrebbe avertelo confessato...»

«No, Amantine. Mi dispiace.» Il suo tono divenne perentorio. Quando mi aveva chiamata con il mio nome completo? Quasi mai. «Io non voglio più avere a che fare con quella storia, mai più!»

«Peter potrebbe collaborare di nuovo con quell'uomo. Io gli ho raccontato quello che ha tentato di fargli. Devo convincerlo a tutti i costi a escluderlo o a lasciare il progetto, piuttosto. Ti prego... lo so che mi odi, che odi anche Peter, però io sono tanto preoccupata, non voglio Jennings intorno a lui.»

Lo stavo supplicando. Probabilmente Peter non avrebbe ascoltato nemmeno lui e avrebbe rimproverato la mia intromissione. Disprezzava Geoff. Ma tra i vari risentimenti che inevitabilmente intercorrevano tra noi tre io restavo irremovibile nel mio scopo. La mia sensazione era tremenda, come una condanna. Avevo paura.

«Se non fosse mai accaduto sarebbe stato molto meglio per tutti.» La voce di Geoff mi sembrò improvvisamente più calma, più rilassata. Non compresi ciò che intendeva esattamente. Lasciai che proseguisse. «Va bene. Se ci sarà la necessità io dirò quello che so. Ma senza infangare il nome di mio padre e il mio. Ho pagato abbastanza la mia ossessione per te e il mio tentativo di tenerti legata a me. Se in questo modo potrò liberarmi completamente del passato avrai la mia testimonianza contro Jennings, sempre che valga qualcosa. In fondo ora sono felice, finalmente. È giusto che lo sia anche tu.»

CAPITOLO 75

Avevo ricevuto la telefonata di Peter la mattina successiva. Si scusava di aver lasciato inavvertitamente scaricare il telefono e di aver controllato la posta elettronica solo pochi minuti prima di chiamarmi. Era teso e preoccupato.

«Non si tratta di William. E nemmeno di me. Si tratta di te, Peter.» Stavo preparandomi per partire per Leeds, ma sarei stata disposta a rinunciare, a inventarmi una scusa e avvisare che la lezione non ci sarebbe stata. «Tu non puoi accettare Simon Jennings nel progetto in cui sei coinvolto. Sì, insomma… Io cerco notizie su di te in internet, lo sai. E quindi… l'ho letto e non voglio, Peter. Non devi lavorare con lui. Non mi piace, non mi piace per niente! Ha già tentato di farti del male una volta, io posso trovare le prove e…»

«E tu credi che non lo sappia? Anche io non vorrei, non dipende da me ma dagli organizzatori degli eventi. Io non posso cacciarlo. Però Amantine… stai tranquilla, andrà tutto bene.» Peter sospirò con la tipica condiscendenza che si riservava a una ragazzina petulante. Mi stava effettivamente trattando come una ragazzina petulante.

«No, Peter. Ti prego… io…»

Non sapevo come trattenerlo. Tutto ciò che sapevo era che non dovevo permettergli di riagganciare e di liquidarmi con un "Stai tranquilla."

«Amantine… ci sono tante altre persone coinvolte, non si tratta solo di Simon e dei suoi nuovi Darkest Storm. Lo so cosa ha tentato di farmi e so cosa ci ha fatto. Ma devo essere ragionevole e non restare aggrappato a ciò che è successo tanti anni fa. Non voglio che quell'uomo condizioni ancora la mia vita. Per cui lo affronterò e non mi lascerò suggestionare. Cerca di fare lo stesso anche tu.»

Ovvio. Risposta perfettamente razionale, fin troppo. Mentre tutto in me gridava la mia ferma intenzione di proteggere l'uomo che amavo. E che avevo già lasciato solo in passato.

«Allora lascia perdere tu. Io non voglio...»

Lasciai cadere a terra la mia borsa e iniziai a piangere. Piano, senza far rumore. Probabilmente a Peter giungeva solo un silenzio intervallato da qualche sospiro.

«Amantine...»

«Ti amo, Peter. Lo so che non vuoi che io te lo dica. E che forse tu non mi ami più. Ma io ti amo lo stesso. E lo so che è un tempismo orribile e siamo anche al telefono, quindi fa ancora più schifo come dichiarazione. Ma io ti amo e non riesco più a trattenermi, soprattutto se penso che potresti essere di nuovo a contatto con quell'uomo senza scrupoli. Lo so che ti ho promesso che avremmo parlato solo di William. Ma io sono una donna egoista e ti amo, anche se non ti merito. E dovrei partire per Leeds ora, per le lezioni del mio corso, ma non ci andrò. Perché ti amo e ti devo proteggere...»

Dopo la pseudo dichiarazione in caffetteria, questa era anche peggio. Non potevo certo sperare di convincerlo così. Lo avrei convinto a mandarmi al diavolo una volta per tutte, questo sì.

«Amantine...» Riconobbi quasi il sospiro insofferente da parte sua. Ecco, ora mi sarebbe arrivato il rimprovero, il rifiuto e il telefono riattaccato in faccia. «Credo che tu abbia detto più "ti amo" in un minuto che in tutto il corso della tua vita. Sarà il telefono a renderti audace...»

«No, io...»

Non si era arrabbiato, anzi sembrava quasi divertito anche se non avevo modo di controllare la sua espressione.

«Fai la brava ragazza, dolcezza. Vai a Leeds per il tuo corso, non vorrai deludere i tuoi studenti? Non sarebbe da te, piccola intellettuale egocentrica.»

«Peter...»

Mi aveva chiamata "dolcezza". E anche "piccola intellettuale egocentrica". Da quanto tempo non accadeva più?

Non riuscii a trattenere i singhiozzi. Il cuore mi batteva così forte da stordirmi.

«Amantine, ascoltami bene. Quello che sto facendo è davvero importante per me. Quando ti ho detto che non mi importava più della mia carriera ti ho mentito.» Mi parlava con il tono tenero e suadente di un tempo, ma determinato. Cercai di placare il mio turbamento e di ascoltarlo con calma. «Ho bisogno di un po' di tempo. Io vorrei tentare di recuperare quello che ero, per quanto è possibile. Non tanto la fama e il successo della gioventù. Sicuramente non le fan ossessionate dal mio aspetto. Ma il mio buon nome, il mio valore artistico se ancora esiste. Voglio essere degno di considerazione, essere affidabile e corretto. Per questo non mi tirerò indietro. Non voglio essere ricordato come quello che saliva ubriaco sul palco. Perché è successo davvero... più volte. E non voglio nemmeno essere ricordato come quello che tradiva la moglie passando da una modella all'altra. Per cui in queste settimane parteciperò alle prove per questa serie di concerti. Mi comporterò in modo ineccepibile, offrirò il meglio di me. Io voglio ricostruirmi un nome di prestigio per i miei figli, per me stesso... e anche per te, piccola...»

Rimasi quasi senza parole dopo averlo ascoltato. «Anche per me? Io... sono sempre qui, Peter... Io...»

Voleva davvero includere anche me nella sua vita? Nel suo futuro? Lacrime di gioia e di commozione mi scorrevano lungo il viso, inondandolo completamente fino a raggiungere il collo.

«Sì, Amantine. Anche per te. Per questo ti chiedo di fidarti di me. E di concedermi un po' di tempo.» Lo sentii sospirare ancora. E io avrei voluto solo essere lì con lui, abbracciarlo, stringerlo a me. Guardarlo negli occhi e dirgli che lo amavo da impazzire, ogni istante di più. «Poi se vuoi compreremo una nuova cassetta, con un nuovo nastro e incideremo la nostra canzone. Perché... ti amo anch'io, dolcezza. Ci ho provato tante volte, ma non sono mai riuscito a smettere di amarti. E ora amo ancora di più la donna bella e forte che sei diventata. È sempre stato vero solo con te.»

CAPITOLO 76

Dovevo avere pazienza e concedere a Peter il tempo che mi aveva richiesto. Lasciare che portasse a termine l'impegno che si era preso per quei concerti. Anche se coinvolgevano Simon Jennings. Anche se lo tenevano lontano da me.

Cercai di tranquillizzarmi, ubbidire a Peter e tornare a Leeds. Dovevo concentrarmi per dare il meglio di me stessa ai miei studenti. Le sue parole mi avevano resa felice come non lo ero da troppo tempo. Mi amava ancora. Non ci sarebbero stati più ostacoli e impedimenti tra noi. Volevo solo amarlo e renderlo felice. Insieme saremmo riusciti a recuperare il rapporto con William. Era tardi, certo. Ma non era ancora troppo tardi per noi.

Non facevo altro che riascoltare le nostre canzoni, la colonna sonora della nostra vita. E ne avremmo aggiunte di nuove, ogni giorno. Avremmo colmato la distanza, il tempo perso, tutti gli anni di separazione.

Qualche altro giorno trascorse. Io rimasi a Leeds per i miei corsi. Ero tentata di chiamarlo ancora ma non volevo disturbare il suo lavoro. Alla fine decisi di mandargli una e-mail e lui rispose alcune ore dopo. Mi ero mantenuta sul vago, volevo solo sapere come stava e come procedeva il lavoro. Ero fermamente decisa a lasciarlo tranquillo ma allo stesso tempo desideravo che sapesse che io ci sarei sempre stata per lui. Trovai rassicurazione nelle sue parole e nei messaggi che ci scambiavamo appena possibile. Era anche un sollievo non dover più cercare informazioni su internet ma sapere ogni cosa direttamente da lui.

Non osavo interrogarlo sulla partecipazione di Simon Jennings e nemmeno di altri artisti per non scoprire qualcosa che non mi sarebbe piaciuto. Per la stessa ragione lui non ne faceva parola con me.

Mi parlava di noi più che altro, mi chiedeva del mio lavoro, dei miei libri, di William e anche di Madeline. Sperava che entrambi i miei figli lo accettassero. Io gli chiedevo di suo figlio Matthew. Mi raccontava che era appassionato di musica lirica. Una cosa da non credere! Poi mi parlava delle associazioni a cui destinare i fondi. E delle nuove idee che aveva in programma in seguito. Voleva continuare a sperimentare altri orizzonti musicali.

Io sognavo la nostra vita insieme. Un po' come era stata una volta, durante i nostri primi tempi. Quando io avevo scelto, contro tutto e contro tutti, di stare con lui. Pur senza dirgli che lo amavo, ma vivendo con lui e per lui ogni giorno.

Rammentavo quei momenti in cui entrambi lavoravamo, lui con la chitarra e il suo quadernetto tra le mani, io con i miei libri e i miei fogli di appunti sparsi un po' ovunque. E poi quando si avvicinava a me, mi prendeva tra le braccia e mi trascinava sopra di sé. I suoi baci, le sue carezze. Rivolevo tutto quanto. Tutto di lui e tutta me stessa. La nostra canzone. Tutto ciò che avevamo avuto prima di quella sera, di quella festa. Prima della mia folle disperazione, del suo annientamento emotivo e fisico... di tutto ciò che avevamo subito per colpa di altri e anche della nostra fragilità sentimentale.

Ora eravamo diventati forti. Non avrei permesso a nulla e a nessuno di separarci. E nemmeno Peter lo avrebbe permesso, di questo ero certa.

La mia sicurezza vacillò quando scoprii che tra i luoghi in cui si sarebbero svolte le prove c'era anche quello che aveva segnato la nostra fine. La villa degli Stevenson che ora però apparteneva ad altri. Era stata acquistata circa dieci anni prima da un attore americano appassionato di musica che aveva fondato una sua band e partecipava entusiasta agli eventi musicali.

Peter aveva evitato accuratamente di dirmelo, lo avevo saputo da qualche ricerca su internet. Nonostante lo scambio di messaggi con lui non perdevo certe abitudini, volevo leggere cosa si diceva in proposito. A mia volta evitai di informarlo della mia scoperta per non inquietarlo. Ma il mio cuore rifiutava sempre più la sua vicinanza a quel luogo oltre che a Simon Jennings.

Quel sentore di cattivo presagio mi accompagnò nel mio ritorno a Londra. Ero costretta a tenere le mie paure per me. Non volevo turbare Peter e gli altri non potevano comprendere cosa significava per me saperlo lì con quell'uomo nelle vicinanze.

Attesi con il cuore in gola che le giornate fissate per le prove in quella che io consideravo ancora la villa degli Stevenson trascorressero. Gli scrissi ripetutamente. Tanto che Peter comprese il mio stato di ansia. L'ultima sera di prove mi scrisse che il mio timore era stato infondato, era andato tutto bene.

Il giorno fissato per l'evento ci sarei stata io al suo fianco. Proprio lì, dove la nostra storia aveva preso una piega drammatica. E avremmo cambiato la nostra percezione di quel luogo per sempre. Lui, nonostante tutto, conservava dei bei ricordi. Di me su quel ponticello. Quando voltandomi ci eravamo guardati negli occhi. Quando stava per dirmi che mi amava e che voleva solo me.

Ci avvicinavamo intanto alla metà del mese e alle ultime settimane di prove prima dell'inizio della serie di concerti vera e propria. Avrebbero iniziato a fare sul serio... e anche noi due. Io ero pronta, mi sentivo pronta ormai da anni. Dovevo avere pazienza ancora qualche giorno. Solo qualche giorno. I miei timori, le mie sensazioni, erano stati davvero infondati. Potevo rilassarmi.

Quella mattina mi svegliai all'alba. Già prima delle sei non riuscivo più a prendere sonno. Dopo essermi rigirata per una mezz'ora avevo deciso di alzarmi e di prepararmi il caffè. Avevo tenuto due giorni prima l'ultima lezione del primo ciclo del corso e avevo assegnato un elaborato agli studenti. Quindi avevo circa dieci giorni di libertà di cui avrei approfittato per trascorrere un po' di tempo a Londra. Magari riuscire a vedere Peter. Anzi, senza magari. Era tutto ciò che sognavo da quasi tre settimane. Stare un po' con lui, anche solo per qualche ora. Tra le sue braccia. Dirgli finalmente quanto lo amavo guardandolo negli occhi.

Sì, sognavo la felicità. La felicità che non ero mai riuscita a raggiungere completamente ma che ormai era così vicina. La felicità che nonostante tutti i miei errori credevo di meritare ancora.

Mi trascinavo svogliatamente per casa, inconcludente e un po' nervosa, in attesa della partenza. Avevo già preparato tutto la sera prima e avevo ancora circa due ore per raggiungere la stazione di Leeds e il mio treno diretto a Londra.

«Tesoro... sto per arrivare. Sarò a Londra nel primo pomeriggio.»

Riconoscendo il numero di Madeline sullo schermo del mio cellulare le risposi prima di lasciarle il tempo di parlare.

«Mamma...» La sentii sospirare. Non un sospiro profondo, ma spezzato, ansioso. «Mamma... tu non sai ancora...»

«Che cosa? Piccola, cosa è successo?»

Non riuscivo a capire, ebbi la sensazione di arrampicarmi su uno specchio alla ricerca del dramma che affliggeva mia figlia ma di scivolare sempre giù.

«Mmh... ecco...» Aveva il fiatone, come dopo una corsa. Sembrava lottare alla ricerca di parole che non era in grado di trovare.

«È successo qualcosa a William?» Alzai la voce, fino quasi a stordire me stessa. Gridai a tal punto che mi sentii spezzare il fiato e stridere le corde vocali.

«No, non lui...» Altra esitazione. I miei forse? Alain? Il tono di Madeline divenne improvvisamente più determinato. «Mamma, ascolta. Non hai acceso la tv questa mattina? Non hai guardato le notizie?» Stavo per rispondere ma Madeline non me ne diede il tempo. «C'è stato un incidente... un incendio durante le prove, forse generato da un corto circuito, in una residenza in zona Reading, questa notte...»

«No...»

Un incidente. Un incendio. Non poteva significare... Ero in piedi nella mia stanza e non sapevo dove aggrapparmi. Afferrai il vuoto indietreggiando fino al letto. Ma non riuscii a sedermi e scivolai a terra.

«Mi dispiace tanto, mamma...» Percepivo la voce di Madeline sempre più in lontananza, come un sussurro flebile. «Non sanno ancora se ci sono superstiti, ma...»

«Non può avermi lasciata. No, no, lui non mi lascerebbe così... Me l'ha promesso. Non può...»

Mi rigirai trovandomi in ginocchio, con le braccia e il viso sul mio letto. Afferrai il lenzuolo con tutta la forza che avevo. Sentii una strana forza emergere in me, come se stessi subendo una trasformazione. Come se stessi diventando una creatura con uno straordinario potere che affiorava dalle viscere, dal sangue. Subito dopo venni pervasa da una strana, insensata quiete. E poi da una stanchezza inconsueta.

Altrettanto improvvisamente desideravo riposare, dormire e basta. Dormire e non pensare più a nulla. Né al passato, né al presente. Né a me stessa, né agli altri. Nemmeno a lui. A ciò che ci aveva divisi, a ciò che ci aveva uniti. Dormire e non sentire più, non sognare più. Non avere più speranze, più illusioni. Nulla poteva avere senso ormai. Il mondo poteva anche fermarsi. E a me non restava altro da fare che dormire. Sperando di non dover più subire mutamenti. Sperando di non dovermi svegliare ed essere costretta ad affrontare un'esistenza senza vita. Senza la mia canzone.

CAPITOLO 77

No, non avevo bisogno che Madeline venisse a prendermi in macchina insieme ad Alain. Potevo benissimo tornare a Londra in treno. Era già prenotato e sarebbe partito a breve. Avrei impiegato meno tempo. Rifiutai con decisione ogni altra opzione.

Ero una donna forte. Non lo ero prima, ma lo sarei diventata. Lui mi aveva ricordato di esserlo. Bella e forte. Bella forse solo ai suoi occhi ormai. Ma forte lo sarei diventata davvero, avrei dimostrato di esserlo. Non potevo crollare finché ancora sussisteva una speranza.

Restai in contatto con Madeline per tutta la durata del viaggio. L'avevo pregata di tenermi aggiornata senza nascondermi niente. Intanto cercavo informazioni attraverso il mio portatile ma oltre al fatto in sé non c'era nessuna novità.

Dopo aver lasciato Madeline mi ero aggrappata tenacemente alla speranza. Tanto da comporre il numero del cellulare di Peter e illudermi che mi rispondesse. Invece suonava a vuoto. Avevo tentato ancora, più volte. Mi ero anche collegata alla sua ultima e-mail e l'avevo letta con attenzione. Andrà tutto bene. Ci vedremo presto. Staremo insieme.

No, non sarei crollata. Peter aveva bisogno di me. Io lo sentivo ancora. Intanto riuscivo a scorgere me stessa come dall'esterno, come una persona che non ero io. Chi era quella donna che se ne stava tranquillamente seduta su un treno diretto a Londra guardando fuori dal finestrino, che aveva intrapreso un viaggio come tanti, in una giornata come tante? Così composta, così severa. Quasi imperturbabile.

Non sembrava quasi vero. Forse una parte di me rifiutava ancora l'accaduto. O forse il mio cuore si era ormai talmente fortificato da assorbire la notizia senza che venisse dilaniato dal dolore. Ero crollata per molto meno. Quando la perdita poteva essere grave, ma non così definitiva, così drastica.

Trovai Marianne ad attendermi alla stazione di King's Cross. Mi ero aspettata Madeline o Alain. La interrogai con lo sguardo ma lei scosse lievemente la testa. Mi accarezzò la schiena con dolcezza.

«Alain è riuscito a scoprire in quale ospedale lo hanno portato, il St. Thomas. Ora si trova là insieme a Madeline.»

«Grazie...» Mai avrei sospettato che la parola "ospedale" suscitasse in me una sensazione così consolatoria. Quasi un sollievo che leniva il dolore che avevo trattenuto con tutte le forze di cui ero capace. Poi la ragione tornò prepotentemente a pulsare nella mia mente e io mi resi conto che poteva significare tutto o niente. «Si sa...?»

«No. Io non ho ricevuto aggiornamenti oltre a quello, ma ora ci andiamo subito.»

Marianne mi guidò verso la sua auto e io mi lasciai trascinare. Come una bambina indifesa, come una turista in un paese straniero che segue la sua guida senza avere la più pallida idea di dove la stia conducendo.

«Grazie...»

«Sappiamo quanto è importante per te, Amantine.»

Lessi nello sguardo di Marianne la volontà di dirmi che sarebbe andato tutto bene ma l'impossibilità di farlo.

Continuai a lasciarmi guidare da mia cognata, che si destreggiava abilmente nel traffico, senza nemmeno seguire con lo sguardo la strada che percorreva. Come se non avessi più la necessità assoluta di essere coraggiosa, inarrestabile e controllata a tutti i costi.

Raggiunto l'ospedale, Marianne parcheggiò e scendemmo dall'auto. Mentre lei parlava al telefono con Alain io sentivo che la forza mi abbandonava, a ogni passo. Goccia a goccia si prosciugava in me, lasciandomi il cuore stretto in una morsa di terrore e sfinimento al tempo stesso. Nonostante tutto continuavo a camminare, a camminare. Incominciai a temere l'attimo in cui avrei raggiunto la meta e mi sarei dovuta obbligatoriamente fermare per confrontarmi con la verità.

Intanto nella mente i ricordi apparivano a sprazzi. Non erano una carrellata di immagini, di scene di noi due. Non era la nostra storia. Erano più simili a bagliori momentanei, che apparivano in un lampo per poi sparire, precipitando nell'oscurità. E non coinvolgevano nemmeno solo noi due. Alcuni erano antecedenti al nostro primo incontro. La mia infanzia. Io e Alain in vacanza in Italia. I miei nonni. L'altalena nel giardino della prima casa dei miei genitori in Francia. Poi passavo direttamente alla nascita di William. Il primo bacio con Peter. La prima intervista che mi aveva concesso Jacob. Il mio incontro con il professor Frey. E così via.

Era davvero tutta la mia vita. Presa a caso. Senza successione logica, associazioni di idee o collegamenti cronologici. Un flusso di coscienza alla rinfusa. Mentre mi incamminavo verso il mio destino senza sapere ancora se sarebbe stato di speranza o di dolore.

«Mamma...»

Riconobbi la voce di Madeline senza avere idea esatta di dove ci trovassimo. In ospedale, sì. Seguendo Marianne non avevo nemmeno controllato in quale reparto, persa com'ero nel revival di quei brevi istanti di passato, fotografie remote o più recenti di me stessa.

Interrogai mia figlia con lo sguardo e venni raggiunta anche da mio fratello.

«Non si sa molto ancora. Solo che... Amantine, sembra sia grave. Molto.» Alain era un medico. Ecco, ne avevo bisogno. Pochi giri di parole. Verità assoluta.

Mi lasciai condurre da Madeline che mi portò in una saletta stretta, con tinte predominanti di tonalità pastello. Tranne le sedie imbottite di colore grigio scuro. Sembrava quasi la sala attesa di un aeroporto. Mantenni lo sguardo fisso, assorto fino al punto da sembrare quasi indifferente, mentre la carrellata di scene di vita continuava a scorrermi davanti.

Ma qualcosa stava cambiando. Lui. Lui occupava sempre più spazio tra quelle scene. L'incontro una domenica mattina. Il vestito che avevo indossato per la festa. La pizza a notte fonda. Il mio tentativo di preparare biscotti. Il libro che avevo acquistato mentre lo aspettavo per il nostro ultimo incontro in caffetteria. Che fine aveva fatto quel libro? Con quella donna in copertina... quella con i capelli scompigliati dal vento... Lo avevo lasciato a Haworth forse. O era rimasto nella stanza che occupavo a casa di Alain quando tornavo a Londra. Non lo avevo ancora letto. Chissà se mi sarebbe piaciuto o se si trattava davvero solo dell'involucro...

"Attratta dall'involucro. Un po' come hai fatto con me quella domenica mattina." Quelle sue parole. Il suo corpo. I suoi occhi. Il suo modo di sorridermi, di prendermi in giro.

"È del contenuto che io mi sono innamorata, Peter. Di te." La prima volta che gli avevo davvero confessato di amarlo, mentre mi aggrappavo a lui, al suo braccio. In una caffetteria di Notting Hill.

«No, no...» Scossi la testa mormorando tra me. Percepii il singhiozzo che dallo stomaco stava procedendo a ritmo spedito con l'intento di scoppiarmi in gola. Dovevo trattenerlo, pur rischiando di soffocare. Non gli avrei permesso di esprimere il mio dolore. Non avevo perso. Non ancora. Scossi la testa ancora di più, con maggiore intensità. Non dovevo permettere nemmeno alle lacrime di scorrermi sul viso. Non potevo essere disperata. Non ancora.

«Signora...»

Una voce in lontananza. Chiamava me? Sollevai il viso. Non era distante, ma proprio di fronte a me, a pochi passi. Una donna dall'aspetto compito, la carnagione chiara, delicata. I capelli castani striati di grigio raccolti ai lati del viso. Aveva qualcosa di familiare ma non riuscivo a comprendere cosa esattamente.

Non sembrava un'infermiera, indossava una gonna nera e un maglioncino twin-set verde chiaro. Aggrottai la fronte in attesa. Non potevo rischiare che una sola parola scatenasse l'uragano che stavo trattenendo dentro di me.

«Mi chiamo Sandra.» La donna si accomodò distintamente accanto a me. «Sono la madre di Peter.»

Manteneva un atteggiamento esteriore composto, quasi neutro. Come il mio, se non di più. Cosa effettivamente si celasse dentro di lei mi era ignoto.

«Io... sono Amantine...» riuscii a sussurrare voltandomi appena verso di lei, cercando un sostegno nei suoi occhi a metà tra l'azzurro e il verde.

«Lo so. Io l'ho riconosciuta subito.» Inclinò leggermente il viso come a studiare meglio il mio aspetto, i miei lineamenti. «Ho visto alcune sue foto. Peter ne aveva una da cui non si staccava mai, quando... Tanti anni fa, quando ha avuto alcuni problemi ed è stato un po' a casa da me.»

«Sì, me lo aveva detto.» Mi morsi forte le labbra per tentare di frenare il tremito che si stava impossessando di me dal di dentro, obbligandomi a perdere il controllo. «Lui come... come...?»

Mi ritrovai Madeline e Alain a pochi passi, mentre la madre di Peter posava una mano sulle mie dita, intrecciate con forza in un altro vano tentativo di trattenermi.

Non mi ero ancora posta la domanda di cosa e come fosse successo esattamente. Ero stata troppo occupata a ricomporre quei piccoli frammenti sparsi dell'intera mia vita.

«Ha avuto una commozione cerebrale seria, un ematoma che premeva sul cervello, ma per quello è stato già operato e sembra risolto. Anche le ustioni non sono gravi da metterlo in pericolo di vita. Però ha... il fegato gravemente danneggiato...» Percepii un altro tremito oltre al mio. Era quello della madre di Peter, che mi stava aggiornando sulle condizioni del figlio.

Come si chiamava? Me lo aveva appena detto. Me ne aveva mai parlato Peter? No, mai. Forse solo accennato quando ci eravamo scambiati informazioni generali sulle nostre famiglie. Del resto noi eravamo solo amanti occasionali. Non c'era mai stata la necessità di presentazioni ufficiali. Improvvisamente rammentai il nome, l'attimo in cui lei stessa lo aveva pronunciato pochi minuti prima. Sandra.

«Ce la farà, Sandra. Lui è forte.»

Rilasciai le mie mani, anche se un po' a fatica. Le mie dita ghiacciate si erano come incastrate tra loro. Presi la mano di Sandra nella mia. Era una sconosciuta per me, un'estranea. Ma era la madre di Peter e poteva capirmi più di chiunque altro in quel momento.

«Ha bisogno di un trapianto di fegato. Mio figlio Harry e mio nipote Matthew, il figlio di Peter, stanno facendo le analisi per capire se sono compatibili per una donazione. Non ne hanno uno intero a disposizione e non c'è tempo di aspettare…»

«Ma se sono consanguinei…» Non ne sapevo proprio nulla. Ma se avevano lo stesso sangue, allora…

«Devono essere ritenuti idonei.» Alain, che stava ascoltando come me le parole di Sandra, intervenne. Speravo di ricevere da lui qualche rassicurazione. «Non basta essere consanguinei. Per questo hanno bisogno di essere sottoposti ad analisi, ci sono molti elementi da considerare per capire se è possibile un trapianto parziale o potrebbe essere troppo pericoloso per donatore e ricevente.»

«Devo vederlo…» Mi alzai in piedi e percorsi qualche passo senza nemmeno sapere dove mi stavo dirigendo. Frammenti di vita passata, sogni e realtà si mescolavano in me comprimendomi i pensieri. Lasciai che le parole della madre di Peter e quelle di Alain mi scivolassero addosso senza opprimermi. «Dov'è? Voglio vederlo.»

Non ero nessuno per lui. Non mi sarebbe stato concesso di avvicinarmi senza la richiesta esplicita di sua madre. La mia ferma intenzione vacillò già sulla porta della stanza. Lo intravidi steso, bloccato in quel piccolo letto che sembrava troppo stretto, oppressivo e soffocante. Con la testa bendata, il volto tumefatto. Non sembrava nemmeno lui. La vivacità, l'anima dell'uomo che amavo era completamente assente da quel corpo immobile.

Fu il mio cuore ad avvicinarmi a lui, prima del corpo. Un moto istintivo, di protezione.

«Amore mio…» Mi ritrovai in piedi, accanto a lui. «Sono qui, amore mio.»

Mi inginocchiai afferrando la sua mano con forza, poi con più delicatezza, temendo di fargli male. Quante altre parole avrei voluto dirgli… Non me ne usciva nemmeno una. Il suo volto livido, graffiato, segnato, era sempre lo stesso. Era sempre lui. Rimpiangevo solo di non poter vedere i suoi occhi.

Appoggiai delicatamente la testa nell'incavo della sua spalla. Così era quando dormiva. Ecco, potevo fare finta che dormisse o fingesse di dormire. Per questo non mi guardava. Potevo ricercare il tatuaggio sulla sua spalla, sotto la fasciatura lo intravedevo appena ma c'era. Poi quella A disegnata alla base del suo collo. *All of me*, aveva detto. Il suo primo album da solista. Amantine. No, non mi illudevo che avesse pensato a me.

«Ti amo… Ti amo da così tanto tempo che quasi non ricordo… Credo… credo di averti amato fin dal primo istante. Non potevo sapere cosa significasse amare prima. Come potevo, senza di te? Ecco, è così. Proprio così, Peter. Come potevo saperlo senza di te? Come posso saperlo?»

Gli parlavo così. Una parola dopo l'altra. Come se gli stessi raccontando una storia. Mentre lui era ancora appisolato e io iniziavo a svegliarmi. E la mia voce non era più bloccata da un singhiozzo che mi spezzava il fiato stringendomi la gola. Fuoriusciva sciolta, fluida anche se lieve.

«Non ho ancora letto quel libro. Chissà se è bello come la copertina… Non… non so nemmeno come si chiama. Il titolo non lo ricordo. Nemmeno il nome dell'autrice... Deve proprio essere bello. Poi ho incontrato te in caffetteria. Ogni cosa che ti riguarda è bella, quindi... Magari potrei scrivere anche io un romanzo storico. Te lo farò leggere prima, però... E poi magari potrei insegnare ancora un po' a Leeds. Potresti stare da me a Haworth, sai che è il paese delle sorelle Brontë? Te ne avevo parlato, vero? All'inizio hanno usato degli pseudonimi maschili, come George Sand. Ma che discorsi da piccola intellettuale egocentrica ti sto facendo... Comunque poi potremmo tornare insieme a Londra... nella tua casa di Notting Hill. Devo ancora imparare a cucinare, questa volta prometto che chiederò a Gordon di insegnarmi e mi metterò d'impegno. Inizierò con i biscotti, l'altra volta è stata un esperimento fallito. Però non so se sia il caso per me tornare a insegnare a Londra, anche se ormai potrei visto che sono quasi una celebrità nel mio campo... Dovrei avere di nuovo a che fare con quel lecchino di Gregor e sinceramente non ho più l'età né la forma fisica per prenderlo a calci nel culo. Lo lascerò fare a William... Lui è molto più bravo di me, sai? Io ero solo una piccola intellettuale snob ed egocentrica, lui invece...»

Improvvisamente sollevai il viso e mi trovai con le labbra a poca distanza dal suo zigomo.

«Peter... Peter, ti amo. E anche tu mi ami. Non puoi abbandonarmi proprio adesso. Non ora che siamo finalmente liberi. Non ora che ho imparato a dirtelo... e dovrai sentirmelo dire ogni giorno, ogni momento...» Le mie lacrime scorrevano sul mio viso e anche sul suo. «Che vita assurda... Prima te lo dico in qualche modo in una caffetteria, poi per telefono... E ora che sono davvero pronta, tu non mi puoi sentire... Sono un disastro, vero amore mio? Quindi per favore... Fai il bravo ragazzo e non mi lasciare. Io... non voglio niente senza di te. Cosa potrò mai fare senza di te? Il mondo continuerebbe a girare con il suo solito imperturbabile meccanismo, ma io... Dobbiamo scrivere una canzone Peter, una nuova. Dobbiamo comprare la cassetta con il nastro nuovo. Ricordi la cassetta che mi avevi prestato quella mattina che ero in ritardo all'università? Quella per tenermi sveglia dopo aver folleggiato tutta la notte? Quando mi hai insegnato ad amare la musica…»

«Amantine…» Mio fratello dovette chiamarmi per tre volte prima di distogliermi dal mio racconto, da lui.

Mi forzai per voltarmi e prestargli attenzione. La mia voce tornò a bloccarsi in un nodo tra il petto e la gola.

«Mmh…»

«Matthew, il figlio di Peter, purtroppo non è compatibile. Il suo gruppo sanguigno non corrisponde. Ora stanno ancora analizzando il fratello, ma ha avuto dei piccoli problemi cardiaci. Lui vorrebbe tentare comunque ma è troppo rischioso…»

Non mi piaceva. Il racconto di Alain non mi piaceva affatto, preferivo il mio, quello che stavo narrando a Peter. Eppure mio fratello sapeva sempre essere così simpatico e divertente. Era la persona più divertente della mia famiglia, perché doveva farmi stare male così?

Mi staccai a forza da Peter, dal suo viso. Restai comunque in ginocchio accanto a lui, afferrai la sua mano stringendola nelle mie.

Qualcuno potrebbe… Io forse? Socchiusi gli occhi un istante. Mi posai una mano sul petto, poi scesi lentamente verso il ventre. Non volevo tenerlo quel bambino. Cosa avrei fatto? Sola, persa, spaventata. Dovevo perderlo, lasciarlo andare. Ma non potevo. Era suo.

«Era suo…» ripetei ad alta voce. È suo. Forse il suo gruppo sanguigno… Forse poteva essere idoneo. «William…»

CAPITOLO 78

«Non verrà mai...» La rassegnazione prese immediatamente il posto della speranza. Ero stata costretta ad abbandonare Peter, a lasciarlo solo in quella piccola stanza asettica, in quel piccolo letto stretto. «Non lo farà. Mi detesta... A causa mia non verrà mai.»

Mi stavano tutti intorno. Oltre a mio fratello, a mia cognata e a mia figlia, anche Sandra, Harry, il fratello di Peter, e Matthew, che sembrava una copia giovanile di Peter. A parte gli occhi azzurri gli somigliava in modo impressionante. Gli occhi verdi di Peter erano toccati a William.

«Sì, invece. Io posso convincerlo!» Il tono di voce risoluto di Madeline attirò l'attenzione di tutti. Madeline sospirò profondamente corrucciando la fronte. «William non mi ha mai rifiutato nulla, da quando sono nata. Se lo chiamo io lui verrà. A costo di dirgli che sono io stessa a stare male, lo attirerò qui.»

Così parte della mia famiglia e della famiglia di Peter era venuta a conoscenza di una verità di cui probabilmente alcuni componenti erano già a conoscenza o comunque sospettavano. William era figlio di Peter. Tra tutti i modi e i momenti possibili in cui avevo ipotizzato la grande rivelazione, questo non lo avrei immaginato nemmeno lontanamente.

Madeline si allontanò per un periodo di tempo che mi parve infinito. L'attesa era dominata dal silenzio. Io rivolgevo occhiate supplichevoli verso il corridoio che conduceva nella sua stanza. Dopo essere rimasta seduta per qualche minuto avevo iniziato a camminare avanti e indietro, come pervasa da un'energia fisica sconfinata che ero obbligata a smaltire a tutti i costi.

«Sta arrivando.» Madeline ricomparve con il telefono stretto tra le mani.

Non osai interrogarla sulle parole che aveva usato per convincere William a correre al capezzale di un padre sconosciuto su richiesta di una madre che disprezzava. Magari aveva davvero utilizzato una scusa per indurlo a precipitarsi in soccorso della sorellina che adorava, non dei genitori da cui si sarebbe preferibilmente tenuto alla larga.

Intanto i minuti passavano. Li sentivo scorrere su di me, uno dopo l'altro. Non riuscii a resistere al desiderio di tornare da lui. Attesi fuori dalla porta, invece.

La situazione non era cambiata. Io restavo nessuno per Peter Wiles. Non ero sua moglie, non ero una parente. Ero solo una donna che rischiava di perderlo ancora, per l'ultima volta. Un'intrusa, dal punto di vista delle infermiere che passando nel corridoio mi osservavano con malignità mista a curiosità. Ma forse era solo una mia impressione. Forse rappresentavo più che altro un intralcio al loro lavoro, un po' come tutti i parenti e gli amici delle vittime di incidenti gravi in attesa di notizie e di risposte confortanti.

Sandra mi raggiunse e con un cenno del capo mi invitò a entrare. Restammo così in silenzio a guardarlo, a lungo. Tenevo la sua mano nelle mie, accarezzandolo piano, senza più parole ormai.

«È qui.»

L'annuncio venne fatto da Matthew, affacciandosi sulla porta. Non fu necessario che specificasse il nome. Tutto stava avvenendo in modo troppo strano, troppo rapido e troppo contorto insieme. E gran parte della colpa era mia.

Mi sarei aggrappata a Peter per non lasciarlo di nuovo solo. Avrei chiesto il suo sostegno, il suo aiuto invece di andare a confrontarmi da sola con l'odio che nostro figlio mi avrebbe scatenato addosso. Avevo paura ed ero una vigliacca. Ma dovevo proprio affrontarlo ed esserne travolta. Da sola.

Mi ritrovai di fronte a lui. Ai suoi occhi verdi severi, indagatori. Le braccia incrociate sul petto, come difesa. Madeline sostava al suo fianco, quindi era ormai chiaro anche a lui che non era accaduto proprio nulla a sua sorella.

Stranamente non scorgevo disprezzo nel suo sguardo. E nemmeno rancore. Più che altro una sconcertante incredulità mista ad aspettativa. Lo sapeva già. E sapeva anche che io ne ero a conoscenza. Ma probabilmente anche lui non immaginava che la conferma sarebbe avvenuta così.

«Peter Wiles è tuo padre.»

Non c'era altro modo di dirlo. Non c'era tempo. E non c'era possibilità di rivelare la verità in modo più delicato e indolore. Per quanto conoscevo mio figlio avrei ottenuto solo di far scatenare la furia che manteneva momentaneamente sopita. Ogni parola benevola di cui avrei potuto cospargere la rivelazione sarebbe stata controproducente per noi. Per noi due, soprattutto, che delle parole e del suo utilizzo avevamo fatto o intendevamo fare la nostra professione.

«Lo so da un pezzo, ormai.» William rispose con altrettanta schiettezza, mantenendo un tono fermo, quasi imperturbabile. «Ma qualunque cosa tu intenda chiedermi... non farlo. La risposta sarebbe no.»

Non mi ero sentita mai così fragile e prossima alla fine. Nemmeno nei miei momenti peggiori. La mia era una fine morale, fisica, emotiva. Non una fine, come le altre volte, per poi lottare e riuscire a rinascere, risorgere dalle mie stesse ceneri come la fenice. Ma la fine totale. Definitiva, irreparabile. Senza possibilità di ritorno né di salvezza. Non ci sarebbe stata redenzione per me, non ci sarebbe stato perdono. Mai.

Annuii brevemente. I fili che mi tenevano in piedi si stavano spezzando, uno dopo l'altro. Sarei crollata, era davvero arrivato il momento. Eppure restavo ancora lì. Ferma, immobile. A fissare il figlio a cui non potevo chiedere di mettere in gioco la sua stessa vita per salvare qualcuno che per lui restava uno sconosciuto, una presenza importuna nella sua esistenza. Come lo era stata la mia, soprattutto negli ultimi anni.

Mi voltai senza replicare, rimanendo comunque immobile in quello che era diventato il mio spazio vitale. Nessuno lì pensava a me. A nessuno importava ormai. C'era solo lui, in quella stanza. Lui era tutto ciò che mi restava, forse ancora per poco. E io potevo solo raggiungerlo, appoggiare la testa nell'incavo della sua spalla, chiudere gli occhi e continuare a parlargli...

«La risposta per te sarebbe sempre no, mamma.» La voce di William mi colpì con una durezza che non avevo mai riscontrato in lui, nonostante i nostri ripetuti conflitti. «Lo faccio per mia sorella. Lo faccio per quel ragazzo che a differenza mia potrebbe perdere un padre che ha conosciuto. Lo faccio per queste persone che mi sono totalmente estranee ma a cui a quanto pare sono legato. Non per te. Perché io mamma, a differenza tua, ho un cuore.»

CAPITOLO 79

Un'altra cosa che non avrei mai ritenuto possibile era quella di ritrovarmi un giorno nella piccola cappella di un ospedale a pregare un dio a cui non avevo mai creduto. E a cui non sapevo nemmeno come rivolgermi. La religione appariva indefinita ai miei occhi. Mi aveva sfiorata durante l'educazione che i miei genitori mi avevano impartito, ma non mi aveva mai coinvolta né tantomeno convinta. Ero sempre stata un'umanista, ma dalla mente perfettamente e puramente razionale. Atea, forse? Forse no. Agnostica magari? Qualcosa o qualcuno doveva pur esserci, ero disposta ad ammetterlo. Ma io non ne ero a conoscenza, non me ne ero mai occupata, ne prendevo serenamente le distanze.

L'unica cosa che comprendevo chiaramente era che quel qualcosa o quel qualcuno non poteva strapparmi Peter. Non l'avrei ammesso. Non sarei stata in grado di tollerarlo. E se dovevo supplicare, pregare, inginocchiarmi o prostrarmi... lo avrei fatto. Anche se ero una donna senza cuore, come mi aveva ricordato mio figlio prima di sottoporsi alle analisi che avevano confermato la sua idoneità come donatore.

"Potrebbe non farcela comunque." Scossi la testa decisa, tentando di allontanare la voce di quel medico che ci aveva illustrato la situazione e gli eventuali effetti collaterali. "Potrebbe non sopportare l'intervento o avere una crisi di rigetto. È molto debole e ha già subito un altro intervento, potrebbero subentrare complicazioni."

Me ne stavo seduta composta su quella panchina in legno all'interno della cappella. Mentre gli altri attendevano nella saletta dell'ospedale. L'intervento sarebbe durato molte ore, il medico non aveva specificato quante. Nonostante tutto nessuno si era mosso.

Solo io, da perfetta colpevole e vigliacca, mi ero allontanata. Non riuscivo più a sopportare quel silenzio artefatto unito alle occhiate che mi venivano rivolte. Avevo la sensazione che tutti quanti, interiormente, mi stessero sottoponendo a un processo da cui avrei ricevuto una condanna esemplare. Avevano ragione, non potevo negarlo. Preferivo, come mia abitudine, scappare e andare a rifugiarmi in un dio a cui non credevo e a cui non sapevo come rivolgermi piuttosto che lasciarmi annientare dal giudizio umano.

Forse perché non potevo ammettere che qualcosa andasse male. No, non avrebbe avuto senso. La vita non ci avrebbe lasciato affari irrisolti, questioni in sospeso. Non mi importava di nulla, non mi importava affatto del resto del mondo e dell'umanità. Ma il mio piccolo universo non poteva infrangersi lasciandomi sola, nonostante le mie colpe.

Peter era presente da troppo tempo in me. Aveva scarsa rilevanza che non fossimo stati sempre insieme, che avessimo trascorso lunghi periodi di lontananza, di distacco anche emotivo. Lui c'era, una presenza fissa nel mio cuore. Ogni giorno, ogni attimo. Non mi poteva lasciare sola contro il resto del mondo, perché io non sarei mai stata in grado di affrontarlo.

Sarei tornata la Amantine Delamar che ero stata prima di incontrarlo quella domenica mattina. Con una strada precisa, ben delineata, con un futuro studiato a tavolino. C'era un orizzonte da seguire per me, tratteggiando tante linee dritte che avrebbero collegato un obbiettivo raggiunto a un altro. Senza svincoli, senza sorprese, senza sconvolgimenti. Un po' come nei disegni in cui si forma la figura collegando i vari puntini numerati. Ecco, questa sarebbe stata la mia vita senza Peter. Perfettamente tracciata ma senza emozione, senz'anima. Così sarebbe tornata a essere se lui se ne fosse andato. Come prima di incontrarlo. Con la differenza che prima, non avendo avuto la possibilità di un confronto, avrei considerato la mia vita soddisfacente e realizzata.

Quindi per il momento non mi restava altro da fare che restarmene seduta composta sulla panchina in legno con le mani giunte e le dita incrociate. Non in preghiera. Mi sentivo più una scolaretta messa in castigo. Intimamente infuriata subivo la tortura di non avere altra scelta oltre ad attendere.

Intanto mi chiedevo... se esisteva una giustizia divina per le mie malefatte perché aveva dovuto colpire Peter e nostro figlio? Perché dovevano essere loro a rischiare la vita in una sala operatoria mentre io me ne stavo qui perfettamente in salute?

Pestai un piede a terra, con rabbia. No, tutte balle! Non esisteva un dio buono e giusto. Solo uno che scatenava guerre, da sempre. Solo uno che mi costringeva a espiare la mia colpa nel modo più subdolo. E non avevo nemmeno più il sollievo di quegli scorci di vita presi a caso che mi avevano in qualche modo confortato durante il viaggio da Leeds a Londra.

Cercavo di indirizzare i pensieri verso Peter, i miei momenti con lui. E anche verso i bambini... Pensiero positivo. Altra balla per soggiogare la massa, i deboli, gli inetti. Dannazione! La mia razionalità non conosceva ragione. Pur essendo una letterata avevo una mente più analitica, più logica, più scientifica di mia madre e di mio fratello messi insieme!

Pestai nuovamente il piede a terra. Non c'era sollievo né pace per una come me. Davvero stavo iniziando a invidiare chi trovava conforto nella fede. Io non ci riuscivo nemmeno mettendomi d'impegno in un momento così delicato. O forse era la fede stessa a respingere una donna senza cuore. Tanto che avevo perso la capacità di trovare conforto anche nelle lacrime.

Sussultai al contatto di una mano posata improvvisamente sulla mia schiena. Voltando leggermente il viso riconobbi la madre di Peter. Possedeva davvero una compostezza superiore alla mia considerata la situazione, non l'avevo vista lasciarsi andare a tensione incontrollata e pianti. Però notavo in lei una pace, una quiete che io non sarei mai riuscita a trovare. No, la mia compostezza era tutta apparenza, in effetti. Dentro mi sentivo come una bomba a orologeria pronta a esplodere causando effetti devastanti. O a implodere, più probabilmente.

La interrogai con lo sguardo. Possibile che avessero già finito? Avevo perso la cognizione del tempo?

Sandra scosse leggermente la testa e mi rivolse un sorriso appena accennato. «Un'infermiera ci ha detto che ne avranno ancora per qualche ora. Dovresti mangiare qualcosa, cara. O magari riposare un po'…»

«Avrò tutto il tempo per mangiare e per riposare. Ora l'unica cosa che riesco a fare è restare qui a sentirmi la donna più inutile del mondo. Perché è davvero quello che sono…» sospirai abbassando il viso. «Solo che… non ne ero mai stata così consapevole…»

«Non è così…» sussurrò Sandra, continuando ad accarezzarmi la schiena. «Hai salvato mio figlio, Amantine.»

«Il dottore ha detto che…» La guardai stringendomi nelle spalle. Non avevo nemmeno voglia di ripetere tutti gli effetti collaterali che ci aveva esposto.

«No, non intendo ora. Più di vent'anni fa, quando stava per ricadere nell'abuso di droga e alcool, dopo che lo hanno spinto nuovamente in quella direzione. Ha resistito per te. Anche se tu te n'eri andata senza lasciare tracce.» Sandra socchiuse gli occhi come per riemergere in un passato ormai lontano. «Ha lottato per te. Sperando che se si fosse dimostrato all'altezza, se fosse diventato un grande artista riconosciuto da tutti… tu lo avresti perdonato e saresti tornata. Diceva che nei momenti importanti della sua carriera e della sua vita avrebbe voluto te al suo fianco. Diceva che così avevi promesso e sperava che te ne ricordassi.»

«Non potevo tornare. La verità è che non me ne ero mai andata…» Posai la mano sulla sua, con una dolcezza ignota in me. «Dal primo momento che ho incontrato Peter… non sono mai andata via. Era stato solo il mio corpo a prendere un'altra direzione. Non avrei dovuto permettere che ci separassero così, per tutto questo tempo. Sono stata debole…»

Le lacrime scorrevano calde sul mio viso. Brucianti. Non ero mai andata via. Mai. Non potevo perderlo.

«Andiamo almeno a bere qualcosa di caldo. Peter e vostro figlio avranno bisogno di te, fra un po'. Devi mantenerti in forze.»

Annuii, solo per accontentarla. Sandra si alzò dalla panchina incamminandosi verso l'uscita della cappella. Io mi trattenni un istante prima di imitarla. Raggiunto l'ingresso mi voltai verso l'altare e sollevai il viso verso un crocefisso appeso lateralmente. Dovevo mantenermi in forze. La forza era una delle componenti che non mi erano quasi mai mancate nella vita. Ma ne avevo bisogno più che mai. Era tutto ciò che potevo dare di me stessa. Non avevo altro.

Percorsi qualche altro passo e vidi Sandra ferma a parlare con una donna bionda dall'aspetto addolorato e stanco. Prima che potessi interrogarmi su chi fosse la donna mi strinse la mano.

«Sono la madre di Mark Wright. Il ragazzo che Peter ha salvato dall'incendio nella sala prove. Se non fosse rientrato per tentare di soccorrere i ragazzi mio figlio sarebbe morto… come gli altri.»

15 marzo 2014

CAPITOLO 80

Dove tutto ha avuto inizio, in un certo senso uno spartiacque nella mia vita, tra passato e presente. Assurdo che sia stato sepolto proprio nelle vicinanze. Sembra quasi lo scherzo di un destino perverso. Oltre a non avere grande fede in un dio che non ci ha salvato ho poca propensione e affinità anche nei confronti del destino.

Mi sento la protagonista della poesia di Anna Achmatova. Mi sfugge il titolo... No invece, eccolo: *Ultimo brindisi*. Cerco di evitarlo, di distogliermi, ma mi ritrovo a recitarla mentalmente.

"Bevo a una casa distrutta,
alla mia vita sciagurata,
a solitudini vissute in due
e bevo anche a te:
all'inganno di labbra che tradirono,
al morto gelo dei tuoi occhi,
a un mondo crudele e rozzo,
a un dio che non ci ha salvato."

Sembra scritta per me. Magari potrei davvero trovare conforto nell'alcool.

Inutile attribuire responsabilità a qualche ignota e indifferente divinità. Io avrei dovuto salvarlo. Io avrei dovuto metterlo in guardia e intervenire. Scaricare addosso la mia rabbia e il mio disprezzo a chi lo aveva ferito. Avevo avuto il presentimento che lo avrebbe fatto ancora, anche se non sapevo come, quando, dove. Una sorta di presagio, di illuminazione. Se fossi intervenuta attivamente invece di metterlo solo in guardia. Se avessi denunciato ciò di cui ero a conoscenza, in qualche modo...

Si è parlato di un incidente. Ci credo. Ma io avrei potuto comunque evitare che accadesse. Dove tutto è iniziato, dove tutto è finito. Finito davvero.

Il tocco leggero sulla spalla mi infonde sollievo. Forse in tutti questi anni è stato l'unico a non avermi mai giudicata. Mi ha colta in quasi tutte le fasi della mia vita. Egocentrica, un po' snob, supponente, divertita, malinconica, folle, innamorata, distrutta...

«Gordon... a quanto pare è davvero tutto finito.»

Non gli chiedo perché si sia scomodato per venire al funerale di Simon Jennings. Del resto si potrebbe chiedere lo stesso anche a me. Disprezzavo quell'uomo. Lo disprezzo ancora, nonostante la sua fine atroce. Che è coincisa con la mia, purtroppo.

«No, signora Amantine. Al signor Wiles non piacerebbe sentirla parlare così. E non piace nemmeno a me.» Il suo tono è fermo, risoluto. C'è ancora tanta energia in quest'uomo ormai anziano. Ce n'è sempre stata più di quanto io abbia mai immaginato.

Sospiro profondamente. «Ha ragione. Ma io... non so più dove andare. Forse per questo sono venuta qui. A dire addio a qualcuno che mi ha rovinato la vita. La verità però è che ha contribuito solo in parte. Ho fatto tutto da sola.»

«Non è vero. Ci sono state situazioni...» Gordon sembra impegnato nella selezione delle parole da rivolgermi. Forse crede che io abbia bisogno di consolazione, mentre nulla ormai può alleviare la mia pena.

«Sto cercando qualcosa a cui aggrapparmi. Un buon manuale di autostima mi direbbe di aggrapparmi a me stessa, di trovare la serenità e la pace dentro me. Ma dentro me ormai non c'è più nulla, solo un vuoto che non so colmare. E io... lo so che non posso parlare così agli altri, lo so che li farei soffrire con il mio egoismo. Ma questa è la verità, Gordon. Io sono sempre stata egoista, una donnetta conservatrice e superficiale. Io ho sempre messo me stessa al primo posto. Non Peter. Non i miei figli. Solo me stessa. E questo a lei lo posso dire, perché lei mi ha sempre vista per quella che sono...»

«Amantine... tutti siamo egoisti a questo mondo. Ma non tutti abbiamo lo stesso coraggio e la stessa lucidità di ammetterlo. Più semplice rivestire se stessi di buonismo per confondere le carte quando si ha a che fare con il resto del mondo.»

Non mi sta facendo complimenti Gordon. Non mi sta dicendo che ero e sono una brava persona. Non nega il mio egoismo e non tenta di consolarmi. È un uomo saggio.

Mi avvio lentamente verso l'uscita facendo un cenno a Gordon che mi cammina accanto. Una volta oltrepassato questo cancello in ferro non penserò a Simon Jennings mai più. Nella morte ha trascinato con sé i componenti della nuova band che aveva fondato, i suoi nuovi Darkest Storm. Quattro ragazzi tra i diciotto e i vent'anni. Tranne Mark Wright, che Peter è riuscito a salvare. C'erano tanti artisti pronti a provare in quella sala. Perché proprio lui? Perché non è fuggito come tutti gli altri?

Gli occhi mi diventano umidi contro la mia volontà, tiro su col naso. Il mio ragazzo sciocco. Il mio ragazzo che, a differenza mia, ha sempre seguito il cuore nelle sue scelte. Gordon mi porge un fazzoletto candido. Lo accetto annuendo riconoscente.

«Grazie, Gordon.»

Siamo fuori. Un'altra fase della mia vita è terminata, definitivamente conclusa. Sono io stessa ad abbandonarla dietro a quel cancello. Mai più rancore, mai più senso di annientamento psichico ed emotivo, mai più fragilità. Bella e forte. Forte soprattutto, come mi ha detto lui.

«Avevo visto quella lettera, Amantine. La sua lettera.» Gordon si ferma e costringe anche me a fermarmi. Per un attimo non comprendo di cosa stia parlando. Solo per un attimo. «Simon Jennings me l'ha strappata di mano. Ha detto che l'avrebbe consegnata a Peter. Io non avrei dovuto credergli.»

«Forse no. Ma ormai è andata così. Peter non l'ha mai ricevuta. E io sarei dovuta tornare prima. Anzi, non sarei proprio dovuta andare via. Gordon... se ripenso a tutta questa storia razionalmente non riesco nemmeno più a individuare un vero colpevole. Io forse lo sono più di chiunque altro. Anche per quanto riguarda Simon Jennings... ci sono momenti, come poco prima, in cui provo un odio irrefrenabile per lui. Del resto l'ho detestato dal primo momento. Non c'è nemmeno la morte a metterlo al riparo dalla mia rabbia, dal mio disprezzo. Ma sono momenti, perché poi... mi rendo conto che era solo un uomo. Ambizioso, egocentrico, tenace. Fino all'eccesso. Ma del resto non lo sono stata anche io? Non è un fumetto o un romanzo in cui ci sono supereroi completamente buoni e antieroi totalmente cattivi. Simon tentava di salvaguardare se stesso... ma si è spinto troppo oltre. Io, del resto, ho commesso un errore dietro l'altro. Lei, Gordon, si è lasciato strappare la lettera che avrebbe condotto Peter da me... A volte mi chiedo se non facciamo tutti parte di un destino già scritto, di un disegno. Ma non voglio credere al destino, mi fa orrore il destino...»

«Simon Jennings era un arrivista avido, pronto a sfruttare chiunque. Indifferente alla sorte di Peter.» Gordon posa una mano sulla mia spalla e mi guarda dritto negli occhi. «Non confonda lei stessa con un uomo del genere. Nemmeno io credo alla morte come redenzione degli esseri umani. Ciò che era Jennings non cambia. Secondo la testimonianza del ragazzo che si è salvato anche durante l'incendio ha tentato prima di tutto di salvare se stesso, non si è preoccupato dei ragazzi. Lei Amantine ha solo commesso degli errori. Ha solo avuto troppa paura.»

«Io continuavo a inseguire il mio mondo, a cercarlo, senza capire di averlo già trovato insieme a Peter. Era lui il mio mondo, il mondo dove mi sentivo libera e felice.» Mi stringo le mani al petto, come per salvaguardare il mio cuore troppo oppresso. «Il mondo che ho perso per sempre.»

Luglio 2014

CAPITOLO 81

Più ci penso più mi convinco che non avrei potuto scegliere un altro luogo dove trasferirmi. E credo che sia stata la prima scelta completamente mia. Un po' folle, totalmente irrazionale ma dettata dal cuore. Ho percepito un battito più forte appena il pensiero mi ha sfiorata. Quindi forse un cuore inizio ad averlo davvero e a sentirlo soprattutto. Non solo come un muscolo che battendo regolarmente mi permette di continuare a vivere. Forse William si stupirebbe.

Come rifugio ho scelto proprio la cittadina di colui che mi ha ispirato il suo nome. Stratford-upon-Avon. Anche se in realtà vivo in un piccolo cottage più isolato e circondato dal verde. Nel villaggio di Shottery, luogo natale di Anne Hathaway, la moglie di William Shakespeare.

Il mio cottage, in dimensioni ridotte, è strutturato in modo molto simile a quello di Anne. È anche per questo motivo che non ho avuto dubbi, l'ho trovato adorabile al primo sguardo. Anche in questo caso sono stata attratta dall'involucro, poi l'ho amato davvero. Forse a causa della presenza di tanto verde intorno mi sono sentita rinascere qui, come se mi fosse concesso di ritrovare ossigeno, di respirare di nuovo. Di ricominciare a vivere o almeno di provarci. Vivo in attesa in realtà. In costante attesa di una speranza.

È davvero casa mia questa. Minuscola ma mia. Non casa dei miei, casa dei Parker, casa che avevo con Geoff da cui mi sentivo estranea, casa di mio fratello... Anche quando insegnavo a Leeds la mia permanenza a Haworth era un po' forzata dal mio impegno con l'università, non era una vera e propria scelta anche se mi sento comunque legata a tutto il Brontë Country a causa delle sorelle, Emily soprattutto. E poi c'era quella casa... la casa di Peter a Notting Hill, che benché io la sentissi tale non è mai stata mia. Questa invece è davvero mia, in tutto e per tutto. Ci ho investito i miei risparmi. Curo il giardino, per quanto posso. È diventato un po' il luogo dove ho sepolto l'amore che non so più a chi donare.

Come Virginia Woolf aveva la sua famosa stanza tutta per sé, io non ho più il mio studio. Ora ho il mio piccolo adorabile cottage costruito in mattoni, con le persiane bianche e il tetto verde. Con il minuscolo giardino che lo circonda, come in un abbraccio. Il roseto da una parte e il vialetto che conduce al basso cancello d'ingresso. Per me è un po' un paradiso in miniatura.

Vivo qui da quasi due mesi. Ne ho visti altri, più belli, più eleganti, più spaziosi. Ma questo, oltre ad avermi rubato il cuore, era subito disponibile. Ereditato da due londinesi in carriera che speravano di sbarazzarsene il più presto possibile. Mi sono trovata nel posto giusto al momento giusto.

Mi prendo cura delle rose soprattutto. E sono un disastro ancora. Non ne so niente. Ho comprato qualche libro e mi sono fatta consigliare dal fioraio del villaggio, un vecchietto arzillo con un'anima candida e solare. Trovo sollievo tra le mie rose, anche se sono mie da così poco tempo.

Mi sono informata anche a chi appartenesse prima questo posto. Era di un'anziana vedova che ha vissuto qui tutta la sua vita. Al contrario di me che ho vagato per il mondo, che appartengo a tanti luoghi e a nessuno. Forse anche io ho bisogno di un po' di stabilità. Tra le mie rose, i miei libri, il mio tè alle cinque del pomeriggio. Non mi sento inglese, non mi sono mai sentita di appartenere a nessuna nazione in realtà. Non ho mai avuto idee patriottiche, ma sono sempre più parte di questo mondo, di questo luogo, di questo modo di condurre la mia vita e trascorrere le mie giornate.

Non so quanto la vita sia stata generosa con me. Forse lo è stata e la responsabilità di non aver colto le occasioni è solo mia. Ho perso tutto. La mia storia. Come se fossi stata dimenticata qui, confinata in questo angolo di mondo che comunque sento mio sempre di più. Tanto da assimilarmi e divenirne parte.

Mi sono rimaste le mie ricerche, le fotografie, le canzoni. Le nostre canzoni. E quel nastro inciso su una cassetta, per me sempre intatto tra i ricordi. Ho riascoltato quella canzone, la mia, la nostra.

Ero davvero la ragione, non solo un pretesto per riempire un nuovo album di successo. Fin dall'inizio, da quando aveva dato un altro titolo a quella melodia per non usare il mio nome.

La canzone di Amantine era la mia storia con Peter Wiles, era la mia vita, nel bene e nel male, con pregi e difetti. L'amore che andava oltre le apparenze, le differenze, le convenzioni, le difficoltà di far convivere il mio mondo con il suo per crearne uno totalmente nostro. Perché noi eravamo davvero oltre tutto quanto. Oltre la vita, oltre la morte. Anche oltre il dolore, la sconfitta.

Continuo ad attendere. Ma non permetto al mio cuore di lasciarsi annientare, di lasciarsi morire nell'attesa. Sono alla disperata ricerca di ossigeno per continuare a respirare. Cerco un sorriso tra i vicini, tra i passanti, tra gli abitanti di questo piccolo villaggio. In quello che ascolto, in quello che scrivo.

Sto davvero ideando la trama di un romanzo storico. Ho ritrovato quello che avevo comprato quel giorno e ho provato gioia nel rivedere quella donna dai capelli scompigliati in copertina. Sembravo io prima del nostro incontro, in attesa di lui. Anche io indossavo un abito azzurro. L'ho letto appena mi sono trasferita qui. La protagonista, Claire, è troppo giovane, dolce e soave per somigliarmi davvero, però mi è piaciuto. È una storia d'amore.

CAPITOLO 82

Devo far pena a molti. Nelle ultime settimane soprattutto ho subito la sfilata di tutti coloro che provano compassione nei miei confronti. Probabilmente durante i primi tempi del mio trasferimento a Shottery non mi avevano presa sul serio, non avevano creduto che intendessi davvero rifugiarmi in questo tranquillo angolo di mondo. Come se non fosse da me, nel mio carattere. La verità è che nemmeno io sono mai riuscita a definire quale fosse esattamente il mio carattere. E alla mia età ormai non vedo la necessità di provare a definirmi o a catalogarmi.

Anche i miei genitori sono venuti a trovarmi. Hanno apprezzato la scelta ma mia madre mi ha fatto presente di non sentirsi ancora abbastanza anziana da rifugiarsi in un villaggio di poche anime, in un piccolo cottage circondato dal giardino. Non credo sia questione di età o di luogo. I miei sono diventati troppo parigini per adattarsi a qualunque altra città al mondo. Hanno messo radici da troppi anni ormai.

Rachel e Trevor invece hanno approvato la mia scelta. E anche Alain e Marianne. Marianne soprattutto. Ha un debole per questa zona e si è fatta promettere da Alain che si rifugeranno anche loro qui quando si "ritireranno a vita privata" abbandonando Londra e il suo movimento inarrestabile e caotico.

È questo che vedono in me? Una donna che ormai si è ritirata a vita privata, perché quella pubblica era troppo pesante, opprimente? Forse sì. E mi sta bene.

Ho ricevuto una telefonata da Doris, è stato piacevole risentirla. E mi ha chiamata anche Geoff, per manifestarmi una sorta di amichevole solidarietà. Abbiamo parlato per quasi due ore e mi è stato di conforto. Mi ha rivelato la sua intenzione di

401

tornare in Inghilterra il prossimo anno. Ormai si è rifatto una vita, non è più necessario tenersi a distanza. E non rischia nemmeno più di subire l'influenza di suo padre.

Madeline ha deciso di trattenersi da me per un intero fine settimana. Non oso interrogarla sui suoi sentimenti nei miei confronti, mi trovo in una situazione di grande tensione e soprattutto di imbarazzo. Ma se è arrivata qui e ha intenzione di fermarsi per un po' credo di avere qualche speranza di recupero, almeno con lei. Forse mi illudo soltanto che sia così. Madeline ha sempre avuto una personalità dolce e compiacente, che però cela in parte quello che si nasconde veramente nel profondo del suo cuore.

«William ha ancora bisogno di un po' di tempo...» Mia figlia ha anche la straordinaria dote di leggere nel pensiero. Non avrei mai osato chiederle espressamente di William, sapendo che lui non ne vuole più sapere di me. L'avrei messa in difficoltà con le mie domande, costringendola a rispondermi. «Comunque sta bene, è in perfetta forma ormai.»

Annuisco e le accarezzo la mano dopo aver posato il vassoio del tè sul tavolo di legno del soggiorno. Ho imparato a fare la torta di mele e anche una ricetta semplicissima di torta al cioccolato. Non male per un disastro in cucina come io sono sempre stata. Qui i ritmi sono talmente rallentati che mi sembra sempre di avere tutto il tempo del mondo a disposizione.

Mi sento esclusa. Oltre a essermi autoesclusa per scelta, per non mettere gli altri in eccessiva difficoltà. Ho fatto troppo male. A tutti, compresa me stessa.

«Ha solo bisogno di tempo, mamma...» ripete Madeline. Comprende il mio stato d'animo e vorrebbe essermi di conforto e di sostegno, lo so. «Vedrai che si sistemerà tutto.»

Annuisco ancora mordendomi le labbra. Non riesco a non pensarci. Non ci riesco.

«Ho sbagliato troppo, Madeline. Ma oltre a ripeterlo a me stessa e ad ammetterlo con tutti, non so cosa fare. Non sono brava con le parole, anche se ne ho fatto il mio lavoro. E non sono brava nei rapporti umani. Con William poi sembra che io sia totalmente incapace di esprimermi...»

«William è proprio come te in questo.» Madeline sorride sorseggiando il suo tè. «Ecco perché vi siete sempre scontrati così tanto. Avete lo stesso carattere, anche se credo che abbia preso qualcosa anche da...» Si blocca improvvisamente.

Anche da lui. Lo so. È vero. Forse l'orgoglio e il buon cuore. Ma l'intransigenza e l'ostinazione temo che dipendano principalmente da me. Preferisco non pensarci, preferisco rimuovere completamente l'idea di noi. Ci eravamo andati così vicini questa volta... Anche se spesso il pensiero si crea da solo, senza una mia scelta precisa.

«Speravo che non fosse troppo tardi per sistemare tutto. E ho continuato a sperare, ad attendere il momento giusto finché sono state le circostanze a prendere il sopravvento su di noi.»

«Lo so, mamma. Ma perché non gli hai detto niente durante i primi anni in cui vi siete rivisti? Prima che fosse troppo tardi, prima che William iniziasse a sospettarlo per poi scoprirlo da solo e averne la conferma in quel modo...» Madeline sospira. Leggo rimprovero misto a risentimento nei suoi occhi. La sua abituale tenerezza non mette a riparo la sua reale opinione e il suo giudizio nei miei confronti. «C'è stato un momento in cui anche io ho creduto di essere...»

«No, tesoro. Tu no.»

Ho letto quell'interrogativo nei suoi occhi il giorno in cui è diventata l'unica speranza di convincere William a sottoporsi all'operazione. Non me lo ha mai chiesto espressamente. Forse sarebbe stato più facile con lei. Forse da donna mi avrebbe compresa. O forse essendo Madeline, con il carattere di Madeline, la dolcezza di Madeline, avrebbe trovato un modo migliore del mio di gestire la situazione. Ma lei è figlia di Geoff. La figlia che ho avuto da lui per ringraziarlo di avermi salvata da me stessa. Di aver salvato me e il mio piccolo William.

Madeline mi scruta in silenzio assaggiando la mia torta di mele.

«Ho avuto paura che lui non mi credesse.» Non oso nemmeno pronunciare il suo nome. Quasi mi vieto anche di pensarlo ultimamente. Mi fa male. «C'è stato un momento in cui mi aveva chiesto di lasciare tutto per lui. Ma io non potevo. Tu e William eravate troppo piccoli. Così mi sono detta che avrei aspettato un po'… poi ancora un po'…»

«Avresti dovuto ascoltarlo, forse. Aspettando non hai fatto altro che rendere le cose sempre più difficili, per tutti.» Madeline inclina il viso e sospira. Poi accenna un sorriso, è sempre in fase di rimproveri ma ha assunto un tono e uno sguardo più indulgenti questa volta. I suoi capelli le circondano il viso in morbide onde dalle tonalità castano dorate. Quasi non mi sono resa conto di quanto stia crescendo. Di quanto sia libera, intelligente, indipendente. Più di quanto lo sia mai stata io anche quando avevo già molti anni più di lei.

«Avevo paura di perdere te e William… e alla fine…» Alla fine li ho persi comunque, in un modo o nell'altro.

«Alla fine tutto si può ancora sistemare. Io sono qui… e William deve solo fare ancora un po' pace con se stesso prima di farla con te.» Madeline sorride e si infila in bocca un altro bel pezzo di torta, mostrando apprezzamento. «Si preoccupa per te. Ma al momento sta riscoprendo una parte di sé che gli è stata estranea per tutta la vita. Lo so che la pazienza non è mai stato il tuo forte, mamma, ma per ora non ti resta altro, non hai scelta. Se hai imparato a fare questa torta buonissima, imparerai anche ad avere pazienza.»

CAPITOLO 83

Pazienza. Pazienza. Madeline ha ragione. Non è mai stata una delle mie doti. Ma è un po' diverso dall'imparare a seguire la ricetta per una torta senza lasciarmi distrarre dimenticandola nel forno.

Non mi sorprende la visita successiva di mia figlia insieme a Matthew. O forse sì. La verità è che mi incrina un po' il cuore vedermi davanti agli occhi una versione giovanile di lui. E anche di me stessa. Lo incrina senza però spaccarlo del tutto. Prima o poi dovrò farci l'abitudine. Sento ancora qualche crepa profonda che dovrò curare. Una lieve compressione al petto. Sì, inutile nasconderlo, fa decisamente male. Ma tra le altre cose da imparare ci dovrà obbligatoriamente essere quella di rimarginare le ferite che mi provoca la vista di suo figlio, così somigliante a lui.

Forse avrò bisogno di una buona tisana per l'anima, magari di qualche libro della serie *Chicken Soup for the Soul* che avevo sempre considerato con sospetto. Quelle storie così dolci, così delicate e confortanti. In cui tutto magari non finisce perfettamente ma si ottiene comunque una sorta di consolazione e di ispirazione per il futuro.

Ho chiesto a Sandra qualche fotografia. Mi sono accorta di non averne nemmeno una, oltre a quelle ritagliate dai giornali. Non ne avevo di vere, di personali. Ho voluto vederlo da bambino, da adolescente. Cercare nei suoi occhi quelli di William, nel suo viso l'incredibile somiglianza con Matthew. Sandra mi ha permesso di tenerne alcune, di farne delle copie. Non volevo allontanarmi senza di lui. In realtà non volevo più nemmeno esserci senza di lui. Mi aveva lasciata. Non aveva mantenuto la promessa. Io dovevo solo imparare a farmene una ragione e tra le cose da imparare questa era quella che rifiutavo con più accanimento. Ora va un po' meglio.

Osservo Matthew mentre porgo a lui e a Madeline la tazza di tè e la torta che sono per me solo un principio del mio nuovo corso di studi in "perfetta casalinga". Non credo che avrò mai molto successo perché in quanto a pranzi e cene mi arrangio in qualche modo ma sono ancora una principiante. Del resto ho basato la mia esistenza sul pranzare e cenare con quel che capitava quando non trovavo qualcosa di già pronto.

Non mi va di indagare su cosa ci sia tra loro. Qualunque cosa sia mi auguro che non commettano gli stessi errori commessi da noi in passato. Ma perché accada Madeline dovrebbe essere simile a sua madre. E oltre alla somiglianza fisica non ha quasi nulla di me. È più matura, più saggia, più dolce, più attenta.

Suppongo che Matthew non abbia confidato il mio segreto a nessuno. Quella notte è rimasta tra me e lui e spero che non la riveli mai a Madeline. La notte in cui avevo compreso di non farcela, di non riuscire a resistere un istante di più a un dolore e a un rifiuto così palese, così drastico. La notte che, lasciando la casa di Sandra con l'anima distrutta, avevo soltanto l'intenzione di passeggiare lungo il fiume alla ricerca di un po' di sollievo. Perché forte non potevo più esserlo, non riuscivo più a esserlo. Mi mancava l'energia, mi mancava la vita.

E quell'acqua mi sembrava così consolante, rilassante, carica di promesse. Mi chiamava a sé. Mi attirava con un invito suadente, come il canto di una sirena. Ma invece di una sirena era lui. Io sentivo la sua voce nel profondo di quelle acque, di quel fiume. Sarebbe stato tanto facile cedere, lasciarmi cadere dolcemente.

Era notte ed ero sola in quella zona di South Bank. Il Tamigi scorreva sotto di me oltre il parapetto e io improvvisamente non avevo più voglia di continuare a camminare senza una meta. Nessuno mi voleva davvero intorno. Nemmeno io stessa mi volevo intorno. Fissavo quell'acqua che forse era l'unica a desiderare la mia presenza.

«Se hai in mente qualche sciocchezza desisti perché io come nuotatore faccio abbastanza schifo.» La sua voce mi era giunta alle spalle. Lo avevo riconosciuto immediatamente.

«Non sei obbligato a tuffarti, ragazzino…» Avevo chiuso gli occhi sperando che il momento passasse. Sentivo brividi di freddo percorrermi da capo a piedi. Non poteva essere così simile a lui anche nel tono di voce. Non era giusto.

«Sì, invece. Ormai ti ho vista.» Si era appoggiato al parapetto di schiena, posizionandosi al mio fianco. «Sono costretto.»

«Matthew… perché mi hai seguita?»

Riaprendo gli occhi gli avevo rivolto uno sguardo severo. Non mi restava altro che affrontarlo, ma lo facevo con una rassegnazione mista a fastidio. Lo avevo spesso tra i piedi. Ogni volta che mi recavo a casa di Sandra. Che poi era anche casa sua e questo giustificava la sua presenza. Ma sembrava starmi addosso in un modo esagerato. Quasi come se temesse un mio atto sconsiderato, si era trasformato in una specie di guardia del corpo.

«Avevi un'espressione che non prometteva nulla di buono quando sei uscita. Questa volta peggio delle altre.» Si era stretto nelle spalle inclinandosi con il busto verso di me. «Infatti mi sembra proprio di avere ragione. Quindi…»

«Vai a casa, Matthew. O vai a divertirti da qualche parte. A ballare, a bere, a trovarti una ragazza…» Ero rimasta a corto di suggerimenti. «Mi sembra di vivere la scena di un film, ragazzino. Non ho bisogno né di una guardia del corpo né di un angelo custode. Sono perfettamente in grado di cavarmela…»

Matthew aveva increspato le labbra rivolgendomi un sorrisetto di scherno. Mi inquietava la sua somiglianza con lui. Mi feriva. Era come se un punteruolo mi si fosse impiantato nel cuore e rigirandolo continuamente lo obbligasse a sanguinare senza pietà. Una sensazione ancora peggiore del chiodo che avevo percepito nei primi anni di lontananza, quando cercavo di sopravvivere senza di lui portando avanti la farsa del mio matrimonio.

«Trascinerai anche me nel tuo oscuro destino, Amantine.» Matthew si era rigirato, osservando il fiume accigliato. «Il vero guaio è che non potrei nemmeno far finta di non averti vista perché il senso di colpa mi condannerebbe. Dovrei sopportare l'odio dei tuoi figli fino alla fine dei miei giorni. I rimproveri di mia nonna. Però del resto non ho ancora vent'anni, sono troppo giovane per morire...»

«Non sarei una grande perdita per i miei figli. Sono sempre stata un disastro come madre.»

Avevo posato entrambe le mani sul parapetto. Mi mantenevo immobile, con lo sguardo fisso nel vuoto. Tra me e la mia fine c'era solo questo ragazzo ostinato dal viso così familiare e dall'espressione un po' irriverente ma che sapeva analizzare la situazione nei minimi particolari.

«Un disastro è meglio di niente. Tutto sommato io preferirei confrontarmi con un disastro come te piuttosto che con un niente assoluto che da bambino mi rimproverava di averle rovinato la linea da top model per sempre. Lo diceva alle babysitter in realtà e a chiunque le capitasse, ma io capivo già, ero piccolo ma ci sentivo bene.»

La sua affermazione mi aveva costretta a guardarlo. Cosa voleva questo ragazzo da me? Era alla ricerca di una madre in sostituzione della sua? Con me difficilmente avrebbe avuto maggior fortuna.

«William non sarebbe d'accordo...» Altra nota dolente. Ormai tutto e tutti erano note dolenti per me.

«William non può fare confronti. William dovrebbe anche darsi una calmata, ogni tanto. Ormai quel che è stato non si può cambiare, quel testardo sarà obbligato a cedere prima o poi.» Matthew riusciva ad affrontare la verità con una leggerezza invidiabile. Forse perché non ne era direttamente coinvolto. Forse perché tra soffrire fino ad annientarsi e continuare a vivere aveva scelto la seconda opzione. «Poi c'è anche lui. Sì, lui. Mio padre non mi perdonerebbe mai se ti accadesse qualcosa di male… E questo sarebbe il guaio peggiore per me.»

Sì, quel segreto resterà tra noi. Non lo dirà a nessuno, nemmeno a Madeline. Lo leggo ancora nei suoi occhi, anche ora che mi sono rassegnata e rifugiata qui, senza però arrendermi, aggrappandomi imperterrita alla mia speranza.

Lo avevo abbracciato tra le lacrime, cercando di trovare in lui quello che William ancora si ostinava a negarmi. Se avessi deciso di buttarmi quella notte, Matthew mi avrebbe davvero salvata, o comunque ci avrebbe provato. Forse per Madeline. Forse per William, il suo fratello ritrovato. Forse perché mi vedeva come qualcosa di vagamente simile a una madre, in sostituzione di quella che lo aveva tollerato ma non si era mai occupata veramente di lui.

Ma sicuramente lo avrebbe fatto soprattutto per lui, suo padre. Lui, che ancora arde nel mio cuore come una fiamma viva e palpitante. Lui, che ancora io percepisco al mio fianco, ogni giorno, ogni notte. Attendendo il momento in cui saremo insieme per sempre. Perché quel giorno verrà, ne sono certa. Devo solo avere pazienza e riprendere a respirare. Nutrire la mia speranza nel nostro amore. L'unico vero, l'unico che ci indicherà la strada per ritrovarci e non lasciarci mai più.

CAPITOLO 84

Il mio giardino ha bisogno di cure costanti. Le mie rose soprattutto. Sembrano ribellarsi contro di me, come se mi ritenessero indegna di loro. Mi ricordano tutte la rosa stizzosa nel *Piccolo Principe*. Temo che mi siano capitate le rose più stronze del paese, se non dell'intero pianeta. Ma seguendo la logica, sempre del Piccolo Principe, sono le mie rose e me le devo tenere.

"È il tempo che tu hai perduto per la tua rosa che ha fatto la tua rosa così importante."

Questo è il mio mondo ormai. Continuo a ripeterlo tra me, fino ad assuefarmene completamente. Ora ne sono convinta. Il mio mondo. Le mie rose. Un piccolo cottage tutto per me. I capelli raccolti in una coda morbida, i miei jeans da giardino e la camicia a quadri rosa annodata in vita.

Poi ci sono certi momenti. Ma è normale, certi momenti capitano a tutti. Pazienza e speranza mi abbandonano e rimango solo io, la vecchia, stanca, fragile Amantine Delamar di un tempo. Però ci sono le rose, le mie rose un po' stronze che temo siano decisamente ritardatarie rispetto a tutte le altre rose, alle rose sbocciate dei vicini, alle rose che ho sempre osservato distrattamente nei giardini fioriti. Le mie rose sono un po' timide, un po' restie a sbocciare.

Mi sento improvvisamente un po' la Mary di *Il giardino segreto*, anche se la sua storia non c'entra nulla con la mia. Forse solo perché era una ragazzina egoista, viziata e problematica. Sono elementi che abbiamo in comune. Canticchio anche la filastrocca, così come la ricordo, mentre cerco di occuparmi di questo mio giardino, non segreto ma decisamente ribelle.

«*"Mistress Mary,*

quite contrary,
How does your garden grow?
With silver bells, and cockle shells,
And marigolds all in a row.''»

Più loro si ribellano, più io mi accanisco nel prendermene cura, come se volessi addomesticarle, piegarle al mio volere. Devo farlo, alcuni giorni più di altri. Sono obbligata per non esplodere, per non impazzire.

Perché nonostante tutto ci sono giornate che partono veramente male, fin dal mattino si trascinano a sera all'insegna del malumore, nonostante non sia accaduto nulla di diverso dal solito. Ci sono giornate in cui lascerei tutto e me ne fregherei della volontà degli altri, per imporre la mia. Anche se so che non posso. Non sarebbe giusto. Quindi sono condannata a soffrire e sperare.

Sospiro e passo un dito su una delle mie rose, percorrendo anche lo stelo. Evidentemente le mie rose oltre a essere contrariate mi sono davvero avverse perché inavvertitamente mi pungo un dito con una spina quasi invisibile. Forse è a causa della mia precaria stabilità emotiva che si sono rifiutate di sbocciare come avrebbero dovuto.

Tiro su col naso, fin troppo rumorosamente, appena sento le lacrime pungermi gli occhi. Rivolgo uno sguardo ostile e frustrato alla rosa che mi ha ferito il dito con la sua spina e che impassibile assiste al mio dolore. Sto umanizzando una rosa al punto tale da sentirmi offesa per il suo comportamento irrispettoso.

«Rosa crudele, rosa senza pietà!»

Non riesco proprio a frenarmi. Piango. Non per la rosa. Piango per la felicità che ho perso. Piango per aver lasciato andare l'amore trattenendomi ostinatamente in un mondo che non mi ha mai voluta, che mi ha sempre respinta senza troppi scrupoli. Piango perché mi sono illusa per anni di essere geniale, invece ero solo normale. E mi rendo conto solo ora che non c'è proprio nulla di male nell'essere normale, come tante altre persone, ma felice. Felice di esistere, felice di amare. Ammettere che nella vita si possono anche commettere errori, ma poi fare del proprio meglio per comprenderli e rimediare.

Inutile resistere al nodo in gola, lottare per trattenersi. Piango e mi asciugo ripetutamente il viso passandoci sopra le mani. Non mi importa nemmeno che qualcuno mi veda. Non ho nulla da perdere. Ho perso quasi tutto ormai, tranne la speranza. Tranne il mio cuore che ancora non si arrende, ma giorno dopo giorno lo richiama costantemente a me.

Il mio cuore, sì. Ancora suo. Sempre suo. Nonostante tutto. Chiudo gli occhi, ci poso una mano sopra e lo sento palpitare. Il suo nome, ancora. Sempre.

« *"Posso paragonarti a un giorno d'estate?"* »

La sua voce mi giunge inattesa ma forte, chiara. Forse non è nemmeno vera, forse è solo una mia idea, una mia fragile illusione della mente. Shakespeare… uno dei sonetti che lui ha musicato. In ogni caso rispondo, con il verso successivo.

« *"Tu sei più amabile e più temperato."* »

La mia voce, al contrario, è tremante e insicura. Mantengo lo sguardo abbassato, gli occhi chiusi. Non oso aprirli e scoprire che è solo un sogno.

«Che cosa ti ha fatto quella rosa cattiva?»

La sua voce, ancora. Questa volta più vicina. Apro gli occhi e lo vedo. Oltre il cancelletto. Mi osserva come un adolescente, un ragazzo, un uomo ormai. Rivedo in lui tutte le fasi della vita.

«Mi ha punta. Ma del resto è quello che fa una rosa…»

Tremo dal freddo. Siamo a metà luglio ma io mi sento congelare a tal punto da essere costretta ad accarezzarmi le braccia per cercare tepore.

«Ti ha fatta piangere così tanto però, con una piccola puntura. Eppure tu l'hai curata, l'hai protetta.» La sua voce così dolce, così suadente è come un balsamo che allevia le mie ferite.

«Non avevo alternative. È la mia rosa.» Sussurro appena, tanto che dubito lui riesca a udirmi anche se si trova solo al di là del piccolo giardino.

«Ami ancora la tua rosa, anche se ti ha punta, se ti ha fatto male?» Si appoggia al cancelletto con le mani, restando fermo nella sua posizione.

«Non è stata la rosa… sono stata io. Io mi sono fatta male. La puntura non è nulla in confronto…» sospiro profondamente per trovare la forza di resistere e continuare. «Ho perso troppo. Ho perso tutto. E non potrò mai essere perdonata.»

Mi accorgo che fa una leggera pressione sul cancelletto per aprirlo. Mi avvicino a lui di qualche passo, fino a essergli quasi di fronte. Mi fermo un istante, apro del tutto il cancelletto ma non riesco a staccare gli occhi dal suo viso. Sta accadendo davvero? Non sto sognando? Non mi sveglierò disperata per essermi illusa ancora una volta?

«Tu perdoni la rosa, anche se ti ha ferita. Io ti chiedo di perdonare te stessa.» Allunga una mano verso di me sfiorando appena i miei capelli. Io non avrei osato toccarlo. «Di perdonare me.»

Accarezzo il dorso della sua mano, socchiudo gli occhi. Ancora non riesco a credere che sia davvero di fronte a me. Resto in silenzio tenendo stretta la sua mano nella mia.

«Quindi ti sei rifugiata proprio qui, fulgida stella?» La sua carezza scende dai capelli al mio viso.

«Questo è il mio mondo ora.» Continuo a trattenere la sua mano, forse con forza eccessiva, per paura che improvvisamente mi sfugga.

«Sembra un bel posto, molto poetico. Ti sei scelta un bel mondo…» Ancora un passo, mantiene la mano sul mio viso, poi con il pollice sale ad asciugarmi una lacrima.

«Lo è davvero. Sto imparando a coltivare il giardino ma non sono geniale. Come non lo sono mai stata nella letteratura. Mi devo arrendere… non è nel mio destino essere geniale.»

Sospiro rassegnata e mi mordo il labbro inferiore. «Sono solo una donna comune, purtroppo.»

«Però rifugiarti in questo angolo di mondo è stata un'idea geniale secondo me...» Con le dita mi prende una ciocca di capelli, sistemandola dietro al mio orecchio. «E dimmi... Vuoi restare sola in questo tuo piccolo mondo?»

«Non necessariamente. Però... sono stata mandata via tante volte e...» Mi stringo nelle spalle trovando finalmente il coraggio di guardarlo negli occhi. «Giorno dopo giorno, ogni parola è stata contro di me. Senza nemmeno guardarmi. Non sono più desiderata né amata. Finché... mi è stato chiesto di sparire e di non tornare mai più... Ho capito di provocare più dolore che sollievo...»

«Ricordo quelle parole. Ma com'era possibile sopportare... di averti accanto e non poterti vedere. Non poter camminare, non poterti stringere, non poterti amare. Sopravvivere non poteva essere abbastanza...» Ora è la sua voce a tremare, sono le sue lacrime a solcargli il viso.

«Io non chiedevo altro che di esserti vicino, di prendermi cura di te... giorno e notte, sempre... io...»

Gli prendo il viso tra le mani, attirandolo a me. Lo sento fremere. Il suo dolore mi annienta.

«Non riuscivo a vederti... Come potevo sopportarlo? Come potevo tollerare che tu stessi accanto a un cieco, a un uomo che non riusciva nemmeno a reggersi in piedi? Che continuava ad avere incubi su quel giorno in cui...» sospira appena, tra le lacrime, baciando le mie mani. «Dolcezza... ti ho respinta perché non volevo trasformarti in un'infermiera che si occupava di me per dovere... Non volevo la tua pietà...»

«Peter... non sentivi il mio amore? Non capivi che mi spezzavi il cuore ogni volta che mi mandavi via? Ogni volta che mi dicevi che non mi avresti mai perdonata? Tanto che mi è sembrato di farti solo male...» Lo stringo a me. Ora è qui, tra le mie braccia. Non posso e non voglio pensare ad altro. «Amore mio... ti ho atteso ogni giorno... Non ho mai smesso di aspettare che tu mi richiamassi a te… Mi sarebbe bastata una tua parola per lasciare tutto.»

Tempo. Tutti mi dicevano che lui aveva bisogno di tempo. Ma il tempo passava e io mi sentivo inutile. I giorni erano diventate settimane. Ero l'unica che rifiutava con fermezza, l'unica che respingeva e trattava con una freddezza che rasentava il disprezzo, l'unica di cui evitava palesemente lo sguardo mantenendo il viso rivolto verso quella finestra dalle tendine accostate nella sua stanza in casa di sua madre.

Mi odiava? Mi odiava perché nel pericolo si era finalmente reso conto di ciò che io ero in realtà? Una donna inutile, una donna che non valeva nulla, una donna che gli aveva fatto solo male. Avevo vissuto per anni una finzione. Gli avevo nascosto la verità.

Sandra diceva di conoscere suo figlio. Era incapace di odiare, soprattutto non sarebbe mai stato in grado di odiare me. Sarebbe tornato, mi consigliava di concedergli il tempo necessario per riprendersi, di avere fiducia e di non arrendermi. Io volevo far parte di quel tempo. Io volevo esserci per lui, accudirlo, confortarlo. Lui accettava l'aiuto di chiunque, tranne il mio.

Allora mi ero rassegnata a esserci in silenzio. A non parlargli, non forzarlo. Osservare le sue fotografie, riporle delicatamente in un album dopo averne fatte delle copie per me. Non mi interessavano più le sue fotografie finte stampate sui giornali. Volevo fotografie vere. Volevo lui, come lo avevo sempre voluto. Scoprire com'era stato da bambino, imparare a conoscere i suoi sogni, le sue speranze.

Mentre gli altri iniziavano a dubitare del mio equilibrio io mi aggrappavo alla speranza. Non mi importava che lui non potesse più vedermi bene, che non riuscisse a reggersi in piedi. Il mio cuore continuava a mantenersi intatto e vivo solo in sua presenza.

Non intendevo arrendermi nemmeno quella sera, lungo il fiume. Meditavo solo di allontanarmi per un po', di concedergli tempo come mi aveva consigliato sua madre. Di crearmi un mio mondo, un angolo di pace.

In quel momento Matthew mi aveva raggiunta, preoccupato per un gesto che non avrei mai compiuto. Quanto gli somigliava quella sera… da spezzarmi il cuore. Ho compreso che la mia presenza costante gli faceva male. Ho compreso che potevo amarlo da lontano, senza opprimerlo. Anche se dopo tanto distacco non chiedevo altro che stargli accanto. Ho compreso che lui non era pronto. Poteva anche non esserlo più. Poteva anche decidere di proseguire per la sua strada senza di me. E in quel caso io dovevo essere preparata a rispettare la sua scelta.

Mi ero costruita un mondo tutto per me. Seguendo il mio solo istinto, ciò che restava del mio desiderio di vita. Non il consiglio o i programmi di altri o un'inutile genialità che non mi era mai appartenuta. Volevo liberare lui dalla mia presenza, ma io non mi sarei mai, mai liberata della sua. Lui era ovunque. In ogni cosa. Lo sentivo. Forse a tal punto che il mio richiamo lo ha portato fino a qui. E io ancora non riesco a credere che sia vero. Rammento improvvisamente quelle sue parole.

"Amantine… vuoi che sia vero?"

«Peter… vuoi che sia vero?» Sono io ora a rivolgergli la stessa domanda.

Inclina il viso e accenna un sorriso. Il suo volto è quasi uguale a prima, non ci sono quasi più i segni di quello che è accaduto. Anche se probabilmente ne porterà sempre nel cuore, nella mente.

«Io non ho mai avuto dubbi, Amantine. Per me è stato vero anche nei nostri momenti peggiori. Soprattutto nei nostri momenti peggiori. Forse non sei mai stata davvero geniale, piccola intellettuale egocentrica. Ma hai preso il mio cuore e te lo sei tenuta, non me lo hai più restituito. Per questo sono qui… a chiederti se c'è un po' di posto anche per me in questo tuo piccolo delizioso mondo. Perché mi sembra un piccolo mondo perfetto per ricominciare… il migliore che tu potessi scegliere, dolcezza mia. E perché ti amo… ti amo e anche se non posso ancora offrirti il meglio di me, anche se non mi sono ancora ripreso come avrei voluto… non riuscivo più a stare un solo istante lontano da te.»

CAPITOLO 85

Non gli rispondo. Non a parole. Lo bacio aggrappandomi a lui. Lo bacio indifferente del fatto che ci troviamo in giardino, forse sotto lo sguardo indiscreto dei vicini o dei passanti. Gli bacio le labbra, il viso, stringendolo così forte da farci quasi male. Le sue braccia mi circondano la vita e sono immersa nel suo profumo, nei suoi occhi, nelle sue labbra che esplorano la mia bocca e mi percorrono gli zigomi e le guance.

«Lo devo prendere come un sì? Posso restare?» Sorride staccandosi un attimo da me per guardarmi negli occhi.

«Se hai deciso che ti vado bene come ragazza di scorta...» Rido baciandogli ancora le labbra, accarezzandogli i capelli. «Però incomincio ad avere acciacchi, soprattutto la mattina. E non ho ancora imparato a cucinare. So fare la torta di mele e una ricetta semplice di torta al cioccolato. Sei avvisato!»

«Credo di non avere scelta. Ormai per me non ci sono più Lolite disponibili come una volta. Ed è un peccato perché mi mancheranno davvero troppo le scenate di gelosia di una certa ragazza di scorta.» Mi accarezza la schiena teneramente, poi mi stringe più forte attirandomi a sé. Non riesco a trattenere un sospiro sentendo il suo corpo aderire al mio. «Comunque è una fortuna che tu abbia deciso di tenermi perché ho liquidato la macchina che mi ha portato qui. Potrei mettermi a suonare per strada ma dubito che qualche bella ragazza mi raccoglierebbe, ormai...»

«Non ci provare! Lolite o no le scenate sono sempre disponibili. In questo piccolo villaggio ci sono altre donne che potrebbero lanciare occhiate indecenti al mio ragazzo... E io non intendo permetterlo!»

Annuisce piegando le labbra in una smorfia quasi sarcastica che mi ricorda i nostri primi tempi insieme. «Allora vuoi dire che non sarà tutto come prima, Amantine? Com'era nel nostro fantastico accordo? Nessuna domanda, nessuna pretesa.»

«No, non mi sta bene...» Abbasso la testa, restando stretta tra le sue braccia. «Io voglio di più, molto di più.»

Mi solleva il mento con un dito e mi osserva con una dolcezza e un'intensità che non aveva mai avuto prima nel corso della nostra storia. Mi sono sentita amata da lui, in passato. Molto, ma mai così. Mai come se avesse attraversato l'inferno per arrivare fino a me.

«Tu sei mio, Peter. Io ti amo e tu sei mio.» Percorro le sue braccia fino a raggiungere le sue mani che stringo nelle mie, intrecciando le dita con le sue. «Sei solo mio. Come vedi ho delle pretese questa volta, molte pretese.»

Lo trascino per la mano verso la porta di casa. Lui resiste per un attimo, indicando il cancelletto con un'occhiata. Mi accorgo solo ora che posati a terra all'ingresso ci sono un borsone e la sua chitarra. Mentre Peter afferra il borsone per il manico io raccolgo la chitarra.

«Spero di riuscire a soddisfare tutte queste pretese... Sono rimasto un po' cieco da un occhio e zoppico ancora.»

Muovendoci verso l'ingresso mi rendo conto che ha ragione. Fa un po' fatica a camminare, deve procedere lentamente. Lo cingo per la vita permettendogli di appoggiarsi a me. Nonostante tutto io non l'ho mai visto così simile al ragazzo che ho incontrato quella domenica mattina. Mai mi sono sentita più coinvolta, più attratta da lui. Anche il suo abbigliamento un po' trasandato è simile, il modo irriverente di scrutare il mio viso, con dolcezza mista a desiderio.

«Questo potrebbe renderti ancora più sexy...» ridacchio mentre apro la porta e appoggio la chitarra in un angolo per tornare a dedicarmi a lui. «Hai un po' l'aria di Mr. Rochester alla fine, quando lei...» Chiudo la porta spingendo lui contro, passo le mani sul suo petto.

«Forse hai ragione. Ma tu in questo momento hai davvero poco di quella santarellina di Jane Eyre...» Mi afferra per la vita con un braccio e lancia un'occhiata furtiva intorno, al di sopra della mia testa. «Ah, bella casa comunque. Credo che la vedrò dopo, la padrona è troppo irruenta e presa a fare altro al momento.»

«Sono mesi che tutti, proprio tutti mi chiedono di avere pazienza...» Gli slaccio la camicia baciandogli il collo. «Ne ho avuta fin troppa!»

Mi stacco improvvisamente, temendo di forzarlo. Gli accarezzo il viso con tenerezza, perdendomi nei suoi occhi. Non si è ancora ripreso, rischio di fargli male.

Inaspettatamente è lui a prendere il sopravvento su di me, rigirandomi e facendomi aderire con la schiena alla porta. E con la memoria io rivivo tutte le nostre scene passate, la nostra passione, i nostri baci.

«Chi ti ha detto di smettere, dolcezza?»

Sorrido avvinghiandomi a lui che mi accarezza i fianchi scendendo con le mani verso i glutei. Mi solleva prendendomi in braccio, mi bacia il collo e poi il seno.

«Ti porto a vedere la mia camera intanto, poi vedrai il resto della casa. La nostra camera, amore...» Accarezzo le sue braccia afferrandogli le mani, rimettendomi in piedi contro la porta. So che non si è ancora ripreso del tutto, non voglio che si sforzi troppo.

Annuisce e mi segue diligentemente. Appena entrati in camera mi afferra per la vita e mi bacia con passione facendomi indietreggiare verso il letto.

«Sto bene, piccola. Ora che sono qui con te starò ancora meglio...»

Ricado sul letto attirandolo sopra di me. E ancora rievoco il passato. La prima volta insieme a lui, quando avevamo siglato quel nostro stupido accordo. Sono trascorsi quasi ventitré anni e nulla è cambiato. Allo stesso tempo un intero mondo è mutato intorno a noi, le nostre stesse vite intrecciate da quel momento l'una all'altra. Il mio cuore è cambiato o forse ha semplicemente compreso che è in grado di amare oltre ogni limite, oltre ogni dolore, oltre ogni prova che il destino ci ha messo di fronte. Amare lui e nessun altro. Nonostante tutto e tutti, nonostante me stessa, la mia superficialità, le mie resistenze. Nonostante il nostro patto che io inconsapevolmente avevo trasgredito fin dal principio. Perché, fin dal primo istante, Peter Wiles mi aveva catturata anima e corpo. E non mi aveva più lasciata andare via.

CAPITOLO 86

Che ne sarà di noi adesso? Staremo insieme per sempre? Quali altri ostacoli dovremo superare ancora? Siamo stati eccellenti nel crearcene uno dopo l'altro. Io non intendo più permetterlo.

Lo tengo stretto a me. Non ho idea dell'ora, del tempo trascorso. Non so nemmeno se sia giorno oppure notte. E non mi importa saperlo. Gli accarezzo il petto nudo, bacio dolcemente il tatuaggio sulla sua spalla. Siamo ancora noi. Lo avrei aspettato anche per tutta la vita. Lo avrei aspettato qualunque fosse stata la sua scelta.

Rammento i primi due giorni dopo l'operazione. I giorni in cui temevo di averlo perso. I giorni in cui potevo solo attendere il suo risveglio e lui si ostinava a non tornare da me, da noi. I giorni in cui forzavo me stessa tentando di pregare in quella cappella, senza riuscirci, senza esserne capace. I giorni in cui mi avevano annunciato che c'era la probabilità che non riprendesse più conoscenza. I giorni in cui sembrava che tutti gli effetti collaterali ipotizzati da quel medico si fossero coalizzati contro di lui e che lo riportassero indietro e lo salvassero ogni volta per miracolo.

Poi si era stabilizzato. Ma non dava alcun segnale di miglioramento. Avevo trascorso i due giorni peggiori della mia vita. Il fatto che si fosse stabilizzato era già un enorme sollievo. Continuavo a parlargli, a tenergli la mano nella mia. Supplicavo il cielo di rivedere i suoi occhi che lui manteneva ostinatamente chiusi. Gli altri insistevano per darmi il cambio, per mandarmi a casa a riposare un po'. Ma io non lo volevo lasciare, non potevo.

Quel giorno, quel 15 marzo che non dimenticherò mai, mi sono lasciata convincere a uscire dall'ospedale almeno per qualche ora. Ma invece di andare a casa sono andata a scatenare tutta la mia rabbia contro Simon Jennings. Era morto nell'incidente, i genitori di Mark Wright mi avevano fornito tutti i dettagli sull'accaduto. Ma io non provavo pietà. Non gli avrei permesso di trascinare il mio amore con sé, quasi avesse il potere di farlo. Ero infuriata oltre ogni limite. Sono andata a dirgli addio come ad uno spirito maligno che abbandonava per sempre il mio cammino. Ho scoperto che il mio cuore non è buono e incline alla misericordia, al perdono. Che il mio amore è egoista, esclusivo. Jennings aveva tentato di fargli del male. Vivo o morto che fosse io non potevo fare altro che disprezzarlo.

L'incontro con Gordon al cimitero mi ha rimessa in pace con me stessa. Non so se mi abbia seguita o se si sia trovato lì per caso, magari spinto dalla mia stessa intenzione di archiviare per sempre i brutti ricordi. Gordon poteva capirmi e io lo rispettavo. Anche se non me lo ha mai espresso a parole sentivo che il fedele maggiordomo di Peter mi voleva bene e mi aveva sempre accettata com'ero, pur comprendendo la fondamentale differenza tra me e Peter. Peter, nonostante il male che ha subìto, è rimasto una brava persona. Io no. Non riesco nemmeno a fingere di esserlo.

No, decisamente io non sono una brava persona. In me non vince il perdono o la pietà. Nemmeno la rassegnazione. Mentre Peter era in bilico tra la vita e la morte io mi ostinavo a non cedere, a non lasciarlo andare. Maledicendo Jennings, il padre di Geoff, Geoff, me stessa soprattutto. Il suo successivo rifiuto mi ha ferita, mi ha distrutta. Ma io desideravo, più di qualsiasi altra cosa al mondo, che lui vivesse. L'ho sempre amato. Forse nei modi più sbagliati, contorti e distruttivi per entrambi. Ma io l'ho sempre amato.

«Ti ho sempre amato...» Credo di averlo pensato ad alta voce, sospiro mordendomi le labbra.

«Lo so. L'ho sentito.» Posa le labbra sulla mia tempia, mi cinge a sé. Come è capitato spesso, anche questa volta non stava dormendo. «In ospedale... sentivo che mi parlavi, Amantine. Parlavi di noi, della nostra storia, dicevi di amarmi. E stavi proprio così, come ora. Con la testa appoggiata tra la mia spalla e il collo... Così come ci siamo risvegliati tante volte... Non potevo andare via. Non potevo lasciarti. Anche se era davvero doloroso restare. Il mio corpo non voleva resistere, faceva così male ovunque... un male atroce, piccola.»

«Mi hai sentita, Peter? Davvero?» Sollevo piano il viso verso di lui, gli accarezzo le labbra con un dito.

«Ogni tua parola. Ogni tua parola mi richiamava alla vita. E faceva ancora più male che lasciarmi andare... Il mio cuore lottava contro il resto del mio corpo, contro la sofferenza fisica, non voleva lasciarti.» Mi solleva il mento baciandomi le labbra. «Volevo reagire alla morte per sentirti ripetere ancora che mi amavi...»

«Ti amo, Peter. Dopo avertelo detto in una caffetteria, al telefono e su un letto d'ospedale sto migliorando, vedi. Ti ho dichiarato il mio amore in un giardino fiorito, anche se di rose un po' stronze... E ora di nuovo...» Sorrido prendendogli la mano e baciando le sue labbra con intensità crescente.

«Le tue rose ti somigliano, piccola intellettuale snob...» Ricambia il bacio e appoggia la fronte alla mia. «Ma io amo ogni tuo delicato petalo come ogni tua piccola spina. Pronta a pungermi, a ferirmi, per poi tornare a sedurmi ancora... ancora...»

«Implicitamente mi stai dando della stronza!» Mi stacco da lui, rioccupando la mia parte di letto e sollevandomi con la schiena appoggiata al cuscino, incrocio le braccia.

«Neanche troppo implicitamente.» Si appoggia sul gomito voltandosi verso di me, mi lancia una delle sue tipiche occhiate ironiche e allusive. «Sei sempre stata una stronza, Amantine. Fa parte di te. Però...»

Mi volto verso di lui inclinando il viso in attesa. Inarco un sopracciglio sforzandomi di mantenere l'aria offesa e di resistere alla voglia di baciarlo ancora.

«Però mi hai salvato la vita. Durante quell'incendio io…»

Comprendo che non sta più scherzando. Mi avvicino a lui e lo prendo tra le braccia. «Amore… non ci devi pensare più. Lo so che è difficile.»

«No. Ora va molto meglio… però… Io volevo aiutare quei ragazzi. Io mi trovavo all'esterno ma non potevo lasciarli. Amantine… loro erano come me, come i Darkest Storm all'inizio. Se fossi fuggito lasciandoli lì, io…» Si morde le labbra con rabbia, il suo respiro si fa pensante, doloroso. Lo stringo più forte a me, pronta a raccogliere le sue confidenze. «Sarebbe stato come morire ancora, quella sera in cui ho rischiato durante la festa, lo sai… Non ho pensato razionalmente. La verità è che io stavo tentando di salvare anche me stesso, non solo quei ragazzi. Sono riuscito ad afferrare uno di loro, ma poi… Avrei voluto fare di più, a volte ancora non mi do pace. Erano così giovani… erano come noi…»

«Peter… tu non potevi fare di più.» Gli accarezzo il viso, cullandolo tra le mie braccia. Non so come confortare il suo dolore. Le ferite del corpo sono quasi rimarginate, mi chiedo se riuscirà mai a guarire quelle dell'anima. «Hai salvato un ragazzo. Un ragazzo di diciotto anni che non avrebbe tutta la vita davanti se tu non fossi intervenuto, se tu fossi fuggito via come hanno fatto altri. Tesoro… hai rischiato la tua vita per loro. Non puoi chiedere di più a te stesso.»

«Passo un periodo tranquillo, però poi a volte improvvisamente li sogno… mi guardano chiedendomi aiuto. Ora va meglio, però. Va davvero meglio. Ma… erano così simili a noi, con Simon Jennings come manager. Lui non ha colpa di quello che è successo, è stato anche lui una vittima. Ma appena li ho incontrati per l'organizzazione degli eventi, mi sono rivisto così tanto in loro… E Mark Wright soprattutto mi ricordava me stesso all'inizio. Amantine, la verità è che io non ho tentato di salvare lui. Io ho tentato di salvare me stesso. Non l'ho detto a nessuno perché dubito che gli altri possano capire.

Tu sei la prima con cui ne parlo. Sarà un caso che io abbia salvato proprio lui? Ho dovuto scegliere, certo lui forse era più vicino, però… questo cambia un po' le cose.»

«Non cambia il fatto che tu abbia salvato la vita di un ragazzo di diciotto anni che sarebbe morto se tu non fossi intervenuto, Peter.» Gli prendo il viso tra le mani, fissandolo seria negli occhi. Non mi rivolgo a lui con tenerezza o con compassione. Deve capire che ha fatto qualcosa di eccezionale, di straordinario, rischiando la sua stessa vita. Poco importano i motivi che lo hanno spinto a farlo. «Non è importante che in lui vedessi te stesso. Hai salvato un giovane che potrà ancora vivere, cantare, amare, sorridere. La sua vita sarà sicuramente segnata da questo incidente. Così come lo è la tua. Non sei riuscito ad aiutare gli altri, purtroppo. Mark però è vivo, con la sua famiglia. E questo è avvenuto grazie a te. Solo grazie a te.»

«Grazie a te, Amantine. Io sono entrato per aiutare quei ragazzi. Ma tu… tu mi hai aiutato a uscire, mi hai trascinato fuori da quell'inferno. Ho visto te tra quelle fiamme… quando non riuscivo a vedere più nulla e il soffitto stava per crollarci addosso. Ho visto te e ti ho seguita. Eri come quella sera alla festa. Sul piccolo ponte, quando ti sei voltata verso di me, mi hai sorriso. Quando mi sono innamorato di te, ancora di più. E ho capito che non avrei voluto nessun'altra al tuo posto, mai. Ti ho seguita attraverso le fiamme. Tutto il fuoco era intorno a me. Io ti seguivo trascinandomi dietro Mark come potevo, incoraggiandolo a non mollare. Gli dicevo… la vedi la mia Amantine, la vedi quanto è bella… e mi ama, non posso perderla adesso. La devo seguire. Devo cantare ancora la sua canzone…»

Gli afferro le mani, mentre cerca di riprendere fiato. Io non ho nemmeno voce per consolarlo, tremo e mi sento soffocare dalle lacrime.

«Sì… così gli ho detto… Tu camminavi attraverso il fuoco, poi di tanto in tanto ti voltavi a guardarmi, come per incoraggiarmi a seguirti. Indossavi proprio quel vestito. E mi rivolgevi quel sorriso, quello sguardo. Mi hai indicato ogni passo verso l'uscita, mi hai portato in salvo, anche se a causa del fumo negli occhi ormai non riuscivo più a vedere niente... ma io vedevo te...» Mi asciuga le lacrime. Sembra improvvisamente più sereno, i suoi occhi verdi riprendono intensità, mentre io mi sento annientare dalla disperazione di entrambi, prendo su me stessa il suo dolore. «Poi una volta uscito sono stato colpito alla testa da qualcosa che mi è caduto addosso. Non ricordo altro.»

«Peter... io in quei giorni non facevo altro che pensare a te, al momento in cui avremmo potuto finalmente stare insieme. Così sei tornato da me seguendo la mia immagine di quella sera. Ora dobbiamo solo provare a essere felici.»

Non c'è più nulla che ci possa separare dalla nostra felicità. Nulla a parte... Sospiro chinando la testa. A parte lui.

«Non devi avere più segreti con me, dolcezza.» Peter coglie immediatamente la mia inquietudine. Non riesco a sfuggirgli. Conosce ogni mio più intimo turbamento ormai.

«Non ne ho. Si tratta di William. Si è ripreso molto in fretta dopo l'operazione, ma ti ha fatto concorrenza nel non volerne più sapere di me appena si è risvegliato. Ero tranquilla perché sapevo che stava bene, è un ragazzo forte, però...»

«Ha saputo la verità nel peggiore dei modi. Anche se già ne era a conoscenza.» Mi accarezza i capelli e poi il viso. «Dopo che te ne sei andata, William è venuto da me. È tornato a trovarmi quasi ogni giorno, soprattutto nell'ultimo mese abbiamo trascorso molto tempo insieme.»

Nessuno mi aveva informata in proposito. Non importa. È un po' come se io fossi stata esclusa e mandata in esilio, anche se volontario.

Peter prosegue, continuando ad accarezzarmi con dolcezza. «Non te la prendere, Amantine. Io e William avevamo molto di cui parlare. Avevamo bisogno di conoscerci, anche se siamo solo all'inizio.»

«La verità è che mi sento un po' esclusa. Però sono contenta che sia venuto a parlare con te. Anzi, a questo punto ho fatto davvero bene ad allontanarmi per darvi la possibilità di avvicinarvi. Mi dispiace solo che ora eviterà anche te se resti insieme a me. William mi odia, non mi perdonerà mai.»

«Non è vero. William ti vuole bene. È deluso da te. Io credo che tu sia la persona più importante della sua vita. Sta anche seguendo la tua stessa carriera.» Peter mi attira sul suo petto e mi accarezza piano la testa, per confortarmi. «Abbiamo trascorso qualche giorno a Brighton. Io, William e Matthew. È stato strano... anche con Matthew non avevo passato mai molto tempo, quindi inizialmente eravamo un po' come tre estranei che si trovano a condividere un alloggio temporaneo. Però William ha accettato subito la proposta di partire con noi, poi le cose sono andate molto bene. Abbiamo parlato tanto. Non è il ragazzo chiuso e ostile che mi immaginavo...»

«No, non con le persone che apprezza. Chiuso e ostile lo è solo con me, infatti!» Sollevo il viso a guardarlo. «Perché tu sei un tesoro quando vuoi... e Matthew è adorabile! Io sono... Amantine Delamar, la stronza per eccellenza che stronzifica pure le rose del suo giardino!»

Cerca di trattenersi, poi scoppia a ridermi in faccia. «Tu sei una stronza deliziosa, però!» Mi bacia la fronte e sospira, mi rivolge lo sguardo tipico dei discorsi seri. «William è molto testardo e ostinato, proprio come te. Sa che io ero intenzionato a stare qui da te, l'ho deciso proprio durante quella settimana a Brighton con i due ragazzi. Lo so che non sopporti che ti venga ripetuto ancora, ma devi avere pazienza con lui.»

«Io sono stata cattiva con lui, fin da quando era piccolo.» Mi mordo le labbra, accarezzando il braccio con cui Peter mi tiene stretta sul suo petto. «A tre anni aveva voluto una piccola chitarra giocattolo, l'aveva vista in un negozio. I miei gliel'hanno regalata, ma io non ero d'accordo. Mi ricordava te... mi ricordava te talmente tanto da straziarmi il cuore. William appena l'ha ricevuta ne era entusiasta. Non se ne separava mai. Si era seduto sul divano, povero piccolo, con la sua chitarra giocattolo. E aveva iniziato a strimpellarla. Aveva un'aria così concentrata, così assorta, come te quando suoni e scrivi... Allora io gliel'ho strappata di mano, con rabbia. Ricordo la sua espressione, mi ha guardata con i suoi grandi occhi verdi, pieni di lacrime... Sono stata cattiva e ingiusta con lui. Il mio povero piccolo bambino, era tanto dolce e io...»

«Mi dispiace, amore. Amantine... Io mi sarei preso cura di te e di William. Avrei fatto qualunque cosa per renderti felice. Ma non soffrire più per il passato. Pensa a quello che abbiamo adesso. Anche se...» Corruccia la fronte e si morde le labbra, noto un velo di tensione attraversare il suo sguardo. «In quel periodo trascorso a Brighton, insieme a William, mi sono reso conto di un'altra verità che in tutti questi anni non riuscivo ad ammettere, non osavo confessare nemmeno a me stesso. Lui lo sapeva già da prima di essere mio figlio, ti sfuggiva perché temeva una conferma da parte tua. E temeva di conseguenza che io lo rifiutassi. La verità... Amantine, la mia verità è che io, al contrario di William, temevo una smentita.»

Lo guardo perplessa, disorientata. Non riesco a comprendere cosa stia cercando di dirmi. Gli stringo le mani per indurlo a proseguire.

«Ricordi quando ci siamo rivisti la prima volta, dopo qualche anno? Quando ti ho chiesto i nomi dei tuoi figli? Ecco, io... Appena tu hai pronunciato il suo nome, io ho sentito... Avrei voluto chiederti se per caso... È stato solo un attimo che poi mi sono imposto di cancellare dalla mia mente per sempre. Non volevo sapere. Non volevo la tua smentita, o meglio la tua conferma che non fosse mio. Non volevo la certezza che tu avessi dato quel nome al figlio di un altro, perché William Shakespeare ti aveva legata a me...» Si stringe nelle spalle, lascia andare le mie mani per cingermi a sé. Sospira distogliendo lo sguardo da me, per poi tornare a fissarmi con gli occhi lucidi in cui leggo una sorta di rimorso, di pentimento. «Capisci, Amantine? Preferivo non sapere. Avevo anche io paura della verità, perché desideravo che fosse mio e temevo di essermi ingannato. La tua colpa è stata anche la mia... Ti ho aggredita e ti ho fatta soffrire ingiustamente. Perdonami, Amantine. William dovrà capire, io farò in modo che lui capisca che la responsabilità non è stata solo tua.»

«Peter... certo che ti perdono. Ti confesso che una parte di me si era illusa che tu capissi quel giorno. Che tu mi conoscessi abbastanza. E infatti tu avevi capito. Non avrei mai dato quel nome al figlio di un altro. Sono contenta che William si stia legando a te. Io posso aspettare...» annuisco e sorrido. Mi fa male la consapevolezza del disprezzo di mio figlio nei miei confronti. Ma mi rende felice che stia costruendo un rapporto con suo padre. Se deciderà di evitare me lo accetterò, non intendo forzarlo. «Non tentare di intercedere in mio favore. Rischieresti di rovinare tutto con lui e io non voglio. Se vuoi passare del tempo con William senza di me non farti problemi. Io starò qui ad aspettare, come una brava ragazza.»

«Stai tranquilla. Adesso sono qui e intendo restarci. Poi possiamo stare un po' anche nella nostra casa a Notting Hill... Possiamo stare ovunque vogliamo, ma io non ti lascio più da sola.» Mi solleva e mi fa voltare verso di lui per fissarmi serio negli occhi, mi accarezza il viso scendendo alle spalle. «Ho trascorso troppo tempo senza di te. William capirà... Siete solo... ecco, voi due siete davvero molto simili, tesoro. Ostinati, testardi, con quella componente vagamente stronza che vi rende però unici.»

«Ho sempre pensato che abbia scelto la mia stessa carriera per sfidarmi... Ma chissà, forse era nato per seguire la tua e io gliel'ho impedito.» Sorrido stringendomi nelle spalle.

«Meglio così. Matthew si è messo in testa di diventare un cantante lirico. Continua a studiare e sta facendo audizioni per entrare a cantare nei musical intanto. Ti rendi conto? Io che volevo essere una leggenda del rock!» Peter scuote la testa e mi rivolge una smorfia corrucciata, mostrando un'espressione terribilmente offesa. «Non oso pensare a cosa potrebbe fare

William con il carattere di sua madre! Magari decidere di diventare direttore d'orchestra...»

«Chissà... Considerato il fatto che avremo un po' di tempo libero, io non lavoro più in università e tu per ora sei a riposo... potresti insegnare a suonare anche a me.»

«Mi vuoi fare concorrenza? Vuoi diventare una piccola musicista egocentrica?» Ride e mi bacia sulle labbra. Poi inizia a farmi il solletico e mentre io cerco di liberarmi riesce a stendermi sul letto e a mettersi sopra di me.

«Certo... ma niente opere liriche per me. Io intendo diventare una vera rock star e avere tanti fan che impazziranno per me e che mi aspetteranno fuori casa con lettere d'amore, regali e proposte indecenti!» Rido anche io e gli accarezzo i fianchi, la schiena.

Sono felice. Dopo tanti anni, finalmente mi sento felice. Non so se lo merito, ma è così. Non so se merito l'amore di Peter, se un giorno riuscirò a meritare il perdono di nostro figlio. La mia vita non è perfetta. Non lo è mai stata. Ho perso tanto tempo cercando di conformarmi a un mondo che non era il mio, a un'esistenza e a un destino delineato da me stessa ma a cui non ho mai sentito di appartenere.

Io appartengo a Peter Wiles, al suo mondo. Ai nostri figli. Al mondo che costruiremo insieme da oggi in poi. Non posso che rimpiangere i miei sbagli e i momenti perduti, quelli che non abbiamo vissuto insieme e che non potranno tornare. Ma abbiamo l'oggi. Abbiamo il domani. E soprattutto abbiamo finalmente il nostro per sempre.

Settembre 2016

CAPITOLO 87

Viviamo tra il nostro adorabile cottage a Shottery e la casa di Notting Hill. In oltre due anni di vita insieme ci siamo concessi anche qualche vacanza.

Peter si è ripreso completamente. A volte è turbato da qualche brutto sogno, ma capita sempre più raramente. La mattina, appena sveglia, mi stringo a lui mentre dorme o finge di dormire, ascolto il suo respiro mantenendo gli occhi chiusi. È uno dei momenti che amo di più nelle nostre giornate. Così mi convinco davvero di averlo finalmente tutto per me.

Mi ha insegnato a suonare la chitarra. O almeno ci ha provato. Credo che i miei strimpelli furiosi, così li chiama Peter, gli abbiano causato più di qualche mal di testa. Ma lui è un insegnante paziente e determinato, almeno quanto io sono un'allieva isterica e stizzosa. Abbiamo anche provato a comporre qualche canzone insieme. Lui si è occupato prevalentemente della musica, io l'ho aiutato con le parole. *Amantine's Song* tuttora rimane però la nostra collaborazione migliore. Poi in realtà la canzone è solo sua, io ho solo fatto in modo che non perdesse quella melodia.

Madeline continua le sue esperienze teatrali e migliora ad ogni rappresentazione. Quando mi aveva comunicato la sua volontà di studiare arte drammatica qualche anno fa avevo preso la sua intenzione come un capriccio. Mi sbagliavo. Ora si sta lasciando coinvolgere da Matthew ad approfondire anche lo studio del canto e a collaborare nella compagnia dove lavora anche lui. Peter si è dovuto arrendere al fatto che suo figlio ha scelto, almeno momentaneamente, un genere musicale differente dal suo.

Quindi oltre alla colonna sonora della nostra vita, ai nostri sfrenati balli pop, rock e hard, abbiamo ceduto un po' di spazio anche alla musica classica, all'opera e al musical per incoraggiare i ragazzi. Stiamo diventando romantici in maniera preoccupante, soprattutto io. La tarda età mi sta giocando un brutto scherzo.

Ho incoraggiato Peter a riprendere la sua carriera, portando avanti però solo i progetti a cui tiene davvero. Il progetto degli eventi a scopo benefico è stato realizzato e completato, spostando le date in programma di quasi un anno. Non è stato facile riprenderlo, soprattutto dal punto di vista emotivo e psicologico, ma nessuno dei partecipanti voleva che andasse perduto. Peter ha cantato anche con il giovane Mark Wright, durante tutte le tappe dei concerti. È stato commovente vederli insieme. Sono stati meravigliosi e stanno progettando di incidere alcuni pezzi in collaborazione. Io mi auguro che quel ragazzino abbia un futuro brillante davanti a sé.

Una delle date si è svolta nella ex villa degli Stevenson, com'era stato già pianificato in precedenza. Io e Peter abbiamo camminato insieme nel giardino, per poi attraversare quel piccolo ponte, tenendoci per mano. Così doveva essere. Così doveva essere fin da quella sera. Ma come dice anche Peter cerco di non rimpiangere troppo il passato, penso al presente e al futuro. A quanto mi rende felice ora. E io faccio del mio meglio per rendere felice lui.

«Amantine...» Peter, seduto sul divano della casa di Notting Hill, posa un attimo la chitarra e mette da parte anche il suo quaderno di appunti.

«Mmh...»

Io ho appena finito di revisionare per l'ultima volta il mio libro su Anne Hathaway raccogliendo tutto ciò che sono riuscita a trovare su di lei, il suo cottage, l'ambiente in cui è cresciuta. Ora è pronto per la stampa. Medito di avviare una ricerca sulle sorelle Brontë, partendo da Emily. Mi rendo conto che su di loro forse è stato scritto abbastanza, dovrebbe essere quindi qualcosa di innovativo, sto pensando a una sorta di romanzo. Intanto però sono anche tentata di provare a scrivere un romanzo vero e proprio, partendo da una mia idea completamente originale. Alterno la scrittura a pc a quella a mano su un quadernetto che io chiamo "quaderno delle idee". Sul quaderno delle idee finiscono tutti gli appunti per il mio romanzo originale.

«Dolcezza...» Peter si piega verso di me e mi punta gli occhi addosso. Sospira profondamente per attirare la mia attenzione.

«Mmh...» Finisco di battere i tasti sulla tastiera del pc, lo metto da parte e continuo a scrivere sul quaderno, ho un'idea in embrione da sviluppare.

«Amore mio...» Lo conosco. Quando fa così non è intenzionato ad arrendersi.

«Peter, se vuoi i biscotti alzati e vai a prenderli in cucina. Gordon ha lasciato anche la torta squisita alla crema e cioccolato fondente fatta da sua moglie...» Sorrido e gli mando un bacio. «Già che ci sei portamene una fetta e magari fai anche il tè. Nel mio non esagerare con il latte. Grazie, amore.»

«No, ragazza golosa. Non volevo i biscotti o la torta.» Scuote la testa e incrocia le braccia al petto con aria indispettita. «Volevo chiederti un'altra cosa.»

Sollevo il viso e lo guardo. Ora è diventato improvvisamente molto serio. Smetto di prendere appunti e chiudo il quaderno.

«Okay, hai tutta la mia attenzione. Cosa devi chiedermi, Peter?»

«Una cosa molto semplice» sospira e si sposta verso di me. Aggrotta la fronte esitante, increspa le labbra. Non capisco perché sia così teso.

Sollevo le spalle impaziente. «Allora? Devo preparare qualche scenata di gelosia o che altro? Sono fuori allenamento, ma...»

«Sposami, Amantine.» I suoi occhi mi scrutano dubbiosi ma determinati. «Io ti amo e voglio sposarti. Ecco cosa volevo chiederti, non i biscotti o la torta... anche se tu forse li avresti preferiti.»

«Peter, ma...» Sta parlando sul serio? Sposarci adesso?

«Non è una domanda difficile. Sì o no?» Sta parlando sul serio.

«Amore, ma... sposarci adesso, alla nostra età...» sospiro e allungo una mano per accarezzargli il viso. Lui corruccia la fronte e si tira indietro. «Poi non siamo stati già sposati abbastanza?»

«Certo, con altri!» Fa l'offeso e riprende la sua chitarra e il quaderno, ignorandomi.

Mi trascino accanto a lui, appoggio la testa al suo braccio. Poi sollevo il viso, gli bacio la spalla e il collo.

«Tu due volte...» gli indico con le dita.

«Tu per più tempo!» Mi lancia un'altra occhiata imbronciata.

«Ti amo tanto, Peter, lo sai. Ma con questa storia dei matrimoni non abbiamo avuto molta fortuna...» Gli prendo la chitarra dalle mani e la appoggio dietro di me, in modo che lui non possa raggiungerla senza oltrepassarmi.

«Non eravamo noi, Amantine. Però capisco se non vuoi... Mi arrendo.»

«Peter... io voglio restare con te per sempre. Per tutta la mia vita. Di questo sono assolutamente sicura.» Gli bacio la guancia e poi le labbra. «Tu credi che se ci sposassimo...»

«Stiamo insieme da più di due anni, senza contare quello che c'è stato tra noi tutti gli anni precedenti, prima che potessimo stare davvero insieme. Abbiamo già superato di almeno tre volte la durata standard delle mie relazioni. Io non credo che il problema sia stato nel matrimonio, Amantine, ma nelle persone che abbiamo sposato.» Mi accarezza dolcemente la guancia con il pollice. «Io sono sicuro che tra noi avrebbe funzionato venticinque anni fa... così come adesso. Stiamo insieme già da abbastanza tempo, spero di ottenere l'approvazione dei tuoi parenti e amici. Sembra che mi abbiano accettato questa volta, non mi vedono più come la pop star dannata e maledetta. Sono ufficialmente il tuo ragazzo, almeno credo...»

«Io non sono mai stata favorevole al matrimonio, Peter. Ma...» sospiro e mi mordo le labbra, mi sento arrossire. Non mi capita più da tempo. «Ti avrei detto di sì venticinque anni fa. Fregandomene di parenti e amici e delle loro opinioni. Però adesso...»

«Adesso?» Peter mi afferra per la vita e mi trascina verso di sé. Ma allo stesso tempo scende dal divano e si mette in ginocchio davanti a me. Cerca qualcosa nella tasca dei jeans. «So che detesti le situazioni troppo ufficiali, dolcezza. Ti devo prendere nei momenti buoni, quando abbassi la guardia per un momento...»

«Avevi già un anello in tasca, Peter...» Lo indico con il dito, incredula. «Allora avevi pianificato tutto! Mi stai incastrando, ragazzaccio!»

«Sì, direi che sembra proprio un anello. E di solito la ragazza dovrebbe emozionarsi, piangere di gioia, dire sì tutta commossa... Cose del genere, per quanto posso ricordare di aver visto nei film e nelle mie esperienze precedenti.»

«Come terza esperienza non credo di essere all'altezza delle tue aspettative, Peter.» Sospiro e mi osservo le mani, libere da anelli. «C'è da dire che non sono certo una ragazza da marito. Non lo sono mai stata, in effetti. Sono sempre stata una donna troppo impegnata e impegnativa per commuovermi davanti ai film. Però... Peter tu credi che funzionerà tra noi? Da sposati, intendo. Mi rendo conto che non sarà molto diverso da ora, almeno lo spero...»

«Amantine, tu sei decisamente impegnativa. Di questo sono consapevole da tanto.» Prende la mia mano, stringendola nella sua. «Ascoltami, dolcezza mia... Noi due potremmo lasciarci, potrebbe non funzionare tra noi. Io so che ti amo e so che voglio stare con te per tutta la mia vita. Lo so da quasi venticinque anni. Certo, potrebbe finire domani o tra dieci anni. Sarei potuto morire in quell'incendio o molto prima, durante la festa di tanti anni fa. Tu avresti potuto gettare il biglietto che ti ho lasciato tramite Jacob e così non mi avresti mai conosciuto davvero. Io so che voglio rischiare insieme a te, so che voglio trascorrere il resto della mia vita insieme a te. Non sono mai stato più sicuro di qualcosa in vita mia. Noi non abbiamo la sicurezza assoluta, non l'avremo mai, come del resto in ogni cosa nella vita. Potrebbe andare male tra di noi, come è andata male tra altre persone, ma io sono pronto a correre dei rischi con te, adesso, esattamente come lo ero venticinque anni fa. Come ti avrei proposto di sposarmi venticinque anni fa, perché ti amavo. Indipendentemente dal fatto che tu fossi incinta, Amantine. Perché non ho mai amato una donna quanto ho amato te, quanto amo te adesso, in questi ultimi anni trascorsi insieme. Perché non ho mai trovato in un'altra quello che ho trovato in te, piccola intellettuale snob. Ti ho voluta dal primo momento, ti ho cercata in ogni donna che ho incontrato nella mia vita. Non sei perfetta, Amantine, tutt'altro. Il più delle volte sei un disastro e sei davvero incredibilmente snob ed egocentrica. Mi hai fatto soffrire come non credevo fosse possibile, mi hai lasciato troppe volte, mi hai nascosto la verità su nostro figlio. Ma mi hai anche salvato la vita, più di una volta a distanza di tempo. Mi sono aggrappato alla vita grazie a te. Con la tua forza, con la tua fragilità, con i tuoi errori, con le tue paure... Tu ci sei sempre, ci sei sempre stata. E non ti sei mai dimostrata diversa da come sei. Non fingi di essere migliore di quello che sei. Hai tentato di negare i tuoi sentimenti, ma è un errore che ho commesso anche io. E se posso... se voglio dare davvero tutto me stesso a qualcuno è a te che voglio donarmi. Perché tu, Amantine Delamar, non mi hai mai chiesto di cambiare. Tu mi hai sempre accettato per quello che sono, tu mi ami per quello che sono. Con te non sono mai stato Peter Wiles. Con te sono ancora un ragazzo qualunque. Un uomo qualunque.»

«Peter...» Nessuno al mondo mi ha mai detto qualcosa di così bello, di così vero. Lui non mi vede come un essere puro e meraviglioso, anzi. Sa che non sono un angelo. È perfettamente consapevole di tutti i miei difetti, ne ha una visione fin troppo chiara. E mi ama lo stesso. Questo trovo straordinario e unico in Peter Wiles. Lui mi ama per come sono. Mi ha sempre amata senza tentare di cambiarmi o di migliorare gli aspetti un po' spigolosi e aspri del mio carattere, i miei modi a volte un po' troppo bruschi. Non avevo pianto mai prima di incontrare lui, ho sempre creduto fosse un segno di debolezza. Con lui ho imparato a piangere quando ne sento la necessità. Soprattutto ho imparato a commuovermi senza vergognarmene. «Resta con me per sempre, Peter. Fai parte del mio mondo per sempre, anche se forse io nemmeno merito un uomo come te. Tu sei più buono e più dolce di me. Ma io ho la fortuna di essere amata da te. In tutto quello che mi è successo in questi anni, da quando ci siamo incontrati la prima volta, io mi sono sentita felice e libera solo insieme a te. Questo perché sei tu il mio mondo, nessun altro, nient'altro. Quindi sì, Peter. Sposiamoci, voglio essere tua moglie. Appena possibile!»

Sorrido mentre mi infila il suo anello al dito. È una fedina semplice e delicata. Lui sa quanto detesto le apparenze. Bacia la mia mano e le mie dita stringendomi a sé. Mi prende in braccio sul divano.

«Sì, piccola. Faremo sicuramente in fretta, prima che tu cambi idea.»

«Io non cambierò mai idea, Peter!» Lo bacio ripetutamente sulle labbra. «Ormai mi hai convinta, mi dovrai tenere! Io non credo affatto nel matrimonio...» Lo guardo negli occhi, poi appoggio lentamente la fronte alla sua. «Io credo in noi. Credo che tra noi funzionerà davvero. Perché credo in te. E più di ogni altra cosa io credo in noi due insieme.»

Novembre 2016

CAPITOLO 88

Ci sposiamo proprio nel mese del nostro primo incontro, venticinque anni prima. Quasi lo stesso giorno. Peter mi ha presa in parola quando ho detto "Appena possibile!"

Dopo la proposta abbiamo ordinato la pizza e ballato tutta la notte. Il nostro romanticismo è sempre molto atipico, la differenza è che Peter aveva creato una compilation di canzoni molto romantiche per l'occasione, anche se non era del tutto certo che io accettassi di sposarlo.

Mi sono focalizzata sulle parole di *Starting over again* di Natalie Cole e l'ho promossa a "nostra canzone". Non scritta da noi, ma che descrive la nostra storia.

"And now we're starting over again
It's not the easiest thing to do
I'm feeling inside again
'Cause every time I look at you
I know we're starting over again
This time we'll love all the pain away
Welcome home my lover and friend
We are starting over, over again."

Anche se devo riconoscere che la nostra vita si sta riempiendo ogni giorno di più di nostre canzoni, nostri libri, nostri autori... nostri dolci che io mi impegno a non lasciar più bruciare nel forno.

Per il matrimonio abbiamo organizzato una cerimonia privata, molto semplice. Peter è relativamente famoso, nonostante non abbia fan che lo seguono ossessivamente ora. Io sono conosciuta soltanto in ambito editoriale, ma nemmeno eccessivamente. Abbiamo evitato di diffondere la notizia per quanto possibile, comunque non crediamo ci sia troppo interesse intorno alla nostra vita privata. O forse lo speriamo soltanto. Non vogliamo attirare l'attenzione, non lo abbiamo mai voluto. Ci saranno solo i parenti più stretti, gli amici più intimi, qualche collega e collaboratore di Peter.

Non ho mai creduto alla tradizione che impone di non passare insieme la notte precedente al matrimonio, ma Madeline, Marianne e anche mia madre hanno insistito e non hanno voluto sentire ragioni, per cui io mi sono ritirata nel cottage di Shottery dove le ragazze hanno organizzato per me una sorta di addio al nubilato coinvolgendo anche Sandra, Rachel e qualche altra amica.

Suppongo che i ragazzi abbiano organizzato la stessa cosa per Peter, che è rimasto nella casa di Notting Hill. Per me sono tutte sciocchezze, avevo subito la stessa sorte anche in occasione del mio primo matrimonio. In quel caso a Parigi era stata organizzata una cerimonia piuttosto in grande ma volutamente affrettata da parte mia e di Geoff a causa della mia gravidanza.

Questa volta è tutto diverso. Questa volta, anche se siamo leggermente fuori tempo, io lo voglio davvero. E sopporto poco di dover stare senza Peter per rispettare una stupida tradizione. Ma ho promesso di fare la brava e non voglio inquietare coloro che si sono autoelette mie damigelle.

Mentre, durante le settimane precedenti, mia figlia e Marianne si divertivano nel propormi modelli di abiti da sposa, io già avevo una chiarissima visione di quale tipo di abito avrei scelto per il matrimonio. L'ho avuta fin dal giorno della proposta.

Tutto ciò che avevo lasciato a casa di Peter tanto tempo prima era rimasto esattamente dove si trovava. Sebbene mi avesse imposto di far sparire le mie cose dal suo armadio, dalla sua casa, dalla sua vista, Peter non aveva mai messo in pratica la minaccia di buttare via tutto. Non è riuscito a liberarsene, mi ha confidato. Nonostante il nostro distacco, avrebbero occupato quegli spazi per sempre.

Tra le altre cose anche quell'abito si trovava ancora lì, appeso nell'armadio. Appena tornati nella casa di Notting Hill l'ho visto, riconosciuto, sfiorato con le dita. Pur sforzandomi di trattenermi non sono riuscita a resistere. Sono scoppiata in lacrime rivedendolo, ricordando la disperazione di quella notte. Ma anche l'amore che avevo compreso di provare per Peter. Il mio è stato un pianto liberatorio. Lui mi ha abbracciata da dietro stringendomi a sé per consolare le mie lacrime. Girandomi ho incontrato i suoi occhi verdi, lucidi e commossi.

Quindi è arrivato il giorno. Dovrei sentirmi emozionata, come tutte le spose, ma la verità è che sposarmi con Peter Wiles mi sembra la cosa più naturale e spontanea del mondo. Forse perché effettivamente la nostra situazione non cambierà. Il fatto di chiamarci marito e moglie non aggiungerà e non toglierà nulla al nostro amore. Siamo stati tante cose durante questi anni: siamo stati complici, siamo stati amici, siamo stati amanti, siamo stati innamorati contro tutto e contro tutti. Anche contro la nostra volontà, contro la vita e contro la morte. Siamo stati davvero tutto l'uno per l'altra.

La cerimonia è stata preparata in una sala privata che abbiamo affittato a Stratford-upon-Avon. Tra le scelte disponibili abbiamo deciso di comune accordo di evitare Londra preferendo un luogo più appartato.

Sto mentendo a me stessa. Non è vero che non provo emozione. Più si avvicina il momento più sento la tensione impossessarsi di me. Seduta davanti allo specchio della stanzetta dove mi hanno aiutata a darmi l'ultimo ritocco prima dell'inizio della cerimonia, osservo le mie mani tremare. Sollevo il viso per specchiarmi. Osservo attentamente il mio riflesso chiedendomi se gli piacerò. Temo di deludere le sue aspettative. Mi passo le dita sulle tempie scendendo agli zigomi, alle guance. Sono sempre la stessa, ma allo stesso tempo non sono più la ragazza di allora. La mia pelle è ancora abbastanza fresca e gli occhi sono un po' segnati, soprattutto per la tensione. Non ho dormito molto la scorsa notte. Spero che il trucco e la pettinatura reggano contro la mia emotività.

Mi alzo in piedi per specchiarmi completamente. Il mio abito è semplice, di una tonalità verde azzurra, delicata. Ho delegato l'organizzazione di gran parte del matrimonio a Madeline, Marianne, mia madre e Sandra. La preparazione della sala, la scelta della torta e tutto il resto.

L'unico mio vero impegno è stato quello di rintracciare la sartoria che aveva cucito quel vestito. Non potevo e non volevo indossare nuovamente il modello originale, nemmeno con i dovuti accorgimenti. Appartiene al passato. Non era nemmeno il fatto che Peter me lo avesse già visto addosso a turbarmi, me ne frego delle tradizioni. Potrei anche tornare a indossarlo un giorno. Per il nostro matrimonio desideravo qualcosa di nuovo ma che allo stesso tempo richiamasse simbolicamente il nostro passato, tutti gli anni che pur separati siamo stati insieme. Volevo che rivedesse in me la donna di cui si era innamorato quella sera. La donna che gli aveva salvato la vita. Come lui ha salvato la mia amandomi in un modo così unico, esclusivo.

Madeline si affaccia alla porta e mi indica con un cenno che è davvero arrivato il momento. Sono tutti pronti, mi stanno aspettando. È bellissima con il suo abito color lavanda, i lunghi capelli castano dorato sciolti sulle spalle. Sembra una versione migliorata della me stessa del passato. Migliorata in ogni senso, anche caratterialmente.

«Sono pronta...» Congiungo le mani e intreccio le dita. Chiudo gli occhi per un istante e respiro profondamente. Riapro gli occhi, guardo mia figlia e sorrido. «Spero di non combinare qualche guaio.»

«Non ti preoccupare, mamma. Le persone presenti ormai ci sono abituate.» Ride e mi tende la mano. «Se non scappi e se non rapisci lo sposo prima del matrimonio, vedrai che andrà tutto bene.»

Raggiungo la porta principale della sala che mi è stata riservata. Non è molto grande, quindi appena entrata vedo subito Peter che mi attende di fronte al piccolo altare che è stato allestito per noi.

Inclino leggermente la testa incontrando i suoi occhi. Scorgo la sua espressione mutare gradualmente da quando si è voltato a quando il suo sguardo si è posato su di me. Il mio timore era infondato. Mi guarda esattamente come allora. Con quell'amore, quella passione negli occhi. L'unica differenza è che ora non ci sentiamo più costretti, forzati a trattenerla.

Cerca di riprendersi e allunga la mano verso di me. Annuisco mantenendo lo sguardo fisso su di lui, incomincio a muovermi per raggiungerlo, mentre Matthew accenna al pianoforte la melodia di *Amantine's Song*. Sento il cuore palpitarmi nel petto a ritmo più accelerato. Posso riuscire ad affrontare tutto questo, certo che posso.

Come avevamo stabilito non ci sono molti invitati, ma le persone che ci sono state accanto in questi anni. Saluto con un sorriso Gordon che siede accanto a sua moglie Annie. Quanto ha fatto per noi quest'uomo, con la sua presenza discreta ma importante, indispensabile.

Poi riconosco il giovane Mark Wright con i suoi genitori che considerano Peter come un angelo salvatore a cui essere debitori per sempre.

Dall'altro lato Doris con il marito Rupert. Rammento il video visto a casa loro un pomeriggio qualunque, mentre io e Doris prendevamo il tè. Un'apparizione televisiva di Peter Wiles, che ancora io non avevo capito chi fosse e consideravo solo un ragazzo qualunque incontrato per la strada.

Rachel e Trevor, che mi sono rimasti amici nonostante il mio divorzio da Geoff. Rachel sorride e mi strizza l'occhio ondeggiando il caschetto biondo.

Alain e Marianne con i loro tre figli. Mio fratello e sua moglie hanno sostenuto tutte le mie follie nel corso di questi anni. E sono, loro stessi, la dimostrazione che tra due persone totalmente diverse può davvero funzionare se il sentimento è autentico.

Sandra mi osserva con le lacrime agli occhi. Sembra essersi incantata a guardarmi. Non so cosa abbia pensato dei precedenti matrimoni di Peter, ma da quando l'ho incontrata quel giorno in ospedale è stata una presenza costante nella mia vita, dolce e rassicurante. Saluto con un cenno anche la moglie di Harry, il fratello di Peter, e i loro due figli.

Vedo i miei genitori. Mia madre mi rivolge un'occhiata di incoraggiamento che conoscendola indica anche un avvertimento a comportarmi bene e non combinare guai. Mio padre mi tende la mano, accompagnandomi per qualche passo fino a raggiungere Peter. Questa non è una chiesa e io non sono una dolce fanciulla indifesa da condurre all'altare. È solo un matrimonio civile, ma lo accontento e mi lascio accompagnare.

Accanto a Peter c'è suo fratello, che Peter ha scelto come testimone. Madeline mi farà da damigella, insieme a Marianne, e anche da testimone.

Manca solo lui. Non mi fa più tanto male pensarci. Anche perché in questi due anni abbiamo avuto occasione di vederci e di trascorrere un po' di tempo insieme. Ma ho sempre avuto la sensazione che fosse Peter a voler vedere, non me. In un certo senso mi sono sentita più come la compagna di suo padre che come sua madre.

Va bene così. Ha stabilito un ottimo rapporto con Peter e anche con Matthew. Ha imparato a suonare la chitarra. In realtà aveva cominciato a prendere lezioni anni prima, a mia insaputa. Ha sempre avuto un carattere più ostinato e combattivo del mio, non si arrenderà mai e riuscirà a raggiungere tutti i suoi obiettivi. Io ho sempre fatto "tanto rumore per nulla", per dirla alla Shakespeare.

Ora si è trasferito in America per un anno, per approfondire i suoi studi di letteratura americana. Così posso… Ecco, posso fingere che non sia presente al nostro matrimonio solo perché non è riuscito a tornare, non perché…

Mi appoggio una mano sul petto. Fa male ma devo accettarlo. Va tutto bene. Peter è qui, di fronte a me. Stringe la mia mano nella sua, sorride e annuisce. Mi guarda ancora come se fossi la donna più bella del mondo. Così mi sento, attraverso i suoi occhi. Io in lui rivedo ancora il mio ragazzo, l'unico che io abbia amato in tutta la mia vita. Devo mordermi il labbro per resistere, per non piangere. Non sono più tanto brava a trattenermi. Però insomma, non sarebbe da me, davanti a tutte queste persone che mi hanno accompagnata nel corso della mia esistenza. Meritano una Amantine Delamar equilibrata e tranquilla. Quindi per il momento niente lacrime. Assolutamente niente lacrime, Amantine!

«Dolcezza… sei bellissima.» Peter si porta la mia mano alle labbra. «Sei davvero qui…»

«Temevi che scappassi, Peter? Invece è tutto vero, siamo qui.» Sorrido e mi allungo verso di lui per baciarlo sulle labbra, accarezzandogli il viso.

Sento tossire alle mie spalle. Sto sovvertendo le tradizioni?

«Il bacio di solito viene dopo, Amantine… Ed è lo sposo che bacia la sposa…»

Recepisco il suggerimento di mio fratello e mi stacco da Peter stringendomi nelle spalle. Il celebrante di fronte a noi sorride. Credo mi consideri una sposa atipica e decisamente ribelle. Lancia uno sguardo a Peter come se attendesse indicazioni da parte sua per iniziare.

«Vorrei dire qualcosa…» Peter sospira riprendendo la mia mano. «Amantine, ci sono state parole tra noi che resteranno solo nostre. Sono state le parole della nostra vita, parole che ci siamo ripetuti nel corso di questi anni. Parole che ho scritto anche in una canzone dedicata a te. Prima obbligatoriamente celata, poi manifestata apertamente. Ora, davanti a queste persone, uso le parole di un poeta che tu ami tanto e su cui, sotto suggerimento di qualcuno a cui entrambi abbiamo voluto bene, hai scritto il tuo primo libro di successo. Dedico queste parole di John Keats a Jacob, che in qualche modo ci ha unito tanti anni fa e di cui entrambi sentiamo la mancanza oggi. E soprattutto le dedico a te, amore mio, perché esprimono chiaramente quello che ho provato nei tuoi confronti nel corso di questi anni. Se non mi fossi trovato lì quella domenica mattina... non ti avrei incontrata. La mia vita sarebbe stata completamente diversa. Forse in qualche modo felice. Ma anche io non avrei mai saputo cosa significa amare. Perché amare per me significa amare te, Amantine.»

John Keats. Mi chiedo se abbia scelto la stessa poesia che io dedicherei a lui... Socchiudo gli occhi in attesa.

«*"Non posso esistere senza di te.*

Mi dimentico di tutto tranne che di rivederti:

la mia vita sembra che si arresti lì,

non vedo più avanti.

Mi hai assorbito.

In questo momento ho la sensazione come di dissolvermi:

sarei estremamente triste senza la speranza di rivederti presto.

Avrei paura a staccarmi da te.

Mi hai rapito via l'anima con un potere cui non posso resistere;

eppure potei resistere finché non ti vidi;

e anche dopo averti veduta mi sforzai spesso di ragionare contro le ragioni del mio amore..."»

Peter si arresta, sembra esitare. Mi guarda come se le parole di Keats prendessero vita attraverso di lui. Afferro la sua mano e intreccio le dita con le sue. Decido di concludere insieme a lui.

«*"Ora non ne sono più capace.*

Sarebbe una pena troppo grande.

Il mio amore è egoista.

Non posso respirare senza di te."»

«Anche io ho una piccola sorpresa...» Sorrido tenendo la mano di Peter nella mia. «Spero che la mia sorpresa non sia troppo sconvolgente per te... e per tutti, insomma. Io sono stata molto attenta alle tue lezioni di musica, amore... Anche se non è sembrato, qualcosa ho appreso.» Faccio cenno a Matthew di suonare al pianoforte la melodia che ho composto. Matthew annuisce ed esegue. Osservo attentamente l'espressione di Peter mentre le note accennate da Matthew si diffondono nell'ambiente. «Mi rendo conto che è molto semplice, elementare, ma lavorandoci forse... Ecco io vorrei completarla insieme a te, vorrei che questa volta le parole le scrivessimo insieme. Perché la canzone di Amantine fa parte del passato. Questa nuova melodia è per il nostro presente e per il nostro futuro, una nuova storia per noi, tutta da scrivere. Io l'ho chiamata *It will always be real.*»

I nostri mondi si sono amalgamati fino a confondersi. Peter ha voluto dedicarmi una poesia di John Keats. Io, con la collaborazione di Madeline e Matthew, ho tentato di comporre una musica per lui. Peter ha invaso il mio campo, già più di una volta. Ora anche io ho tentato di invadere il suo.

«La scriveremo, piccola. Non vedo l'ora. Ho già trovato il titolo del mio prossimo album, a quanto pare.»

A questo punto non ci resta che cominciare. Ho fatto la mia piccola sorpresa a Peter e desideravo davvero rendere la nostra giornata speciale e unica, nei limiti delle mie possibilità. Ora però non vedo l'ora che tutto sia finito per potermi finalmente sciogliere dalla tensione. Anche perché questa situazione di sposa al centro dell'attenzione generale non fa proprio per me. La solita Amantine grida per tornare se stessa.

«Possiamo cominciare, quindi?» Il celebrante chiede il nostro consenso e Peter annuisce. «Il testimone ha le fedi, vero?»

Peter si volta verso Harry e io seguo il suo sguardo. Harry si tasta le tasche della giacca. La sua espressione è a metà tra sconcertata e dispiaciuta. No, non è possibile! Non può succedere proprio a me!

Harry lancia un'occhiata ad Alain, dall'altra parte del piccolo corridoio che separa le due file di sedie degli invitati. Anche lui si tasta le tasche della giacca ma scuote la testa con aria costernata. Matthew si alza dal pianoforte ed esegue lo stesso gesto. Stessa cosa fanno mio padre, Gordon e tutti gli altri uomini presenti in sala.

No, non ci credo! Che stanno facendo? Sono tutti impazziti? Mi stanno prendendo in giro? Non possono fare questo! Non a me!

«Vi siete scelti dei testimoni davvero inaffidabili.»

Essendomi girata ad osservare gli invitati, me lo trovo proprio di fronte. Sulla porta principale da dove sono entrata io stessa.

Mi volto per un istante verso Peter, poi torno a guardarlo. Sto sognando? Mi copro la bocca con una mano, nello sforzo di trattenere un singhiozzo.

«William...»

È davvero qui. Peter mi aveva detto che non sarebbe arrivato, che era troppo impegnato, che...

«Non sei l'unica a organizzare sorprese, Amantine.» Peter mi accarezza la schiena mentre William cammina verso di me e le lacrime iniziano a scorrere, rigandomi le guance.

«Mamma... non piangere, dovrebbe essere il giorno più bello della tua vita.» William arriva di fronte a me e sorride accarezzandomi il viso. «Non ho attraversato l'oceano per vederti piangere.»

«Tesoro... sei qui...» Lo stringo a me. Il mio bambino. Il mio piccolo William che ho fatto tanto soffrire nel corso di questi anni, per una colpa non sua. Per la mia disperazione. Per il mio amore perduto. Per i suoi occhi verdi così simili a quelli di suo padre. Tanto simili da logorarmi l'anima, da spezzarmi il cuore. «Perdonami, perdonami, piccolo mio...»

«Non sono tanto piccolo, mamma...» sussurra al mio orecchio, ricambiando il mio abbraccio. «In quanto al perdono, io e te dobbiamo ancora lavorarci. Ma abbiamo tempo. Intanto fai la brava, asciugati le lacrime e sposati. Ho portato le fedi. Sono qui per fare da testimone a mio padre. Non mi hai fatto fare un viaggio a vuoto, vero?»

Mi stacco da lui, sorrido e scuoto la testa. «No tesoro, non hai fatto un viaggio a vuoto. Sono pronta per vivere il giorno più bello della mia vita.»

William si posiziona accanto a Peter che mi rivolge quel suo sorriso angelico e provocante allo stesso tempo.

«Tu sei proprio un ragazzo terribile!» sospiro attirandolo a me. «Mi hai fatta piangere davanti a tutti... Come hai potuto? Mi vendicherò questa notte, sei avvisato!»

«Lo so, dolcezza... ma è questo che ti è sempre piaciuto in me. Aspetterò con ansia la vendetta di questa notte...» Mi bacia le labbra, indifferente dei presenti, della tradizione, di questo matrimonio che attende solo di essere celebrato. «La sorpresa è stata studiata appositamente da me e nostro figlio, con la collaborazione degli invitati, per far commuovere una piccola intellettuale snob ed egocentrica che io amo da venticinque anni. Mi dirai comunque sì, vero Amantine? Smetterai di essere la mia ragazza per diventare mia moglie?»

«Ti ho detto sì fin dal primo momento, Peter. Fin da quando ho deciso di fermarmi quella domenica mattina. Ho continuato a dirti sì nel corso degli anni. Diventerò tua moglie ora, ma non smetterò mai di essere la tua ragazza...» Tengo la sua mano stretta nella mia, intrecciamo le dita in un gesto per noi abituale, comune ma intimo allo stesso tempo. È arrivato il nostro momento. Sono felice, completamente felice come non lo ero mai stata prima in vita mia. «La ragazza innamorata che quella sera ti avrebbe risposto che desiderava con tutto il suo cuore che fosse vero... che fosse vero per sempre. La ragazza che ti ama e ti amerà per tutto il resto di questa vita. E per l'eternità.»

Questa è la nostra storia d'amore. Lunga, intricata, sofferta. Costellata di sbagli, di risentimento, di dolore, di rimpianti, di ostacoli, di incomprensioni, di contrattempi, di scelte sbagliate. Ma anche di tanto amore, di gioia, di dolcezza, di passione, di complicità. E infine di redenzione e di perdono. Sì, è davvero la nostra storia. La storia di Amantine Delamar e Peter Wiles, che incontrandosi hanno smesso di essere un'ambiziosa ricercatrice universitaria di letteratura inglese e un cantante di una band di successo. Ma sono diventate due persone imperfette che insieme hanno raggiunto la perfezione.

CITAZIONI

John Keats: "Fulgida stella", "La belle dame sans merci", "Non posso esistere senza di te"

William Shakespeare: "Romeo e Giulietta", "Se proprio devi odiarmi", "Posso paragonarti ad un giorno d'estate?"

Alessandro Manzoni: "I promessi sposi"

Anna Achmatova: "Ultimo brindisi"

Antoine de Saint-Exupéry: "Il piccolo principe"

Filastrocca popolare inglese: "Mistress Mary, quite contrary"

PLAYLIST

Nirvana: "Smells like teen spirit"

Madonna: "Material girl"

The Supremes – Phil Collins: "You can't hurry love"

Blondie: "Call me"

Simple Minds: "Don't you (forget about me)"

Queen: "The show must go on"

Cyndi Lauper: "Girls just want to have fun"

Natalie Cole: "Starting over again"

RINGRAZIAMENTI

Stranamente questa parte per me è sempre la più complicata da scrivere, quindi non mi dilungherò. La storia stessa è stata già abbastanza lunga e combattuta. Sì, ho dovuto combattere soprattutto contro Amantine, contro la sua personalità non facile da gestire, i suoi pensieri contradditori e spesso contorti, le sue lotte interiori, le sue scelte sbagliate, i suoi drammi e i flussi di coscienza che la trasportavano sempre troppo lontana dal raggiungimento della felicità, dal compimento del suo destino. Con il suo cuore che non voleva arrendersi, con i suoi timori, le sue frustrazioni che sono diventate in parte anche le mie. Con la sua ragione che non accettava di cedere e di lasciare spazio al sentimento, all'amore, alla dolcezza.

Ringrazio comunque, come sempre, voi lettori che siete arrivati fino a qui. Il mio intento, questa volta, è stato quello di scrivere la storia di un amore che oltrepassa e supera la ragione, un amore che unisce anche due universi e due personalità contrapposte. Amantine e Peter, appartenenti a due mondi diversi, si incontrano per caso. Apparentemente non hanno nulla in comune, invece nel corso degli anni, anche contro la loro volontà stessa, le loro strade continuano a intrecciarsi. Sono guidati e legati da un amore che supera ogni barriera: personale, culturale, sociale. Un amore che alla fine, nonostante le avversità e nonostante i contrasti, finisce per trionfare.

Ringrazio le persone, i luoghi, le sensazioni che hanno influito nella stesura di una storia che ha radici lontane e prende spunto, un po' come la maggior parte delle mie storie, dal mio vissuto personale.

Ringrazio la tanta letteratura e la musica che mi hanno accompagnata nella scrittura di questa storia, oltre ad avermi accompagnata nella vita.

Ringrazio Ghostly Whisper Ltd. e i miei correttori di bozze, tanto preziosi per me.

Ringrazio Joseph, per il suo sostegno e la sua dolcezza. Resterai nel mio cuore per sempre.

Ringrazio le "persone reali" dietro questa storia.

Ringrazio la mia famiglia per essermi stata di grande aiuto da quando ho iniziato a scrivere, praticamente da tutta la vita.

Come promesso, non mi dilungo oltre. Ma dopo tante pagine, tante parole, tante emozioni, confesso di provare una certa malinconia ad abbandonare Amantine al suo felice destino insieme a Peter e alle persone che fanno parte della sua vita.

Possibilità di un ritorno in futuro? Credo proprio di sì.

Barbara Morgan legge e scrive da sempre. Predilige urban fantasy, horror, distopici e fantascienza ma si avventura spesso in altri generi. Lavora nell'ambito della scrittura, dell'editoria e della moda. Laureata in lingue e letterature straniere, specializzata in letteratura inglese, letteratura americana e letterature comparate, ha vissuto tra Inghilterra, Francia, Italia, Svizzera e Stati Uniti, per poi trasferirsi in Irlanda, dove organizza eventi culturali e book club. Traduce dall'inglese, dal francese e dallo spagnolo.

Ghostly Whisper, la Casa Editrice che ha fondato in Irlanda, è un po' la sua storia.

Website: https://www.barbara-morgan.com

Facebook: https://www.facebook.com/BarbaraMorganAuthor/

Instagram: https://www.instagram.com/barbaramorganbooks/

Twitter: https://twitter.com/BabsiMorgan

www.ingramcontent.com/pod-product-compliance
Lightning Source LLC
Chambersburg PA
CBHW051536250626
47157CB00001B/69